21世紀本格ミステリ映像大全

千街晶之［編著］

秋好亮平
大倉崇裕
大矢博子
不来方優亜
末國善己
蔓葉信博
羽住典子
三津田信三

原書房

はじめに

ミステリというジャンルに触れる最初の機会が、必ずしも小説であるとは限らない。もしかすると、小説よりも先に映像などの他のメディアからミステリに入門する人が多いかも知れない。そうした層にとって利便性が高く、入門ガイドとなり得るような本を作れたら……というのは、かねてから考えていたことだった。もっとも、ミステリといっても幅は広い。謎解きを主眼とする本格ミステリに絞っても、相当な数の作例がある筈だ。それらを紹介するガイドがあれば便利ではないだろうか……という発想から本書は生まれた。

同種の試みの先例としては、小山正・日下三蔵両氏が監修を務めた『越境する本格ミステリ』（扶桑社）があった。映像・コミック・ゲームといった小説以外のメディアに存在する本格ミステリの歴史と全貌を紹介した名著である。

しかし、『越境する本格ミステリ』が刊行された二〇〇三年から既に十数年の歳月が経過しており、それに続く時期に発表された数多くの作品をフォローしたガイドが必要とされているのではないか……という話題が同業者との会話で出てきたり、ＳＮＳでそのような意見を見かけたりすることがあった。

折しも、若い頃に日本の新本格を読んで育った世代が企画を通せる立場になったということか、ここ数年、有栖川有栖氏や法月綸太郎氏や麻耶雄嵩氏らの新本格の小説が、かなり原作に忠実に映像化される機会が急増している。二〇一六年末には横溝正史作品のドラマ化が続き、時ならぬ横溝ブーム再来の状況も呈した。バラエティ番組で、ミステリ的な叙述トリックが使われて話題を呼ぶことも少なくない。また、『SHERLOCK　シャーロック』に代表される海外のミステリドラマは日本の視聴者にも歓迎されており、国産の映像ミステリに与えた影響も大きい。こうした近年の同時多発的現象を観察した結果、『越境する本格ミステリ』に続く企画を世に送るタイミングは今しかないだろうと判断、取り敢えず映像分野に絞って本書を構想した次第である。

こうした企画の場合、どこまでを本格ミステリに含めるかという問題は必ず出てくるけれども、今回は「結末の意外性」「謎解きの論理的整合性」「トリックの視覚的な見せ方の秀逸さ」「伏線の張り方の巧妙さ」といった要素のうち、どれかひとつでも飛び抜けた秀逸さを備えた作品であれば広い意味で本格と捉えることにした。国産映画・国産ドラマ・TVアニメ・海外映画・海外ドラマ・バラエティ番組の各章に分けてみたが（人形劇が一作だけあるが、便宜上アニメの章に入れた。また劇場版アニメは映画の章で紹介している）、映像ミステリの世界はあまりに広大であり、私ひとりの見聞や知識で到底フォローしきれるものではない。執筆に必要な時間を考えても私の単著で出すのは難しいと判断し、国内ドラマ・アニメ・海外ドラマ・バラエティ番組など各方面に詳しい方々に声をかけ、ご協力をいただいた。また、それらの執筆者以外にも、大矢博子・三津田信三両氏にコラムの寄稿をお願いし、現在を代表する本格ミステリ系脚本家として『謎解きはディナーのあとで』『貴族探偵』などのドラマで高い評価を得ている黒岩勉氏にインタヴューをお願いした。快くお引き受けいただいた各氏、そして、この企画をかたちにしていただいた原書房編集部の石毛力哉氏に、心よりお礼を申し上げる。

本書が、映像方面の本格ミステリを探求しようとする読者にとって役立つものでありますように。

千街晶之

21世紀本格ミステリ映像大全

目次

21世紀本格ミステリ映像の前史

千街晶之

本書で取り扱う対象は、今世紀に入ってから——つまり二〇〇一年から二〇一七年までの期間に、映像のかたちで発表された本格ミステリである（ただし、前世紀と今世紀にまたがったシリーズは、便宜的に本書でも取り上げ、今世紀に入ってからのエピソードを重点的に紹介している）。まえがきで触れたように、小山正・日下三蔵監修『越境する本格ミステリ』（二〇〇三年）の後継と言うべき企画なので、そちらと時期が数年だけ重なるものの、扱うのはこの十七年間ということにした。

ただ、本書のメインパートである作品紹介に入る前に、前史にあたる部分——今世紀に入る直前の時期の映像ミステリについて簡単に触れておく必要がある。というのも、国産ドラマや海外映画に関しては、今世紀に顕著に見られる傾向が形成されたのが前世紀末になるからだ。その時期の幾つかの先駆的作品が存在しなければ、今世紀の映像ミステリの隆盛はなかった。

その前世紀末の国産ドラマから、言及しないわけにはいかない圧倒的影響力を誇った作品を幾つか挙げておく。まず、河野圭太らの演出、三谷幸喜脚本のコンビによる『古畑任三郎』（一九九四年スタート。当初は『警部補　古畑任三郎』）は、アメリカの人気ドラマ『刑事コロンボ』を意識したスタイルの倒叙ミステリドラマだ。倒叙ミステリとしては、鮎川哲也原案、松方弘樹主演の『チェックメイト78』（一九七八～一九七九年）のような『刑事コロンボ』の影響が強い先例があったし、『古畑任三郎』スタート前年の一九九三年には、長坂秀佳脚本、橋爪功主演の『刑事・野呂盆六』の第一作が放映されている。しかし、田村正和扮する古畑が毎回犯人役の豪華ゲストと対決する『古畑任三郎』は、古畑による「視聴者への挑戦状」というゲーム性を強調したスマートな謎解きによって、圧倒的に多くの視聴者を惹きつけた。本書で紹介した『実験刑事トトリ』や『福家警部補の挨拶』のような今世紀の倒叙ミステリドラマも、『古畑任三郎』のヒットがなければ誕生しなかった可能性があるのだ。

また、前世紀から今世紀への移行期は、堤幸彦演出のミステリドラマが席巻した時代でもあった。堂本剛主演の『金田一少年の事件簿』（一九九五～一九九六年）で頭角を現した堤は、その後『ケイゾク』（一九九九年）、『池袋ウエストゲートパーク』（二〇〇〇年）などの奇抜な演出で、ドラマの世界に新風を吹き込んだ。その集大成が『ＴＲＩＣＫ』（二〇〇〇年スタート）であり、蒔田光治や林誠人といった脚本家と組んで、映像的に映える物理的トリックとギャグの物量作戦を特色とする路線を確立した。今世紀に入ると『パズル』『神の舌を持つ男』など多くの（堤自身によるものも含む）類似ドラマが生み出されることになり、福田雄一脚本の『33分探偵』では、トリック＋ギャグ路線が更に先鋭的な境地に到達することになる。一方で、『ケイゾク』路線は今井夏木らの演出によるフーダニット・サスペンス『ＱＵＩＺ』（二〇〇〇年）などに受け継がれ、今世紀に入ると堤自身の演出で『ＳＰＥＣ～警視庁公安部公安第五課　未詳事件特別対策係事件簿～』が『ケイゾク』直結の企画として蘇った。九〇年代後半の連続ドラマとしては他に、野沢尚脚本の『眠れる森』（一九九八年）がフーダニットを主眼とした作品としてヒットしたし、本格からは離れるが、飯田譲治脚本の『沙粧妙子　最後の事件』（一九九五年）はサイコ・サスペンスや『アンフェア』のような女性刑事ものに、君塚良一脚本『踊る大捜査線』（一九九七年）はその後の警察ドラマ全般に大きな影響を与えた。八〇年代のミステリドラマの中心だった二時間サスペンスが九〇年代に入って飽和状態を呈した時、改めてコアなミステリファンから支持されたのがこうした連続ドラマだった。

これらの一九九〇年代後半からの本格ミステリドラマは、当時のミステリ小説の世界における「新本格」の流行とパラレルな関係になっている一面もあった。映像で本格ミステリの面白さに目覚めた視聴者が小説方面のミステリに手を伸ばしたり、あるいはその逆のパターンのような共振現象が新本格を支えたことは否定し難いのではないか。例えば綾辻行人・有栖川有栖原案の「安楽椅子探偵」シリーズ（一九九九年～）など、作家が映像の原案を提供する例も見られた（映像に限らず、我孫子武丸のゲーム『かまいたちの夜』など、新本格系の作家は他のメディアに意欲的に進出することが多かった）。ただし、新本格の小説自体の映像化は前世紀のうちはさほど恵まれていたとは言い難かったが、それでも、はやみねかおる原作の『双子探偵』（一九九七年）、北村薫原作の『お嬢様は名探偵』（一九九八年）といった連続ドラマが若い世代の視聴者の人気を獲得していたことは記しておきたい。

続いて、海外映画における前史だが、これまた前世紀から今世紀に切り替わる前後に、ひとつの顕著な動きが見られる。それは、どんでん返しやトリッキーな構成、意外な結末などを盛り込んだ脚本重視の映画の流行である。大作アクション映画と異なり、それほど予算がかからず、若手の登竜門になりやすかったということも流行の理由だろう。

よくも悪くも、この流れを作った作品が、ブライアン・シンガー監督、クリストファー・マッカリー脚本の『ユージュアル・サスペクツ』（一九九五年）なのは間違いない。ラストの種明かしの演出と勧善懲悪で終わらない結末は、その後のミステリ映画(本格ミステリに限らず)に絶大な影響を与えた。

この流れに乗った代表的な映画監督はM・ナイト・シャマランだった。その出世作『シックス・センス』(一九九九年)と、それに続く『アンブレイカブル』(二〇〇〇年)などの初期作品は、大胆などんでん返しや映像的伏線といった本格ミステリ的な作法で構築されていた。ほぼ同時期の似た傾向の監督がスペインのアレハンドロ・アメナーバルで、サイコ・サスペンス調フーダニット映画『テシス次に私が殺される』(一九九六年)で長編デビュー、ハリウッドに進出して撮った怪談映画『アザーズ』(二〇〇〇年)ではシャマランとの発想の類似性も見られた。また、時系列をシャッフルさせたトリッキーな構成で話題を呼んだ『メメント』(二〇〇〇年)のクリストファー・ノーランも、この流れから頭角を現した才能と言えるだろう。一九七〇年代から活躍していたホラー界の大ヴェテラン、ウェス・クレイヴンも『スクリーム』(一九九六年)でこの流れに乗ることに成功した。多重どんでん返しを特色とするジョン・マクノートンのエロティック・サスペンス『ワイルドシングス』(一九九八年)は、監督を代えてその後シリーズ化された。

こうした傾向が、本書で紹介した『ソウ』のジェームズ・ワン、『女神は二度微笑む』のスジョイ・ゴーシュ、『インビジブル・ゲスト　悪魔の証明』のオリオル・パウロ、『ピエロがお前を嘲笑う』のバラン・ボー・オダーといった監督たちの登場の下地を作ったと言えるのではないだろうか。韓国においても九〇年代末から謎解きやどんでん返しを重視したミステリ映画の萌芽が見られたが、それについては別ページのコラムを参照していただきたい。

また海外ドラマでは、一九九〇年代にイギリス製ミステリドラマの躍進が目立ったことを挙げておきたい。八〇年代から『シャーロック・ホームズの冒険』(一九八四~一九九四年)、『主任警部モース』(一九八六~一九九二年)、『名探偵ポワロ』(一九八九~二〇一三年)などの名探偵ものが大人気を博していたが、九〇年代に入ると『第一容疑者』(一九九一~一九九六年)、『心理探偵フィッツ』(一九九三~一九九七年)などのウェルメイドなミステリドラマが相次いで製作され、どちらかといえばアメリカ製ドラマが多く紹介されていた日本でもイギリスに注目が集まるようになっていった。今世紀に入ってからの最大の話題作である『SHERLOCK　シャーロック』は、どちらかと言えば堅実な作りのドラマが多いイギリスにあっては異端と思えるほど外連味を強調した作風であり、時代の変遷を感じさせたが、正統派あっての変化球の出現だったのかも知れない。

前世紀末の状況として最低限このあたりを念頭に置いた上で、このあとの作品紹介ページに進んでいただきたい。

日本映画

Japanese movie

迷宮だしの名探偵 真実はいつもひとつ!

劇場版 名探偵コナン

◉一九九七年〜

「小さくなっても頭脳は同じ 迷宮なしの名探偵 真実はいつもひとつ!」といえば、劇場版『名探偵コナン』だ。

第一作『時計じかけの摩天楼』以降、毎年四月に必ずオリジナル新作が公開。最初に基本設定が紹介されるので、原作を知らなくても物語に入り込める。毎回欠かさないダジャレクイズを密かな楽しみにしているファンも多いだろう。

高校生探偵の工藤新一（声・山口勝平）は、怪しげな取引現場の目撃中に毒薬を飲まされ、身体が小さく縮んでしまった。生きているとバレたら周囲まで危害が及ぶかもしれないと、新一の親戚の江戸川コナン（声・高山みなみ）と名乗って正体を隠す。父親が探偵業を営む幼馴染の毛利《もうり》蘭の家に居候し、情報収集と他の事件解決の日々を過ごしている。

二十一世紀は第五作『天国へのカウントダウン』から始まった。オープン間近のツインタワービルにまつわる連続殺人事件が発生。工藤邸の隣人・阿笠《アガサ》博士、コナンが通う小学校の少年探偵団たち、蘭と父親の毛利小五郎が事件に巻き込まれる。真犯人の動機が凝っていて、ビルからビルへの脱出劇も見事だ。探偵団の一人である歩美が、コナンと一緒のときだけ正確に三十秒間を測れるという謎の真相も素晴らしい。

第六作『ベイカー街《ストリート》の亡霊』は、野沢尚が脚本を担当した倒叙形式の作品だ。新一の父親で推理小説家の工藤優作が脚本を書いた仮想体感ゲーム機の披露パーティー中、殺人事件が発生。手がかりを求めてコナンは他の子供たちと一緒にゲームを始めるが、人工知能がシステムを乗っ取り、ゲームオーバーになったら子供たちの脳を壊すと脅迫してきた。現実と仮想、二つの世界で同時進行に事件が起きる人気作だ。

第七作『迷宮の十字路《クロスロード》』は京都が舞台のご当地ミステリ。コナンの正体を知る西の高校生探偵・服部平次とともに、盗賊団連続殺人と秘仏窃盗事件を追う。コナンが新一に戻る場面もあり、淡い初恋の思い出と桜の景色が美しい。第八作『銀翼の奇術師《マジシャン》』は新一のライバル・怪盗キッドが登場。意外な人物が最後に飛行機を操縦するアクションが見ものだ。コナンはいつも小五郎を麻酔銃で眠らせ、変声マイクを使って推理を披露するが、今作では蘭の母親の妃《きさき》英理に弾が当たってしまう。逆に第九作『水平線上の陰謀《ストラテジー》』では小五郎が珍しく推理を披露し大活躍。ほぼ船の上だけで物語が展開していく。

第十作『探偵たちの鎮魂歌《レクイエム》』はオールスターキャストの豪華作だ。警視総監の息子・白馬探《さぐる》が劇場版初登場。横浜の遊園地に探偵たちが集められ、指定時間以内に事件を解決できなかったら腕時計型フリーパスIDを爆発させると何者かに脅迫される。小さな謎を解き明かす都市型作品で、犯人がコナン＝新一を見抜いていた真相が意外である。

第十一作『紺碧の棺《ジョリー・ロジャー》』は、蘭と財閥の娘・鈴木園子の友情がテーマとなるトレジャーハンターもの。第十二作『戦慄の楽譜《フルスコア》』はコナンに絶対音感があると分かり、ソプラノ歌手の女性と行動をともにする異色作だ。第十三作『漆黒の追跡者《チェイサー》』は広域連続殺人事件の合同捜査で刑事たちが大集合、コナンが小さくなる原因となった黒の組織も久しぶりに絡む。

第十四作『天空の難破船《ロスト・シップ》』でコナンは飛行船から落ち、第十五作『沈黙の15分《クオーター》』では雪崩に巻き込まれ、次第に命の危険にさらされるようになる。雪の黒部ダムを舞台にした後者は、事故にあった少年が八年ぶりに目覚めたことがきっかけとなり、小学校の同級生たちの間で殺人事件が起きる山岳ミステリで、推理部分も楽しめる作品である。

第十六作『11人目のストライカー』はJリーガーたちが声優に挑戦、第十七作『絶海の探偵《プライベート・アイ》』はイージス艦内で正体不明の自衛官を探る話。第十八作『異次元の狙撃手《スナイパー》』はFBI捜査官の赤井秀一、女子高生探偵・世良真純、工藤邸に居候している沖矢昴が初登場する。このあたりから話が膨らみすぎて肝心のミステリ部分よりも、アクションやゲスト俳優、キャラクター中心の展開にシフトしている。

第十九作『業火の向日葵』は櫻井武晴を脚本に迎えたが、削除された箇所が多く、やや複雑な絵画盗難事件と美術館爆破の作品という印象が強い。第二十作『純黒の悪夢《ナイトメア》』でようやく物語の面白さを挽回。記憶を失った女性スパイと少年探偵団の一人である元太の年齢を超えた友情ものとしても楽しめ、最後は櫻井作品ならではの哀しい余韻を残す。

第二十一作『から紅の恋歌《ラブレター》』は、大倉崇裕が脚本を担当。百人一首をテーマに、平次と彼の幼馴染である遠山和葉に主軸を置き、アクション・推理・恋愛が見事に融合した作品で、ミステリ的難易度は劇場版の中でももっとも高い。

第二十二作『ゼロの執行人』はバーボンこと安室透が登場すると予告されている。良作の後はダウンするのが劇場版の特徴であるが、ぜひともジンクスを打破してほしい。［羽住］

名探偵山下奉文、ホテルでの怪事件に挑む

シベリア超特急2

◉二〇〇一年

一九四一年、満洲国の菊富士ホテルで殺人事件が起きた。被害者は悪徳軍需成金・田宮（長門裕之）、発見者は陸軍大将・山下奉文《ともゆき》（水野晴郎）だった。宿泊客には全員アリバイが成立したが……。

映画評論家として有名なマイク水野こと水野晴郎が、自ら監督・主演を買って出た「シベリア超特急」シリーズの第二作。淡島千景・草笛光子・長門裕之ら綺羅星の如き名優たちの頑張りを台無しにするような水野の棒読み演技、取ってつけたような名画からの引用といった「シベ超」お馴染みの微妙な要素はあるにせよ、脚本に注目して観ると、実はシリーズ中で唯一、本格ミステリとして成功した話になっている。メインのアイディアが、ある有名な作品にヒントを得ていることはミステリ好きなら見当がつく筈だが、単なる流用ではなく意外かつ巧妙なアレンジが施されているし、そちらを意識してしまうことで別の作品へのオマージュに最後まで気づかせないテクニックは素直に称賛に値する。

［千街］

物書きに携わる女たちの業が密室の告白で暴かれる

木曜組曲

◉二〇〇二年

耽美派の巨匠と謳われた作家・重松時子（浅丘ルリ子）の薬物死から四年。彼女と関わりの深い女たちが時子の生前暮らしていた洋館に集いつつあった。毎年、館に三日間滞在して時子の死を悼むのだ。時子の親戚にあたる四人――出版プロダクションを営む静子（原田美枝子）、ライターの絵里子（鈴木京香）、人気推理作家の尚美（富田靖子）、純文学を書くつかさ（西田尚美）――に、時子の担当編集者だったえい子（加藤登紀子）を加えた計五名。だが、いつもは和やかな偲ぶ会に謎の人物からの不審なメッセージが届いたことから、彼女たちの心の底に隠されていた猜疑心が呼び覚まされる。やがて明かされる女たちの秘密と時子の死の真相とは？

洋館に滞在する三日間という限定状況で、一筋縄ではいかない女たちの互いの告白と回想から真実が次第に炙り出されてゆく。恩田陸の原作小説がもつ緊迫感に肉感を与えた女優達の気迫のぶつかり合いも見事だが、回想のみでありながら謎の中心を支える浅丘ルリ子の存在感に痺れる。

［不来方］

平凡な会社員が陥る悪夢のような世界

うつつ　UTUTU

◉二〇〇二年

映画やドラマの原作によく選ばれるとはいえ、実は映像化にあまり向いていないのが連城三紀彦の小説だ。特に本格ミステリ度の高い小説ほど不向きで、文章でのみ可能な仕掛けの再現を諦めて凡庸な結末をつけた連続ドラマ『造花の蜜』など、少々残念な結果に終わった例が多い。連城のあの華麗を極めた文体こそが綱渡り的な仕掛けを成立させる上で必須の要素であり、それを映像に置き換えることは極めて困難だからだが、そんな中で成功例と言えるのが本作である。

原作は『美女』所収の短編「夜の右側」。ある会社員が、訪ねてきた女から「あなたの奥さんは私の夫と浮気しています」と告げられ、最初は信じなかったものの、やがて妻への疑念に囚われてゆく……という展開はほぼ原作を踏まえているけれども、虚実の境を曖昧化した悪夢的な結末は小説とはまた別の魅力を具えているし、連城作品らしい構図の反転も見事に視覚的に再現されている。佐藤浩市、宮沢りえら俳優陣の充実ぶりも見ものだ。［千街］

一見するとミステリには思えない隠れた名作

化粧師　KEWAISHI

◉二〇〇二年

『化粧師』は、江戸随一の化粧師・小三馬を主人公にした石ノ森章太郎の漫画『八百八町表裏　化粧師』を原作にしているが、物語の舞台を大正初期に移し、社交的で凄腕の経営者でもある小三馬を、寡黙で陰のある男とするなど大胆に改変している。ただ随所に原作のエピソードや台詞が導入されており、巧みなアレンジは原作ファンも満足できるはずだ。

天麩羅屋の娘（菅野美穂）に弟子入りを志願されている化粧師の小三馬（椎名桔平）は、文字が読めない女中（池脇千鶴）が読み書きを覚えるのを助けたり、ライバルに勝ちたいという女優（柴咲コウ）に仕事を頼まれたり、言葉が話せない男の子（秋山拓也）と子育てに疲れた母（岸本加世子）を救うなど、悩みを抱えた女性たちの人生にかかわっていく。

事件がなく人情味が強い本作はミステリに思えないが、終盤にはどんでん返しが待ち受けている。その場面になると、前半から周到な伏線があったことに驚かされるだろう。映像の特性を活かした伏線と、その隠し方も鮮やかだ。［末國］

加害者と被害者の報われない恋の行方

g@me.

◎二〇〇三年

大手広告代理店に勤める佐久間（藤木直人）は、クライアントであるビールメーカー副社長の葛城（石橋凌）からアイデアをけなされ、キャンペーンから外されてしまった。自棄になり葛城の自宅周辺をさまよっていた佐久間は、家出をしようと敷地の塀を乗り越えてきた葛城の娘（仲間由紀恵）と出くわす。葛城に恨みがある二人は意気投合し、狂言誘拐を企てた。

誘拐でもっとも難しいのは身代金の受け渡しだが、彼らはRPGをクリアするように三億円を強奪できた。だが、そこで終わらず、誘拐ゲームはありえない方向に二転三転と続いていく。だが、一つだけミスが発生した。二人は恋に落ちてしまったのだ。ストックホルム症候群ではない。立場上は加害者と被害者である報われない恋の美しさが、本作の主題になっている。

仲間主演『TRICK』の「ガッツ石まっ虫」や「椎名桔平」は本作が元ネタになっている。原作は東野圭吾『ゲームの名は誘拐』。作者自身も本人役で出演している。［羽住］

十四人が秘密を掘り起こす密室会話劇

十三通目の手紙

◎二〇〇三年

ジャズバー「バードランド」のマスターの書いた推理小説が新人賞候補となった。常連客たちは店に集まり、受賞の報せを待ちわびる。そこに、探偵と称する男・三陰《みかげ》（高原知秀）が現れた。彼は、一年前に起きたレコード盗難事件をきっかけとする友人の死の真相を知りたいと言う。

監督・脚本の亀田幸則が自身の舞台劇を映画化した作品。監督が高校時代に『十二人の怒れる男』から影響を受けたというだけあって、密室劇の状況における十四人の登場人物のディスカッションが見どころになっている。友人の無実さえ証明できればそれでいいという三陰の思惑をも超えて客たちが秘密を暴きはじめ、関係者の悪事や不作為の罪が照らし出されてゆくプロセスはミステリ好きには堪らない。亀田監督は二〇一〇年に本作を『苦い蜜～消えたレコード～』としてリメイクしたが、オリジナル版に篠田三郎や森次晃嗣が出演していたことで生じた伏線の楽屋落ち的ニュアンスが、配役の変更によって失われたのはやや残念。［千街］

「百鬼夜行シリーズ」と実相寺ワールドのキメラ

姑獲鳥《うぶめ》の夏

◉二〇〇五年

昭和二十七年夏、小説家の関口巽は友人の京極堂こと中禅寺秋彦のもとを訪れる。雑司ヶ谷にある久遠寺医院の娘・梗子が二十ヶ月も身籠ったままで、その夫は一年半前に密室から突如すがたを消したという。京極堂は失踪した男の素性に気づき、探偵の榎木津礼二郎に相談するよう関口に促す。一方、刑事の木場修太郎もまた、連続嬰児失踪事件の捜査で医院について探りを入れていた。忌まわしき謎の数々に、やがて京極堂が重い腰を上げ、〝憑物落とし〟に乗り出す。

京極夏彦のデビュー作の初映像化にして、長編映画としては実相寺昭雄最後の監督作品。撮影監督の中堀正夫や音楽を担当している池辺晋一郎といった、前作『D坂の殺人事件』（一九九八年）と共通するスタッフも多く、眩暈坂のセットや関口の脳裏によぎる妖怪・姑獲鳥の幻影など、冒頭から実相寺ワールド特有の凝りに凝った映像作りが垣間見える。殊に印象的なのは京極堂と関口の会話シーンだろう。原作の文庫版で約八十ページにも及ぶこの場面を、映画では数分間、堤真一演じる京極堂がほとんど一人で話し続けるのだ。滔々と語られる長口上（この部分の台詞については、京極の書き下ろしであるらしい）と、古書店内を目まぐるしく移動するカメラ、差し挟まれるフラッシュカットによって、観ている者を眩惑し、陶酔させ、作品世界へと引きずり込んでゆく。

ミステリ映画としては、映像化不可能と言われたトリックをいかに処理しているかが評価の焦点となるだろう。その意味で、成功しているかどうかはともかく、本作はなかなか健闘した部類と言えるのではないだろうか。ネタバレとなるので詳細は伏すが、後半の解決シーンを実相寺作品ならではの演出で見せるという方法は、真相に説得力を持たせるという狙いにおいては正解であった。千街晶之『原作と映像の交叉光線』で論じられているとおり、「実相寺昭雄という監督の映像スタイルそのものが、この映画のミステリ的なミスディレクションとして作用している」というわけだ。

なお、シリーズ第二弾となる『魍魎の匣』も、監督を〇六年に亡くなった実相寺から原田眞人に、関口役を永瀬正敏から椎名桔平に替え、〇七年に映画化された。しかし、原作のミステリ的趣向を削ぎ落としたことで、原作とは似て非なる内容に仕上がっているため、評価は分かれるだろう。［秋好］

犬神家の一族

不朽の名作をリメイクした結果は？

◉二〇〇六年

財界の巨頭・犬神佐兵衛の遺産相続をめぐり、血で血を洗う事態が起きようとしている——という手紙によって、信州の那須市に呼び寄せられた探偵の金田一耕助が目にしたのは、毒殺された依頼人の姿だった。そして、あまりに異様な遺言状の内容が、一族のあいだに新たな惨劇を生む。

角川映画第一弾として一九七六年に公開、大ヒットした不朽の名作『犬神家の一族』を、三十年後に同じ市川崑監督・石坂浩二主演でリメイクした試みが本作だ。脚本もオリジナルとほぼ同じだが、最晩年の監督の手腕には衰えが著しく、オリジナルに遠く及ばない弛緩した映画となった。ただし、犬神松子・佐清《すけきよ》母子の役で富司純子・尾上菊五郎母子が出演したのは、犬神家の家宝「斧《よき》・琴・菊」のそもそもの由来が歌舞伎の音羽屋であることを思えば気の利いた配役だし、事件を解決していずこかへと去ってゆく金田一が振り向いて一礼するというリメイク版独自のラストカットは、結果的に市川崑からの別れの挨拶に見えて感慨深い。

［千街］

本格ミステリライターズ 1

長坂秀佳（一九四一〜）

一九六〇年代から脚本家として活躍していた大ヴェテランで、ミステリドラマ方面では『特捜最前線』のメインライターとしての仕事が一番大きい。また「刑事・野呂盆六」シリーズでは、和製『刑事コロンボ』として高い水準の脚本を執筆し続けた。他に本格ミステリドラマとしては、稲垣吾郎主演の「名探偵明智小五郎」シリーズ、アガサ・クリスティー原作の二夜連続ドラマ『そして誰もいなくなった』などがある。弟子には『UN-GO』の會川昇らがおり、またミステリ作家の大倉崇裕らに大きな影響を与えている。

登場人物にかなり派手な名前をつける癖があるが、『天才刑事・野呂盆六6 哀しみ館の惨劇！』では、いつものキラキラネームかと思っているとそれが手掛かりだったという趣向を用意していた。

第三十五回江戸川乱歩賞に小説『浅草エノケン一座の嵐』を応募し、受賞した。スーパーファミコン『弟切草』などのゲームにも関わっている。［千街］

「誰も知らない結末」が待ち受ける理想の映像化

DEATH NOTE

◎二〇〇六年

警視庁刑事部長の父を持つ大学生・夜神月《やがみライト》（藤原竜也）はある日、「このノートに名前を書かれた人間は死ぬ」と記された奇妙なノートを拾った。それは死神のリュークが落とした〝デスノート〟だった。法律の限界に絶望していた月は、自らの手で世界を変えるため、ノートに次々と名前を書き、犯罪者を裁き始める。やがて人々は、彼のことを「キラ」と呼んで崇拝するようになった。一方、一連のキラ事件の解決に乗り出した世界的名探偵のL（松山ケンイチ）は、瞬く間にキラの所在地を特定し、容疑者を絞り込んでみせる。果たして勝つのは月かLか。二人の天才による熾烈な頭脳戦が幕を開けた。

『週刊少年ジャンプ』誌上で二〇〇三年から二〇〇六年まで連載された、累計発行部数三〇〇〇万部を突破するモンスター漫画『DEATH NOTE』の実写化作品である。今では一般化された手法だが、前後編に分けての公開は邦画史上初であった。単行本で全十二巻にも及ぶ長大な物語を、『DEATH NOTE』『DEATH NOTE the last name』の前後編・約四時間半にまとめあげたのは、監督の金子修介と、『金田一少年の事件簿』など多くのミステリドラマの脚本を手掛けてきた大石哲也の手腕であるに違いない。

原作からの改変点は種々あるが、ミステリ的に重要なのはデスノートのルールに関する部分だろう。「死因を書くとさらに六分四十秒、詳しい死の状況を記載する時間が与えられる」という点は原作と変わらないものの、映画版では「書き入れる死の状況は、その人間が物理的に可能な事、その人間がやってもおかしくない範囲の行動でなければ実現しない」というルールが存在しないらしい。前編ではその改変に、オリジナルキャラクターである月の恋人・秋野詩織を絡めることで、月のキャラと意外性を同時に演出している。さらに『the last name』の終盤、月とLの直接対決においては、原作に沿いながら、原作以上に秀逸なデスノートの使い方を見せてくれた。「誰も知らない結末へ」というキャッチコピーのとおり、原作を読んでいても驚かされる見事な決着だ。

なお、スピンオフ作品『L change the WorLd』は『デスノート』とほぼ関係がなく、キラ事件から十年後を描いた続編『デスノート Light up the NEW world』については、どんでん返しがあっただけ救いといったところである。［秋好］

素人探偵団が転落死事件をめぐって大暴走

おいしい殺し方

A Delicious Wayoto Kill

◉二〇〇六年

料理が下手すぎて彼氏に逃げられてばかりの小学校教師・消崎《けしざき》ユカ（奥菜恵）は、有名な料理研究家・東大寺の料理教室に通いはじめ、そこで教頭の妻・カナエ（犬山イヌコ）と出会う。やがて、東大寺がマンションから転落死した。警察は自殺と判断するが、カナエと事件の第一発見者・キヨミ（池谷のぶえ）は東大寺の妻・マリィ（真木よう子）を疑い、ユカを巻き込んで素人探偵団を結成する。

　ケラリーノ・サンドロヴィッチが監督・脚本を担当したコメディ・サスペンスで、小劇団系の俳優が大勢出演している。奥菜・犬山・池谷の素人探偵トリオは容疑者の自宅への不法侵入も辞さないほどやりたい放題だが、三人とも急に常識人に切り替わる瞬間があり、そのスイッチがどこにあるのかわからないところが奇妙な笑いを醸し出す。

　ミステリとしてはかなりゆるめで、犯人は途中で大体わかる作りになっているが、転落死の仕掛けがある古典的トリックの応用になっている点に注目したい。

［千街］

最強の囚人は何故、首を二度絞められたのか

46億年の恋

◉二〇〇六年

青少年ばかりが入所している刑務所で、囚人の有吉（松田龍平）が同房の香月《かづき》（安藤政信）の死体の首を絞めているところを取り押さえられた。有吉は自分が殺したと主張するが、香月の首には誰かが先に紐で絞めた痕が残っていた。

　正木亜都（梶原一騎・真樹日佐夫兄弟がミステリを書く際の共同ペンネーム）の小説『少年Aえれじい』の映画化。ただしNAKA雅MURA《なかむらまさる》の脚本は、犯人の正体や、刑務所内で誰よりも強かった香月が何故おめおめ殺されたのかという謎の解明は残しつつ、密室トリックをカットするなどかなり大胆な改変を施している。現実の刑務所ではあり得ないような囚人たちの服装、刑務所の両脇に聳えるピラミッドとロケット発射台、謎めいたプロローグ、異形の刑務所長など、低予算を逆手に取った三池崇史監督の幻想的・耽美的な演出が冴える。難解な観念性とエロティシズムを絡み合わせ、罪を犯した少年同士の純愛と悲劇的なすれ違いを描いた異色のミステリ映画である。

［千街］

言葉では語ることのできない「三人の物語」

アヒルと鴨のコインロッカー

◉二〇〇七年

「映像化不可能」というと、ミステリを土台にした作品では、二重の意味を持つ。第二十五回吉川英治文学新人賞を受賞した伊坂幸太郎の同名小説が原作の本作も、映像化された姿が想像できなかった作品の一つだ。

大学に通うため、椎名（濱田岳）は仙台のアパートで一人暮らしを開始する。ボブ・ディラン『風に吹かれて』を口ずさみ、外でダンボールをまとめていたら、隣人の河崎と名乗る男（瑛太）に声をかけられた。河崎は椎名を自分の部屋に招き、「隣の隣はブータン人だ」と紹介し、日本語の不自由な彼のために『広辞苑』を盗んでプレゼントしないかと誘ってくる。断る椎名に、「ペットショップの店長を信用するな」と謎の言葉を残す。数日後、なし崩し的に椎名は本屋の襲撃を手伝うが、河崎が持ってきたのは『広辞林』だった。言動のおかしな彼を、椎名は麻薬中毒患者ではないかと疑い始める。

東京からやってきたのにあか抜けていなくて、お人好しの濱田の演技が素晴らしい。ただし、彼はあくまでも脇役で、旅人にすぎない（その証明のように、彼は仙台に行ったら食べるべきと言われている牛タンを最後まで食べていない）。本当の主役は、河崎と、恋人を失ったばかりのブータン人と、その恋人で河崎の元彼女でもあるペットショップ店員の琴美（関めぐみ）なのだ。琴美の性格がいまいち伝わりにくいが、情景と音楽がカバーする。そして、河崎や店長の麗子（大塚寧々）が語る、二年前のペット殺しにまつわる「三人の物語」を椎名がイメージ化して、ようやく本編が成立する。若干アンフェアではあるが、中盤以降の真実が明らかになる瞬間は、誰しも鳥肌が立つだろう。

辞書に象徴されるように、「言葉」が鍵となる作品である。「アヒル」も「鴨」も見た目はほとんど変わらない。『広辞苑』も『広辞林』も同じ国語辞典だ（これらと似た例はほかにも登場する）。なのに、人は言葉で区別をしたがり、それによって差別行為が生じることもある。同じ属性のものを区別することに何か意味があるのかという主題を、物語でぶつけてくるところが味わい深い。一言では語りきれない心情をボロボロの革ジャンを羽織るだけで表す瑛太の演技も心を打つ。

余談だが、伊坂幸太郎原作『重力ピエロ』で主役を演じている岡田将生が大学の友人役で映画初出演している。［羽住］

キサラギ

見事な推理が連続する多重解決ミステリの傑作

◉二〇〇七年

歌も演技も下手な売れないアイドルの如月ミキ（酒井香奈子。現在はさかいかなに改名）は、マネージャーの留守番電話に遺言を残すと、部屋に油をまいて焼身自殺した。

一年後。ミキのファンサイトを運営する家元（小栗旬）が、ミキの追悼集会を呼びかける。会場の小さなロフトに集まったのは、オダ・ユージ（ユースケ・サンタマリア）、スネーク（小出恵介）、安男（塚地武雅）、いちご娘。（香川照之）のハンドルネームを持つ五人。メジャーデビュー前の記事や写真も蒐集し、ミキの知識なら誰にも負けないと自負している家元が、自分よりミキに近かったり、貴重な体験をしたりしている人物に嫉妬心を抱くところは、誰かのファン、何かのコレクターなら身につまされるのではないだろうか。

しばらくすると、警察が自殺と処理した後も独自の調査を続けていたオダが、ミキは放火で殺されたとの爆弾発言をする。ミキは、いちご娘。のストーカー行為に悩まされていたという。アリバイを主張するいちご娘。が反論したことで、ミキの死の真相をめぐる推理合戦が本格化していく。

ミステリ好きなら思わずニヤリとする小ネタをちりばめた脚本、小栗らイケメンがドルオタを演じるミスマッチと過剰な演技がユーモアを醸し出している『キサラギ』は、『相棒』などの脚本を手掛けた古沢良太、『古畑任三郎』などの演出家・佐藤祐市がタッグを組んだ多重解決ものの傑作である。

ロジカルな謎解きを積み重ねつつ、五人の意外な過去、ミキとの知られざる接点を浮かび上がらせる展開はスリリングで、最後まで着地点が見えない。伏線を丁寧に回収し、五人が、事件の日ミキに何が起きたのかを再構成していく終盤は、重要な手掛かりの意味が反転したり、どんでん返しが連続したりするので、エンドロールが始まっても油断禁物だ。

ミステリ映画の謎解きは、再現シーンで描かれることが多い。ところが謎解きが何度も出てくる本作は、再現シーンが極限まで減らされ、役者が演技だけで見せている。それだけに推理合戦はもちろん、五人の演技合戦も見逃せない。

舞台劇を思わせるワンシチュエーション・ドラマの『キサラギ』は、舞台、ドラマCD、落語、朗読劇などにもなっている。基本的な物語は同じだが、中には結末が異なる作品もあるので、それぞれを比べてみるのも一興である。［末國］

アフタースクール

驚きとスパイスの利いたコメディミステリの傑作

◉二〇〇八年

街の片隅でひっそりと探偵業を営む北沢（佐々木蔵之介）のところに人探しの依頼が舞い込んだ。梶山商事で働くサラリーマンの木村（堺雅人）という男の居場所を急いで見つけてほしいというのだ。依頼を引き受けた北沢は同級生と偽って母校である中学校を訪れると、そこには本当に木村と同級生だった男性が教員として働いていた。さらにその教員・神野（大泉洋）は日頃、木村と会っているというのだ。そこで彼を巻き込んで、北沢は木村の足取りを追いかけるも、思ってもみない顛末が彼らを待ち受けていたのだった。

カンヌ国際映画祭をはじめ、国内外で高い評価を受けたサスペンス映画『運命じゃない人』（二〇〇五年）の内田けんじ監督が再び手掛けたミステリ映画。キャッチコピーに「驚きエンターテインメント」という言葉が添えられた通り、前作以上にサプライズに重きを置いた作品になっている。そのため、何かしらのどんでん返しを予測して視聴者も見ることになるだろうが、巧みな構成で結末を予想することはかなり厳しいだろう。ハートウォーミングなエピソードとユーモアがテンポよく表現され、そのなかに伏線が仕込まれているからだ。少なくない本格ミステリ映画がそうであるように、真相を喝破するというよりも、幾重にも張られた大胆な伏線の妙を楽しむ作品なのだ。前半の軽妙な探偵パートから後半の解決パートへの鮮やかな転換、そこからの怒濤の伏線回収が生み出す気持ちよさはミステリファンならずともたまらないはずだ。さらに平凡な人々を見下して斜に構えた人間を痛烈に批判する展開が一種のスパイスとなって、作品を引き締めている。後半のある「企み」自体の小粒感は否めないが、それはパズルの一ピースとみなすべきだろう。

次回作となる『鍵泥棒のメソッド』（二〇一二年）は、香川照之演じる「殺し屋」が銭湯で転び、記憶を喪失するというありえない喜劇的な幕開けとなるも、犯罪劇としての「企み」は高度化し、人間批評的なスパイスは同様かそれ以上で、そして心温まる結末で締められる。ユーモアと犯罪劇の組み合わせをみれば『鍵泥棒のメソッド』だろうが、全体的な構成の妙をみれば『アフタースクール』といったところか。いずれにしろ、どちらも日本ミステリ映画として欠かすことのできない傑作だということに変わりないだろう。

［蔓葉］

ゼロの焦点

松本清張の代表作、二度目の映画化

◉二〇〇九年

昭和三十二年冬、鵜原禎子《うはらていこ》（広末涼子）の新婚の夫・憲一（西島秀俊）が北陸で失踪した。報せを受けた彼女は金沢へと旅立つ。夫の同僚だった本多の協力のもと、行方を追う禎子の周囲で、憲一の関係者たちが次々と殺害されてゆく。夫の過去、そして犯人の背負った秘密とは。

一九六一年に野村芳太郎監督によって映画化されたほか、六度もTVドラマ化されている松本清張の代表作を、犬童一心監督が二度目の映画化に挑んだ。野村監督版で久我美子・高千穂ひづる・有馬稲子が演じた三人の重要キャラクターを、広末涼子・中谷美紀・木村多江が演じている。

展開は比較的原作に忠実だが、数人のオリジナルキャラクターを追加し、また小説ではやや影が薄かった人物に重要な役割を担わせるなど、犯人当ての難度を高めようとした工夫が見られる。二時間サスペンスの〝崖ラスト〟の元祖とされる原作ながら、今回の映画化では敢えて崖で謎解きをしていないのも特色。　［千街］

カイジ　人生逆転ゲーム

勝てば一攫千金、負けたら死に値する人生ゲーム

◉二〇〇九年

友人の借金の連帯保証人になっていた伊藤開示《かいじ》（藤原竜也）は、金融会社社長の遠藤凛子（天海祐希）から多額の返済を迫られ、彼女に誘われるまま一夜限りのギャンブルクルーズに乗船した。そこで待っていた帝愛グループ幹部の利根川幸雄（香川照之）の指揮下で、自分と同様の負け組たちと、勝てば借金帳消し、負けたら死に値するゲームが始まる。

原作は福本伸行の漫画で、謎を解き明かすミステリではなく、どうやったら駆け引きに勝てるかを推理するタイプの作品だ。登場するゲームは、カード式の限定ジャンケンと、皇帝・市民・奴隷で勝負するEカード。前者は運も操る頭脳戦が見ものだ。後者の対戦相手は利根川で、原作ほどの残虐シーンはないが、最後まで気を抜くことはできない。

中盤、高層ビルの間に敷かれた電流鉄骨を渡るブレイブ・メン・ロードが恐怖心を煽り、命がけの彼らを「クズ」と呼び嘲笑う富豪たちの姿は格差社会の現状を映し出す。二〇一一年には『カイジ２人生奪回ゲーム』も公開された。　［羽住］

大洗にも星はふるなり

勘違い男たちの妄想証言の矛盾を一刀両断

◉二〇〇九年

クリスマス・イヴの夜、茨城県大洗海岸にある海の家に、その夏バイトをした男たち、そしてマスターまで集まってきた。全員、バイト仲間のマドンナ的存在だった江里子から呼び出しの手紙を受け取ったというのだが……。果たして江里子の本命は誰なのか?

前年に『33分探偵』(別項参照)でミステリファンの注目を集めた福田雄一が初めて監督・脚本を担当した映画で(原作は自身の戯曲)、福田組常連俳優となる山田孝之・佐藤二朗・ムロツヨシ・安田顕らが顔を揃えている。

集まった男たちは自分こそが江里子の本命だと主張し合うが、そこに現れたのが、海の家の撤去を宣告しに来た弁護士の関口(安田顕)。彼が、自分に都合のいい妄想や事実誤認だらけの男たちの証言の矛盾点を厳しく指摘し、真実を暴き立ててゆく前半は、福田らしいミステリ趣味に溢れている。青春コメディにワンシチュエーション会話劇の趣を盛り込んだ異色作。

[千街]

少女たちの羅針盤

演劇に夢を託した女子高生たちの友情と悲劇

◉二〇一〇年

先輩や顧問と対立して高校の演劇部を飛び出した瑠美(成海璃子)・梨里子(森田彩華)・かなめ(草刈麻有)は、他校の演劇部員の蘭(忽那汐里)を仲間に引き入れ、新たな劇団「羅針盤」を立ち上げる。さまざまな障害を乗り越え、ストリートでの活動から演劇フェスへと出場することに……だが、彼女たちの行く手には悲劇が待ち受けていた。

第一回ばらのまち福山ミステリー文学新人賞の優秀作を受賞した水生大海のデビュー長編の、かなり原作に添った映画化。演劇に夢を託した少女たちの友情と成功と挫折の物語として、印象的な青春映画となっている。冒頭では現在の時制で、ある女優が映画ロケの最中、過去に「羅針盤」のメンバーを殺したと何者かに告発される描写がある。ここは原作では一人称だが、映画では女優の顔を映すのを避けることで、四年前の被害者と加害者を隠し通している。台詞によるミスリードは原作と比較して言葉足らずの感があるものの、音のトリックは実演されるぶん説得力が増した。

[千街]

ホラー・コメディに仕込まれたサプライズ

神様ヘルプ！

◉二〇一〇年

二十五年前に大量殺人事件が起き、今は廃墟となっている高校に、そこをお化け屋敷に改造するためのスタッフがやってきた。プランナーのアツオは、用務員室で自分とそっくりの男が写った古い写真を発見する。校内を徘徊する高校生カップル、殺人事件の捜査のためやってきた二人組の刑事、不審な若者、そして悪魔に魂を売った男……廃校で巡り合った十二人の過去と現在が交錯する。

穴吹一朗脚本の舞台劇を映画化したホラー・コメディ。加藤和樹・佐津川愛美・賀来賢人・松田悟志ら若手中心のキャストだが、刑事を演じる佐藤二朗の独自すぎる芸風は爆笑もので、実質的主役と言っても過言ではない。そして、この映画を本書で紹介する理由はラストのどんでん返しにある。よくあるオチと言ってしまえばそれまでながら、ミスリードが上手いので意外と引っかかってしまう筈だ。ガチガチのミステリを期待されると困るけれども、サプライズ・エンディング好きにはお薦め。

［千街］

ピアニストを目指す少女を取り巻く悪意

さよならドビュッシー

◉二〇一二年

資産家・香月玄太郎の邸の離れが全焼し、玄太郎と孫娘のルシアが焼死、もうひとりの孫娘・遥《はるか》は全身に火傷を負った。リハビリを経てピアニストを目指そうとする遥の周囲で、不穏な出来事が続発する。

橋本愛という女優は、ミステリやホラーがよく似合う。本作は、そんな橋本の資質を活かした映画だ。遥のピアノの先生であり、本作の探偵役でもある岬洋介に扮した清塚信也は本職のピアニストなので、演奏シーンも吹替えなしで演じていて説得力充分。ミステリとしては原作よりも情感重視で、中盤で起きる事件も救いのある解釈となっている。

原作は第八回『このミステリーがすごい！』大賞を受賞した中山七里の小説で、二〇一六年には日本テレビ系で『さよならドビュッシー　ピアニスト探偵　岬洋介』として再映像化された。岬洋介役は東出昌大、遥役は黒島結菜。人物関係は原作とかなり異なるけれども、謎解きのフェアさや犯人の行動の説得力はこちらが上かも知れない。

［千街］

逆転裁判

登場人物全員コスプレ？
最強に派手な裁判映画

◉二〇一二年

メディアミックス展開はすでに定番化しつつあるが、ミステリゲームが原作の作品はあまり例がない。カプコンから二〇〇一年に発売された『逆転裁判』は、実写映画だけでなく、アニメ・漫画・小説・テレビドラマ・舞台・歌劇とほぼ全てを網羅している。ゲーム自体もシリーズ化に加え、『逆転検事』や『レイトン教授』とのスピンオフ作品も生まれた。現在は携帯電話やスマートフォンアプリでもプレイできる。

弁護士と検事が直接戦い、三日間で有罪か無罪かの判決を下す裁判システム・序審裁判が導入されている世界。新米弁護士の成歩堂《なるほどう》龍一（成宮寛貴）は、信頼している上司が事務所で殺害された事件を担当することになった。ダイイングメッセージから、被害者の妹で見習い霊媒師の綾里真宵《あやさとまよい》（桐谷美玲）に疑いがかけられる。対決する検事は、幼馴染の御《み》剣怜侍《るぎれいじ》（斎藤工）だ。ある変わった物証に対する証言が決め手となり、真犯人が判明して、成歩堂が勝利を収めた。

しばらくして、新たな殺人事件が発生した。目撃証言により逮捕された容疑者は御剣で、被害者は十五年前に彼の父親が殺された時効間近の「DL6号事件」の担当弁護士だ。成歩堂が彼の弁護を引き受けるが、四十年間無敗の伝説の検事・狩魔豪《かるまごう》（石橋凌）と対決することになってしまった。

三池崇史監督が、登場人物たちのオーバーすぎるリアクションにCGやVFXをふんだんに組み合わせ、最強に派手な裁判劇を作り上げた。成歩堂の特殊な髪型や御剣の銀髪にヒラヒラした服装など、キャラクターがリアルすぎる。終盤の鍵となる「サユリさん」の見た目は原作と異なるが、厳しいオーディションの中から選ばれた大スターだ。ほかにもイメージ通りではなかったり、映画流にアレンジしたりした者もいるが、ここまで実写化できた技術をたたえたい。

物語は「初めての逆転」、「逆転姉妹」、「逆転のトノサマン」、「逆転、そしてサヨナラ」を一本にまとめたものであり、エピソードによってはかなり省略もされている。ゲームは自分で手がかりを探していくが、証拠や証言のひっくり返し方は問題なく楽しめる。監督がインタビューで「映画自体がゲームの一部になれるといい」と答えているように、初めての人にも概略は伝わり、実際にプレイしてみたくなる作品だ。独立させないメディアミックスの成功例といえる。

［羽住］

カラスの親指

騙されているのは誰？
軽快なコンゲームもの

◉二〇一二年

直木賞作家・道尾秀介の日本推理作家協会賞受賞作の映像化。知略を尽くして相手を騙す、詐欺師が主役のコンゲームものである。

詐欺師のタケとテツがひと仕事を終えてアパートに戻ってくると、自分たちの部屋から黒煙が上がっていた。かつて自らの手で壊滅させた闇金融のヤクザ・ヒグチが復讐に現れたのではないかと恐れたタケは、新たな土地に移り住むことを決意する。そんな中、二人はスリに失敗した少女・まひろを助け、行き場がなければ自分たちの家に来るよう、救いの手を差し出した。ところがどういうわけか、姉のやひろとその彼氏の貫太郎まで一緒に転がり込んできて、五人の奇妙な共同生活が始まった。しかし、再び現れたヒグチの影を前に、彼らは人生を賭した反撃を企てる。

ＳＦ大作というわけでもあるまいに、上映時間一六〇分という長尺だが、物語がテンポ良く進行していくため、さほど気にはならないだろう。三時間弱という長さは、コンゲーム小説としての原作の骨子を忠実に映画化するのに、最低限必要な時間なのだ。終盤の展開に至るまでに、細かく丁寧に張り巡らされた無数の伏線を見逃してはならない。

忠実な映画化といっても、もちろん原作からの改変点は多々ある。例えば冒頭、原作のタケは銀行で調査員を装って金を騙し取るが、映画では競馬場の馬券売り場での詐欺となっていた。また、タケとテツの出会いのエピソード（鍵屋に扮したテツが、タケに詐欺を働こうとする）も省略されているし、闇金業者を相手にした決死のペテン、〝アルバトロス作戦〟の内容にも大きく手が入れられている。この刈り込み具合に、脚本家のセンスが光っていると言って良い。原作のポイントをしっかりと押さえながら、観ている者の集中力が途切れないよう、スピーディーにまとめることに成功しているのだ。手掛けたのは、監督でもある伊藤匡史。本作以降は、二〇一六年に放送された連城三紀彦原作のテレビドラマ『隠れ菊』で演出を担当している。

タケとテツを演じる、阿部寛と村上ショージという物珍しい組み合わせもさることながら、のん（旧芸名・能年玲奈）や石原さとみ、ピコ太郎で世界的にブレイクした古坂大魔王など、今となっては豪華なキャスト陣にも注目だ。　［秋好］

伏線の妙とミスリードの技巧が冴えた異色作

ドラえもん のび太のひみつ道具博物館《ミュージアム》

◉二〇一三年

ある日、首に付けていた鈴を何者かに盗まれてしまったドラえもん。のび太がひみつ道具〝シャーロック・ホームズセット〟でその行方を調査したところ、犯人は怪盗DXという謎の人物で、手がかりはあらゆるひみつ道具が展示された二十二世紀のレジャー施設・ひみつ道具博物館にあるという。鈴を取り戻すべく博物館を訪れたドラえもんたち一行は、博物館でもひみつ道具の〝ビッグライト〟が盗難にあったという話を聞く。さらにその翌日、怪盗DXから「大事なひみつ道具をいただきに参る」という予告状が届き……。果たして、ドラえもんは無事に鈴を取り戻せるのか。そして、怪盗DXの正体とその目的は？

　ドラえもんの大長編映画としては通算三十三作目、声優を一新した第二期の映画としては八作目となる本作は、過去のドラえもん映画に親しんできた者からすると、様々な点において異色な作品であった。例えばこれまでの大長編のパターンでは、ドラえもんたちが異世界やパラレルワールドにおもむき、そこに存在する巨悪と対峙することが多かったが、今回の舞台は二十二世紀の日本であり、明確な悪役も登場しない。また、ゲストキャラを差し置き、ドラえもんとのび太の友情がテーマとなっていることも特徴のひとつだ。『のび太の新魔界大冒険 ～7人の魔法使い～』以降、ドラえもん映画史上初の女性監督として第二期作品に携わってきた寺本幸代監督は、本作において、従来にないミニマルな舞台、クローズドな人間関係の上で、ミステリ仕立てという新たなドラえもん映画を構築してみせたのである。

　怪盗対名探偵の構図が主眼でありながら、ペプラー博士や館長の怪しげな動きを並行して描くことで、事件の全貌を容易に掴ませず、意外性を巧みに演出している。前半で違和感なく仕込んだ伏線を、終盤で一気に回収する手腕も鮮やかだ。真相を含め、シャーロック・ホームズネタが随所に見られるなど、ミステリファンへの目配せも上々と言えるだろう。

　ちなみに、シャーロック・ホームズセットはコミックス第3巻で初登場したが、第32巻収録のエピソードでは、「あんなのとっくにこわれたよ」というドラえもんの台詞があり、バーゲンで買った安物だから性能に不具合があるという映画の設定も、原作を忠実に踏まえていることがわかる。［秋好］

Column

21世紀ジャニーズミステリ総まくり

大矢博子

もはやジャニーズアイドルなしでは夜も昼も明けないのが日本のミステリドラマ界である。だが、九十年代初めまでは、ミステリといえば『さすらい刑事旅情編』（テレビ朝日）の植草克秀、『若さま侍捕物帖』（同）の東山紀之くらいだったのだ。

今のジャニーズミステリ全盛の原点は一九九五年に始まった堂本剛主演の『金田一少年の事件簿』（日本テレビ）である。このヒットが日テレ土曜ドラマ枠でジャニーズの主演を増やし、金田一少年はジャニーズの若手が引き継いでいくようになる。二十一世紀に入ると、松本潤、亀梨和也、山田涼介という錚々たる面々がじっちゃんの名にかけ続けてきた。

じっちゃんとはもちろん金田一耕助のことだが、ジャニーズでは『稲垣吾郎の金田一耕助シリーズ』（フジテレビ）で「犬神家の一族」「八つ墓村」など五作を稲垣が演じている。原作に忠実な、王道の金田一だった。松潤ら後輩たちは、稲垣先輩の名にかけて謎を解いてきたのだ。

ということで、まずはジャニーズが演じた学生探偵モノから見ていこう。

九十年代末までは『サイコメトラーEIJI』（日本テレビ）の松岡昌宏・井ノ原快彦、『銀狼怪奇ファイル』（同）の堂本光一、映画『新宿少年探偵団』にはCDデビュー前の松本潤・相葉雅紀・横山裕がいたが、今世紀に入ってからの学生探偵は山田涼介の独壇場だ。『探偵学園Q』（日本テレビ）では文武両道の天才を演じ、『左目探偵EYE』（同）では先輩・横山裕演じる兄を殺した犯人を追う。映画『暗殺教室』ではこれまた先輩・二宮和也が声をあてた殺センセーと戦い、映画『ナミヤ雑貨店の奇跡』では時空を超えた文通を体験する。その合間にじっちゃんの名にかけまくる。

その中でも、本格ミステリという点で特筆すべきは『古畑中学生』（フジテレビ）だろう。若き日の古畑任三郎を山田涼介が演じたわけだが、本家『古畑任三郎』ではSMAP5人が犯人だった回がある。まさか将来SMAP先輩を逮捕するとは、山田本人も予想できまい。

さて、職業探偵に目を向けると、前述の稲垣吾郎版金田一耕助がある。稲垣は一九九八年に『名探偵明智小五郎』（テレビ朝日）で明智小五郎も演じたが、同じ年に木村拓哉が『眠れる森』（フジテレビ）、翌年に草彅剛が『TEAM』（同）に、香取慎吾が『蘇える金狼』（日本テレビ）に主演。前世紀の終わりにSMAPの牽引でジャニーズのミステリドラマ参入が一気に本格化したことは記憶されるべきだろう。

話を戻す。その後、『金田一耕助VS明智小五郎』（フジテレビ）で山下智久が金田一を、『明智小五郎vs金田一耕助』（テレビ朝日）では金田一を長瀬智也が、明智を松岡昌宏が演じている。

現代を代表する名探偵といえば御手洗潔。テレビドラマ版『天才探偵ミタライ』(フジテレビ)では御手洗の相棒・石岡役を堂本光一が演じた。あの割烹着姿に萌え死んだことと言ったら!

探偵事務所所属の探偵も多いぞ。『喰いタン』(フジテレビ)の東山紀之、『33分探偵』(同)の堂本剛、『ラッキーセブン』(同)の松本潤と、どれも一癖あるキャラばかり。『SMOKING GUN』(フジテレビ)の香取慎吾、『ハロー張りネズミ』(TBS)の森田剛もここに入る。

他に本業を持つ素人探偵たちも目白押しだ。『謎解きはディナーのあとで』(フジテレビ)で毒舌執事を演じた櫻井翔、『鍵のかかった部屋』(同)の防犯コンサルタント・大野智、『貴族探偵』(同)で熱い支持を得た相葉雅紀、『流星の絆』(TBS)の二宮和也は飲食店。とりあえず難事件の依頼は嵐にしやがれ。

映画『破門』の横山裕は建設コンサルタント、『マッサージ探偵ジョー』(テレビ東京)の中丸雄一はマッサージ師、『新宿セブン』(同)の上田竜也は質屋の店主で鑑定士、映画『疾風ロンド』の大倉忠義はスキーパトロール隊員、『重要参考人探偵』(テレビ朝日)の玉森裕太と小山慶一郎はモデルと、あるわあるわ。

だがやっぱり犯人逮捕となると警察だ。『岡部警部シリーズ』(フジテレビ)の近藤真彦を頂点に、『棟居刑事シリーズ』(同)の東山紀之、『リモート』(日本テレビ)の堂本光一、『三毛猫ホームズの推理』(同)の相葉雅紀、『FINAL CUT』(関西テレビ)の亀梨和也、『コドモ警視』(毎日放送)のマリウス葉。神奈川県警には『クロコーチ』(TBS)の長瀬智也と『ジョーカー』(フジテレビ)の錦戸亮が、京都には『スペシャリスト』(テレビ朝日)の草彅剛がいる。

警察の研究部門には『Mr. BRAIN』(フジテレビ)の木村拓哉と映画『プラチナデータ』の二宮和也がいる。生田斗真は映画『秘密』で脳を解析したり映画『土竜の唄』で潜入捜査したり。国際犯罪も大丈夫、『ATARU』(TBS)の中居正広はFBIだ。

重要人物の警護は『SP』(フジテレビ)の岡田准一にお任せ。

主演女優のバディとして脇を固めるパターンもある。『福家警部補の挨拶』(フジテレビ)の稲垣吾郎、『ストロベリーナイト』(同)の丸山隆平、『ドS刑事』(日本テレビ)の大倉忠義、『デカワンコ』(同)の手越祐也、などなど。

逮捕したら『HERO』(フジテレビ)の木村拓哉が送検する。映画『検察側の罪人』では木村に加えて二宮和也も検事枠に入ったぞ。だが安心はできない。ジャニーズには弁護士も揃ってるのだ。『99・9 刑事専門弁護士』(フジテレビ)の松本潤と『魔王』(TBS)の大野智、『家族の旅路』(東海テレビ)の滝沢秀明、『リーガル・ハイ』(フジテレビ)の田口淳之介が逆転無罪を狙っている。

とまあ、とりあえずジャニーズがいれば日本の治安は大丈夫。でも実は犯人役もかなり多いぞ。特に生田斗真と中居正広がいたら気をつけろ!

三本の短編映画に隠された監督の秘密とは

マダム・マーマレードの異常な謎

◉二〇一三年

この世のあらゆる謎を解く宿命を担っているマダム・マーマレード（川口春奈）は、助手のマダム・バルサミコ（高畑淳子）とともに、日本映画界の巨匠・藤堂俊之介監督の遺族の招きで藤堂邸を訪れた。監督は生前、三本の短編映画を撮っていたが、息を引き取る直前、「最初の台詞」という言葉を呟いた。どうやら三本の映画に何らかのメッセージが秘められているらしい。それらの短編映画を観たマダム・マーマレードが出した答えとは？

体感型イヴェントサーヴィス「リアル脱出ゲーム」を主催しているSCRAPは、二〇一三年から翌年にかけて地上波やWEB用の謎解きドラマの制作に関わったが、本作はその劇場版。約一カ月の間隔を置いて「出題編」と「解答編」を上映し、謎解きを挑んだ観客参加型の映画である。上映時は、「出題編」に出てきた三本の作中作が終わるたびに場内を三分間明るくして、入場時に渡されたメモに観客がそれぞれ五文字ずつの手掛かりを書けるようになっており、最後には十分間のシンキングタイムが与えられ、答えである〝監督の秘密〟をメモに書き込んで劇場出口に用意された箱に投函する形式となっていた。

作中の短編は、一本目は少女の初恋を描いた「つむじ風」（本編部分と同じく上田大樹監督）、二本目は鏡の向こう側に閉じ込められた女性を芸術家が救おうとする「鏡」（鶴田法男監督）、三本目は願いが叶う〝お百度石〟にまつわる物語を昔話風に描いた「やまわろわ」（中村義洋監督）。それぞれ傾向の異なる作風だし、Jホラーの先駆者である鶴田や『アヒルと鴨のコインロッカー』（別項参照）などで知られる中村といった一流どころの監督に演出させているので物語についつい引き込まれてしまうが、実はあちこちに手掛かりが鏤《ちりば》められているので細部まで注意が必要だ。

五文字のキーワードの出し方自体はわかりやすいとはいえ、問題の難度は相当高く、最低二、三度は「出題編」を観なければ正解には辿りつけないのではと思う（興行成績を上げるのにも役立つ工夫と言えよう）。「解答編」のエンドロールには正解者の名前が記されているが、それによると百二十人もの観客が真実に到達できたらしく、ある意味でこれが一番の驚きかも知れない。

［千街］

批判あるも原作とは一味違う騙し合いが光る

監禁探偵

◉二〇一三年

向かいのマンションに住む女性が何者かに襲われていると気がついた亮太（三浦貴大）は、急いでその場に向うも、女性はすでに殺されていた。そこに突然、別の若い女性（夏菜）が入ってきた。犯人と誤解されたと思った亮太は、その女性を自分の部屋にさらって監禁してしまう。ところがアカネと名乗るその女性は、亮太のプロフィールを推理してみせた上で「事件を解決してみせる」と言い放つのだった。

我孫子武丸原作の同名漫画をベースに、監禁された女性がその制限された状況下で推理するというコンセプトを残しつつ、主人公の設定など多くを変更した映画作品。漫画と比べて合理性の乏しいアカネの監禁に目をつぶれば、監禁されているのにもかかわらず鋭い推理の連続で探偵役を勝ち取る彼女の魅力が映像化されているといっていいだろう。また女性殺しは物語の一要素で、一番の見どころは新設定によるある種の騙し合いにある。設定の無理で批判を招いた本作だが、それでもミステリファンなら見ておきたい一作だ。［蔓葉］

女子高生たちの歪んだ友情を描いたイヤミス

少女

◉二〇一六年

高校二年生の桜井由紀（本田翼）は、親友の草野敦子（山本美月）をモデルにして小説を書いた。だが、原稿が教室内で盗まれてしまう。後日、小説は国語教師の名前で新人賞を受賞した。さわりを読んだ敦子は由紀に嫌悪感を抱き、さらに転校生が間に割り込んできて、二人の友情は崩れていった。

原作は湊かなえの同名小説。前半は女子校の様子、後半は夏休みになり、由紀は小児病棟、敦子は老人介護施設のボランティア活動が描かれる。心理描写は少なくても背景となるシーンにより、歪んだ少女たちの心がはっきりと伝わってくる。いじめを受ける敦子の姿は生々しく、由紀の「人が死ぬ瞬間を見たい」という願望は小説よりも説得力を持つ。

冒頭の「遺書」は誰が書いたものなのか。観客にはその謎が終始つきまとう。物語が進むにつれて登場人物たちの「見えない行動」が明らかになり、陰の主人公も判明してくる。テーマは因果応報。諸悪の根源となる人物は最後に笑っているが、不吉なことが起こりそうな予感がしてならない。［羽住］

フェアな映像トリックで描かれた分身の謎

バイロケーション

◉二〇一四年

忍（水川あさみ）はスーパーで身に覚えのない偽札使用の嫌疑をかけられた。その場に現れた刑事の加納（滝藤賢一）は、彼女を警察ではなく、ある洋館へと連れてゆく。そこで開催されていたのは、バイロケ（バイロケーションの略称）という〝もうひとりの自分〟の存在に苦しむ人々の集まりであり、加納もそのメンバーだった。忍にもバイロケがいるという彼らの主張を一蹴して洋館を去ろうとした彼女の前に、瓜二つのバイロケ（水川・二役）が出現する。

第十七回日本ホラー小説大賞長編賞を受賞した法条遥のデビュー作を原作とする映画。宣伝ではホラーであることが強調されたが、ホラー映画としてはさほど怖くはなく、むしろミステリ映画として宣伝したほうが多くの観客に評価されたかも知れないと思える。というのも、バイロケーションという超常現象を扱いつつ、メインとなっているのは謎解きの興味だからだ。

「バイロケは常に本体の近くに出現する」「バイロケは本体の記憶や知識を共有する」「バイロケは第三者には判別不能なほど見た目はそっくりだが、鏡に映らない」「バイロケは本体が引き裂かれそうなほどの感情の葛藤を抱えた時に出現する」など、バイロケの出現には多くのルールが存在している。このルールから、登場人物や観客は画面に映っているキャラクターが本物か偽物かを判断するわけだが、構成の仕掛けによってまんまと騙されることになる。

しかし、その仕掛けはどこまでもフェアである。注意力のある観客なら早い段階で仕掛けに気づけるよう、映像ならではの伏線が張ってあるからだ。原作の理詰めな印象を巧みに映像に置き換えた工夫は見事である。なお本作には二種類の結末があり、劇場では「表」と「裏」として時期をずらして公開されたが、どちらの結末でもあまり印象は変わらないというのが正直なところ。また冒頭の映像は、ヘレン・マクロイのホラー・ミステリ小説『暗い鏡の中に』の発想源となったエミリー・サジェ事件を再現している。

監督・脚本の安里麻里《あさとまり》は青春ホラー映画を得意としているが、本作でミステリ映画の方面でも非凡な資質を持っていることが明らかになった。実写映画『氷菓』（別項参照）の監督・脚本に指名されたのも道理と言えよう。

［千街］

イニシエーション・ラブ

◎二〇一五年

男性視点で描く恋愛をラスト五分で覆す衝撃作

乾くるみのミリオンセラー小説が、堤幸彦監督の手によって映画化された。「必ず二回読みたくなる」というキャッチフレーズは、どのように映像で表現されたのだろうか。

タイトルの「イニシエーション・ラブ」とは作中で示されるとおり、「大人になるための通過儀礼としての恋愛」を意味する。sideA は恋の始まり、sideB は別れをテーマに二部構成され、男性側の視点から若者の恋模様を描く。

一九八七年七月。大学四年生の鈴木（森田甘路）は、代役で参加した合コンで、繭子（前田敦子）に一目惚れした。後日、彼女からのアドバイスに従い、鈴木は流行の髪型に変え、新しい服を買い、自動車教習所に通い始める。たまに食事をして本の貸し借りをする仲だった二人は、些細な誤解から両思いと分かり、恋人同士になった。もっと彼女にふさわしい男になろうと、鈴木は痩せてかっこよくなる決意をする。

だが、幸せなカップルにも暗雲が漂う。大手企業を蹴って地元・静岡の会社に就職した鈴木（松田翔太）は、東京勤務の辞令を受けた。繭子とは遠距離恋愛になり、週末だけ帰る二重生活が始まる。慣れない環境に疲れ果てた鈴木は、自分だけが苦労していると不満を抱く。そこに、同期の美弥子（木村文乃）から告白され、二股をかけてしまう。

描写に言葉を費やせば、そこだけが浮き上がるから見抜かれやすい。逆に表現を抑えたら伝わりにくくなる。この微妙なさじ加減を、小説は見事に成功していた。本作では、明らかに不自然な行動をした人物は一瞬だけ映し、当たり前すぎる箇所は堂々と示してくる。何かに気付いたとしても、劇場内では確認ができない。このようにセーブされているからこそ、小説の章題の一つになっている「SHOW ME」が流れるラスト五分で、視聴者全員が感嘆の声をあげるだろう。

八十年代の恋愛といっても、誰しもがトレンディドラマのような世界にいたわけではない。素朴で初々しい前半の二人の光景は、どの時代の恋人たちにも当てはまる。出会ったばかりの頃は彼女の周囲だけ可憐な花が咲いていたのに、気持ちが冷めると暗くて重たい女性に変貌した。そんな男性の目を通した姿を、器用に使い分ける前田の演技に要注目だ。なお、本作の重要な要素である大人気ドラマ『男女七人』の片岡鶴太郎と手塚理美が夫婦役で特別出演している。［羽住］

天才探偵のカリスマ性を見事に表現

探偵ミタライの事件簿 星籠《せいろ》の海

◉二〇一六年

島田荘司の小説で活躍する名探偵・御手洗潔が、初めて映像の世界に登場したのは二〇一五年のことである。御手洗シリーズの中編を原作とする二時間ドラマ『天才探偵ミタライ～難解事件ファイル「傘を折る女」～』が、フジテレビ系の「土曜プレミアム」枠で放映されたのだ。御手洗役は玉木宏、相棒の石岡和己役は堂本光一が演じた。演出は小林義則、脚本は寺田敏雄。

原作は、前半はラジオ放送の内容だけで犯罪の真相を推理する御手洗の安楽椅子探偵ぶりが描かれ、後半は犯人視点の倒叙サスペンスへと変貌するが、ドラマの構成もある程度それを踏まえており、前半の約一時間、御手洗と石岡と二人の警察官によるディスカッションでほぼ占められているというのは、二時間ドラマとしては画期的な挑戦と言える（事件の展開は原作とやや異なる部分もある）。

このドラマを助走として、翌二〇一六年には劇場版『探偵ミタライの事件簿　星籠の海』が公開された。監督は和泉聖治、脚本は中西健二と長谷川康夫。石岡は登場せず、代わりにオリジナルキャラクターの編集者・小川みゆき（広瀬アリス）が御手洗の相棒を務めた。

名探偵を演じる俳優は、謎解きシーンが見せ場のため美声であることが望ましいが、その点で玉木宏は理想的配役。超高速で謎を解いてゆく天才探偵のカリスマ性を充分に表現している。和泉監督作品なので『相棒』でお馴染みの俳優が随所に顔を見せるのも愉しい。配役のせいで、事件関係者の年齢が少々わかりにくいのは気になったけれども。

原作はシリーズ屈指のスケールの大きな物語ではあるが、実在の宗教団体がモデルとしか思えないカルト教団が登場するなど、そのままのかたちでの映像化はなかなか難しい内容である。映画ではそのあたりをカットし、死体の漂着や幼児誘拐殺人や外国人女性の変死など並行して進む複数の事件にそれぞれ綺麗に伏線を張り、クライマックスの海上追跡に劇的なアレンジを施し、舞台である福山市の観光映画としての要素も抜かりなく入れながら、二時間弱に見事に纏めてみせた。本格ミステリとしての構成美は原作以上とも思える。このくらいの水準で『斜め屋敷の犯罪』や『暗闇坂の人喰いの木』の映画化も観てみたかった。

［千街］

キャスティングにも予告編にも仕掛けあり

22年目の告白　私が殺人犯です

◉二〇一七年

「はじめまして。私が殺人犯です」……日本全国に生中継された記者会見の場で大胆不敵にもそう言い放ったのは、二十二年前の未解決連続殺人事件の真犯人だと主張する男・曾根崎雅人（藤原竜也）。警視庁組織犯罪対策課の刑事・牧村航（伊藤英明）は、その中継映像に鋭い視線を送っていた。二十二年前、連続殺人犯を追っていた牧村は、上司を殺され、彼自身も犯人に傷を負わされていた。今になってわざわざ名乗りを上げた曾根崎の目的とは？　そして牧村は、この事態にどう動くのか？

本作は、韓国映画『殺人の告白』（チョン・ビョンギル監督、二〇一二年）のリメイクである。元の映画では、殺人犯だと名乗り出た男をパク・シフ、刑事をチョン・ジェヨンが演じた。日本版リメイクの監督は、『SR　サイタマノラッパー』で高い評価を得た入江悠。初メジャー作品である柳広司原作『ジョーカー・ゲーム』で磨いたエンタテインメント演出の腕を、本作では更に存分に発揮している。

韓国版では迷宮入り連続殺人は十五年前の出来事という設定だったが、本作では二十二年前に変更。これは、日本で殺人の時効がギリギリ成立するのが一九九五年だからである。また、韓国版にあったカーチェイス、毒蛇の襲撃、強すぎる被害者遺族といった要素をカットしたり改変するなどして荒唐無稽な印象を薄め、よりシリアスでリアリティのある物語に変えている。とはいえ、先が読めない展開は韓国版に多くを負っているのも確かだ。

殺人犯とその命を狙う遺族と刑事の三つ巴のバトルを主眼としていた韓国版に対し、本作はメディアの力によって犯人を裁こうとするジャーナリスト・仙堂（仲村トオル）も重要な役割を担っている。彼が司会を務める番組に、曾根崎ではなく自分こそ真犯人だと主張する男が出演し曾根崎と対決するクライマックスの後、韓国版にはなかった結末をつけることで、よりミステリ色が濃い映画となった。

作中のトリックとは別に存在するメタな仕掛けとして、キャスティングそのものがミスリードになっている点が挙げられる。また、予告編にもあざといほどに巧妙なミスリードが仕掛けられているので、本編を観る前に是非チェックしていただきたい。

［千街］

生徒と教師の秘密を炙り出す黒い会話劇

狂《きょう》覗《し》

◉二〇一七年

ある中学校で、生徒たちが体育の授業で教室を空けているあいだ、教師たちによる極秘の荷物検査が始まった。あってはならぬ所持品、黒板に書かれた文字の痕跡などから、そのクラスではいじめが行われているのではないかという疑惑が持ち上がるが、担任は頑なに否定する。

衝撃のサイコ・サスペンス映画『生地獄』でデビューした藤井秀剛監督が、宮沢章夫の戯曲『14歳の国』を原案に撮ったミステリ映画。導入部を除いてほぼひとつの教室内だけを舞台に、荷物検査を通して生徒と教師それぞれのダークサイドが浮上してくる密室ディスカッション劇だが、『十二人の怒れる男』や『キサラギ』などの前例と比較するとかなりブラックな味わいが特色だ。何か発見があるたびに局面が反転し、ラスト数分ですべての伏線がひとつにつながる怒濤の展開が観客を圧倒する。なお、精神不安定な主人公の若手教師を演じた杉山樹志は、この映画の上映期間中に二十八歳で急逝した。

［千街］

原作に忠実かつ深みを増した脚本

氷菓

◉二〇一七年

姉の勧めで古典部に入部した高校一年生の折木《おれき》奉太郎《ほうたろう》（山﨑賢人）は、部室で千反田《ちたんだ》える（広瀬アリス）と出会い、彼女がその部屋に閉じ込められた謎を解く。えるは奉太郎の推理能力を見込んで、かつて古典部の部員だった彼女の叔父・関谷純にまつわる謎を解いてくれるよう依頼する。

米澤穂信のデビュー作の、安里麻里監督・脚本による実写映画化。アニメ版（別項参照）では二〇一二年が背景となっていたが、映画では原作通り二〇〇〇年である。

脚本はかなり原作に忠実で、演出は奉太郎が推理する際の決めポーズなどはあるものの基本的には淡々としており、原作の味わいを再現している。ただし三十年前の出来事については改変を施すことで、古典部の文集「氷菓」の序文に籠められた、それを書いた人物の想いがより深みを増したし、奉太郎と純のイメージの重なりも青春映画としての輪郭を明瞭化させた。アニメ化と実写映画化の両方が成功したという点で、メディアミックス史上珍しい例と言える。

［千街］

「謎解きエンタテインメント」という発明

脚本家・黒岩勉インタビュー

聞き手＝千街晶之

Tsutomu Kuroiwa

黒岩勉……一九七三年、埼玉県生まれ。二〇〇八年、フジテレビヤングシナリオ大賞の佳作を受賞。二〇〇九年、『世にも奇妙な物語　秋の特別編』の「自殺者リサイクル法」で脚本家デビュー。代表作は『謎解きはディナーのあとで』『ようこそ、わが家へ』『貴族探偵』など。二〇一七年、『僕のヤバイ妻』で第五回市川森一脚本賞を受賞。

二時間ドラマの再放送で育つ

――今回は、本格ミステリドラマの脚本を数多く手掛けておられる黒岩さんから、お話をいろいろお聞きしたいと思います。まず、黒岩さんが脚本家を目指したきっかけからお聞きします。

黒岩❖子供の頃は鍵っ子だったんですが、幼稚園から帰ると、ちょうどテレビで古い映画や二時間ドラマの再放送をやっていて、それをいつも観ていたんですが、その頃から何となく映画監督になりたいと思ったんですよ。大学を卒業する時に、教授に放送作家の道があるからそっちからやってみればと言われて、まず放送作家になったんですね。

――二〇〇八年、フジテレビヤングシナリオ大賞佳作を『パーフェクト・ゲーム』で受賞されましたが、それ以前にも賞に応募したことはありますか。

黒岩❖何回かありました。テレ朝にも送って、最終選考まで行くと教育プログラムみたいなのがあって、課題を出されて一年間やったんですけど、その時に放送作家との掛け持ちで体を壊して、脚本家と両方やるのは無理だと思って、一旦諦めたんですね。その後、あるバラエティ番組をクビになった時に、そもそもバラエティをやりたかったわけじゃないと改めて思い返して、もう一度応募したのがフジテレビヤングシナリオ大賞で、そこで賞をいただいたという感じです。正直、大賞をほしかったというのが一番で（笑）、それが悔しくて。でもそれが良かったのかな、なにくそと思ってやっていったので。

――脚本家デビュー作の『世にも奇妙な物語　自殺者リサイクル法』（二〇〇九年）は、自殺未遂者の命がさまざまな用途に利用される話ですが、この発想はどのように生まれたのでしょうか。

黒岩❖放送作家をやってた頃、ワイドショーも担当していたんですけど、ニュースで年間三万人くらい自殺者がいるという話題を扱ったんです。昔ラジオ番組で、病気で余命が宣告されている女の子が電話で、自殺するくらいなら私に命を下さいと言っていたのが印象に残っていて、三万人もいるんなら正しく命を使う道はないかな……というのが発想ですね。

——初の連続ドラマ脚本は『LIAR GAME』シーズン2（二〇〇九年）ですが、ゴールデンタイムに進出した人気ドラマの続編を引き受けた意気込みについてお聞かせください。

黒岩❖この時は脚本家としての実績はゼロなので、初めての連続ドラマを書き切りたいという無我夢中な感じでした。シーズン二だからとかは考えなかったです。実は映画『LIAR GAME ザ・ファイナルステージ』の仕事が先で、そのあとに映画につながる話としてドラマのシーズン二の依頼があったという順番だったんです。だから映画の話のほうがプレッシャーがありましたね。脚本を書き上げた順番で言うと『ザ・ファイナルステージ』が本当のデビュー作で、『世にも奇妙な物語』が二番目でした。

——原作はどのように意識しましたか。

黒岩❖甲斐谷忍先生の原作が素晴らしいのもありますし、変えようがないんですよね。変えちゃうとゲームが破綻するので、あれほど原作に忠実なドラマってないくらい、その通りにやった感じですね。ただ映画につなげるための整合性は難しくて、みんなが持ってるお金が何億円かというのを帳尻を合わせなくちゃいけなかったんで、ストーリーというよりも、算数的な……ワードよりエクセルを使って計算をしながら作業をやっていたと思います。たぶん今までやった中で一番難しかったですね、数字を合わせる作業が。

——個性的な登場人物が多い中で、書いていて楽しかった人物はいますか。

黒岩❖書いてて気持ちいいのはやっぱり秋山深一じゃないですかね。頭のいい人を書いている時は楽しいですよ。

謎解きをいかに面白く見せるか

——私が、ミステリに強い脚本家として黒岩さんのお名前を認識したのは『謎解きはディナーのあとで』（二〇一一年）でしたが、東川篤哉さんの原作小説は安楽椅子探偵ものでした。それをドラマ向けにする時の工夫についてお聞きします。

黒岩❖読んで思ったのは、ミステリドラマの定番の、捜査の最中に人間模様が見えてくるようなシーンがなくて、これをどう面白くするのかを考えた時に、振り切って、謎解き部分をエンタテインメントにして観せるのが一番いいな、と。すごく特殊なんですよ、普通のドラマなら最後の十分間で謎解きをして犯人が告白するのが普通ですが、このドラマは二十分か三十分くらいしたらもう謎解きを始めてしまうので。いかに謎解きを面白く観せるかにすべての勝負をかける意気込みでやりました。影山と麗子が話をしている時にフィクションとして、シーンを飛ばして殺害現場に行ったりとか、現場の時間を止めて解説したりとか、今はそういう表現方法も増えてますけど、たぶん当時はなかったと思います。とにかく謎解きを面白く観せる「謎解きエンタテインメント」としてやったのを覚えています。謎解きだけで一時間という、ある意味で挑戦だったんですが、そこは意外とお客さんの反応も良かったです。

——ほぼ原作通りの回と、一捻りした回がありましたね。

黒岩❖七話（「殺しの際は帽子をお忘れなく」）だけ犯人を変えたんですね。それは禁じ手じゃないかなと思いつつ、原作の世界感さえ守れば許されるかなと思って。謎解きを面白く召し上がれというドラマなので、風祭の捜査は映像で送られてきて、影山と麗子の二人だけが宝生家の空間にいる中で、始まった時から最後までが全部伏線になってて、実は最初から犯人が出てて、その人が証拠も持ってきてて、全部屋敷の中で頭から全部まで謎解きです……というのをやりたいと。それは原作と変わっちゃうんですけど、そういうのをやりたいなというのがありましたね。

——あの犯人が出てきた瞬間に、影山と同じ注意力さえあれば「怪しい」とちゃんと気づけるようになっていますね。あと、電話越しに社歌が聞こえてくるとか、ああいう伏線がひとつひとつ巧妙で、非常に印象深い回でした。

黒岩❖ありがとうございます。それはやって良かったですね。トリックだけじゃなくて動機の伏線も含めて一時間に全部入れないといけないので、正直、多少力技なところはあるんですね。二時間だともっとゆったり出来たでしょうけど。でも、強引だと思われてもいいからやりたかったという感じですね。今やったら整合性をもっと考えると思いますが、当時は勢いがあったなあとも思います。原作ものをやる時、一番大事にしているのはその作品が持っている世界観で、映像化する上でどうしても変えなければならないことがいろいろ出てくるんですけど、世界観さえ壊さなければ原作ファンの方を裏切らないで済むと思いますし、原作者の方にも認めてもらえるような感じがあります。

——このドラマは劇場版やスペシャル・ドラマも作られて、オリジナルの要素が増えていきましたが、そういう時に東川さんの世界観とはどのように整合性を保ちましたか。

黒岩❖東川先生の作品って、まずキャラクターが面白いんで、そこはぶれないようにします。あとトリックと謎が面白いですよね。何が面白いかというと、特殊な装置じゃなくて、日常的なものを使ったりするでしょう。靴を履いていないのは何故、みたいな。トリックは本格的なのに謎を解く目線が低くて分かりやすいところにあって、そこを守ればこの世界観は壊れないのではと。劇場版だったら、裸で土下座している死体が出てきますけどそれは何故だろうみたいな、そういう最初の謎がすごく誰でも考えられるものでいけば、あとはキャラクターがぶれなければ世界観は壊れない。

——スピンオフの『風祭警部の事件簿』でいいますと、美肌の湯の効能とか旅館のお品書きとか、あれが全部手掛かりだったというのが印象的で。

黒岩❖ありがとうございます。あの世界観ですね、一見くだらないことが全部解決につながるという。染み抜きとか、お母さんの知恵袋的な親近感が湧く謎解きなんですね、『謎解きはディナーのあとで』の世界は。『すべてがFになる』とか『貴族探偵』とはまた質が違うといいますか。

脚本と小説の書き方の違い

――『謎解きはディナーのあとで』の頃から、黒岩さんはミステリのセンスをお持ちだなあと思ったのですが、もともとミステリはお好きだったんですか。

黒岩❖ ミステリは好きですけど、小説はほとんど読んでいないんです。先ほども言いましたが、二時間ドラマなんですね、きっかけは。再放送以外にも火曜サスペンス劇場とか土曜ワイド劇場とか、子供の頃からずっと親と一緒に観てて。中高くらいに赤川次郎先生の作品を読んだ時期はありますが、他はほとんどないですね。ベースは二時間サスペンスです。

――映像で、好きなミステリがありましたら教えてください。

黒岩❖ ミステリでなくても、物語を面白くする要素としてどんでん返しとか嘘とか秘密が大変好きで、そういう意味では『スティング』を観た時の衝撃ですね。騙された感の気持ち良さ。『羊たちの沈黙』のレクター博士の脱獄トリックも、やられた！という衝撃が大きかったですね。

――『スティング』といえば、黒岩さんの小説『それは、自殺5分前からのパワープレー』もコンゲームでしたね。

黒岩❖ コンゲーム、大好きですね。あれはたまたま出版社の方がフジテレビヤングシナリオ大賞の佳作を受賞した『パーフェクト・ゲーム』を気に入られて、それでもともと映画の企画としてプロットを作っていたのを小説にしました。

――脚本という集団作業と、ひとりで書く小説の違いはどう感じましたか。

黒岩❖ ドラマの脚本はどんどん視点が変わりますけど、小説の場合はひとつの章の中でひとりの視点でないと混乱する感じがありますので、小説を書くほうが縛られる感じはありましたね。ドラマは誰の視点でも一行で変えられるので、そこが違うなと感じた覚えがあります。書きやすいのは脚本ですね。ただ、小説は心情を書けるのは楽だなとは思います。

――あの小説では、裏カジノがあるビルがトリックに使われていましたが、あれはどの段階で思いついたものですか。

黒岩❖ 最後のどんでん返しに関するパッケージが最初です。その騙す相手として、裏カジノを持ってきて、その中でどういう最終的なトリックを使おうかなという時に考えましたね。最初は船でやりたかったんですよ、あのトリックは。基本的には、トリックありきのほうが作りやすいです。

天才たちの世界を お茶の間に届ける

――森博嗣さん原作で、連続ドラマ『すべてがFになる』（二〇一四年）と、単発ドラマ『瀬在丸紅子の事件簿～黒猫の三角』（二〇一五年）の脚本を書いていますね。森さんの原作をドラマ化する際の苦労についてお聞かせください。

黒岩❖ 森先生の世界観はすごく独特で大好きなんですけど、それをいかにゴールデンのお茶の間に届けるかが難しい作業でしたね。

――基本的に頭のいい人が多い世界で。

黒岩❖ 秋山深一もそうですけど、天才を書くのは楽しいです。『すべてがFになる』は、天才しか出て来ないですよね。犀川先生もそうだし、西之園萌絵もそうじゃないですか。

――しかも更にその上がいるという。

黒岩❖ええ、真賀田四季っていう神様がいて。この天才たちをお茶の間に届けるのは大変で、でもそこを壊しちゃったら意味がなくて。萌絵を頭の悪い女子大生にしたほうが見やすいかもしれないけど、それをやっちゃったら世界観が壊れるので、そこは天才にしようと。最低限、事件を面白くしたりとか、動機の部分をもう少し人間の思いを足すことでわかりやすくするとかはしても、登場人物たちの天才ぶりは変えないほうが面白いと思ったんですね。そうしないと『すべてがFになる』をドラマにする意味がない。犀川先生や西之園萌絵の台詞は自分の言葉で足しましたけれども、真賀田四季の台詞だけは原作からしか取ってないですね。あの人だけは神様みたいで、どういうことを喋るんだろうというのは森先生しか考えちゃいけない気がして、真賀田四季の台詞は原作の他のシリーズからも持ってきたりして、聖書を紐解いている感じで神の言葉を拾ってくるしかなかったですね。この人の台詞だけはオリジナルで書ける人はいないし、書いちゃいけない気がしました。

――一九九〇年代の原作を現代に置き替える際に気を遣ったことはありますか。

黒岩❖あまり時代の差を感じなかったんですね。当時の本当に最先端のものを森先生は書かれていたので、ちょうどドラマ化した時代に読むと、皮膚感覚でヴァーチャル・リアリティの世界とかが映像として頭の中でイメージできるというか、そこは今がちょうどいい時代なのかなと思いましたね。

――『黒猫の三角』は、『すべてがFになる』との世界観の違いなどは意識して書かれましたか。

黒岩❖そこは全く考えないで、『黒猫の三角』をいかに面白くするかだけで書きました。たしか『黒猫の三角』の話が先に来たんだったかな。

間違った推理を考えるほうが難しい

――『貴族探偵』（二〇一七年）は昨年大変話題を呼んだ作品でした。

黒岩❖最初に麻耶先生の二冊の原作を読んだ時に、圧倒的に『貴族探偵対女探偵』が面白かったんですね。両方面白かったんですけど、こっちのほうは今までやったことがないことを出来るのではと。一個の事件に対して間違った推理をやって、そっちの推理も正しいように思わせて、しかもそれをひっくり返すという。『謎解きはディナーのあとで』で、新しいミステリの鉱脈を見つけた感じがあったんですけど、これをもしやったら、また新しいパッケージになりそうだと。高徳愛香の目線で、彼女が成長していく話をやりたいというのが最初でしたね。

――原作の『貴族探偵対女探偵』だと、全エピソードで愛香が貴族探偵を犯人だと推理しますが、そこは敢えて外しましたね。

黒岩❖小説だと全く気になりませんけど、連続ドラマだと一週間ごとに事件捜査を観ている感覚で、愛香が同じミスを繰り返している感じが強くなってしまうので、そこは変えさせてもらおうと。そこを変えても、この作品の世界感だけは変えなければ大丈夫と思って書きました。

――原作にないオリジナルの推理はどのように考えましたか。

黒岩❖例えば三話の「トリッチ・トラッチ・ポルカ」でいうと、原作にはないですけど妻にDVを受けている夫が、幸せな夫婦に見せかけるために切った妻の首を使って仲良くしてるのをSNSで見せる……みたいな今っぽさは入れようと。夫が意外とDVを受けているというのはネットのニュースで見て、さらにその夫がボクサーだと面白いなと想像して、しかもSNS映えするようにしたら……というふうに作っていって、それを原作にトレースした時に、間違いトリックをいかに成立させるかという感じでしたね。それを全話、毎回二個作らないといけないので、考えるのは大変で、二十個ぶんの一話完結ものの話を作ったくらい疲れましたね。

――愛香の推理も結果的に間違っていたとはいえ、ある程度視聴者を納得させなくてはならないわけで。

黒岩❖しかも毎回ちょっとずつ核心に近づいていって、成長している感じにしなければならないので。完全に合ってるより、ちょっと間違っている推理を書くほうが難しいんですよ。しかも、貴族探偵は最初から気づいていたキャラにしよう、それでないと主人公として立たないので、貴族探偵がどこまで気づくのかというのも毎回枷になってて、枷だらけのドラマでしたね（笑）。それをどうクリアするか。

――今回の本に協力してくださっているミステリ作家の大倉崇裕さんが、貴族探偵が最初に気づくヒントを仕込むのが一番難しいんじゃないかといったことをツイッターで書いていました。

黒岩❖流石ですね、それはおっしゃる通りです（笑）。間違い推理もそうですけど、それをさりげなく見せるのが難しかったですね。

――『貴族探偵』の、使用人たちによるコミカルな犯行再現シーンはどのような発想で生まれたのでしょうか。

黒岩❖最初はサルーンの中で使用人たちがリアルに演劇をやって事件を再現するのが面白いんじゃないですかと僕は言ったんですが、それはちょっと……という話になって（笑）、映像で再現するのはどうですかと言うと、そちらになりました。謎解きを面白く見せるというのは『謎解きはディナーのあとで』からずっと考えてきたことで、今回は二段積みの難しい推理をどう面白く見せるかを考える時に、使用人の事件の再現という、これも今までこういう試みはなかったと思うんですけど、それをやったら新しいエンタテインメントになるんじゃないかと。

――エピソードの並べ方は、具体的にどの時点で考えていましたか。

黒岩❖最初に考えたのは、貴族探偵と師匠（喜多見切子）が実は……というのを縦軸の構成にして、最終回までの流れにこうすれば一番はまるだろうという順番で。途中で師匠の話はやりたいと思っていて、だったらこのバッグの話（七話「ウィーンの森の物語」）かな、とか。愛香が成長していく感じならどの話かとか、貴族探偵を怪しく見せるにはどの話がいいか、という感じで決めていきましたね。

――「こうもり」のように映像化が難しい原作の順番は。

黒岩❖「こうもり」は原作で人気がある

というのはわかっていましたので、あれをどこでやるかというのはみんなで話し合って、最後のほうならば愛香の成長を描けて、しかも原作を読んでる人も裏切れるし（笑）。これは最後のほうに持ってきたら面白いんじゃないかなという話になりましたね。

――一話でポルチーニ・パーティーが出てくるじゃないですか。あとで愛香に疑いがかかって鼻形が推理する回（八話「むべ山風を」）で、原作通り光るキノコが出てきますけど、あれも貴族探偵が犯人扱いされる話なので、この二つを対にするために最初からキノコを出したのかと。

黒岩❖　対にしようとまではきっちり計算はしてなかったですが、あとで使えるなというのもあったので一話で出しました。光るキノコという題材があるのはわかっていたので、キノコという小道具が作品の世界観とマッチするなというのもありました。

俳優の魅力で愛されるキャラに

――貴族探偵の原作のキャラとの違いはどのあたりを意識しましたか。

黒岩❖　なるべく原作と変えないようにしましたが、あまり横柄な感じには見えないようにしようと思いました。あまりにも横柄だと嫌われる可能性がありますので。もちろん貴族なので多少は横柄なんですけど、相葉さんが演じると嫌味じゃなくチャーミングに見えて、うまくバランスを取っていただいたんじゃないかと。

――『重要参考人探偵』（二〇一七年）の弥木圭も、絹田村子さんの原作ほど短気ではない印象があります。

黒岩❖　絹田先生の作品は、とにかく男性キャラがみんな魅力的で、それを前面に押し出したドラマにしようと思いました。弥木圭に関して言うと、原作だとわりと短気でキレたりしていて、ドラマでも意外と怒ってますけど、そこも玉森さんの演技で、うまく愛される主人公にしていただけたと思います。

――『重要参考人探偵』にはオリジナルキャラクターの早乙女果林という元恋人の刑事が出てきましたが、このキャラはどのように生まれたのでしょうか。

黒岩❖　どうしても映像にすると男だけの世界はなかなか難しいところがあって、女性を是非入れたいという時に、弥木圭は警察に追い込まれて重要参考人になった時に推理力を発揮するので、その追い込む刑事の側に主人公の大事な人がいたほうが面白いなと思いました。

――『重要参考人探偵』はあまり原作を変えていないエピソードが多いですが、四話のダイイング・メッセージを変えていますね。

黒岩❖　『貴族探偵』の時は、すごくトリックが複雑で精緻に作られている上級者向けの世界で、それをいかにテレビ的に面白いエンタテインメントとして観せるかということをやったわけですが、『重要参考人探偵』は金曜の深夜に気楽に観られるようなわかりやすさ、ポップな土曜ワイドをやりたかったんですね。だけど、ダイイング・メッセージというか頭の体操的なパズルはあの時間帯でもはまるような気がして、少しだけひねったダイイング・メッセージに変えたんです。

伏線だらけの復讐劇の試み

――『貴族探偵』四話や『重要参考人探偵』七話など、黒岩さんの脚本には温泉を飲むエピソードがよく出てくる気がするのですが。

黒岩❖ 温泉とミステリの食い合わせがすごく好きですね。温泉を飲むシーンというより、温泉が好きなんです（笑）。原作ベースで温泉があることもありますが、いろいろ考えちゃいますね。

――湯けむり二時間サスペンスの依頼があったらお書きになりたいですか。

黒岩❖ 二時間ドラマは意外と書いてるんですよ。湯けむりも新しいパッケージとしてやれる気がしますね。二時間サスペンスの昔からあるフォーマットは本当に馬鹿に出来ないと思っていて、脈々といろいろなことを考えて試してきたと思うと、ある意味美しいフォーマットだと思いまして、やるとすればそこは守りたいなと……殺し方とかは多少エキセントリックにしたりはしますが。

――キャラクターを書く際、演じる俳優を意識した「あて書き」はしますか。

黒岩❖ それはもちろんありますね。誰がやるか決まった時点で、そのイメージに合わせて書いています。例えば『貴族探偵』なら、やっぱり相葉さんは人柄の良さが滲み出ていますので、ある程度辛辣な台詞でも、あまり嫌味に聞こえないように言ってくれるだろうと。貴族探偵って本当に難しい役で、貴族なんてモデルがいないし、誰がどうやろうと正解はないので。原作で貴族探偵が実は女性にすごく気を遣っていますが、相葉さんはスタッフとか他の役者さんに、さりげなく相手に気づかれないように気を遣ってくれる方なので。すごく似てるなと思ったんですよ、貴族探偵に。だからあの役とは合う気がして、そこは安心でしたね。

――同じミステリ系の脚本家として、気になる存在はいますか。

黒岩❖ 僕もミステリ専門ではないですし、ここで名前を出すと「私、ミステリ系じゃないよ」と思われたら失礼なので言いづらいんですが（笑）、蒔田光治さんですね。ミステリドラマって沢山ありますけど、人間の業とか動機に重きを置きがちで、なんでかというとそっちのほうが考えるのが楽なんです。テレビは映画と違って「ながら見」なので、ちゃんと見てくれない前提で作らないといけないのであまり精緻なものはできなかったりするんですが、ドラマの中でHOWで勝負をしている蒔田さんのような方は珍しいんじゃないかなと。

――では最後に、今後のご予定についてお聞きしたいと思います。

黒岩❖ 四月クールの木曜夜十時にフジテレビで放送される『モンテ・クリスト伯』という連続ドラマの脚本を書きます。殺人事件を解決するタイプのミステリじゃないですけど、ある意味ミステリの要素は多分に含まれています。（デュマの）『巌窟王』を現代版にするわけですが、一話から最終話まで全部伏線みたいな話で、謎あり秘密あり裏切りあり、そういうミステリですね。今まで蓄えてきたものをかたちを変えて復讐劇に落とし込む作業をやっていて、ミステリ好きな人は観たら面白いと思いますので、是非観てほしいです。

（二〇一八年二月八日）

国内テレビドラマ

Japanese TV drama

二大巨匠による
ガチンコ勝負の犯人当て
安楽椅子探偵
◉一九九九〜二〇〇二、〇三、〇六、〇八、一七年

『安楽椅子探偵』シリーズは、綾辻行人と有栖川有栖による犯人当てドラマだ。最初に出題編、数日から一週間後に解決編が放送される。視聴者は犯人名とそこに至る根拠を規定文字数にまとめ、期日までに公式サイトに投稿できる。二人の原作者が求めるのは、もっとも「エレガントな回答」だ。解決編終了後に当選者一名が発表され、賞金が授与される。

ABC朝日放送の番組なので、初期二作は近畿地区のみの放送だったが、周辺地域に宿泊したファンもいるほどカルト的な人気を得て、ネットでも匿名掲示板などで推理合戦が繰り広げられた。第三作が全国で放送されてから、一気に知名度が高まり、新作ごとに注目を集めている。

物語は一話完結で、ゲストのストーリーテラーがルールを説明し、本編に入る。状況は毎回異なるが、困ったときに一回だけ助けてもらえる笛を登場人物の誰かが吹き、出題編は終了。解決編で仮面にマントをはおった謎の人物・安楽椅子探偵が登場し、事件のおさらいをしていく。謎解きは真っ白な純粋推理空間という場所にて、コント形式で行われる。

二〇〇二年『安楽椅子探偵とUFOの夜』と〇三年『安楽椅子探偵と笛吹家の一族』は再び近畿地区のみ放送。前者は本作そっくりな作中ドラマの見立て殺人とUFO騒動、後者は遺産相続会議のため別荘に一族が集められ、その中の一人が不可解な状況で殺される。両者とも正解はシンプルだ。

〇六年『安楽椅子探偵 ON AIR』は霊能力者がバラエティ番組で霊視し、遺体を発見する。〇八年『安楽椅子探偵と忘却の岬』は海辺の村で大怪我をした状態で発見された男性が主人公。記憶喪失により、運び込まれた屋敷で静養するが、殺人事件に巻き込まれる。どちらも全国放送だったので、応募総数は多いが、理由までの正解率はかなり低い。

時を経て、一七年『安楽椅子探偵 ON STAGE』が放送。安楽椅子探偵を演じる役者が千秋楽中に舞台上で毒殺され、同じ劇団にいる弟も別の場所で殺されていた。ネット配信も同時に行われ、犯人名正解率は六割を超えた。

どの作品も動機は重視されないので、忖度は必要ない。大事なのは犯行可能な状況だけで、観察力と洞察力が正解の決め手となる。隅から隅まで何度も観ても、飽きることのない戸田山雅司の脚本も本作の重要な要素となっている。［羽住］

科捜研の女

理系女子・榊マリコが繰り広げる事件と実験

◎一九九九年〜

、アメリカの『ＣＳＩ』シリーズより前から、日本でも科学捜査ドラマが始まっていた。京都府警科学捜査研究所の法医学研究員・榊《さかき》マリコ（沢口靖子）が主役の『科捜研の女』だ。二十一世紀はシーズン３からだが、翌年のシーズン４までは同名の別作品のような雰囲気である。マリコは無鉄砲で明るい特攻型で、元夫や母の前では子供っぽい表情も見せていた。

一年の期間を空け、二〇〇四年にシーズン５『新・科捜研の女』（シーズン９から「新」を外す）が開始。かけがえのない相棒となる捜査一課の土門《どもん》薫（内藤剛志）、文書鑑定の日野和正（斉藤暁）、シーズン８から登場した法医学教授・風丘《かざおか》早月（若村麻由美）は長期レギュラーとなっている。証拠品や遺留品を科学捜査で分析し、新たな事実が判明して犯人を導き出すという形式で、一話完結がメインの安定した作品が続く。マリコは若手特有の危なっかしさがなくなり、落ち着きが出て、成長にあわせたように作風もシリアスになった。

嘘発見器を使った７−４「悪女の初恋！多すぎる殺人容疑者‼」、マリコがバスジャックに遭う７−７「人質になったマリコ 京都〜淡路島、高速バス爆破予告！」、土門の妹・美貴が拉致される10−１「狙われた科捜研！」、デスマスク連続殺人11−11「連続殺人鬼、空白の10年の謎！ 禁じられた科学鑑定‼」、権藤刑事が殉職する12−４「疑惑の白骨死体！ 残された押収拳銃の謎」、12−５「殉職刑事が残した謎 血液指紋の告発…」、『メンタリスト』主演の草彅剛がゲスト登場する15−８「スペシャリストたち」、女性の駆け込み寺が舞台の15−９「ニセ妊婦殺人事件」、初のラブシーンかと思わせる17−５「寄生する女」は必見作品である。

〇八年から不定期にスペシャル版が放送されるようになり、爆発シーンなど派手な演出が増えてきた。一七年のスペシャルでは、事故に遭った土門の生前検視を行う。意識を取り戻したときの「榊、どうせそこにいるんだろ」は、二人の信頼関係を表す歴史に残る名言になるだろう。

レギュラーや主要人物が交替するのも本作の特徴であり、研究所のメンバーも、現在は日野のほか、化学の宇佐見裕也（風間トオル）、物理の橋口呂太（渡部秀）、涌田亜美（山本ひかる）で構成されている。初期を支えてきたが早逝した泉政行のためにも、今後も続いてほしい長寿ドラマだ。［羽住］

TRICK

最強の素人探偵コンビによるトリック+ギャグ

◉二〇〇〇〜一四年

ドラマ史上最強の素人探偵コンビといえば、自称美人天才マジシャン・山田奈緒子（仲間由紀恵）と日本科学技術大学の物理学者・上田次郎（阿部寛）といっても過言ではない。

超能力を証明してほしいという上田の公募に、奈緒子がマジックで騙し報酬を奪おうとしたのがきっかけで、二人は出会った。その後、依頼を受けるたびに上田は奈緒子を現場に伴い、超常現象や偽能力者たちのインチキを暴く。「お前のやったことは全部お見通しだ」の決め台詞などは仲間のイメージを一転させ、トリック+ギャグ路線はその後の日本のミステリドラマに大きな影響を与えた。『TRICK』は、二人のコンプレックスが「貧乳」と「巨根」のようにエロをギャグにからめたり、血しぶきや首なし死体などグロテスクなシーンもあったりした。

『TRICK2』でも、相変わらず奈緒子は仕事がなく、家賃も停滞、移動は徒歩で手品道具は自作している。一方、気弱な上田は『どんと来い、超常現象』を出版し、教授に昇進した。episode1（以下番号のみ標記）「六つ墓村」は、温泉旅館の事件を探る、言い回しが鍵の作品である。故・伊藤俊人の怪演が見ものの2「100%当たる占い師」は、上田は失踪、奈緒子と刑事・矢部謙三（生瀬勝久）が占い師とその信者が集う施設に潜入し、未来を行き来できる時間の穴の秘密を暴く。3「サイ・トレイラー」では、物や人の残留思念をたどる男と奈緒子が賞金をかけて対決する。物理トリックとホラーが融合していて、奈緒子の推理力がもっとも発揮される異色作だ。二人が初めて別々の事件に巻き込まれる4「天罰を下す子」は、大人の欲に振り回される少年の姿が虚無感を残す。鬱々とした空気は、5「妖術使いの森」で吹き飛ばされる。奇妙な森で探検隊が次々に殺される話だが、ユーモア色が濃く、長野で書道教室を営む奈緒子の母・山田里見（野際陽子）も登場のドタバタ喜劇である。

『TRICK劇場版』は、同年に公開された。以降も含め、監督は堤幸彦、脚本は蒔田光治が務める。糸節村という過疎の村で、災いを救うために連れて来られた自称・神様たちが次々に殺されていく。たまたま取材で村を訪れていた上田は、偽神様の一人の奈緒子を救えるのか。かつて奈緒子の少女時代を演じた成海璃子が鍵となる人物を演じているのが感慨深い。

第三シリーズ『木曜ドラマ TRICK～Troisième partie～』はゴールデンタイムに進出した。時折冒頭に入るナレーションは、奈緒子の隣人の声だと分かる。また、矢部の部下は、金髪で広島弁の石原から東大出身の菊池に交替した。

ガッツ石まっ虫初登場の1「言霊で人を操る男」は、山を消す方法もさることながら鳥居のトリックが面白い。軽めの2「瞬間移動の女」のスリット美香子は美術品盗難を企む詐欺師でも、どこか憎めないキャラクターゆえに、3「絶対死なない老人ホーム」の死者も蘇らせられるカウンセラーの狡猾さが際立つ。大胆すぎるからくりに感嘆の声をあげても、それ以上のやりきれなさが最後に待っている。一族連続殺人事件の4「死を招く駄洒落歌」は見立て和歌すら笑いに変えるが、相当後味が悪い。連続ドラマの5「念で物を生み出す女～黒門島の謎Ⅱ」は、前半も後半も奈緒子の文字による駆け引きが見事な原点回帰の作品である。

二〇〇五年『新作スペシャル』は生放送中に観客の死を当てた占い師と対決する。同番組に出演していた上田と他の大学教授たちは、富市山《とみいちやま》村にある記念館で再勝負を挑むが、一人ずつ変死していく。アパートを追い出され同行していた奈緒子にも危機が迫る。序盤の里見の書道教室シーンは要注意。矢部の部下は本作以降、電脳オタクの秋葉が務める。

『劇場版2』は〇六年に公開された。前半は離島の筺神《はこがみ》島、後半は富毛《ふもう》村、二つの舞台で霊能力者が中心となる教団と争う。殺人事件は起きず、さまざまなパロディが目立ちすぎる。

一〇年は二作。劇場版『霊能力者バトルロイヤル』では、万練村で生き残りをかけた霊能力者同士の対決に参戦する奈緒子と、霊能力はないと証明してほしいと村人に依頼された上田が敵対関係になってしまう。あの役者にしか絶対にできないトリックが使われ、最初のエピソード「母之泉」も絡んでくる大作だ。『新作スペシャル2』はテレビ放映。ある儀式を行い、片想いだったら想い人が死ぬという言い伝えを迷信と証明するため、上田と奈緒子は一夜《ひとよ》村を訪れる。異様な他殺死体が続々と現れ、不気味さはシリーズ最大級である。

十四年にわたる最終作は、『新作スペシャル3』と劇場版『ラストステージ』の二本立てだ。前者は『犬神家の一族』のパロディが強すぎるが、村の財宝を探す冒険ものとして味わい深い。後者は、赤道スンガイ共和国が舞台になる。異国ならではのトリックはもちろん、二人の絆の深さや復活した鬼束ちひろの主題歌まで、ファンほど涙があふれるだろう。[羽住]

不可能犯罪+犯人当て推理ドラマの先駆作

金田一少年の事件簿

◉二〇〇一・〇五・一三〜一四年

一九九五年、天樹征丸原作・さとうふみや作画『金田一少年の事件簿』が、堂本剛主演で初めて実写化された。あの有名な名探偵・金田一耕助の孫の男子高校生が、館、学園、孤島、吹雪の山荘など、容疑者が限定される状況下で起きた連続殺人事件の謎を解き明かす。決め台詞は、「ジッチャンの名にかけて!」と「謎はすべて解けた!」。若者向けの不可能犯罪+犯人当て推理ドラマの先駆作となり、スペシャルを含む第二シリーズまで放送、劇場版も公開された。

二代目金田一一《はじめ》を引き継いだのは、嵐の松本潤だ。幼馴染でヒロイン役の七瀬美雪は、当時中学生の鈴木杏。松本は堂本よりもクールな印象を与えるが、逆にIQ180の天才頭脳にはよく似合う。鈴木は初代美雪のともさかりえに比べると無邪気で幼いが、ムードメーカーの役割を十分に果たし、歴代の中ではもっとも原作に近く見える。演出は前シリーズで飛躍した堤幸彦から交替したが、極端な違和感はない。

初回はレギュラー陣が一堂に会するスペシャル「魔術列車殺人事件」。北海道の死骨ヶ原に向かう寝台列車内で、現地で公演予定の奇術団の団長が殺され、その死体が消失する。奇術ショーや宿泊先で起きる殺人事件のトリックは原作よりもリアリティが増し、未読の者でも世界観に溶け込みやすい。

連続ドラマは、ノベライズ原作でマリー・セレスト号事件が下地の「幽霊客船殺人事件」、ファッション業界が舞台の「仏蘭西銀貨殺人事件」、一に恋するアイドルが誘拐される「速水玲香誘拐殺人事件」など、学園生活から離れた事件が多い。「黒死蝶殺人事件」は成宮寛貴、「魔犬の森の殺人」は綾瀬はるかが、テレビドラマに初出演し、若手役者の登竜門にもなっている。人物設定に若干変更はあるが、回によってはサプライズがより強くなり、最終話「露西亜人形殺人事件」は一と美雪のプラトニックなラブシーンも見られる。

三代目は亀梨和也が主演。美雪は上野樹里が演じ、茶髪やファッションなどから、歴代ではもっともイケてる空気を醸し出す。エピソードはスペシャル「吸血鬼伝説殺人事件」のみ。二人とも陸上部所属と設定が変えられ、部員には中丸雄一と田中聖がいる。舞台の廃墟ペンションには、そこで働く美雪の友人からの招待で出向いていく。アニメは省略されていたが、本作では数日間にわたって殺人が起きる。閉鎖状況の臨場感はもちろん、事件を通した一の成長も描かれ、青春ドラマの要素も強い。シリーズ化されなかったのが残念だ。

四代目は山田涼介と川口春奈のコンビ。音楽や制服が初代に戻り、一の性格もひょうきんでお茶目になった原点回帰の作品だ。美雪の所属する不動高校ミステリ研究会では、ビデオ小僧の後輩・佐木を有岡大貴、原作とは別人の明るくてお人好しの先輩・真壁誠を浅利陽介が好演している。なお、第二シリーズ以降、人気キャラターの明智警視は登場せず、レギュラーの剣持警部や他のゲスト刑事たちが代役を務めた。

単発作品は「香港九龍財宝殺人事件」と「獄門塾殺人事件」。どちらも日本テレビ開局六十周年記念番組で、前者は香港、後者はマレーシアがロケ地になった。「香港」は美雪が彼女にそっくりなファッションモデルと間違えられて誘拐されてしまう。さらに財宝騒動や二十年前の事件が絡んできて殺人事件も発生。強烈なアイテムを使ったアリバイトリックが印象に残る作品だ。「獄門塾」では、スパルタ塾の海外合宿所で塾生たちが殺されていく。成宮寛貴演じる犯罪プロデューサーの高遠遥一が事件を陰で操るが、真犯人は別にいて、この場でしかできない大胆なトリックを使っている。

連続ドラマはタイトルの末尾に『N（neo）』が追加された。「銀幕の殺人鬼」は、同じ原作者のドラマ『探偵学園Q』で山田と共演した神木隆之介が映画研究会の部長役で登場。ドラマでは久しぶりの学園ものだ。被害者も容疑者も高校生というシチュエーションが、規制が騒がれる現在では懐かしく映る。「ゲームの館殺人事件」は無差別に拉致された人々のリアル脱出ゲーム。一と美雪はたまたま巻き込まれたという不運な状況であり、非現実的要素も強い。

ノベライズ原作の「鬼火島殺人事件」は、研修医たちの夏合宿先で、鍵穴の向こうで起きた事件を追う。夏に雪が降る村で一のかつての仲間たちが殺される「雪影村殺人事件」は、美雪が現地不在のエピソード。両者とも、本シリーズの王道である過去のいじめが現在の悲しい事件を引き起こす。

「薔薇十字館殺人事件」は、高遠のきょうだい探しが謎の始まりになる。原作も本作も高遠の設定が膨らみすぎているが、ドラマでは真壁の絡み方から色彩感あふれる演出も含めて最終回にふさわしい幕切れだ。まだ実写化されていない原作もたくさんあるので、五代目が可能なら雪山をメインにした冬のエピソードの制作を期待する。［羽住］

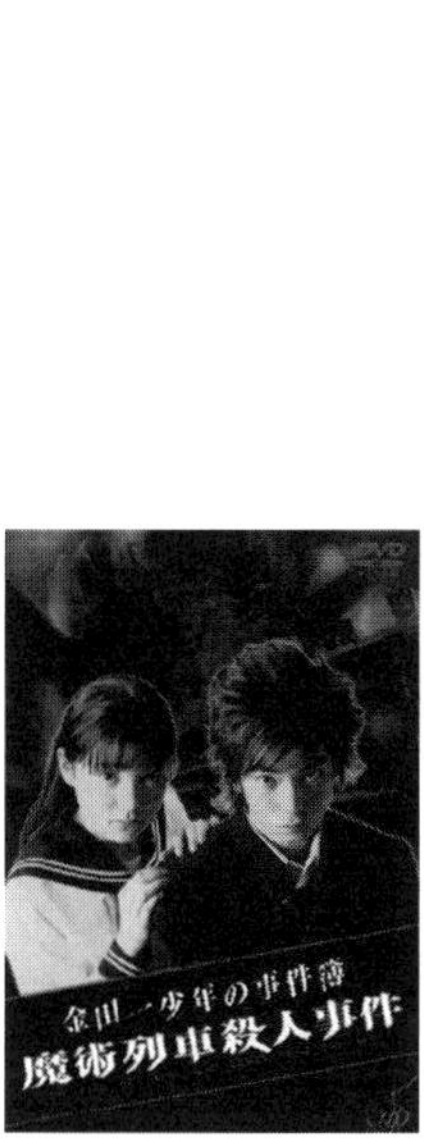

相棒

大ヒットロングラン国民的刑事ドラマ

◉二〇〇〇年〜

警視庁捜査一課の亀山薫（寺脇康文）は、籠城事件の人質になった失態により人材の墓場・特命係に左遷された。たった一人の上司は、警部補の杉下右京（水谷豊）。過去に六人の部下が辞めたほど、慇懃無礼な変わり者だ。超絶した推理力を持つ冷静沈着な杉下と、熱血漢で頭脳よりも行動派の亀山、相反する二人は、次第にかけがえのない相棒になっていく。プレシーズンは三作まで、土曜ワイド劇場で放送された。

連続ドラマは二〇〇二年秋から開始。嵐の山荘と意外な凶器のシーズン２-３「殺人晩餐会」あたりから本格ファンの注目も集まり出す。事件関係者のやりきれなさを描いた１-５「目撃者」、３-11「ありふれた殺人」、５-15「裏切者」など、後味の悪い作品のほうが完成度は高く、逆にユーモアの濃い回は、４-８「監禁」、５-10「名探偵登場」、６-17「新・Ｗの悲喜劇」が挙げられる。

脇役の活躍も本作の魅力であり、シリアルキラーものプレシーズン２「恐怖の切り裂き魔連続殺人！　サイズの合わないスカートをはいた女の死体」、特命係秘話１-11「右京撃たれる　特命係15年目の真実」、監察官初登場の２-18「ピルイーター」、政界関連３-１〜３「双頭の悪魔」、特命係の新規人材３-６「第三の男」、小料理屋「花の里」の二代目女将との出会い４-19「ついてない女」は、初期の必見作品だ。

シーズン４から始まった元日スペシャルでは、大晦日にパーティー会場籠城事件が起きる５-11「バベルの塔〜史上最悪のカウントダウン！」の完成度が群を抜く。ドラマとは思えない迫力と緊迫感に満ち、映像特有の仕掛けもある。

７-７「最後の砦」で生じた亀裂もあり、亀山は７-１〜２「還流」で殺された友人の夢を継ぐ決心をし、７-９「レベル４〜後編・薫最後の事件」で警察官を退職。妻の美和子を連れて異国サルウィンへ旅立つ。杉下との決別はもちろん、同期で捜査一課トリオの朋友・伊丹との最後のやり取りが印象に残る。その後、各話ゲストが相棒役を担う杉下単独時代では７-11「越境捜査」が飛び抜けて面白い。

二代目相棒の元警視・神戸尊（及川光博）は７-19「特命」から登場した。半年間限定のはずだったが、自ら警部補に降格を希望して特命係にとどまることを選んだ。私生活がほとんど明かされない秀才タイプの神戸は、杉下と似た者同士だが、死体と朝に弱く、10－1「贖罪」ではトラウマを抱えている過去が発覚したようにデリケートな性格でもある。女性や子供に優しく、8－3「ミス・グリーンの秘密」、9－13「通報者」では加害者にも温かい目を向け、杉下の元妻・宮部たまき（高樹沙耶）とも親密だった（不祥事以降、高樹の名前は公式サイトから消えている）。神戸相棒のシーズンは社会や犯罪の報われなさを映す作品が多く、9－4「過渡期」、9－8「ボーダーライン」、10－10「ピエロ」は傑作だ。ミステリ的には8－18「右京、風邪をひく」の評価が高い。神戸の正義感が杉下の暴走を止めた10－19「罪と罰」で、相棒は解消される。

　三代目は警察庁次長の息子・甲斐享（成宮寛貴）。香港が舞台の11－1「聖域」がきっかけで特命係に引き抜かれた（相棒は「か」で始まり「る」で終わる名前の法則があるらしい）。見応えのある回はオカルト的な11－18「ＢＩＲＴＨＤＡＹ」、ミステリ読者事情が垣間見える12－13「右京さんの友達」。やんちゃで生意気だけれど素直で愛らしい存在だった三代目相棒は、13－19「ダークナイト」で史上最悪の結末を迎える。行き過ぎた正義感とはいえ、伏線不足がこれまでのエピソードを崩し、杉下のこれまでの観察眼にも疑問を覚える幕切れになった。重要人物の退場も特色のひとつで、劇場版Ⅱ『警視庁占拠！特命係の一番長い夜』は杉下の陰の相棒・小野田官房長、12－1「ビリーバー」は捜査一課トリオの三浦係長、13－11「米沢守、最後の挨拶」は特命係と親しい米沢鑑識員が去っている。

　四代目相棒は、法務省から出向してきた冠城亘（反町隆史）。14－1「フランケンシュタインの告白」で初登場、芝居じみた口調と女性好きの性格が軽薄な印象を与える。後に冠城は役人を退職、警察官試験を受けて巡査になり、広報課を経て特命係に志願した。特命係の監視役・五課の課長がメイン15－9「あとぴん～角田課長の告白」のようにレギュラーやゲストの人物像に焦点をあてる軽めの作品が続いたが、ＳＦ的な14－17「物理学者と猫」、ネットミステリ15－17「ラストワーク」など凝った作品も健在。脚本や演出が定まらず、次第にばらつきが見えてきたが、初期作品に通ずる16－3「銀婚式」あたりから徐々に良質な作品が増えてきている。

　なお、劇場版は〇八年から四作、スピンオフが二作、不定期に公開。併せてミニドラマ「裏相棒」も見逃せない。　［羽住］

相棒15

放送禁止

映像に潜む伏線を辿って真実を見破れ

◉二〇〇三年〜

二〇〇三年四月一日の深夜、フジテレビ系で異様な映像が流れた。ある理由で放送禁止になったドキュメンタリー映像と銘打ったそれは、廃ビルに侵入した若者たちの連続失踪事件の背後に横たわる闇に迫ったものだった。これが、「放送禁止」シリーズの記念すべき開幕である。

放送日が四月一日であることから推察できるように、この映像はいかにも真実めかした作りのフェイク・ドキュメンタリーであり、作中の事件関係者も俳優が演じている。企画・脚本・演出を担当した長江俊和は、ホラーや実録怪談番組などをメインに活躍中で、ミステリ方面では『富豪刑事』（別項参照）のチーフ演出を務めた。

「放送禁止」シリーズはドキュメンタリーを装っているため、題材は新興宗教、洗脳、闇サイト、ストーカーなど現実を反映したものが多い。精神科医の町沢静夫や春日武彦ら実在の有名人が本人役で登場、コメントを発するあたりも説得力を高めている。だが普通のドキュメンタリーと異なるのは、謎解きが主眼となっている点だ。

作中には映像ならではの伏線が鏤《ちりば》められており、最後には「あなたには真実が見えましたか?」というテロップがある種の〝視聴者への挑戦状〟として提示される（二作目以降は最後に真相の大まかな構図が暗示される）。従って細部まで注意深く観ていれば真実に辿りつけるが、作中に具体的な説明はなく、あくまで視聴者の推理に一任される。東野圭吾『どちらかが彼女を殺した』の映像版と言える試みだ。

このシリーズは、ある一家に続発する異変を描いた『放送禁止2　ある呪われた大家族』（二〇〇三年）、ストーカー被害を訴える女性への密着取材から意外な真実が判明する『放送禁止3　ストーカー地獄編』（二〇〇四年）……と続き、二〇一七年放映の最新作『放送禁止　ワケあり人情食堂』まで七本が制作されている。また劇場版も三本制作されたが、中でも『放送禁止　劇場版3　洗脳〜邪悪なる鉄のイメージ〜』（二〇一四年）はモチーフや仕掛けの面でこのシリーズの集大成的な趣があり、映像的な伏線の張り方も緻密を極め、入門編として最適だろう。また長江は、活字において同種の試みに挑戦した『出版禁止』などの小説を上梓し、両輪の活躍を続けている。

［千街］

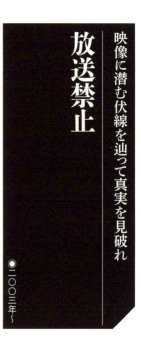

不正解なら全員死亡のチーム戦デスゲーム

極限推理コロシアム

◎二〇〇四年

面識のない七人の男女が「夏の館」という建物に監禁された。パソコンから流れる謎の声によると「冬の館」でも同様のことが起きているらしい。解放条件は両館に紛れ込んでいる二人の殺人犯を当てること。さらに一千万円が授与されるが、片方あるいは両方とも不正解や、相手チームが先に正解したら全員が死亡してしまう。手がかりはホールにあるアルマジロの銅像。さっそく、一人が何者かに殺されてしまう。

　本作は矢野龍王原作の第三十回メフィスト賞受賞作で、冷酷非道なデスゲーム作品である。一話三十分、合計四話のスピーディーな展開で、登場人物たちはコマのように殺されていく。ウェブカメラや通信手段などは、今でこそ古典的だが、デジタル世界と謎解きを組み合わせた先駆作といえよう。犯人当てのみが出題なので、正解はあっけない。むしろ、相手チームとの騙し合いや駆け引きといった心理戦が見どころになっている。極限状況の中でも信じる心を貫いた主役の駒形（柏原崇）と篠崎（綾瀬はるか）の姿に好感が持てる。［羽住］

吸血鬼と女子高生がオカルトめいた事件に挑む

ヴァンパイアホスト　夜型愛人専門店

◎二〇〇四年

原作は、由貴香織里の漫画『夜型愛人専門店　ブラッドハウンド』だが、登場人物の名前や設定を除けばオリジナル・ストーリーになっており、ミステリ色も強められている。「吸血鬼」とのメッセージを残して失踪した親友を探すため、吸血鬼コスプレのホストクラブを訪れた女子高生の狩野莉音《りおん》（小向美奈子）は、そこでホストをしている本物の吸血鬼・蘇芳《すおう》（松田悟志）と出会う。二人は漫才コンビのような絶妙な掛け合いをしながら、失血死した女子高生の首筋に牙らしき痕が残されていた、元アイドルを殺した透明人間が、莉音たちの前で本当に姿を消す、死神を自称する出張ホストの客が連続して自殺するなど、六つの怪事件に挑んでいく。

　オカルトめいた謎が合理的に解かれる王道の本格であり、ハウダニットが重視されているので、毎回、映像で再現されるとインパクトが大きいトリックが出てくるのも面白い。

　全一二話は「事件編」と「解決編」にわかれていて、結末を推理しながら「解決編」を見るのも一興だ。　［末國］

映像化で際立つトリックの妙

ミステリー民俗学者 八雲樹

◉二〇〇四年

大学の民俗学研究室で助手を務める八雲樹（及川光博）は、ゼミの学生である富良野（平山あや）と、天狗伝説がつたわる寒村へ向かったところ、天狗の呪いと噂される殺人事件に遭遇してしまう。からくも事件を解決に導いた八雲だが、それからふたりは、かぐや姫や山姥など民俗学に関連したさまざまな殺人事件に巻き込まれていくのだった。

原作・金成陽三郎、漫画・山口譲司による同名タイトル漫画のドラマ化作品。前後編二話構成の四つの事件と一話完結の事件を二つからなる全十話の作品となっている。どの話も映像化されることで際立つトリックの妙を味わうことができ、特に戸田山雅司脚本の第参話・四話「記憶喪失のかぐや姫」のあざやかな解決編は印象深い。また深夜枠の時間帯のためか、お色気シーンや妙なテンションのコメディ要素はややチグハグな感もあるが、その時代ごとに必要な演出だったのだろう。ニヒルなインテリ役とは違った、天然ボケ気味の八雲を演じる及川光博にも注目したい。

［蔓葉］

原作の壮大なトリックを映像で再現

警視庁三係・吉敷竹史シリーズ

◉二〇〇四〜〇八年

島田荘司の小説のうち、御手洗潔シリーズが近年まで映像化されなかったのに対し、吉敷竹史シリーズは一九八六年に『寝台特急「はやぶさ」1／60の壁』がドラマ化されている（この時の吉敷役は三浦友和）。二〇〇〇年代には、TBS系の「月曜ミステリー劇場」「月曜ゴールデン」枠で、『寝台特急「はやぶさ」1／60の壁』『灰の迷宮』『北の夕鶴2／3の殺人』『幽体離脱殺人事件』の四本が鹿賀丈史主演でドラマ化された。ソフト化はされていないものの、再放送の機会は比較的多めである。

トリックと旅情を組み合わせた好シリーズとなっているが、やはり最注目作は第三弾の『北の夕鶴2／3の殺人』。元妻の加納通子（余貴美子）が殺人事件に巻き込まれ、吉敷は彼女を救うため真相を暴こうと奔走するが、事件現場には謎の鎧武者の姿が……。原作の心霊写真の種明かしが省かれたのは残念とはいえ、語り草となっている〝あのトリック〟が映像で再現されたことには感動するしかない。

［千街］

名探偵赤富士鷹

原作と比べたくなるアレンジが光る翻案

◉二〇〇五年

『名探偵赤富士鷹』は、アガサ・クリスティーの『ABC殺人事件』『ゴルフ場殺人事件』の舞台を一九三六年の日本に移し、登場人物も日本人に変えた全二回の翻案作品である。

東京で古書店を営む赤富士鷹(伊東四朗)は、その活躍がラジオで報じられるほどの名探偵でもあった。ある日、亡友の息子・如月大正(塚本高史)が、赤富士を訪ねてくる。折しも赤富士は、ローマ字でタイプされた挑戦状を受け取っていた。犯人は麻布区で事件を起こすという。予告通り、麻布区で「あだちかずえ」が殺された。続いて、大阪の馬喰町を警戒せよとの挑戦状が届く。"AZABU"で"ADACHI"が殺されたのだから、"BAKURO"では名前が「B」から始まる人物が被害者になると推理した赤富士は、木暮刑事(増岡徹)や大正と捜査を始めるが、今度は「ばでんふみこ」が殺されてしまう。だが被害者の二人には、何の接点もなかった。

『ABC殺人事件』を翻案する場合、日本語にないアルファベットの処理が問題になる。脚本の藤本有紀は、この難問をローマ字を使うことで見事に解決してみせた。物語の舞台が一九三六年なのは、原作の刊行年にあわせた設定であり、作中に登場するモダンな建築物が原作の雰囲気を見事に再現していた。また死体の傍に置かれた手掛かりに、NHKで放送されるドラマらしい脚色を加えたのも鮮やかである。

翻案ミステリのドラマには、石坂浩二が主演したエラリー・クイーン『Yの悲劇』、エド・マクベイン〈87分署〉シリーズを、渡辺謙らの主演で映像化した『わが町』シリーズなど名作が多いが、本作も最高傑作の一つといっても過言ではない。

後に藤本は、作中に落語の本歌取りが出てくる『ちりとてちん』、大阪弁の言葉遊びが印象深い『ちかえもん』、ミステリ漫画をドラマ化した『QED 証明終了』などの脚本を担当しており、本作の完成度の高さも納得できるのである。

大正が「サンドリヨン(シンデレラ)」の洋書を売りにきた謎の美女(吹石一恵)に一目惚れした直後、上海で成功した実業家(佐野史郎)が殺される第二話『愛しのサンドリヨン』も、死体が地面に掘られた穴に入れられているのに、なぜか土がかけられていなかった、被害者の妻が外国人と思われる犯人に襲われていた、過去に起きた事件との共通性が浮かび上がるなど、原作を絶妙にアレンジしていた。[末國]

原作の謎解きの細部を再現した稀有な映像化

稲垣吾郎の金田一耕助シリーズ

◉二〇〇四〜〇九年

一九七〇年代後半、横溝正史ブームに乗って代表的作品が次々と映画化・ドラマ化されて以降、横溝正史の金田一耕助シリーズは人気映像コンテンツであり続けた。一九九〇年にはTVドラマで中井貴一・片岡鶴太郎・役所広司と三人もの新金田一が登場したし（片岡鶴太郎の金田一シリーズは一九九八年まで全九作が放映された）、今世紀に入ってからも上川隆也がドラマで金田一を二度演じている。なお、パロディの試みも数多く生み出されたけれども、それらについては一〇八ページのコラムを参照していただきたい。

とはいえ、映像においては一九七〇年代に金田一を演じた石坂浩二と古谷一行のイメージが固定しており、その後の映像化の例がよくも悪くもそれに呪縛されていた感は否めない。そんな中、金田一ドラマに新路線を吹き込んだのが、二〇〇四年にスタートした「稲垣吾郎の金田一耕助シリーズ」である。全作品の演出は星護、脚本は佐藤嗣麻子。レギュラーとして、狂言回し的存在の作家・横溝正史（小日向文世）、何故か任地を転々とする橘警察署長（塩見三省）が全作品に登場する。稲垣演じる金田一は、時折不謹慎な発言をするなど、比較的原作のイメージに近いと言える（なお稲垣は、「土曜ワイド劇場」の「名探偵明智小五郎」シリーズにも出演しており、映像で明智小五郎と金田一耕助の両方を演じたことがある数少ない俳優のひとりとなった）。

シリーズ第一作『犬神家の一族』は、オープニングに「誰も知らない金田一耕助」というオリジナル・ドラマが追加され、金田一の渡米中の事件が描かれた。横溝の『本陣殺人事件』と「蜃気楼島の情熱」に登場した金田一のパトロン・久保銀造や、「女の決闘」の登場人物であるジャック安永も出てくるなど、オリジナルとはいえ原作に配慮した内容だ。そして『犬神家の一族』本編は、最後の殺人で死体が逆さにされていた意味をちゃんと説明するなど、横溝作品の怪奇・猟奇趣味のみに囚われることなく、本格ミステリであるということをかつてないほど重視していた。

第二作『八つ墓村』（二〇〇四年）は、このシリーズの最高傑作である。真犯人特定につながるにもかかわらず、過去の映像化ではスルーされてきた「濃茶の尼が殺された理由」に言及するなど、前作に引き続き原作の本格ミステリとしてのディテールを重視した脚本、森美也子役の若村麻由美をはじめとする充実した配役。別項で紹介する長谷川博己の『獄門島』と並んで、今世紀で最も優れた横溝映像化だと思う。

第三作『女王蜂』(二〇〇六年)も、第二(原作では第三)の殺人が歌舞伎座で起きたり、旧皇族の衣笠宮が登場するなど、この作品の映像化としては前例のない忠実さである。一方、ヒロインの大道寺智子を演じる栗山千明の妖しさ、彼女につきまとう謎の男・多門連太郎役の及川光博の胡散臭さを湛えた美男ぶりなど俳優陣のインパクトが極めて強く、歴代映像化中、最も原作未読の人にとって犯人を当てにくい『女王蜂』と言えそうだ。

ここまで高い完成度を誇ってきたこのシリーズだが、第四作『悪魔が来りて笛を吹く』(二〇〇七年)だけはちょっと残念な出来。椿英輔役の榎木孝明、三島東太郎役の成宮寛貴らは印象的な演技を見せているものの、玉虫公丸や新宮利彦といった敵役の存在感が薄く、また第一の殺人の密室トリックが省略されているなど、このシリーズの水準を考えるといろいろと物足りない。

シリーズは第五作『悪魔の手毬唄』(二〇〇九年)が最終作となった。終盤の「ゆかり御殿」炎上など、過去の映像化では省かれたエピソードが再現されているし、トリックの性質上、それまではメジャー俳優が演じた例がなかった恩田幾三役に谷原章介を配するという意欲的なキャスティングにも制作陣の挑戦的姿勢が感じられた。

シリーズ全体の美点として、佐藤嗣麻子による、原作が本格ミステリであることを重視した脚本が挙げられる。星護の外連味《けれんみ》たっぷりな演出も、殺人シーンを(市川崑版のように)死体を樽に入れたり屋根に載せるなどして派手に脚色しなくても、原作通りでもおどろおどろしく妖美なムードは醸成できるという証明となっている。

一方で、過去の映像化、特に市川崑の映画版へのオマージュが数多く見られるのも特色である。『犬神家の一族』では映画版と同じく岸田今日子が琴の師匠を演じ、映画版で青沼菊乃役だった大関優子(現・佳那晃子)が犬神梅子役で出演している。『悪魔の手毬唄』では、映画版で別所千恵役だった仁科明子(現・仁科亜季子)が仁礼咲枝役を演じた。また、どの作品でも最後に亡霊(幻覚?)が登場するのは、映画版『犬神家の一族』の犯人が亡霊に操られる趣向を踏襲したものだろう。

このシリーズはソフト化の機会に恵まれず、視聴するには再放送に頼るしかない状態だが、(いろいろと難しい事情があるとはいえ)今世紀最高の横溝映像化シリーズとしてソフト化を希望したい。

[千街]

富豪刑事

桁外れの金持ちならではの奇想天外作戦

◉二〇〇五〜〇六年

五億円強奪事件の時効を数日後に控えた神奈川県警焼畑《やきはた》署に、神戸《かんべ》美和子（深田恭子）という新人刑事が配属された。大富豪の孫娘で、運転手つきリムジンで警察学校に通っていたという話に、体育会系の鎌倉警部（山下真司）ら刑事たちは呆れ返る。だが、彼女は五億円事件の容疑者のひとりが既に殺害されていることを、金持ちならではの視点で見事に推理してみせた。そして、肝心の五億円事件の捜査でも、誰も思いつかないような突飛な作戦を提案する。

大富豪の息子の神戸大助刑事が、捜査のため実家の資産を湯水のように遣いながら真相に迫る……という筒井康隆の連作短編集『富豪刑事』を原作とする連続ドラマ。ただし、主人公は富豪の息子から孫娘へと変更された（深田恭子の浮世離れ感が、「たった×億円ぽっちのために人を殺すなんて」を口癖とする天然系の役柄にはまっている）。美和子の祖父・神戸喜久右衛門（夏八木勲）は、一代で巨万の富を築いた人物で、若い頃の悪行を悔い、孫娘が犯罪捜査という正義のために自分の金を遣うのを喜んでいるが、発言の端々にかつての悪辣さが顔を出す。原作の喜久右衛門の秘書・浜田鈴江は若い女性だが、ドラマの秘書・鈴木松江（市毛良枝）は年配の女性で、美和子の捜査にアイディアを出すこともある。原作者の筒井も、喜久右衛門を敵視する政界のフィクサー・瀬崎龍平役で出演している。

原作の四つのエピソードは第一話・第三話・第四話・第五話で使われ、他はすべてオリジナルエピソード。山下真司と松村雄基が共演する第九話の『スクール☆ウォーズ』パロディ、最終話での及川光博（このドラマの主題歌を歌っている）と松崎しげるのストーリーと関係ない「愛のメモリー」輪唱など、終盤にかけてどんどんエスカレートするギャグのてんこ盛り状態にどうしても目を奪われるけれども、『TRICK』の蒔田光治がメイン脚本を務めているだけあって謎解きも重視されており、原作のある回も大抵一ひねりが加えられている（例えば「富豪刑事のスティング」を原作とする第四話「富豪刑事のキッドナップ」では、性善説の美和子には見抜けず、元悪党の喜久右衛門だからこそ推察できた意外な〝主犯〟の正体が印象的だ）。二〇〇六年には、続編『富豪刑事デラックス』が放映された。

［千街］

国内倒叙ミステリ・テレビドラマの王道作

古畑任三郎

◉一九九四～二〇〇八年

一九九九年の第3シーズンで幕を閉じた国内倒叙ミステリドラマの王道、田村正和主演の『古畑任三郎』が復活した。二〇〇四年に放送された第三九回「すべて閣下の仕業」は、中南米にある架空の国が舞台となる。特命全権大使の黛《まゆずみ》竹千代（松本幸四郎）は、自分が受ける表彰式の前夜、参事官（及川光博）を突発的に撲殺してしまった。死体を隠し、偽装誘拐を企てた翌朝、パスポートを猿に盗まれたという古畑が大使館を訪れる。超一流階級ならではの虚しさや、そこに至るまでの苦悩が描かれているが、犯罪の前では同情の念を禁じ得ない。本編不在のレギュラー陣は、スピンオフ『巡査・今泉慎太郎』の第一二話「大空の死」で健在である。

本当に最後となる『古畑任三郎ファイナル』は、〇六年の年明けに、スペシャル版で三夜連続放送された。第四〇回「今、甦る死」は初の犯人当てを組み合わせた異色作だ。おじの死により遺された会社を継いだ兄弟は、レジャーランド開発について意見が対立するようになった。現存維持を希望する弟（藤原竜也）は、少年時代の自分が書いた「完全犯罪」というノートを発見し、それに従って兄の殺害に成功するが、数日後、新たなる事件が起きた。無邪気さが仇となる皮肉な展開に、閉鎖された集落の空気が見事に融合したシリーズ最高傑作である。

第四一回「フェアな殺人者」は、野球選手のイチローが本人役で登場する。滞在するホテルの駐車場内で、イチローは脅迫者を殺害した。腹違いの兄がアリバイを偽装するが、古畑にはあっさりと見破られてしまう。演技を飛び越えてイチローと接する、俳優たちの素の表情を楽しめる。

第四二回「ラスト・ダンス」は、松嶋菜々子が双子の姉妹を演じ、犯人と被害者の両役を務めた。映像による仕掛けが用いられた珍しい作品だ。笑いながら床に落ちたピエロのからくり人形が、これまでの犯人たちを象徴し、古畑の眼差しが幕切れにふさわしい余韻を残す。キャラクター性よりも、この目が本作の特色であったことがよく伝わってくる。

中学時代の古畑を山田涼介が演じた『古畑中学生』は、第四三回「古畑任三郎、生涯最初の事件」として〇八年に放送。倒叙ではなく日常の些細な出来事から大きな謎を解く形式で、古畑の私生活の一部を知ることができる。

［羽住］

アンフェア

検挙率ナンバーワン刑事が追い詰められる連続殺人

◉二〇〇六～一五年

「世の中にはフェアなことなんて何もない。目には目を。復讐には復讐を。アンフェアには……アンフェアを」というナレーションで始まる本作は、篠原涼子主演の警察ミステリだ。

主人公は警視庁捜査一課検挙率ナンバーワンの刑事・雪平夏見（篠原）。バツイチで、足の踏み場がないほど部屋が汚く、七十時間聞き込みをした後にボトル一本を空けられる大酒飲みだ。パンツスーツにロングコートを羽織り、ポケットに手を入れて歩く姿は、無駄に美人でスタイルも抜群。正義感が強く、人質を守るために未成年の犯人を射殺した過去がある。

連続ドラマは三つの事件で構成されている。最初のみ秦建日子『推理小説』が原作で、あとの二つはオリジナルだ。

新宿で無関係の二人の人物が殺害された。雪平は新人の安藤一之（瑛太）を伴い、現場に落ちていた栞を発行した出版社をあたるが、手がかりは得られない。数日後、犯行の詳細を描いた小説が警視庁やマスコミに届き、話の続きそのものの殺人事件が発生する。犯人は「事件を防ぎたければ本の続きを落札せよ」と要求してきた。予告殺人の解決直前、今度は雪平の娘が家政婦と一緒に誘拐される。身代金は一人十円ずつの募金で、十二億円。世間は雪平と元夫の新聞記者・佐藤和夫（香川照之）の狂言だと騒ぎ立てた。実行犯は早期に判明したが、さらに黒幕の存在が明らかになる。実は「罰サイト」という復讐サイトの管理者が全てを操っていたのだ。二つの事件の関係者が、手のひらに×マークを付けられて次々に殺されだした。雪平と佐藤は真犯人をおびき出すために罠を仕掛けたのだが、そこに現れた人物は？

事件現場に描かれた白線の上に横たわり、死者が最期に見た景色と同じものを見つめることが、雪平独自の弔いの儀式で捜査スタイルにもなっている。被害者と同化することにより犯人だけが持つ心情も読み取るが、推理を披露して相手を追い詰める手段は取らない。彼女が求めているのは、犯罪による犠牲者を増やさないことだけだ。そのためには、どんな事情があろうと容赦なく相手を撃ち殺す。フーダニットに特化しているので、視聴者には動機や犯行方法などの謎が残るが、最終回のエンドロールで×マーク殺人事件の犯人の動きが補足されている。表と裏の表情の違いが見事だ。

スペシャル『コード・ブレーキング―暗号解読』は

二〇〇六年秋に放送された。前回の事件が尾を引き抜け殻になっていた雪平は、公安部の斉木陣（江口洋介）から罰サイトが復活したことを知らされた。サイトには「after X comes Y」という謎の言葉が表示されていて、同じ文字が書かれたメモを、雪平はある事件現場で見つけていた。警察官時代に殺害された彼女の父親の謎が絡み、サスペンス色が濃い。解決されない謎は、翌年に公開された病院内でのテロ事件を追う『アンフェア the movie』で区切りをつけた。

その後、雪平は一一年『アンフェア the answer』で北海道に赴任する。東京ではネイルガンによる連続殺人事件が発生し、佐藤が容疑者になってしまう。彼から預かった警察機密文書のＵＳＢメモリに謎がシフトし、雪平はさらなる孤独の闇に追い込まれる。一五年『アンフェア the end』で収束されるが、もはや連続ドラマとは別作品のようになっている。

同年にはスピンオフドラマ『ダブル・ミーニング〜二重定義』が放送された。雪平の後任で捜査一課に配属された望月陽《あきら》（北乃きい）が主演を務め、本編からは管理官に昇進した小久保裕二（阿部サダヲ）、ひとり科捜研と揶揄される三上薫（加藤雅也）、連続ドラマで自らの不正を匿名で告発した管理官・山路哲夫（寺島進）が登場している。

男性四人の集団誘拐事件が発生した。犯人の要求は金品ではなく、指定時刻までにクイズを解けという内容だった。女子高生から父親の捜索依頼を受けたばかりの望月は、その人物も拉致されていると知る。小久保はいたずらだと相手にしないでいたら、被害者の一人が遺体で発見された。

望月も人一倍正義感が強いが、ポーカーフェイスの雪平とは対照的で、感情の豊かな熱い女性である。新米ならではの危なっかしさが、恋人を亡くしやる気を失っていた山路の心も動かしていく。望月は小学三年生のときに監禁され、手首にやけどを負わされていた。その彼女を助けたのが、実は山路だったという過去のつながりがある。

一三年『ダブル・ミーニング〜Yes or No〜』は監禁の様子をネット配信で実況する事件が起き、雪平と望月が初めて対面する一五年『ダブル・ミーニング〜連鎖』では、現在の誘拐事件に過去の連続少女誘拐事件が重なってくる。

正義のために戦っても世間から誹謗を受けたり、罪を告発しても内部でもみ消されたりするアンフェアさは、現実の事件を想起させる。デジタル社会における謎解きを求めるなら、劇場版よりも連続ドラマとスピンオフがお勧めだ。［羽住］

時効警察

シュールな世界観を支える手堅い謎解き

◉二〇〇六・〇七年

テレビ朝日系の「金曜ナイトドラマ」枠で放送されたコメディ・ミステリ。深夜枠ながら高視聴率を獲得し、続編として「帰ってきた時効警察」が製作された。

時効が成立した事件の捜査資料を管理・返却する〝時効管理課〟に勤める霧山修一朗は、あるとき自分が無趣味なことをからかわれ、時効事件の捜査を趣味にしようと決意する。霧山はあくまで趣味で謎に迫り、彼に片思いする交通課の三日月しずかをパートナーに、時効事件を次々と解決していくのだった……。

映画『イン・ザ・プール』の三木聡監督とオダギリジョーが、TVドラマの現場で再びタッグを組んだ本作は、『トリック』以降のコメディ・ミステリの流れを汲みながらも、シュールなギャグとパロディ要素と小ネタの数々をこれでもかと詰め込むことで、唯一無二の世界を構築するのに成功した。そもそも、「この設定ならば、犯人側もユルいし、捜査する側もユルい。証拠も厳密じゃなくていい」(『時効警察オフィシャル本』)と三木自身が語っているように、真っ当なミステリを作るつもりは端からない。が、ミステリドラマという前提を無視した安易なシュールさでは、そこまでの人気は得られなかっただろう。三木や園子温、ケラリーノ・サンドロヴィッチらの脚本には、手堅い謎解きと古典作品の本歌取りがしっかりと埋め込まれているのだ。

例えば、第四話「犯人の575は崖の上」(脚本・園)の場合、東野圭吾の「『花のOL湯けむり温泉殺人事件』論」(『名探偵の掟』収録)ばりに二時間サスペンスを戯画化しつつ、最終的にクリスティの某作に着地する。あるいは、続編の第四話「催眠術は、推理小説にはタブーだと言っても過言ではないのに…」(脚本・ケラ)では、催眠術という禁断のネタを、古典的な密室トリックと大胆に組み合わせてみせた。また、シリーズを通して、「嘘をつくと、人は髪型がかわる」などのエセ理論を堂々と論理に組み込んでいるのも面白い。

ところが、そうした諸要素を突き詰めた結果、三木はミステリ形式の向こう側へ行ってしまった。オダギリ主演の『熱海の捜査官』(二〇一〇年)は、デヴィッド・リンチ『ツイン・ピークス』からの影響を隠さないその不条理性で、国内ミステリドラマシーンに里程標を打ち立てた問題作だ。　[秋好]

探偵学園Q

国語・算数・理科・殺人。豪華キャストの探偵の卵たち

◎二〇〇六・〇七年

世界一の探偵になる夢を持つ連城究《キュウ》（神木隆之介）は、元警視庁捜査一課の刑事が設立した探偵学園の入学試験を受けた。瞬間記憶能力がある美南恵《メグ》（志田未来）、視力4・0の武道の達人・遠山金太郎《キンタ》（要潤）たちと犯人当て問題などをクリアし孤島で最終試験に挑むが、受験者の一人が密室状態の小屋で倒れているのを発見する。スタッフは自殺と語るのだが。

単発作品は原作の別エピソードのトリックを組み合わせたオリジナル作品で、最上位のQクラスに合格するまでを描く。

連続ドラマは「国語・算数・理科・事件。」をキャッチコピーにし、一年後に開始。主要人物の性格変更や役者交替があり、秋葉原にあるアジトを拠点に活動を行う。アニメと作風は異なるが、第四・五話のネット絡みや第八話の地下アイドルなど、アキバ系背景の事件が面白い。星野源が若手オタク刑事を演じているのも要注目だ。犯罪集団・冥王星との対決やクールな仲間の天草流《リュウ》（山田涼介）が心を許していく過程も良い。集団で謎を解く楽しみが伝わってくる作品だ。

［羽住］

本格ミステリライターズ ②

蒔田光治（一九五九〜）

京都大学在学中、小劇団「劇団そとばこまち」の座付作者として活動し、卒業後、多くのドラマのプロデュースや脚本を担当している。本書で紹介した作品では『ＴＲＩＣＫ』（劇場版も含む）のほか『富豪刑事』『パズル』『MR.BRAIN』『ハードナッツ！～数学girlの恋する事件簿～』『スリル！　赤の章・黒の章』などの脚本を手掛けた。他の脚本家のドラマにトリック監修として参加する場合もある。単発ドラマでは、久本雅美主演の伝説の二時間サスペンス『女マネージャー金子かおる　哀しみの事件簿1』が代表作。

先行作へのオマージュと、物理的トリックを得意とする点が作風の特色だが、『ＴＲＩＣＫ』の幾つかのエピソードや、『富豪刑事』の第四話「富豪刑事のキッドナップ」、『パズル』の第七話「呪いの暗号　聞くと必ず死ぬ落語」など、勧善懲悪ではすっきり割り切れない余韻を残すエピソードが目立つことも挙げられる。

［千街］

点と線

「空白の四分間」が美しい
松本清張生誕百年記念作品

◉二〇〇七年

福岡市の香椎《かしい》浜で心中と思われる服毒死体が発見された。男性は汚職の疑いがある官僚で、女性は料亭の仲居だ。二人は東京駅の十三番ホームから寝台特急あさかぜに乗るところを、十五番ホームにいた女性の同僚たちに目撃されていた。食堂車の領収書が一人分であることに不審を抱いた博多東署の鳥飼刑事（ビートたけし）は単独捜査を行う。警視庁捜査二課の三原刑事（高橋克典）の協力で容疑者を特定できたが、その人物には鉄壁のアリバイがあった。

松本清張の最初の長編小説が初めてテレビドラマ化された。昭和三十年代の風景をリアルに再現し、音楽や石坂浩二のナレーションも当時の雰囲気によく似合っている。女性の母親・市原悦子の嘆き、交易社長・柳葉敏郎との戦争についての語りなど、本格も社会派も飛び越えた人間ドラマをミステリの形で見せる作品だ。「空白の四分間」を実証するためにたたずむ二人の刑事の姿も美しい。二〇〇九年の生誕百年を記念した再編集版ではラストが変わっている。［羽住］

夕陽ヶ丘の探偵団

勇気と絆で結ばれた懐かしの少年探偵団

◉二〇〇七年

小さな港町・夕陽ヶ丘では、第二次世界大戦あたりから少年探偵団が結成されてきた。現在のメンバーは、海花小学校六年生・天海眞人（伊藤大翔）を中心とした六人。雑用ばかりの日々だったが、ある日、日記帳を探す依頼を受けてから、街全体で不思議な事件が起きるようになった。首謀者は謎の男・サブマリン博士（寺田農）。学校の先生や近所の大人たちに助言をもらいながら、彼らは自分たちの力で解決に挑む。

江戸川乱歩の『少年探偵団』を意識した世界観にファンタジー要素を加えた、少年少女ドラマの王道作品。合唱団が歌う主題歌、セピアがかった照明、ブラウン管テレビなどの小道具が、どこか懐かしい空気を醸し出す。物語は一話完結で三話のみ。説教ではなく、勇気と友情をまっすぐ伝える構成に好感が持てる。特に第二話「時をなくした時計」では、磁場を操られ時計を止められた事件を通じ、「一瞬の大切さ」を再確認できる。情報過多の時代に生まれた子供たちにぜひ見てもらいたい。DVD化されていないのが残念だ。［羽住］

大金をかけた究極の騙し合いゲーム

LIAR GAME

●二〇〇七・〇九〜一〇・一二年

　末期がんの父を看病中の神崎直《ナオ》（戸田恵梨香）は、拾った百円玉を交番に届けるほど正直な女性だ。ある日、彼女のもとに見知らぬ団体から小包が届く。うっかり開封した直は、対決相手と三十日間かけて一億円を奪い合い、金額の多いほうが勝ちというゲームに参加させられた。終了後に現金は全て返却、敗者は最大一億円の借金を背負う。相手は中学時代の恩師だが、すぐに全額を騙し取られた。天才詐欺師・秋山深一（松田翔太）が出所すると知った直は、刑務所前で助けを求める。秋山は報酬折半を条件に力を貸してくれた。

　二回戦からは怪しげな館に集められ、「少数決ゲーム」、敗者復活の「リストラゲーム」、「密輸ゲーム」と、大金を奪い合う心理戦が始まる。直の助っ人として参加した秋山は、一回戦から認知的不協和などの心理学を使い、人間の本性を見抜きターゲットを欺いていく。一方で、直は騙されながらも、全員が借金を背負わず、幸せに終了できる道を探し出す。

　プレイヤーたちは曲者ばかりで、通称キノコ・福永ユウジ（鈴木浩介）が際立っている。ド派手な衣装にマッシュルームカット、太い黒縁のメガネをかけ、「ナオちゃんって本当にバカだよねえええええ」と大声でキレまくる。狡猾なのになぜか憎めない彼は高く評価され、鈴木は名脇役としてブレイクする。最終回は時間を拡大し、三時間スペシャルとなった。

　シーズン2はゴールデンタイムに進出。第四回戦のゲームは、「24連装ロシアンルーレット」、「17ポーカー」、「回らないルーレット」で、チーム戦でギャンブルを行う。秋山と直と福永がタッグを組み、再び嘘つきの大金争奪戦が始まった。

　二〇一〇年には劇場版『ザ・ファイナルステージ』が公開された。決勝戦は、互いを信じれば大金が手に入る「エデンの園ゲーム」だ。三色のリンゴが用意され、全員が赤いリンゴに投票すると一億円もらえるというルールだが、一筋縄ではいかない。参加者一人一人にスポットが当たり、裏の顔の変化も楽しめる。一二年の劇場版第二弾『再生《リボーン》』では、ヒロインが直から女子大生の篠宮優（多部未華子）に交替。総額二十億円をかけた「禁断のイス取りゲーム」が開始され、心理学教授になった秋山も参加する。

　原作は甲斐谷忍の漫画である。色彩がポップで照明も強く、臨場感を盛り上げる中田ヤスタカの音楽が耳に残る。［羽住］

長坂秀佳が挑んだ
傑作倒叙ミステリシリーズ

天才刑事　野呂盆六

◉二〇〇七～一五年

野呂盆六シリーズは「特捜最前線」のメインライターとしても活躍した長坂秀佳による倒叙ミステリシリーズである。野呂盆六を演じるのは名優橋爪功。風采の上がらない外見であるが、その実、頭脳は明晰であり、計画殺人を実行した犯人たちを鮮やかな推理で追い詰めていく……。

野呂盆六の初登場は一九九三年。ＴＢＳの「月曜ドラマスペシャル」枠で放映された「刑事・野呂盆六　完全犯罪の女」である。同枠では翌年「殺意のマリア」が放送されたものの、シリーズは中断、二〇〇七年、テレビ朝日「土曜ワイド劇場」枠にて「天才刑事・野呂盆六」として奇跡の復活を遂げる。

ドラマはまず犯人が計画殺人を実行するところからスタート、犯行後、野呂盆六が犯人の犯した些細なミスなどに気づくという、「刑事コロンボ」方式で展開していく。作者である長坂秀佳が「刑事コロンボ」を意識していたことは、野呂盆六というネーミングからも明らかであろう。もっとも、長坂がどの程度「コロンボ」を意識していたのかなど、いまだ明確な証言がなく、今後の研究が待たれるところでもある。

「天才刑事・野呂盆六」は全十作、当初は肩書き通り警視庁管内で起きた事件を捜査していたが、シリーズ中盤あたりからは、地方で起きた事件に様々な形で遭遇し、捜査に当たることとなった。また、シリーズ全体としては、いわゆる定型的な倒叙ミステリだが、シリーズ序盤こそ三作目で双子が登場するなど、長坂秀佳らしい、鋭く尖った、既存の倒叙ものに対する挑戦ともいえる仕上がりとなっている。さらにはダイイング・メッセージ、暗号、アナグラムといったアイテムが毎回複数登場。これは長坂のこだわり、あるいは好みの現れなのかもしれない。いずれにせよ、九年で十作の倒叙シリーズを描ききった長坂の創作力には驚かされる。個人的な意見だが、シリーズ第九作「天才刑事・野呂盆六（９）　鬼・もう１人の女～本庁のコロンボ×記憶の消えた殺人犯‼　脅迫状に印された赤い鬼⁉　ＤＮＡ鑑定が暴く父娘の秘密？　美人秘書の涙に隠された真実」は容疑者として盆六のかつての恋人が登場、そして多重人格を扱った野心作であり、九作目でここまでやるのかと感動すら覚えたものだ。

［大倉］

ポップでスタイリッシュな名探偵像を創造

ガリレオ

◉二〇〇七〜一三年

帝都大学准教授で天才物理学者の湯川学（福山雅治）のもとに、彼とは旧知の刑事・草薙俊平（北村一輝）の助言に従って、新人刑事の内海薫（柴咲コウ）がやってきた。不可解な人体発火事件の原因解明を依頼するためだ。湯川は、現場で目撃された「赤い糸」に注目する。

言わずと知れた、東野圭吾の「ガリレオ」シリーズの連続ドラマ化。シーズン1は二〇〇七年に放映され、二〇一三年のシーズン2では、相棒の女性刑事が吉高由里子扮する岸谷美砂に変更されている。

湯川の「実に面白い」という台詞、フレミングの左手の法則風のポーズ、推理のスパート時に突如地面などに数式を書く癖……等々、ＴＶ向けにポップかつスタイリッシュに改変された名探偵像によってヒットしたドラマである。暴走気味の脚色もあったけれども（例えばシーズン1最終回）、人体発火・幽体離脱・火の玉など映像にすると映える物理トリックの演出と解明は、科学的な謎解きを重視した原作のスピリットを充分に尊重したものだった。

連続ドラマ以外には二本のスペシャルドラマがあり、一作目の『ガリレオΦ（エピソードゼロ）』は後述の映画『容疑者Ｘの献身』の公開初日に放映された。湯川の学生時代は三浦春馬が演じた。二作目の『ガリレオＸＸ　内海薫最後の事件　愚弄《もてあそ》ぶ』（二〇一三年）は内海薫が主人公のスピンオフ作品で、原作にないオリジナルエピソードである。

シリーズの劇場版として、二〇〇八年に『容疑者Ｘの献身』が公開された。原作にない雪山シーンがあったり、登場人物のイメージが小説と異なるなどの差異はあるものの、謎解きの骨格は原作通り。監督はドラマ版シーズン1でも演出のひとりだった西谷弘だが、ドラマ版にあったポップな彩りは殆どなく、原作に近いシリアスな雰囲気の映画となっている。同じく西谷弘監督、福田靖脚本の劇場版二作目『真夏の方程式』（二〇一三年）も同様にシリアスな作風で、子供が苦手な湯川と小学生の少年の交流が叙情性豊かに描かれている。この二本の映画の出来を見るに、原作のもうひとつの長編で、連続ドラマのシーズン2では大失敗作となってしまった『聖女の救済』も、このくらいの高水準で映像化してほしかったと思わずにはいられない。

［千街］

33分探偵

ゆる〜い展開の中に隠された鋭い批評性

◉二〇〇八〜〇九年

お色直しをしていた花嫁が刺殺され、犯人が逃走した。現場に大田原警部（高橋克実）、探偵の鞍馬六郎（堂本剛）と助手の武藤リカコ（水川あさみ）が集まるも、すぐに返り血を浴び、手にナイフを持った男が捕まる。ここまで約八分。

普通に考えると事件は解決なのだが、CMを除いた番組時間は三十三分もあるので尺が足りない。そこで六郎が、ありもしない動機を作って容疑者を増やし、偶然とアンフェアばかりの推理で実現不可能なトリックをでっち上げ、残り時間を稼ぐというのが、作品のコンセプトになっている。

第一話「麗しの花嫁殺人事件」では、お色直しの担当が双子（松岡恵望子・璃奈子）だったことから、六郎は、モテる妹を憎んでいた独り身の姉が、花嫁に嫉妬し殺したとのストーリーを考える。六郎はトリックは一人二役で、「双子といえば共犯です。これ一〇〇パーセントです」と断じる。

六郎が仰天の推理を始めると、犯人とされた役者が悪魔風のメイクをしてコミカルに犯行を再現するシーンが流れる。さらに強引なトリックをツッこまれた六郎が、さらに無理なロジックを積み上げたり、重要な一言の前に容疑者の顔を順に映す、堂本が主演した『金田一少年の事件簿』風の演出が多用されたりと、全編に満ちた遊び心がとにかく楽しい。

これは長くバラエティ畑を歩み、後にファンタジーRPGの世界をパロディ化したドラマ『勇者ヨシヒコ』シリーズを手掛ける脚本・演出の福田雄一の面目躍如といえるだろう。

六郎の迷推理の中でも、アーチェリーが得意なシェフ（大高洋夫）が驚愕のトリックを使う第五話「お見合い殺人でもたす」（『相棒』シーズン2、第三話「殺人晩餐会」と併せて見て欲しい）、京都駅と小浜駅を繋ぐミステリ史に残る時刻表トリックを作る第二期第二話「京都・旅館殺人をもたせる！」は特に傑作だ。トリックを否定された六郎が口にする「痩せた鰹なら刺さるよね！」「ものすごく頼み込んだら乗せてくれるよね！」の意味は、実際に見て確認して欲しい。

中井英夫『虚無への供物』などの多重解決ものは、証拠はいくらでも後出しできるし、その証拠を基にした探偵の推理も恣意的なものに過ぎないことを明らかにした。それを徹底したギャグとパロディの手法で突き詰めた本作は、優れたミステリ論になっていることも忘れてはならない。

［末國］

連続殺人の謎解きと宝探しの同時進行

パズル

◉二〇〇八年

名門高校に赴任してきた鮎川美沙子（石原さとみ）は、表向きは淑やかだが本性は金銭欲の塊、しかも英語教師なのに英会話はからっきし。生徒の今村（山本裕典）・神崎（木村了）・塚本（永山絢斗）をこき使って宝探しに東奔西走するが、いつも殺人事件に巻き込まれてしまう。

『ＴＲＩＣＫ』の蒔田光治がメイン脚本を担当した全十話のドラマ。秀才三人組が知恵を絞っても解けない暗号を、既成概念に囚われない鮎川がフリーな発想で（時にはかなり運任せで）解き明かしてゆくのが特色。石原さとみのコメディエンヌぶりと豪華なゲストが見ものだ。

宝探しと殺人を絡めるという縛りがあるため、似たようなエピソード続きなのが連続ドラマとしては弱点になっているけれども、お薦めエピソードを選ぶなら、横溝正史の『本陣殺人事件』と『獄門島』と『八つ墓村』を足して三で割ったような第二話と、風間杜夫が彼ならではの役柄を巧演した第七話ということになる。

［千街］

倒叙ものの原作を、人間ドラマを強調して映像化

扉は閉ざされたまま

◉二〇〇八年

湖畔の別荘で、大学の同窓会が開かれた。そこで伏見（中村俊介）は、新山（山崎樹範）を浴槽での溺死に見せかけて殺害し、さらに鍵をかけ扉の下にストッパーも噛ませる。

各種ミステリ・ベスト一〇で上位に選ばれた石持浅海の原作は、孤島や山奥ではなく都会の中心にクローズド・サークルを作り、仲間たちが扉を開けず、新山の生死も不明のまま推理合戦を繰り広げた。何より感情がなく、機械のように推理し犯人を追い込む探偵役の碓氷優佳の印象は強烈だった。

ただドラマは、こうした原作の持ち味をカットし、謎の焦点を、安藤が伏見を殺し、扉を封印した動機に絞った。優佳（黒木メイサ）も、普通に感情を出している。マニアックな要素を減らし、扉を閉ざすトリックをより洗練させ、観念的だった動機に具体性を持たせるなどの改変は、一般の視聴者がミステリに何を求めているのかを知る上で示唆に富んでいる。

続編『君の望む死に方』では松下奈緒が優佳を演じた。やはり感情を表すが、本作よりは探偵らしかった。

［末國］

医療ミステリのブームを起こした人気作

チーム・バチスタ

◉二〇〇八〜一四年

今世紀の国産ドラマ界に医療ミステリのブームを巻き起こしたのが、海堂尊の小説が原作の「チーム・バチスタ」シリーズだ。東城大学医学部付属病院で、バチスタ手術中に患者が死ぬ事態が三件連続で発生し、特別愁訴外来勤務の心療内科医・田口公平（伊藤淳史）は院長から調査を依頼される。そこに、厚生労働省の変人官僚・白鳥圭輔（仲村トオル）が介入してくる……というのが、連続ドラマ第一作『チーム・バチスタの栄光』（二〇〇八年）の発端である。ドラマの田口は原作より更にお人好しな印象で、他人を疑えない性格として描かれており、とにかく疑ってかかる白鳥（これまた、原作より更に攻撃的な性格）とはしばしば対立するが、次第に互いにない部分を補いあう関係となってゆく。

既に中村義洋監督の映画版があるからか、ドラマ版『チーム・バチスタの栄光』の真相は原作とは異なっている（脚本はシリーズ全作を通して後藤法子がメイン）。続いて作られたスペシャルドラマ『チーム・バチスタ第二弾　ナイチンゲールの沈黙』（二〇〇九年）は原作とはほぼ別の内容であり、連続ドラマ『チーム・バチスタ２　ジェネラル・ルージュの凱旋』（二〇一〇年）も大幅に改変されている。

本格ミステリとして最も注目したいのは連続ドラマ『チーム・バチスタ３　アリアドネの弾丸』（二〇一一年）。死因不明社会を改善しようとＡｉ（オートプシーイメージング）の導入を進める白鳥たちと警察庁との対立を背景とする変死事件は、原作と違って容疑者にされるのが院長ではなかったり、あるいは犯人の性格などの差異はあるが、解決は原作に近い。ただしドラマではその後も話が続く。

連続ドラマ『チーム・バチスタ４　螺鈿《らでん》迷宮』（二〇一四年）は、田口と白鳥が、独自の終末期医療を行う病院での老人の連続死の謎に挑む内容だ（原作では田口と白鳥は主人公ではない）。そして同年公開の映画『チーム・バチスタＦＩＮＡＬ　ケルベロスの肖像』では、日本初のＡｉセンター設立をめぐって最大の危機が迫る。白鳥の過去や厚労省に入った真意も明かされる、シリーズ完結編らしい内容だ。

作品によってミステリの比重は異なるが、名探偵とワトソン役の関係の変遷を、長期に亘って描いたドラマとしても貴重である。

［千街］

脳科学の理論で不可能犯罪を解明する天才

MR.BRAIN

◉二〇〇九年

科警研に勤務することになった脳科学者・九十九《つくも》龍介（木村拓哉）が怪事件を解決してゆく全八話の連続ドラマ。レギュラーからゲストまで主役級俳優を揃えた超豪華な布陣には、今観ても圧倒される。

元ホストが事故の影響で天才脳科学者となった……という主人公の設定は豪快にも程があるし、右脳と左脳の相違を強調した脳科学の学説は些か胡散臭いけれども、科警研の他の部署による最先端の科学捜査や捜査一課の活躍が龍介の理論を裏打ちするため、不可能犯罪の解明の過程は意外と理詰めな印象だ。第一話と第二話はいずれも、現場にいた筈がない人物の指紋が発見されるという類似したシチュエーションを扱っているものの、その解明の決め手は異なっており、特に猟奇殺人犯の狂気に基づくと思われた行動に合理的な理由が秘められていた第二話の逆転劇は鮮やかである。第一話から暗躍していた武井刑事（市川海老蔵）と龍介の対決が期待されたが、両者の決着は描かれぬまま終わった。

［千街］

本格ミステリライターズ 3

三谷幸喜（一九六一〜）

日本大学在学中に「劇団サンシャインボーイズ」を結成。八〇年代末からドラマの脚本に進出し、一九九三年、『振り返れば奴がいる』で連続ドラマ初担当。二度の大河ドラマを含む多くのヒット作の脚本を執筆した。

換骨奪胎の才に長けており、ミステリ方面の仕事に絞ると、ドラマでは『古畑任三郎』やクリスティー原作の『オリエント急行殺人事件』、映画では自身の舞台劇を原作とするディスカッション劇『12人の優しい日本人』、落武者の幽霊が証人として立つ法廷コメディ『ステキな金縛り』、そして人形劇では『シャーロックホームズ』が代表作として挙げられる。映画『清須会議』のように、一見普通の歴史映画として作られていてもミステリ的趣向が用意されている場合もある。また舞台劇にも、第三回鶴屋南北戯曲賞受賞の『マトリョーシカ』や『おのれナポレオン』などミステリの要素を多く含んだ作品がある。

［千街］

名探偵の掟

徹底したパロディ精神で本格のお約束を映像化

◉二〇〇九年

警視庁の大河原警部（木村祐一）と新米の藤井刑事（香椎由宇）は殺人事件が起きた山村へ向かうが、現場周辺の雪には足跡がなかった。そこに名探偵の天下一大五郎（松田翔太）が現れる。大河原は何かいいたそうな天下一に、「まだ、あれ（密室）って決め付けるのは早すぎるぞ」と呟く。

実は、天下一と大河原は自分たちがフィクションの登場人物であることを知っていて、名探偵を引き立てる三枚目の警官を演じる大河原は、天下一に絶妙なタイミングで「これは密室殺人です」の決め台詞をいわせようとしていたのだ。

原作は、本格ミステリのお約束（掟）をメタ・ミステリの手法で描いた東野圭吾の同名小説。そのためマニアックなネタも多いが、時折、大河原、天下一、藤井が、異次元にある別室に入り、そこでミステリのお約束を解説しながら物語を進めていくので、どこがパロディ化されているのか理解し易くなっている。メインライターが、『金田一少年の事件簿』『探偵学園Q』などを担当した大石哲也だけのことはある。

なぜ被害者は、死ぬ前に意味ありげなメッセージを残すのか（第三章）。なぜ真犯人は、アリバイを宣言するのか（第五章）。童唄の連続見立て殺人では、最後の被害者が殺されるまで犯人を捕まえてはならない（第六章）など、ミステリに詳しいほどニヤリとするエピソードが満載。ミステリは犯人当てが多いのに、わざわざフーダニットをジャンル分けしているのはなぜか（第四章）との問いは考えさせられた。

ドラマ独自の要素として、刑事ドラマのお約束が追加されている。新人の刑事は、ニックネームを付けられる。警視庁の刑事が、管轄外と思われる地方で平然と捜査をするなどの指摘は、往年の刑事ドラマ好きなら特に楽しめる。原作にも二時間ドラマのパロディはあるが、温泉旅行中の藤井が殺人事件に巻き込まれる第八章は、「火曜サスペンス劇場」のテーマ曲から始まり、タイアップした温泉旅館の紹介、崖の上での謎解きまでを忠実に再現。誰もが覚えのあるネタをそのまま映像化したドラマは、原作より破壊力が増していた。

個人的なベストは、遺産をめぐる殺人事件に挑む天下一が、富豪の娘・留美と親密になる第七章。映像化が難しいトリックをいかに再現したかと、富豪役を演じたベテラン大和田伸也の熱演（怪演か？）に注目して欲しい。

［末國］

臨場

死者の人生を根こそぎ拾う熱き検視官たち

◉二〇〇九・一〇・一二年

「検視官とは刑事訴訟法に基づき変死体の状況捜査を行う司法警察官である」という冒頭の言葉のとおり、本作は検視官に焦点を当てた作品である。原作は横山秀夫『臨場』だ。

倉石義男（内野聖陽）は植物を愛する刑事部鑑識課の検視官。十七年前、通り魔に妻を射殺され、それ以来一人暮らしを続けている。部下は彼を敬愛する小坂留美（松下由樹）と、出世のための腰掛けで配属されてきた準エリートの一ノ瀬和之（渡辺大）のみ。粗野な性格で、事件現場に手作りの野菜を差し入れする変わり者であるが、見立ては外したことがない。鼻つまみ扱いしてくる同期の捜査一課管理官・立原真澄（高嶋政伸）にも「俺のとは違うなあ」と盾を突く。死因を究明するのが検視官の仕事だけではなく、「どんなクソ人生でも、こいつらにとってはたった一度の人生だ」と、死者の人生を犯行の経緯まで「根こそぎ拾う」ことを追い求めている。

鎮魂歌のように重厚な音楽を取り入れた、シリアスな作品だ。一時間の短編がメインでありながら、死体によって分かる謎から真実を導き出す瞬間まで目を離させず、最後の十分になっても真相が分からない回もある。登場人物たちは感情的で熱く、怒鳴ったりつかみかかったりする場面も多い。鑑識の仕事を見下す一ノ瀬のピンチを救った第二話「赤い名刺」は、意外性が特に高く、映像ならではの騙しも用いた傑作である。最終話「十七年蝉」では過去の事件の真相が分かっても、悲しみは消えない被害者遺族の無念を描く。

一年後、『臨場　続章』が開始。命の重みや社会問題がより濃く浮き彫りになっている。第一話「封印」はオリジナル脚本であるが、余命いくばくもない死者の心情が横山作品の持ち味をしっかりと受け継いでいる。第五話「カウントダウン」では、ソフトバンクCMでお馴染みの「お父さん犬」が登場し、重要なファクターとなった。この回で一ノ瀬は捜査一課に異動し、新しい部下に交番勤務だった長嶋武文（平山浩行）を倉石が引き抜く。最終話「渾身」では、十六年前に殺害された長嶋の父の事件が関わってくる。

『臨場　劇場版』は一二年に公開された。無差別通り魔事件の犯人が心神喪失により無罪となる。被害者の母親の行き場のない思いが観客の心を突き刺す。原作どおり倉石は重病を患っているので、見納めになるのが残念である。［羽住］

ケータイ小説で実力派作家たちが腕を競う

探偵Xからの挑戦状！

◎二〇〇九〜一一年

二〇〇九年四〜五月、ＮＨＫ総合で八回に亘って放送された『探偵Xからの挑戦状！』は、ケータイに数回に分けて送られてくるミステリ小説を読み、犯人当て投票に参加する形式の謎解き企画だった。それぞれの最終日にはＴＶで小説の内容を再現した実写ドラマが放送され、その中で真相が明かされる仕組みになっている。原作者は、シーズン１は辻真先・白峰良介・黒崎緑・霞流一・芦辺拓・井上夢人・折原一・山口雅也（最終夜の山口のみ書き下ろしではなくキッド・ピストルズ・シリーズの「靴の中の死体」の再録で、ドラマ部分も実写ではなくヲノワタルによるアニメだった）。エンドロールには東京創元社元社長・戸川安宣の名が「取材協力」としてクレジットされていたが、顔ぶれを見ても戸川の人脈で声をかけられたことが推測される。

ダイイング・メッセージあり、誘拐あり、密室殺人あり、恋愛ミステリありで各作家が趣向を凝らしつつ腕を競っていた。特に騙しの切れ味が鮮やかだったのは芦辺拓原作の「森江春策の災難」で、原作者の小説を読んでいる人ほど仕掛けに引っかかったかも知れない。一番正解者が少なかった「サンタとサタン」は霞流一らしいスラップスティック仕立てで、結末の意外性は抜群だったが、原作者の狙いを正しく映像化できていたかは微妙な印象もあった。

同年九月からはシーズン２が始まった。原作者は辻真先・近藤史恵・井上夢人・我孫子武丸。二〇一一年三月放映予定だったシーズン３は東日本大震災が発生したため四月に延期され、懸賞募集も実施されなかった。原作者は貫井徳郎・北村薫・米澤穂信。同年七月放送のスペシャル版「ゴーグル男の怪」の原作者は島田荘司で、後にその内容をふくらませたかたちで長編小説化された。

シリーズ全部から最高傑作を選ぶなら、シーズン３の米澤穂信原作「怪盗Xからの挑戦状」だろう。放送がこの時期でなければならない絶対的必然性に裏打ちされた、稚気と驚愕の結末は忘れ難い。

辻真先作品に登場する可能克郎・キリコ兄妹を長谷川朝晴と平岩紙が演じるなど、実写ではあまりお目にかかれない名探偵を観られる機会でもあった。携帯に送信された小説は小学館文庫で全三巻に纏められている。

［千街］

類まれな推理で除霊を行うインチキ美人霊能力者

霊能力者　小田霧響子の嘘

◎二〇一〇年

警視庁霊能捜査課準備室に所属するMこと谷口一郎（谷原章介）は、本物の霊能力者を連れてこなければクビだと宣告された。彼が目を付けたのは、人気心霊番組に出演する小田霧響子《オダキョー》（石原さとみ）。だが、彼女は調査と推理で除霊を行うインチキ霊能力者だった。秘密を知っても谷口は彼女に魅了され、ともにADの姿に扮して依頼人のもとに向かう。

派手な化粧に肩出しドレス、左手を曲げてVサインを作り、爪を額にあて「見えました」とクールに語るのがオダキョーの決めポーズだが、素の彼女は山ガールファッションが似合う気弱な弟思いの女の子。このギャップがたまらなく可愛い。

原作は甲斐谷忍の漫画で、小ネタ満載の演出が『TRICK』を想起させる。殺人事件は起きず、『LIAR GAME』のような心理戦もない。大事な人への思いやりや誰かを守るためについた嘘を、誰も傷つかない嘘によって解決へと導いていく連作ものである。関係者全員が幸せになれる第二霊は、格別に完成度が高く、リアルの視聴者も感動するだろう。［羽住］

『ケイゾク』と共通の世界観を持つ特殊能力ミステリ

SPEC　警視庁公安部公安第五課　未詳事件特別対策係事件簿

◎二〇一〇年

警視庁特殊部隊SIT小隊長の瀬文焚流《せぶみたける》（加瀬亮）は、任務中に部下を誤射したと疑われ、公安部の未詳《ミショウ》事件特別対策係に異動させられた。左遷先で担当するのは、捜査一課の手に負えない事件ばかり。がさつで常に餃子臭い天才警部補・当《とう》麻紗綾《まさや》（戸田恵梨香）とコンビを組まされる。

『ケイゾク』と共通の世界観で、脚本も同じ西荻弓絵。捜査一課弐係からは野々村係長のみレギュラー、他のメンバーは会話内やゲストで登場する。序盤はハウダニットがメインで、特に#4「丁の回　希死念慮の饗宴」は、死体をこの世に残さない自殺サークルの潜入捜査からの展開が格別に良い。

特殊能力SPECには、記憶操作、死者の復活、人の心を読むなどがあり、瀬文や当麻自身の背景にも関わってきて能力者の抹殺計画まで物語は発展していく。キャラクターが濃く、情報量が多いので、流し見は厳禁だ。スペシャル『翔《しょう》』と劇場版『天』で当麻の左手の謎が明らかになり、コミック原作のスペシャル『零』、劇場版の『結《けつ》　漸《ぜん》ノ篇』『爻《こう》ノ篇』で完結した。［羽住］

警部補　矢部謙三

矢部謙三が主役になった
『ＴＲＩＣＫ』スピンオフ作品

◉二〇一〇・一三・一七年

あの男が、ついに主役を務める時代がやってきた。本作は『ＴＲＩＣＫ』のスピンオフで、主要キャストたちは各話にチョイ役で出演する。番組の最後にはミニドラマがあり、初代部下・石原（前原一輝）が引き継ぎを行うシーンも流れた。

実は警部補である矢部謙三（生瀬勝久）。関西弁の破天荒ぶりは相変わらず。ダークなスーツに派手な色柄のシャツを身に着け、髪の毛は見るからにカツラなのに、当人は「天然だ」と絶対に認めない。毛が増える意味の言葉に敏感で、偽物やかぶりもの、方言の「ずら」などには徹底的に反発する。行動力はあり、当てずっぽうで犯人を指摘するが、それがたまに当たっているのも彼の魅力のひとつである。

第１シーズンで事件解決のサポートをするのは、伝説の刑事の娘・桂美晴（貫地谷しほり）と「刑事くん」こと桜木健一郎（鈴木浩介）の庶務係コンビ。「史上最凶のテロリスト救え！　１２００万の命」は、第三倉庫に八時半のテロップや他局ドラマの主人公にそっくりな温泉女将が登場するなど、小ネタがてんこ盛りだ。いちおう刑事ドラマらしく、アクション満載のエピソードが続き、「リークされた捜査情報追跡せよ！　警察内部の密告者」では、ある食べ物が重大な伏線になる完成度の高いアリバイトリックが登場する。「警視総監暗殺計画　矢部謙三　北へ」では初恋の女性を一途に愛する矢部の一面も見せた。

第２シーズンは、警視総監（大和田伸也）の娘で小学生の御手洗未来《みらい》（畠山彩奈）が推理役を担う。出会いは「殺しの暗号！　天才少女VS最も優秀な刑事」のパーティー会場。出世のために近付いたのにお友達扱いされ、駄菓子屋で情報交換を行う。本家の劇場版では海外土産をあげるほどの仲良しだ。

一方、総監はおとり捜査をはじめ、相棒が必ず殉職する刑事と組ませたり、暗殺者の潜入先に向かわせたり、弱みを握る彼を亡き者にしようと企む。だが、矢部は驚異的な運の持ち主で、「危険なプロポーズ！　婚約者が必ず死ぬ女」では単なる勘違いが自身の命を救った。「殺人同窓会　矢部謙三よ永遠に…」では友達想いの意外といいやつということが分かる。

一七年は動画『警部補 矢部謙三～人工頭脳VS人工頭毛～』が有料配信された。彼がいる限り、『ＴＲＩＣＫ』の世界は簡単に終わらないのだ。

［羽住］

赤い指

家族の秘密をめぐる二種類のサプライズ

◉二〇一一年

東野圭吾の加賀恭一郎シリーズが阿部寛の主演で初めて映像化されたのは、二〇一〇年のTBS系連続ドラマ『新参者』だった。以降、このシリーズは「新参者」シリーズと呼ばれるようになる。その中で最も本格ミステリ色が濃い作品は、翌年に放映された単発ドラマ『赤い指』だろう。前作の加賀が日本橋署の刑事になったばかりだったのに対し、本作ではそれ以前の練馬西署時代を描いている。

会社員の前原昭夫（杉本哲太）は、妻の八重子（西田尚美）から急いで家に帰ってほしいという電話を受けた。帰宅した昭夫が目にしたのは、庭に転がる見知らぬ少女の扼殺死体。中学生の息子・直巳（泉澤祐希）が殺したのだ。昭夫は最初は直巳を自首させようと考えるが、捕まれば息子の人生は終わりだという八重子の嘆願に抗えず、変質者の仕業に見せかけるため近くの公園に死体を遺棄する。ところが翌日、刑事の加賀が早速やってきた。疑われていると感じた昭夫は、真実を糊塗するべく新たな手を思いつく。

物語の大部分は前原昭夫の視点で描かれており、彼が息子の犯罪を隠蔽する〝事後従犯者の倒叙ミステリ〟として進行してゆく。平凡なひとりの父親である彼が、妻の必死の嘆願と自身の心の弱さに負けて愚行に走り、それが警察に気づかれたと悟って更なる隠蔽工作を重ねてゆく過程は実にリアル。彼の目線で見ると、穏やかな微笑みを浮かべながら鋭い質問で斬り込んでくる加賀恭一郎は何とも不気味な存在なのである。そして昭夫目線で観るからこそ、ある人物の真意が浮かび上がる結末に驚かされることになる。視聴者を思わず昭夫の心理に同化させてしまう杉本哲太の熱演が、このサプライズの発動に不可欠だったことがここでわかる。

同時に本作は、加賀と、その父親で元刑事の隆正（山﨑努）の物語でもある。こちらもひとつのサプライズを通して、家族というもののありようは当事者でなければわからないということを表現し、前原家の事件とテーマ的に重なり合うようになっている。

「新参者」シリーズの単発ドラマとしてはもう一本、二〇一四年放映の『眠りの森』がある。また二〇一一年には『麒麟の翼～劇場版・新参者～』が公開された。シリーズは二〇一八年の映画『祈りの幕が下りる時』で完結。［千街］

華麗なる一族を震撼させる殺人事件

Wの悲劇

◉二〇一二年

『Wの悲劇』といえば夏樹静子の代表作だが、一九八四年の映画版で作中作扱いされていたのをはじめ、原作通り映像化されることが少ない小説でもある。二〇一二年の連続ドラマ版では、武井咲が原作に登場する財閥令嬢・和辻摩子と、彼女と瓜二つだが貧しい育ちのオリジナルキャラクター・倉沢さつきの二役を演じるという趣向が追加された。

自由を望んでさつきと入れ替わった摩子だが、殺人事件の容疑者にされてしまう。一方、摩子になりすまして和辻家に潜入したさつきは、当主・与兵衛（寺田農）の変死を利用して自らの野望を叶えようとする。

オリジナルパートはやや取ってつけたような印象だが、和辻家パートは原作に近い展開で半倒叙的な謎解きを再現していた。二〇一〇年にドラマ化された時に与兵衛を演じた津川雅彦が今回は中里警部役で登場したり、映画版の主題歌の平井堅によるカヴァー版が挿入歌として流れるなど、先行の映像化を意識した演出も散見された。

［千街］

本格ミステリライターズ4

太田愛（一九六四〜）

『ウルトラマンティガ』で脚本家デビューし、ウルトラシリーズの常連脚本家となる。『TRICK』シーズン2で、佐野史郎ゲストの「サイ・トレイラー」の回を担当、それ以降、ミステリドラマにもよく起用されるようになった。

シーズン8から『相棒』の脚本に参加しており、正月スペシャルを担当することも多い。通常回ではシーズン8の「ミス・グリーンの秘密」や「願い」、シーズン9の「最後のアトリエ」、シーズン13の「アザミ」、シーズン15の「声なき者」前後編、シーズン16の「銀婚式」などが印象的。正月スペシャルではシーズン10の「ピエロ」が図抜けた傑作だ。登場人物の心情の細やかな描写、現代社会の病理の剔抉、ダイナミックなどんでん返しが作風の特色と言える。『相棒　劇場版Ⅳ』の脚本も手掛けた。

二〇一二年、『犯罪者』で小説家デビュー。他に『幻夏』『天上の葦』などの小説がある。

［千街］

謎解きはディナーのあとで

お嬢様刑事と毒舌執事の推理合戦

◉二〇一一～一三年

警視庁国立署の新人刑事・宝生麗子（北川景子）は、職場では隠しているものの、実は日本有数の大企業・宝生グループの令嬢である。難事件に突き当たると、自宅で執事の影山（櫻井翔）を相手に推理を語る。それに対し影山は「失礼ですが、お嬢様はアホでいらっしゃいますか？」といった執事にあるまじき暴言とともに、真相に迫る鋭い推理を披露してみせるのだった。

本格ミステリ史上稀有なベストセラーとなった、東川篤哉のユーモアミステリ「謎解きはディナーのあとで」シリーズを原作とする全十話の連続ドラマ。影山が安楽椅子探偵として活躍する原作とは異なり、麗子の捜査を陰ながら見守る場面もある。映像ではどうしても単調になりがちな関係者への事情聴取シーンをスキップするなどテンポの良さを重視した作りで、その回で一番の大物ゲストが犯人どころか容疑者ですらない役柄だったりするなど、簡単に犯人を当てさせない工夫も凝らされている。中でも第七話「殺しの際は帽子をお忘れなく」は、原作の解決を更に一ひねりした神がかり的な大傑作（視覚的な伏線を張りめぐらせることで、注意深く観てさえいれば視聴者が影山と同じタイミングで真相に気づけるようになっている点が素晴らしい）。脚本は後に『貴族探偵』（別項参照）を手掛ける黒岩勉が全話を担当した。

二〇一一年の連続ドラマの好評を受け、二〇一三年には劇場版『映画　謎解きはディナーのあとで』が公開。連続ドラマ版の第三話の原作を想起させるような死体を登場させつつ、被害者を全裸にした別の理由を考案するなど、オリジナルエピソードながら原作を意識した部分も散見された。

二〇一二年と一三年にはスペシャルドラマも放送されており、その二作目『謎解きはディナーのあとでスペシャル～風祭警部の事件簿』は、麗子の上司でいつも迷推理を連発する風祭警部（椎名桔平）を主役とするスピンオフ作品だが、実はこれが隠れた傑作エピソード。風祭家のメイドであるオリジナルキャラクターの光川《ひかりがわ》（余貴美子）が探偵役を務めるが、風祭の当てずっぽう推理も結果的には間違っていなかったという趣向で主役に花を持たせている。旅館の食事のメニューや美肌の湯の効能など、温泉という舞台設定を徹底的なまでに使い倒した手掛かりの配置が見事だ。

［千街］

巻き込まれ型お人好し青年の名推理

白戸修の事件簿

◉二〇一二年

就職浪人の白戸修（千葉雄大）は、幼馴染みの黒崎仁志（本郷奏多）から、古書店主殺しの容疑で警察に追われているので匿ってほしいと頼まれた。白戸は、黒崎の知人で元刑事の山野井（寺島進）とともに真犯人を探そうとする。

大倉崇裕の「白戸修の事件簿」シリーズを原作とする連続ドラマ。主人公の白戸は、お人好しで正義感の強い性格は原作通りながら、エッチな妄想をする癖が追加され（毎回「妄想探偵おさむちゃん」という彼の脳内寸劇が展開される）、全体にコミカルさが強調されている。原作の中野駅ではなく阿佐ヶ谷駅周辺が舞台なのは、当時、中野駅北口前が大規模改装中だったからか。決め台詞は「謎は七割方解けました！」「犯人はたぶんあなたです」という、気弱な白戸らしいものだ。オリジナルのレギュラーキャラクターである黒崎が関わっている点を除けばかなり原作に忠実な第一〜第二話「ツール＆ストール」のような回がある一方、ドラマ独自のアレンジが施された回もあって先が読めない。

［千街］

霊の声から始まる哀しみの怪奇本格ミステリ

真備《まきび》庄介霊現象探求所シリーズ　背の眼

◉二〇一二年

ホラー作家の道尾秀介（平山浩行）は、福島県白峠村の滝で「レエ　オグロアラダ　ロゴ」という謎の声を耳にした。この件の調査のため、道尾は大学の先輩で霊現象探求所の所長・真備庄介（渡部篤郎）、その助手の北見凛（成海璃子）とともに再び白峠村へと旅立つ。

第五回ホラーサスペンス大賞特別賞を受賞した道尾秀介のデビュー長編を原作とする、BS日テレ制作の単発ドラマ。原作より殺人が一件減り、民俗学や心理学の蘊蓄も抑制気味で、全体にコンパクトに纏まっている。

背中に眼が浮かんだ心霊写真、山伏鏖殺《おうさつ》の伝承が秘められた村で連続する少年の神隠し、霊の訴える声……と、いかようにもおどろおどろしく仕立てられそうな話だが、登場人物の大部分が愛する人に先立たれて心に傷を負っていることもあり、恐怖より哀しみを基調としたミステリドラマになっている。真備たちが泊まった旅館の主人に扮した佐戸井けん太の演技と、ロケ地の冬枯れの風景が印象に残る。

［千街］

深夜ドラマの隠れた秀作法廷劇

ティーンコート

◎二〇一二年

視聴者が多いゴールデンタイムの番組と比較すると、深夜ドラマは話題性という点でどうしても不利な傾向がある。そんな深夜ドラマから本格ミステリの埋もれた秀作を選ぶとするなら、『ティーンコート』を忘れてはならない。ティーンコートとは、十代の少年少女が検事や弁護士や陪審員となって、同年代の少年少女が被告の事件の裁判を行うアメリカの実在の制度のこと。日本でも、少年犯罪の増加に対応するため、この制度を東京地裁が導入し、大学の法学部の学生や高校生が参加するようになった……という設定の裁判劇である。第七話以外は二話で完結する形式であり、エピソードごとに脚本家は異なっている。

ティーンコート検事部に配属された高校生の高田三郎（瀬戸康史）は、同じく高校生の若王子《にゃこうじ》美里（剛力彩芽）と共同で職務につくことになる。検事部には他にも、どう見てもティーンには見えない長谷部（今野浩喜）ら、個性的な面々が揃っている。そんな彼らが、教官の東京地検副検事・松平隆（東幹久）の指導のもと、少年少女が被疑者となった事件の検事の役目を担当し、被告から聞き取りを行う。事件の中身は窃盗、痴漢、傷害に発展したいじめ、万引きなど多種多様である。

「世界一運の悪い男」という設定の高田は、視聴者の目線の代理となる存在として描かれている。美里は被疑者や関係者の証言に納得できない時は、松平の制止を無視して事件の再調査を開始する。その突飛でマイペースな言動に高田は振り回されるけれども、後になって説明されると、彼女がどこに気づき、何に注目して調査していたのかが腑に落ちるようになっている。つまり、視聴者は事件そのものより美里の言動の意味について推理を働かせれば、彼女の真の狙いと事件の手掛かりが見えてくるわけである。

伏線の張り方もなかなか巧妙で、特に、女子高生による傷害事件と集団万引き事件が同時進行する最後のエピソード（第十〜第十一話）は、ダリオ・アルジェントの『サスペリアPART2』さながら、一見本筋と関係なさそうなシーンに決定的な手掛かりがはっきり映り込んでいる。映像ならではのミステリの面白さを、本作のスタッフが理解していることの証拠である。

［千街］

高校入試

多すぎる容疑者と大量の伏線に隠れた真相

◎二〇一二年

デビュー作『告白』が中島哲也監督により映画化されたのをはじめ、『白ゆき姫殺人事件』や『少女』（別項参照）などの映画、『贖罪』『夜行観覧車』『Nのために』などのドラマ……と、湊かなえの小説は映像化と相性がいい。そんな中、連続ドラマ『高校入試』は成立事情が異色だ。というのも、先に原作小説があったのではなく、湊かなえ本人の脚本によるドラマがまず制作され、その後に小説が書き下ろされる……という通常とは逆のルートで発表された作品だからだ。湊は脚本家志望でもあったので、このドラマで夢のひとつを叶えたかたちになる。

県を代表する名門校である県立橘第一高校（通称・一高）では、教師たちが翌日に行われる入試の準備に追われていた。ところが、教室の黒板に「入試をぶっつぶす！」と書かれた紙が貼られているのが見つかる。更に、教師の携帯電話の消失、入試当日の回答用紙の紛失、カンニング疑惑などのトラブルが目まぐるしく発生。しかも何者かが、それらの騒動を裏掲示板で実況中継していた。

入試に臨む生徒たちは、いじめや親の過剰な期待といった事情を背負っているし、教師は教師で、プライドの高い一高出身者とそれ以外の者の軋轢、二股恋愛などトラブルの火種を抱えている。生徒の親や兄弟も一癖ある人物ばかり。容疑者が多すぎて、誰が一連の出来事の中心にいるのかを見極めるのは容易ではない。

元旅行会社勤務の新人教師・春山杏子（長澤まさみ）が一応は主役的ポジションにいるものの、実質的には群像劇。とにかく登場人物が多いけれども、保身優先の校長役の山本圭をはじめ、高橋ひとみ・羽場裕一・南沢奈央・斉木しげる・中尾明慶・阪田マサノブ・徳山秀典・小松裕昌らが演じる教師たちのキャラが立っていて、彼らのやりとりを見ているだけで愉しいし、生徒役にも美山加恋・高杉真宙・清水尋也らのフレッシュな実力派が揃っている。

毎回、一瞬たりとも見逃せないほど大量の伏線がばらまかれているため、視聴者がちゃんとついていけたかどうかは不明だが、湊かなえの脚本家としての実力と、出演者たちの演技のアンサンブルが高いレヴェルでマッチしており、その後発表された小説版よりも面白かった。

［千街］

天然な天才美少女が数学で事件を解決

ハードナッツ！　数学girlの恋する事件簿

◉二〇一三年

大学で数学を学ぶ難波くるみ（橋本愛）のところに爆破事件の容疑者に関する暗号の相談で伴田刑事（高良健吾）がやってきた。その容疑者は一五年間、牢に繋がれる湯沢（嶋田久作）で、暗号は外部とやりとりするためと警察は見ていた。伴田があてにしていた教授は不在だったが、くるみは見事暗号を解読。しかし、その解読こそ事件のはじまりだったのだ。

　蒔田光治を中心とした制作陣による全八話のオリジナルドラマ。数学の監修は他の作品でも多数の監修を行う根上生也教授。『ナンバーズ』（別項参照）ほど具体的ではないが、物体の動きから暗号までCG解説を添えながら数学をもとにした推理が披露される。本格ミステリ的には前後編となる第一話・二話がベストだろうが、計量文献学をテーマにした第四話や犯罪予測システムをトリッキーに描いた第五話も見ごたえのある内容だ。天然にすぎるくるみとどこか影のある伴田とのやりとりは実にほほえましく、次のシリーズを感じさせる最終話で止まっている状況は残念でならない。［蔓葉］

貴重な本が見られるのも魅力な古書ミステリ

ビブリア古書堂の事件手帖

◉二〇一三年

トラウマで本が長時間読めなくなった五浦大輔（ＡＫＩＲＡ）は、亡き祖母の蔵書を売るため、北鎌倉にある古書店を訪れる。岩波書店の新書版『漱石全集』の一冊には夏目漱石の署名があったが、美人店主の篠川栞子（剛力彩芽）はすぐに漱石本人が書いたものではないと見抜く。さらに栞子は、値札と蔵書印、奇妙な署名から祖母の過去を推理し始める。

　三上延のベストセラーをドラマ化した本作は、ロングヘアーの栞子をショートカットの剛力が演じることに批判もあった。ただ謎解きの部分は原作に忠実で、純粋にミステリとして見れば欠点はない。何より、コバルト文庫版のヤング『たんぽぽ娘』など、原作にも登場する貴重な古書を実際に目にできるので、原作ファンも食わず嫌いをやめる価値がある。

　特に、栞子が江戸川乱歩ファンが集めた蔵書をめぐり、母で宿敵の智恵子（安田成美）と対決する十話と最終話に出てくる乱歩の本のコレクションは、乱歩の蔵書が寄贈された立教大学大衆文化研究センターが協力しており必見だ。［末國］

『TIGER & BUNNY』の脚本家による倒叙ミステリ

実験刑事トトリ

◉二〇一二・一三年

西田征史が脚本を担当し、大ヒットした異色のヒーローアニメ『TIGER & BUNNY』は、随所にミステリ的な仕掛けが施されており、「ミステリマガジン」(二〇一四年三月号)でも特集が組まれた。その西田が本格的にミステリを手掛けたのが、二期全十一話からなる『実験刑事トトリ』である。

主人公の都鳥博士《ととりひろし》(三上博史)は、気鋭の動物学者だったが、輝かしい未来が予測できる研究者生活が嫌になり、先が読めない人生を送るため中途採用試験を受けて刑事になった変わり者。この設定は、刑事に憧れ営業マンから警察官に転職した『踊る大捜査線』の青島俊作を彷彿させる。また倒叙ミステリであり、都鳥と相棒の安永哲平(高橋光臣)が掛け合いをしながら捜査を進める展開は、『古畑任三郎』における古畑と今泉慎太郎を思わせる。それだけに本作は、フジテレビの名作刑事ドラマへのオマージュのように感じられた。

都鳥は、何度もレシピ通りに料理を作り味が変化するかを試したり、肩かけのバッグを外した人は、同じ肩にかけ直すか、反対側にするかを調べたりと、様々な実験を行いながら捜査を進める。これは理系出身という都鳥の設定を際立たせてはいたが、必ずしも事件解決には結び付いていなかった。

ただ、デザイナー(夏木マリ)が完璧なアリバイを作って共同経営を殺す一期二話「女はドレスに罪を隠す」では、錯誤を利用して犯人を追い詰め、コンビの漫画家の一人(中尾明慶)が、編集者を殺し相棒を犯人に仕立てる一期四話「僕が傑作を書く時」では、犯人を周到に罠に嵌めるなど、倒叙ものらしい謎解きは、いずれも論理性が重視されている。

完成度が高いのは、二期とも一話目。料理研究家(中越典子)が、薬で眠らせたアシスタント(松本まりか)をクーラーボックスに入れ生放送中に殺害し、車で別の現場に運び遺棄する一期一話「実験刑事誕生」は、一つの伏線で、犯人が犯行時刻に遺棄現場にいたことを証明するロジックの切れ味が鋭い。二期一話「罪深き建築家の肖像」では、凄腕の相棒に独立された建築家(木野花)が、相棒と結婚し高い営業力で自分の仕事を奪った元アシスタント(大和田美帆)を、建築模型を使ってアリバイを作り殺害する。建築が題材だけに、アリバイ崩しも、その先に置かれたもう一つの謎も、幾何学を使って解決に導く都鳥の推理が光っていた。

[末國]

鍵のかかった部屋

「月9」で密室パズルミステリという奇跡

◉二〇一二年・二〇一四年

新人弁護士・青砥純子（戸田恵梨香）が、銀行の貸金庫に閉じ込めてしまった上司の芹沢豪（佐藤浩市）を見事救い出した警備会社の研究員、榎本径（大野智）。彼を見込んで純子は、自身が抱える山荘の密室事件の調査を持ちかける。その密室で、ある会社社長が死んでいたのだ。警察は密室という状況から自殺と判断したが、現場には疑わしい点がいくつもあり、会社から調査を依頼されたのだ。現場を訪れた榎本はその防犯知識と類まれな推理力で、社長の死が計画的な密室殺人によるものと見破る。それをきっかけに、榎本と純子たちは、数々の密室の謎を解き明かすことになるのだった。

貴志祐介の同名小説およびその続編『狐火の家』『硝子のハンマー』を原作とする連続TVドラマ（二〇一二年）、および中編小説「鏡の国の殺人」（『ミステリークロック』収録）に未発表の「二つの密室（仮）」を原作とするスペシャル編「鏡の国の殺人」（二〇一四年）からなるシリーズ作品。

このドラマの主役はもちろん大野智だが、あえて主人公は「密室」だといいたくなるほど、ドラマの根幹として存在していた。どこか不自然な状況だったり、謎の装飾を施された部屋だったり、衆人環視の舞台だったりと様々なシチュエーションの密室。そのシチュエーションの裏側に凝らされたトリックたち。それが、丁寧な映像と榎本の推理で解き明かされることで結果として深い印象を視聴者にもたらす。

さらに小説では表現しえない映像によるわかりやすい謎解きは、小難しい密室トリックという非現実的なものをコメディドラマと違和感なく結合させ、その効果を倍加した。ドラマオリジナルの模型による事件の説明、全身一色の人物による犯行再現、明らかになる非日常的トリックのおかしみ、そんなトリックを見事解き明かしてしまう痛快さなどいくつもピックアップすることができよう。また原作ではアウトロー的な匂いを醸し出していた榎本をドラマでは影のある「防犯オタク」に変更し、芹沢というオリジナルの登場人物を配置することで、小説とは別の小気味いい会話が生まれていたことも付け加えておこう。過去にミステリドラマの実績があるとはいえ、フジテレビ月曜九時という時間帯でありながら、密室パズルミステリをここまで主役とし、成功へと導いたことはまさに奇跡というほかかない。

［蔓葉］

異色の経歴の刑事が人情の機微を見抜く

刑事のまなざし

◉二〇一三年

東池袋署の夏目信人（椎名桔平）は、刑事らしからぬ柔らかな物腰の人物である。彼はかつては少年鑑別所の法務技官として少年犯罪者の更生に尽力していたが、十年前、娘が通り魔事件の被害者になったことをきっかけに警察官に転身し、四十三歳の〝新人刑事〟となったのだ。

江戸川乱歩賞作家・薬丸岳の同題の連作短編集を原作とする全十一話の連続ドラマ（ただし、同書に収録されていない作品もドラマ化されている）。

ホームレスや犯罪被害者の遺族などの社会的弱者が絡む事件が多く、柔和なまなざしの夏目が悪人の罪を暴く時は一変し、償いを鋭く迫る姿が印象的だ。ドラマ化の際のアレンジの巧みさを確認するには、原作も傑作として知られる第一話「オムライス」を観てほしい。事件の経緯や、夏目が推理した恐ろしい真相は原作通りながら、オムライスの材料という手掛かり、月下美人の花のシンボリックな使い方といった優れた脚色によってディテールが補強された。

［千街］

横山秀夫の世界を最高水準で映像化

64 ロクヨン

◉二〇一四年

僅か七日間で幕を閉じた昭和六十四年、ひとりの少女が誘拐され、死体となって発見された。それから十四年、時効を直前にして事件は再び動き出す。

原作は言わずと知れた横山秀夫の名作。二〇〇五年に『クライマーズ・ハイ』をドラマ化したスタッフによる、横山作品への再挑戦だ。主人公であるD県警の警務部広報官・三上（ピエール瀧）のもとには、警察庁長官の視察、警務部長の理不尽な指図、新聞記者たちの要求、警務部と刑事部の対立などの難題が一度に押し寄せる。しかも三上は家庭内トラブルも抱えているし、そこに加えて新たな事件まで起きるのだから、観ている視聴者まで胃が痛くなりそうな展開だ。原作の精密な構成を忠実に再現した脚本、脇の脇まで実力派を揃えた俳優たちの演技合戦、そしてピリピリした緊迫感が途切れない演出が三位一体を成しており、横山作品の映像化としては最高水準。ＮＨＫが本気を出した時はこれほど凄いドラマが作れるのかと感嘆させられる。

［千街］

二大名探偵が繰り広げる夢の共演

金田一耕助VS明智小五郎

◉二〇一三〜一四年

二〇一三年にフジテレビ系で放映された『金田一耕助VS明智小五郎』は、芦辺拓のパスティーシュ短編「明智小五郎対金田一耕助」のドラマ化。金田一を山下智久、明智を伊藤英明が演じた。

昭和十二年、金田一は薬問屋・善池家の娘の依頼で大阪を訪れた。善池家とその真向かいの丸部家は、秘伝の薬をめぐって長年対立しているという。その夜、金田一は丸部家の若旦那が拉致されるのを善池家の窓から目撃。翌日、若旦那と思しき黒焦げ死体が発見された。

金田一がまだ駆け出しの探偵なのに対し明智は既に名声を確立しており、両者の対決となるとどうしても金田一の分が悪いのはやむを得ないところで（最後に美味しいところは明智が持ってゆく）、金田一ファンは複雑な気分になるかも知れない。しかし、金田一が最初に披露する穴のある推理、より辻褄が合った次の推理、最終的解決……と三段構えで繰り出される推理は謎解きの醍醐味を堪能させてくれる。第一の事件直前に善池家の使用人の音吉が金田一に示す態度（原作にない描写）などは、伏線とミスリードを兼ねていて巧妙。原作の骨格を生かしつつ、オリジナルの事件を追加してより複雑な物語に仕立て直した池上純哉の脚本が見事である。

翌年にはシリーズ第二作として『金田一耕助VS明智小五郎ふたたび』が放映された。昭和十二年、男爵家で続発する怪事件と、秘宝を狙う怪人二十面相からの挑戦に、金田一と明智が再び立ち向かう。

原作は「明智小五郎対金田一耕助ふたたび」だが、時代背景が戦後から戦前に、舞台が東京から長野に変えられ、人物設定や真相自体も大幅に異なっている。とはいえ池上純哉の脚本は、猟銃に細工をした人物の特定のくだりなどで今回も本格ミステリとしてのセンスの良さを感じさせたし、二十面相役（正確には、彼が変装した人物）に往年の二十面相俳優をキャスティングした趣向も気が利いていて楽しい。

第一作の原作に『蝶々殺人事件』の大阪府警の浅原警部が登場していたのを踏まえて、第二作に『仮面舞踏会』の長野県警の日比野警部補と同姓の刑事を登場させた点は、芦辺作品のみならずその原典である横溝正史作品にも気を配っていることを窺わせる。

［千街］

謎解きLIVE

人気作家が原作を提供した犯人当てドラマ

◉二〇一三年〜

NHKのBSプレミアムで、二〇一三年から年一〜二作ペースで放送されている視聴者参加型の犯人当てドラマが「謎解きLIVE」シリーズである。一作目「英国式ウイークエンド殺人事件」のみ国内作家ではなく、イギリスの作家ジョイ・スウィフトからの出題。彼女は一九八一年からミステリツアーの原作を提供しているが、本作も、ある劇団の経営者が主催するミステリツアーで殺人が起きるという趣向だ。格調高い舞台設定と複雑に入り組んだ人間関係が見どころだが、日本の視聴者には推理しづらい部分もあった。

二作目「忍びの里殺人事件」の原作は麻耶雄嵩。松尾芭蕉や忍者のコスプレで謎解きツアーに参加するという趣向のイヴェントで殺人事件が起きる。続く孤島ものの三作目「美白島殺人事件」の原作は我孫子武丸で、犯人当て朗読で鍛えられた京都大学推理小説研究会出身作家らしいフェアでオーソドックスな犯人当てが続いたかたちとなる。

四作目「[四角館の密室]殺人事件」の原作は綾辻行人。密室殺人が起きる内容のドラマ「四角館の密室」の監督が本当に密室状況で殺されるという複雑な入れ子構造、映像ならではの仕掛け、そして犯行の動機に至るまでいかにも綾辻らしかった。なお、二作目から四作目までは、「推理倶楽部CATS」（一作目では番組の枠部分にのみ登場）の高校生メンバーたちが探偵役として登場した。また、一作目から四作目までは二夜連続放送であり、スタジオでは作家や芸能人などのゲストが生放送で推理合戦を繰り広げる趣向だった。皆勤賞出演者はマキタスポーツで、「劇団のリーダーと衣装係はデキていることが多い」といった実際の見聞（？）に基づく推理がずばり的中したりするのが可笑しい。

大山誠一郎原作の五作目「CATSと聖夜の殺人者」からは二夜連続ではなくなった。「推理倶楽部CATS」の専属探偵・安芸朔太郎（白石隼也）らが、前作までのスタジオのゲストと同様のやり方で、作家の家で起きた殺人と盗難の謎に挑む。六作目「CATSと蘇ったモリアーティ」は京大出身作家縛りが解けて、ゲームクリエイターのイシイジロウが原作を担当。AIとして復活したモリアーティ教授によって安芸らが監禁され、命がけの謎解きゲームを強いられる異色の内容だ。

［千街］

犯罪のすべてを知りつくした男の超絶推理

スペシャリスト

◉二〇一三〜一六年

戸田山雅司という脚本家がいる。綾辻行人・有栖川有栖原案の「安楽椅子探偵」シリーズを毎回担当し、『相棒』ではシーズン5の「女王の宮殿」や劇場版三作目の前日譚など謎解き度の高いエピソードを執筆していることで知られるが、彼の本格ミステリ脚本家としての実力を最も堪能できる代表作が『スペシャリスト』だ。

京都府警の警察官・宅間善人（草彅剛）は、身に覚えのない殺人未遂の罪で逮捕され、十年近くを獄中で過ごす。後に無実が証明され釈放された宅間は、新設の特別捜査係に配属される。獄中で数多くの悪人を観察してきた彼は、犯罪者の手口や心理をデータベース化して記憶し、犯罪に関する天才的なスペシャリストとなっていたのだ。

二〇一三年から一五年まで、「土曜ワイド劇場」枠で四本のスペシャルドラマが制作されたが、例えば第一作では一見バラバラな事件の関連を見抜くなど、宅間の超絶的な推理が意外な真相を暴いてゆくのが見どころ。また、宅間が服役する原因となった殺人未遂をはじめ、幾つもの事件の真相が進展につれて明らかになる構成となっており、一作ずつ完全に独立した話にはなっていない。最初は宅間の態度を快く思っていなかった主任の姉小路（南果歩）らが彼を信頼するに至る過程、特別捜査係を創設した府警幹部・高倉（大杉漣）の思惑など、登場人物たちの人間ドラマが物語の進展とともに緻密に構築されてゆくのも魅力だ。

二〇一六年には、宅間や姉小路たち特別捜査係の主な面々が京都府警から警視庁に異動し、新メンバーも加わった設定で全十話の連続ドラマが放映された（戸田山は第五話・第六話以外の脚本を執筆）。第一話からして密室殺人と多重解決を盛り込んだ内容で、謎解き度はスペシャルドラマ版から更にアップ。犯人に仕掛けた逆トリックが視聴者への遠大なミスリードにもなっている第四話は、中でも最高傑作と言える出来映えだ。宅間が病院の七不思議を瞬く間に解いてゆく第七話のスピード感もちょっと類例がない。スペシャルドラマ版から見え隠れしてきた警察内部の秘密組織「我々」と対決する第八話〜最終話でも、一旦決着がついたかに見えた謎をオセロのように引っくり返すなど、意外性溢れる展開で最後まで愉しませてくれた。

［千街］

TVドラマ仕様でも間違いなく〝森ミステリィ〟

すべてがFになる

◉二〇一四年

神南大学工学部に在籍する西之園萌絵（武《たけ》井《い》咲《えみ》）は、資産家の家に育った頭脳明晰な〝リケジョ〟のお嬢様。彼女は同大学の〝理系バカ〟な准教授・犀川創平（綾野剛）に好意を寄せており、研究室にたびたび出入りしていた。あるとき、萌絵は孤島に住まう天才プログラマー・真賀田四季（早見あかり）との面会を果たしたが……。

森博嗣のデビュー作『すべてがFになる』から始まる「S&Mシリーズ」の初映像化作品。シリーズ全十作のうち、表題作および『冷たい密室と博士たち』『封印再度』『数奇にして模型』『有限と微小のパン』の五作が原作となっており、それぞれの事件が前後編で構成されている。

大人気シリーズの実写化ゆえ、放送当時は原作ファンからの批判が多かったと記憶している。キャラクターのイメージは仕方ないにしても、確かに細部の作りこみの荒さはもう少しどうにか出来たのではと思わぬでもない。一話に情報を詰め込みすぎなど、脚本に無理が生じているところもある。しかし、あながち失敗作とは言えないのではないか。

本作の脚本を担当している黒岩勉は、森の『ジグβは神ですか』が文庫化した際に解説を寄せており、そこで一連の森作品について、「ハリウッド映画や海外ドラマに近いなと思いました」と述べている。「事件にベタな動機がないこと」「主人公の感情を物語の軸にしていないこと」「ウィットの効いた会話」の三つがその理由だという。思い返せば、それらの点は確かに忠実に映像化されていた。つまり、黒岩にとっては、前述の要素こそが〝森ミステリィ〟の本質と理解されていたのではないか。改変によって森作品らしさを少しばかり損なっても、本質を押さえ、多くの視聴者に受け入れられれば、そのドラマ化は成功である——と黒岩は考えたに違いない。そう捉えると、賛否はともかく、本作は後の『貴族探偵』の成功に繋がる、重要な挑戦であったと言えるだろう。

原作の舞台が一九九五年だったのに対し、ドラマでは放送年と同じ二〇一四年に設定されている。作中に登場するアイテムこそ変わったが、物語の筋はそのままで、決してアナクロな印象はない。一連の〝小保方騒動〟でリケジョが注目を集めたのは、やはり二〇一四年のことだ。森ミステリィの先進性にようやく時代が追いついたのかもしれない。

［秋好］

倒叙ミステリの正統にして異端

福家警部補の挨拶

◉二〇一四年

倒叙ミステリにおいては普通、メインとして語られるのは犯人側のドラマである。その犯行を暴く探偵側は、作者によって個性は異なるにせよ、基本的に私生活や内面などは不明の存在として描かれる。コロンボ然り、古畑任三郎然り、大倉崇裕の小説に登場する福家警部補また然り。

二〇一四年、フジテレビ系で放映された連続ドラマ『福家警部補の挨拶』は、そんな倒叙ミステリの伝統に則っているという意味で正統派である。劇中で「君はコロンボか」と言われるように、犯人を最初は油断させる刑事らしからぬ外見、犯人からいくら邪魔者扱いされても食い下がる粘り強さ、犯行計画の些細な綻びを見逃さない観察眼……それらはすべて倒叙の王道であり、原作通りでもある（一見イメージが異なる檀れいが福家を演じきったのには驚かされた）。

しかし一方で、本作は倒叙ミステリの歴史では異端的作品でもある。犯人側のドラマだけでなく、探偵役である福家のドラマにも踏み込んでいるからだ。

第六話「愛情のシナリオ」の犯人・小木野マリ（若村麻由美）は、福家が普段の態度の裏に激情を秘めていることを女優だからこそ見抜き、過去に何かがあったことを推察する。第七～第八話「オッカムの剃刀」（二〇〇九年のＮＨＫ総合の単発ドラマに続く二度目の映像化）では、警察ＯＢの柳田教授（古谷一行）を追及する過程で、組織の規律を重視する上司の石松警部（稲垣吾郎）との姿勢の違いが描かれる。

そして最終話「女神の微笑《ほほえみ》」の犯人は、車椅子の老婦人・後藤喜子（八千草薫）とその夫・秀治（山本學）である。原作の喜子が自警団的性格を強調されているのに対し、ドラマでは余りにも悲しい過去を抱えた喜子に、福家は自身の過去（具体的にではないものの）と、警察官としての正義について述懐する。倒叙ミステリで探偵側の感情がここまで語られた例はないのではないか。後藤夫婦は原作と全く異なる結末を迎えるが、この重い後味も、他の倒叙ドラマではなかなか体験できないものだ。

殺害方法や、犯行を暴く決め手などが原作と異なる回もあるが、中でも第三話「プロジェクトブルー」の脚色は素晴らしいの一語に尽きる。唯一のオリジナル回の第九話「或る夜の出来事」は、コミカルで舞台劇調の異色回だ。

［千街］

ユーモア本格界の二大才能の組み合わせ

私の嫌いな探偵

◉二〇一四年

『謎解きはディナーのあとで』の大ヒットに乗って作られた、東川篤哉の「烏賊川市《いかがわし》」シリーズを原作とする連続ドラマ。探偵役が作品によって変わる原作と異なり、主人公は私立探偵の鵜飼杜夫（玉木宏）と事務所の大家・二宮朱美（剛力彩芽）に固定されている。鵜飼は原作と逆に金にがめつい性格で（ただし探偵としては優秀）、犯行動機には完全に無関心。犯人がお涙頂戴の告白タイムに入ろうとすると「僕は聞かない派なんで」とさっさと立ち去るのがお約束だ。そのぶん、動機を言い当てるのは朱美の役割となっている。

本格ミステリとしての骨格はほぼ原作を踏まえているが、朱美が披露する珍推理はオリジナルが多く、メイン脚本家・福田雄一の個性が強く出ている。朱美の「ちゃんとしたトリックを組まない人間は、そもそも人を殺してはいけない」という台詞も、同じ福田脚本の『33分探偵』最終回の台詞に通じるものがある。東川と福田、ユーモア本格を得意とする小説家と脚本家の組み合わせが吉と出た快作だ。

［千街］

科学鑑定が世界規模の陰謀に迫る⁉

SMOKING GUN 決定的証拠

◉二〇一四年

元警視庁科捜研、今は民間の科学捜査研究所で働く流田縁《えにし》（香取慎吾）は、行きがかりで助けることになった石巻桜子（西内まりや）の依頼で、火事で亡くなった桜子の父が自殺ではなく事故死であったことを突き止める。その後も流田は植物の鑑定や暴行で衣服についた血液検査で決定的証拠を見つけ出し、事件を解決していく。ところが、そんな流田には恋人の殺害容疑があった。恋人の死体とともに記憶喪失の流田が発見されていたのだ。その未解決事件は、やがて世界規模の陰謀とつながりがあったことがわかるのだが……。

原作・横幕智裕、作画・竹谷州史による漫画を原作とする全一一回のTVドラマ。原作同様、民間で科学鑑定を行う法科学鑑定研究所が監修を行なっている。ドラマは登場人物や事件の設定を変えつつも、原作のやや壮大にすぎる陰謀をコンパクトにまとめた印象だ。鑑定結果から事実を巧みに読み取ることで、事実へと迫っていく姿は、今もなお参照されるべきミステリドラマといえよう。

［蔓葉］

忘却探偵と冤罪体質ワトソンの不可能恋愛

掟上今日子《おきてがみきょうこ》の備忘録

◉二〇一五年

小説やコミックの映像化で、いま最もドラマファンも原作ファンも満足させている脚本家、それが野木亜紀子だ。花沢健吾原作の映画『アイアムアヒーロー』、松田奈緒子原作の連続ドラマ『重版出来《しゅったい》！』、海野つなみ原作の連続ドラマ『逃げるは恥だが役に立つ』など、実写化が難しいとされるコミックを、オリジナルの要素も加えつつ見事に映像に再構成する手腕には定評がある。

その野木が、西尾維新の「忘却探偵」シリーズの脚本を手掛けた連続ドラマが『掟上今日子の備忘録』である。小説なのだから、コミックよりは実写化は容易そうに思えるかも知れないが、本作はそうとも言えない。というのも主人公の今日子は、若いのに白髪という現実離れした外見のキャラクターだからだが、ドラマでは新垣結衣が原作のルックスを見事に再現し、抜群の説得力でオフビートな作品空間に君臨していた。また、ワトソン役の隠館厄介《かくしだてやくすけ》は、子供の頃から事件に巻き込まれ、いつも疑われる〝冤罪体質〟で、そのため弱気な性格になっているという設定だが、〝残念なイケメン〟的役柄を得意とする岡田将生がこれまたはまり役。配役の時点でこのドラマは半ば成功したと言っていい。

謎解きも丁寧に構築されており、特に第三話は、視聴者の注意力に挑む映像ならではの手掛かりの見せ方が傑出している。それまでと違って今日子視点で展開する第八話も、テロップを多用するこのドラマの特色が効果を上げているし、視線の密室トリックの見せ方も秀逸。ドラマオリジナルの最終エピソード（第九〜第十話）も、それまでのエピソードで積み重ねた設定を活かした鮮やかな着地である。

今日子は天才探偵だが、眠ると記憶を失ってしまう（自分の名前や職業さえ忘れるが、何者かが天井に書いた字によって毎朝それを知ることになる）。毎回事件に巻き込まれる厄介はそのたびに今日子のお世話になり、次第に彼女に惹かれてゆくが、次に会う機会には今日子は厄介のことを忘れているため、彼の恋は叶わない。原作では厄介が毎回登場するわけではないのに対し、ドラマでは彼をワトソン役に固定することで、切ないラヴストーリーという連続ドラマとしての一貫した軸を作り上げてみせた（特に終盤の盛り上がりは胸をうつ）。野木亜紀子、やはりおそるべし。

［千街］

ミステリなふたり

刑事と夫の艶笑安楽椅子推理

◉二〇一五年

愛知県警捜査一課の京堂景子警部補（松島花）は、冷静沈着で男勝りな性格だが、年下の夫・新太郎（鈴木勝大）の前では一変して甘えた態度を取るのが日常。その新太郎は推理力に恵まれており、景子が事件の捜査に行き詰まると、彼女の話をもとに真相に到達する。

太田忠司の「ミステリなふたり」シリーズを、名古屋テレビが全十一話で連続ドラマ化（後にテレビ神奈川でも放送された）。新太郎が景子からの情報をもとに安楽椅子探偵として活躍するのは原作通りだが、景子の捜査のシーンが増えており、彼女の職場と家庭でのギャップがより鮮明になった印象。三十分番組なので、無駄な脇筋に逸れることなくテンポ良く解決に至るのが特色だ。ほぼ原作そのままの回もあれば、第九話「リモコン殺人事件」など結末が異なる回、第七話「刑事の休日」のようなオリジナル回もあり、ドラマとしては、独自の山場を用意した脚色と景子の正義感が印象的な第八話「エプロン殺人事件」が上出来だった。

［千街］

贖罪の奏鳴曲《ソナタ》

凄腕弁護士が探り出した保険金殺人の背景

◉二〇一五年

御子柴礼司（三上博史）は、どんな被告でも必ず執行猶予を勝ち取る凄腕弁護士。ただし法外な報酬を要求することと、尊大な性格で悪名が高い。彼は、保険金殺人の嫌疑により二審で無期懲役の判決を受けた女性の弁護を引き受けた。一方、入間川で男性の死体が発見され、埼玉県警の渡瀬警部（リリー・フランキー）が捜査に乗り出す。

中山七里の同題作品を原作として、ＷＯＷＯＷが全四回で放送した連続ドラマ。東野圭吾原作の『レイクサイド マーダーケース』も撮っている青山真治が監督を務めた。

ドラマは御子柴が死体を遺棄する場面から始まるので、信用できない語り手ならぬ探偵役として視聴者の目に映る（実際、彼は壮絶な過去を背負っている）。そんな危うい主人公役の三上博史の演技が印象的だ。御子柴がカーター・ディクスンの『ユダの窓』さながらに巨大な証拠物件を持ち出す法廷シーン、それに続く犯人の指摘、そして御子柴自身の贖罪の道が問われる怒濤の最終話は圧巻。

［千街］

同じ物語が二つの角度から愉しめる

オリエント急行殺人事件

◉二〇一五年

最近、『金田一少年の事件簿』の内容を犯人視点から描いたコミックが評判になっている。計画犯罪を遂行するにはどのくらい手間がかかるかという描写が笑いを誘うようになっているわけだが、それとよく似た発想で制作されたのが、アガサ・クリスティーの名作を、三谷幸喜・脚本、河野圭太・演出という『古畑任三郎』コンビでドラマ化した『オリエント急行殺人事件』である。二〇一五年の新春に、二夜連続で放送された。

三谷は物語の背景を昭和八年の日本に置き替え、主な舞台は架空の豪華寝台列車「特急東洋」となっている。エルキュール・ポアロにあたる名探偵は、野村萬斎扮する勝呂武尊《すぐろたける》。ギリシャ神話の英雄ヘラクレス（エルキュールはフランス語発音）を、日本神話の英雄の日本武尊に置き替えたわけである。他の人名も、ヘクター・マックイーン→幕内平太、ヒルデガルデ・シュミット→昼出川澄子といった具合に上手く翻案しており、三谷のセンスに感服させられる。

一九七四年のシドニー・ルメット監督版はミステリ映画史上空前の豪華キャストで知られるが、本作も松嶋菜々子・二宮和也・富司純子・草笛光子・杏・玉木宏・西田敏行・沢村一樹・佐藤浩市ら、充実の顔ぶれを揃えている。原作で具体的な説明がない部分も辻褄を合わせており、ミステリ好きな三谷ならではの脚色となっている。この小説の今までの映像化では、最も本格ミステリであることを重視した作品だ。

さて第一夜は、勝呂が真相を暴いたところまでで終わるが、続く第二夜は過去に遡り、犯人がいかにして被害者に殺意を抱き、犯行計画を練り上げ、実行に移したかが描かれる。その過程は、日本人ならお馴染みのある歴史上の出来事とイメージが重ねられている。そして、特急東洋にいよいよ舞台が移ってからは、予期せぬ名探偵の乗車で犯人の計画が狂い、慌てて修正が重ねられる様子が、三谷らしいコミカルさも交えて描かれる。ひとつの物語を、別の角度から二度味わえるという贅沢な試みであり、ルメット版やイギリスLWTの『名探偵ポワロ』版（別項参照）へのオマージュを探しながら観るのも愉しい。

二〇一八年にはシリーズ第二弾として、『アクロイド殺し』を原作とする『黒井戸殺し』が放映される。

［千街］

「美しい犯罪」の非在を追究する名探偵

臨床犯罪学者　火村英生の推理

◉二〇一六年

有栖川有栖の火村英生シリーズは、これまでにCDドラマや舞台劇になったことはあるものの、映像化は二〇一六年に日本テレビ系で放映された『臨床犯罪学者　火村英生の推理』が初となる。火村役に斎藤工、相棒の作家・有栖川有栖（アリス）役に窪田正孝という人気俳優の組み合わせで、他に火村の下宿の大家・篠宮時絵役に夏木マリ、オリジナルキャラクターの小町刑事役に優香、鍋島警部役に生瀬勝久がレギュラーとして出演した（生瀬勝久が、三枚目でも敵役でもない普通の警察官を演じるのは珍しい）。人なつこさとまっすぐな正義感を兼ね備えた窪田のアリスは出色だ。

ドラマの火村は、謎が解けた際に毎回「この犯罪は美しくない」という呟きを洩らす。もちろん原作にはない台詞であり、当初は違和感があったが、ドラマが進展するにつれて、かつて人を殺したいと思った火村（これは原作通り）がどういう心境で犯罪者を狩るようになったのかが語られるようになり、これはこれでひとつの解釈だろうと思えてきた。また、そんな火村の〝影〟として早い段階から登場するキャラクターが二人いる。ひとりは、もし若き日の火村が道を誤っていたらこうなったかも知れないと思わせる少年。もうひとりは、宗教団体「シャングリラ十字軍」の教祖・諸星沙奈江（長谷川京子）だ。レクター博士とモリアーティを合体させたような設定の諸星は、終盤、火村の中に眠る怪物を呼び覚ますため、あの手この手で繰り返し彼を挑発する。この構想のための「地下室の処刑」「ロジカル・デスゲーム」を終盤に持ってきたのは上手いとは思うが、ライヘンバッハの滝におけるホームズとモリアーティの対決を想起させるラストの趣向は流石にやりすぎ感が強い。

演出も『SHERLOCK　シャーロック』の影響が強かったが、原作の本格ミステリとしての骨格がおおむね活かされているのは好感度が高い。個別のエピソードでは、レギュラーとして登場していた英都大学の学生・貴島朱美（山本美月）の悪夢の原因と、彼女をめぐる三つの殺人事件の絡み合った謎を解く第六・第七話「朱色の研究」が見応え充分。わかりやすいと同時にシュールな謎解きの演出の工夫も面白い。

全十話の放送後、Huluで「探偵、青の時代」と「切り裂きジャックを待ちながら」が配信された。

［千街］

未解決事件の遺族がコンビを組んで再捜査

犯罪資料館　緋色冴子シリーズ

赤い博物館

◉二〇一六年〜

警視庁捜査一課の刑事・寺田聡（山崎裕太）は、仕事上の失態が原因で、時効が成立した犯罪の捜査資料や証拠品を保管する警視庁付属犯罪資料館、通称「赤い博物館」に左遷される。館長の緋色冴子（松下由樹）は、喜怒哀楽を表に出さない風変わりな人物だ。寺田は証拠品の受け取りに行く最中、交通事故に遭遇し、ある男の死を見届けたが、その際、男は二十五年前の交換殺人を告白して絶命した。寺田からその話を聞いた冴子は、事件を再捜査すると言い出す。

第十六回本格ミステリ大賞候補になった大山誠一郎の短編集『赤い博物館』を原作とする二時間ドラマが、TBS系の「月曜名作劇場」枠で放映された。原作では、「赤い博物館」には冴子と寺田のほか、清掃員の中川貴美子と守衛の大塚慶次郎がいるが、ドラマでは中川は省かれ、大塚（竜雷太）は原作より遥かに重要な役柄となっている。

原作の五つの短編のうち、交換殺人の部分は「死が共犯者を別つまで」だが、別の短編「炎」を寺田刑事自身の幼少期の事件として描くという驚きの発想で、二つの短編をひとつのドラマに構築してみせた。そして、冴子もまた未解決事件の被害者遺族だという原作にない設定を追加し、似た立場ながら真実に対するスタンスが異なる冴子と寺田が、最初は対立しつつ良き相棒となってゆく過程をじっくりと描いている。脚本は『アンフェア』の北乃きい主演によるスピンオフ三作を担当した大久保ともみ。

本作は最初からシリーズ化を予定していたようで、二〇一七年には『犯罪資料館　緋色冴子シリーズ　赤い博物館2』が放映された。脚本は東海テレビの昼ドラマの常連・金谷祐子である。今回の原作は、警察内部に犯人がいる可能性が高い難事件を描く「死に至る問い」で、短篇にしては些か複雑な内容を丁寧に映像化。真犯人とは別の人物を視聴者に疑わせるミスリードの演出も巧い。

原作では冴子と父親の微妙な間柄は暗示されるだけだが、ドラマでは父親である元警察官僚の代議士・緋色賢二（長谷川初範）は、自身の妻が殺害された事件を揉み消したため、冴子とは不仲であり、何かにつけて彼女の前に立ちはだかる。そんな賢二の真意も第二作から明かされつつあり、シリーズの今後の展開の軸となるものと予想される。

［千街］

本格でありながらシュールで官能的

シリーズ・江戸川乱歩短編集

1925年の明智小五郎

◉二〇一六年

江戸川乱歩の小説に登場する名探偵・明智小五郎は、これまで多くの俳優によって演じられてきた。原作では初期と中期と後期で印象が変わるが、天知茂や北大路欣也や陣内孝則がそうだったように、基本的には中期の颯爽たる紳士のイメージで映像化されることが多い。だが、二〇一六年一月にＮＨＫのＢＳプレミアムで放映された『シリーズ・江戸川乱歩短編集　１９２５年の明智小五郎』に登場した明智は、かつてなくキュートで天真爛漫で残酷だ。明智役の満島ひかりは、平面ガエルから黒柳徹子まで、どんな役でも演じてのける万能の天才女優である。

三つのエピソードは、乱歩の代表的短編を三十分でほぼ原作通りの展開で再現しているが、注目すべきはそれぞれ異なるクリエイターによるエキセントリックな演出。宇野丈良演出の「Ｄ坂の殺人事件」はジオラマで現場を再現するなどの工夫を取り入れており、明智のイメージは最も原作に近い。佐藤佐吉演出の「心理試験」は、殺される老女を嶋田久作が演じたり、色眼鏡と付け髭をつけ口紅を塗った性別不詳の明智が犯人の蕗屋（菅田将暉）や笠森判事（田中要次）にしどけなくもたれかかるなど幾重にも倒錯的な彩りを加え、原作の論理性を踏襲しつつ乱歩の変格作家の側面をも盛り込んだシリーズ最高傑作。渋江修平演出の「屋根裏の散歩者」も、柔道家の篠原信一に主人公の郷田を演じさせるという配役といい、その彼に肩車をさせながら謎解きをする明智といい、極めて個性的な作品世界となっている。配役と演出によって、本格短編の論理性を残しつつここまでシュールな世界を現出できるのかと驚かされるシリーズだった。

同年十二月には続編『シリーズ・江戸川乱歩短編集Ⅱ　妖しい愛の物語』が放映された。佐藤佐吉演出の「何者」と関和亮演出の「黒手組」で、前作に引き続き明智を演じた満島ひかりが、渋江修平演出の「人間椅子」では閨秀作家の佳子役で登場。椅子職人役の中村靖日の朗読に合わせて『タモリ倶楽部』のオープニングさながらに延々とお尻の映像を乱舞させ、本来ならば映像化が難しい原作の淫靡さと不気味さの再現に成功していた（ＢＳとはいえ、ＮＨＫでここまでやったというのも凄い）。中性的な明智役から一変した満島の艶めかしい怯えぶりも見もの。

［千街］

とにかくキャラクターの濃い、松本潤の新機軸

99・9 刑事専門弁護士

◉二〇一六年

警察から厄介者扱いされている弁護士の深山大翔《みやまひろと》（松本潤）は、斑目《まだらめ》法律事務所が新設した刑事専門ルームに引き抜かれた。元検事で室長の佐田篤弘（香川照之）やプロレス好きの同僚・立花彩乃（榮倉奈々）とは反りが合わず、お金にならない仕事ばかり回される。だが、彼の関心は、起訴されたら99パーセント有罪になる刑事事件の0・1パーセントの真実だけなのだった。

所長やパラリーガルたち、佐田の妻子や深山の自称彼女まで、とにかくキャラクターの濃い作品だ。深山の「いただきマングース」など親父ギャグも満載。過去が絡むエピソードもあるが、どの回からでもすんなりと作品の世界に入り込める。法廷シーンもさることながら、蒔田光治が監修を手がけるトリックを実践検証していく過程が面白い。深山が下宿先の居酒屋で作る料理のレシピは、放送終了後99・9分間だけウェブの特設ページで限定公開していた。本作は松本の新たな代表作となり、二〇一八年にシーズン2が放送された。

［羽住］

本格ミステリライターズ 5 **佐藤嗣麻子**（一九六四〜）

一九九二年、映画『ヴァージニア Tale of a Vampire』で監督デビュー。脚本家としては、「土曜ワイド劇場」の『名探偵明智小五郎 エレベーター密室殺人』（長坂秀佳との共同執筆）、「アンフェア」シリーズ、稲垣吾郎の金田一耕助シリーズなどのドラマや、北村想原作の映画『K-20 怪人二十面相・伝』（監督も兼ねる）など、ミステリを多く手掛けている。「土曜ワイド劇場」で、横溝正史風のオープニング映像を演出したこともある。映画「エコエコアザラク」シリーズなど、ホラーでも手腕を発揮している。

金田一耕助シリーズに見られるように、原作小説の本格ミステリとしてのポイントをきっちり押さえた脚本を書ける稀有なライターである。一方で、「アンフェア」シリーズでは、連続ドラマ版の途中まではかなり忠実に原作をなぞりつつ、中盤以降はどんでん返しを重視したオリジナルの壮大な構想を展開してみせた。

［千街］

一の悲劇

異色の誘拐ミステリが名探偵最初の事件に

◉二〇一六年

山倉家の息子を狙った誘拐事件が発生。しかし、犯人は誤って隣の冨沢家の子供をさらったらしい。結果、山倉は身代金の受け渡しに失敗、少年は死体となって発見される。やがて捜査線上に浮かんだ男には、推理作家の法月綸太郎と一緒にいたというアリバイがあった……。

事件の様相は概ね原作に忠実だが、いくつか異なる味付けも施されている。例えば、本来は事件の当事者となった山倉の一人称で進められる物語が、映像化にあたって多視点となり、名探偵最初の事件とされたこと。構成に若干無理があるものの、長谷川博己という配役や、ミステリ好きの家政婦というオリジナルキャラの存在もあいまって、「法月綸太郎シリーズ」初の映像化としては巧い手だったと言ってよい。また、第二の事件に登場する密室の扱いも、原作ではタイトルにも関わる重要なポイントながら、二時間ドラマ的にはいささかマニアック過ぎるきらいがあるので、この変更は英断だろう。総じて、創意の光る脚本であった。

［秋好］

神の舌を持つ男

事件の真相を舌で味わう名探偵

◉二〇一六年

舌で味わうだけで物質の化学成分を正確に言い当てる能力を持つ朝永蘭丸（向井理）は、運命の相手・ミヤビを追って旅に出た。同行者は、彼に思いを寄せる古物商・甕棺墓光《かめかんぼひかる》（木村文乃）と、宮沢賢治ファンの謎の男・宮沢寛治（佐藤二朗）。彼らの行く先々で起こる殺人事件を描いた全十話の連続ドラマで、同年に『ＲＡＮＭＡＲＵ　神の舌を持つ男　鬼灯デスロード編』が劇場公開された。

堤幸彦演出らしくギャグで埋めつくされた作風で、特に二時間サスペンスドラマのパロディが多く盛り込まれている。サスペンスマニアの光が奇天烈な推理を披露した後、蘭丸が舌の能力を生かして真相を見抜くという流れだが、中でも注目は、唯一倒叙ミステリ形式の第三話。温泉旅館の女将が大浴場で男を事故死に見せかけ殺害するのだが、彼女がアリバイを成立させた手段は視聴者に伏せられている。この回ばかりは光の間違った推理のほうがおとなしく感じるほど真相は豪快そのものだ。

［千街］

刑事部屋から一歩も出ない
シチュエーション・コメディ

警視庁ナシゴレン課

◎二〇一六年

長い交番勤務を経て念願の刑事になった石鍋幹太（古田新太）は、非公開部署・警視庁ナシゴレン課に配属された。課長は二十五歳の「デカ長」こと風早恭子（島崎遥香）。「細目」とあだ名を付けられた石鍋はさっそく事件現場に向かおうと張り切るが、裏付け捜査は地味だと仲間から相手にされない。ここはワイドショーや他の部署から仕入れた情報をもとに、刑事部屋の中だけで難事件を解決する部署なのだった。

ＡＫＢ卒業直前の島崎《ぱるる》が実力派俳優陣と繰り広げるシチュエーション・コメディ。「犯人はあなたに決めた」とデカ長の独断と偏見で捜査は進むが、単なるアイドルドラマではない。観察力と推理の過程はかなりレベルが高く、特に第八話「ナシゴレン鉄道殺人事件」では、テレビのインタビューが鍵となる前代未聞のアリバイトリックが視聴者を待ち受ける。犯人当てに特化し、動機や背景、残された謎などはいっさい切り捨てる塩対応が心地よい。解決前にみんなで歌う劇中歌はカラオケでも配信されている。

［羽住］

グルメと任侠とどんでん返しがまさかの合体

侠飯　おとこめし

◎二〇一六年

就職活動に失敗してばかりの大学生・良太（柄本時生）は、暴力団の抗争の現場に居合わせてしまい、自分をかばって撃たれた男（生瀬勝久）をアパートの自室に担ぎ込んだ。防弾チョッキのおかげで無事だったその男は、柳刃《やなぎば》組組長・柳刃竜一と名乗り、配下の火野（三浦誠己）とともに良太の部屋に居候することになった。

松重豊主演『孤独のグルメ』の大ヒット以降、テレビ東京の深夜枠には佐藤二朗主演『めしばな刑事《デカ》タチバナ』など、さまざまなグルメ連続ドラマが生まれるようになった。本作もそのひとつで、原作は福澤徹三の小説（ドラマには原作者の福澤もカメオ出演している）。柳刃が料理の腕前を披露しつつ良太に人生を諭すのが毎回の見どころで、グルメと任侠ものの合体という取り合わせが意表を衝くが、もっと意外なのは最終話の、原作を既読の人ほど驚く筈の大どんでん返し。冒頭から張られた伏線を一気に回収してみせる手さばきは充分に本格ミステリ的と言っていい。

［千街］

獄門島

国産ミステリの最高傑作、初の映像化成功例

◉二〇一六年

「三人の妹たちが殺される……」復員船で息を引き取った戦友の言葉を胸に、金田一耕助は瀬戸内海の獄門島を訪れた。海賊と流人の子孫だという閉鎖的な住人たち、対立する二つの網元、島を支配する三人の権力者……複雑な人間関係の中、華麗にして残酷な連続殺人事件が幕を開ける。

横溝正史の『獄門島』といえば、文藝春秋が一九八五年と二〇一五年に行った「東西ミステリーベスト100」のアンケートで、二度とも国内部門の一位を獲得した名作中の名作であり、映画化は二度、ドラマ化は（本項で紹介する二〇一六年版を除くと）四度……と、映像化の機会にも恵まれている。しかしそれらはすべて、この小説の映像化としては物足りないものばかりだった。

二〇一六年にBSプレミアムで放映された『獄門島』は、初の成功作と言っていい出来だった。まず挙げるべきはトリックの忠実な再現。特に、最後の殺人のトリックが原作通り映像化されたのは今回が初めてだし、最初の殺人現場で了然和尚（奥田瑛二）が呟く〝例の台詞〟も原作通り。見立てを省いたり、犯人を変えたり……といった脚色が多い中、これほど本格ミステリとしての構成を重視した例はなかった。

賛否は分かれたものの、長谷川博己が演じた金田一耕助のキャラクター造型も鮮烈だった。戦場で多くの人間の無意味な死を目の当たりにしてきたため心に傷を負った金田一は、最後、殺人計画の前提が崩壊した事実を犯人に容赦なく突きつけ、「無駄無駄無駄！」と嘲弄する。こんなに攻撃的でクレイジーな金田一が描かれたことはかつてないようでいて、獄門島の封建的風土への手厳しい批判という点では、実は原作発表後間もなく作られた映画『獄門島』で片岡千恵蔵が演じた金田一に通じるものがある。

原作でも過去の映像化でも笑いものにされて島を去ることが多いある人物に、金田一が戦争に向かない同士として共感を示すのも今回の秀逸な脚色。一方、早苗（仲里依紗）への慕情の描写は薄く、島を出るよう誘うシーンは、どちらかというと彼女を因習から解放したかったからのように見える。ラスト、船上の金田一に東京で起きた事件の報せが届く。果たして長谷川金田一の二作目は作られるのか、期待を抱かせる幕切れだ。

［千街］

才能ある演出家たちによる横溝作品の新解釈
シリーズ・横溝正史短編集
金田一耕助登場！
◎二〇一六年

『シリーズ・江戸川乱歩短編集　１９２５年の明智小五郎』（別項参照）に続き、今度は横溝正史の金田一シリーズから「黒蘭姫」「殺人鬼」「百日紅《さるすべり》の下にて」を映像化した三十分番組。映像化史上最年少の金田一耕助俳優となった池松壮亮は、不潔さと人なつこさを強調した役作りによって、その直前に放映された『獄門島』（別項参照）の長谷川博己とともに従来にない金田一像を誕生させた。

ストーリー自体は原作に極めて忠実だが（特に「殺人鬼」など、よくあの中編の原作を三十分にまとめたものだと思う）、一編ごとに異なるフリーな演出が強烈だ。お洒落な舞台劇のような「黒蘭姫」、福島リラや岩井志麻子らの魑魅魍魎じみた怪演が凄まじい「殺人鬼」、コミカルかつシュールな演出で原作の論理性と変態ぶりを再現した「百日紅の下にて」……と、各演出家の個性が際立つ魅力的な仕上がりとなっていた。このテイストで「蝙蝠と蛞蝓《なめくじ》」「蜃気楼島の情熱」「女怪」など他の短編も映像化してほしい。［千街］

ド直球倒叙ミステリドラマ
IQ246　華麗なる事件簿
◎二〇一六年

織田裕二がＩＱ２４６の天才法門《ほうもん》寺沙羅駆《じしゃらく》に扮し、退屈しのぎと称しては殺人事件の捜査に首を突っこみ、鮮やかに解決してしまう。本作はＴＢＳ系「日曜劇場」枠にて放送された久しぶりのミステリドラマだった。特徴的だったのは、各話が倒叙形式で展開していく点だった。つまり、犯人による犯行の一部始終を見せ、その後、捜査にやってきた法門寺沙羅駆と対決していく……というものだ。一話完結が基本だが、各話を繋ぐ縦軸として犯罪コンサルタントと称するマリア・Ｔが存在し、最終的には法門寺沙羅駆との天才対決をすることとなる。「刑事コロンボ」「古畑任三郎」の系譜として、久しぶりに現れた直球勝負の倒叙ミステリドラマであり、脇を固める土屋太鳳、ディーン・フジオカたちの好演もあり、見応えのある作品に仕上がっていた。

ドラマは最終回において、一応の大団円を迎えるが、いくらでも続けることは可能であろう。名探偵法門寺沙羅駆の再登場を願ってやまない。［大倉］

相続トラブルという難事件を解決へ導く名探偵?
遺産相続弁護士　柿崎真一

◎二〇一六年

　横浜に事務所をかまえる弁護士の柿崎真一（三上博史）は、遺産相続の依頼を専門としていた。夫が死ぬ六時間まえに入籍しただけの妻の相続、あるかわからぬ化石の探索、兄弟間の借金トラブル、遺言とともに託されるはずだったレコードなど、遺産相続にまつわるさまざまな依頼を、柿崎は部下の丸井華（森川葵）に尻を叩かれながら取り組んでいく。

　読売テレビ・日本テレビ系のオリジナル連続TVドラマ。直球の本格ミステリではないが、相続にまつわる人間関係から、相続以外の利益や故人の真意などを発見し、ときには柿崎自ら企みごとを用いて解決へと導くところはいかにもミステリらしい。また利益のため柿崎に協力しないこともある華や、柿崎と大人の関係で時には助手のような役目を果たす水谷美樹（酒井若菜）が相続のゴタゴタに関わることで、依頼へのアプローチやその解決法にも幅が生まれる。なによりも故人の思いを叶えようとする柿崎の行動は、被害者の無念を背負った名探偵のそれと重なり合うのだった。

［蔓葉］

二人の主人公の活躍をコミカルに描く
スリル！　赤の章・黒の章

◎二〇一七年

　NHK総合放映の『スリル！　赤の章～警視庁庶務係ヒトミの事件簿』と、BSプレミアム放映の『スリル！　黒の章～弁護士・白井真之介の大災難』という二つの番組から成っているのがこのドラマだ。前者の主人公は、父親が詐欺師だったため犯罪の手口に詳しい警視庁庶務係・中野瞳（小松菜奈）。捜査一課の外河《そごう》刑事（小出恵介）の手帳を盗み見するなどして捜査情報を入手し、優れた推理力で真相に到達する。一方、後者の主人公は正義派を気取りながら金にがめつく、そのわりに常に金欠の弁護士・白井真之介（山本耕史）で、両ドラマの登場人物は共通している。

　各四話と短めのシリーズで、軽い謎解きをコミカルな味付けで見せるが、本格ミステリとしては「赤の章」の第三話が、ホテルを舞台とする大がかりなトリックと異様な動機が印象深い（あのホテルの構造を知った上で、外から見たらバレるのではないかという疑問は残るが）。細かいことは気にせず、おおらかな気分で愉しみたいドラマである。

［千街］

病因を突きとめる天才医師の名推理

メディカルチーム

レディ・ダヴィンチの診断

◉二〇一六年

天才的な脳神経外科医・橘志帆（吉田羊）は、手術中に幻覚を見たため辞職を決意する。しかし、恩師である東光大学病院の院長から、新設の解析診断部の医師にならないかと誘われ、手術しないことを条件に引き受けた。

「チーム・バチスタ」シリーズのスタッフが再び制作した医療ドラマ。橘がさまざまな手掛かりから、患者の症状の真の原因を突きとめるプロセスは本格ミステリ的な手続きを踏んでおり、橘とその指示で情報集めに奔走させられる若手医師・田丸綾香（吉岡里帆）の関係は、『古畑任三郎』の古畑と今泉刑事の女性版のようでもある。

解析診断部の部長は、橘の後ろ楯である院長と対立する岩倉葉子（伊藤蘭）。他のメンバーも、腰巾着、一匹狼、合コン好き……と癖のある面々だが、そんな彼女たちに共通するのは徹底したプロ意識。普段対立していても、いざという時は一致団結して患者を救う。全体を通しての謎である橘の幻覚の原因にも注目だ。［千街］

伝統ある佐七に要潤が挑む

人形佐七捕物帳

◉二〇一六〜一七年

横溝正史が生み出した名探偵は金田一耕助が有名だが、解決した事件でいえば、お玉が池あたりで御用を務める岡っ引きの人形佐七の方が圧倒的に多い。原作で「男振りがいい」とされる佐七は、嵐寛寿郎、若山富三郎、松方弘樹、林与一ら名優が演じてきたが、本作では要潤が挑んでいる。

江戸の風物や事件の背景などを解説する佐七の前口上から始まるので、時代劇が苦手でも戸惑うことはないはずだ。

似顔絵入りの羽子板になった三人の小町娘のうち二人が不可解な死を遂げ、連続殺人の可能性が浮上する第一話「羽子板娘」は、オリジナルの伏線より犯人を追い詰める佐七のロジックがより緻密になっていた。この他にも、暗号解読ものの第二話「双葉将棋」、毒殺トリックが秀逸な第四話「恋の通し矢」、いわく付きの部屋が重要な役割を果たす第八夜「開かずの間」、怪談会の席で殺された男に、なぜか複数の凶器による傷跡があった第十夜「百物語の夜」など、数多い原作の中からトリッキーな作品がセレクトされていた。［末國］

Column

国産ドラマに頻出する横溝パロディ

千街晶之

　一九七〇年代に一大ブームを引き起こした横溝正史作品は、それから長い年月を経た今世紀になっても親しまれている。特に映像方面では、上川隆也や稲垣吾郎がドラマで金田一耕助を演じたり、石坂浩二がリメイク版の映画『犬神家の一族』（二〇〇六年）で金田一役に復帰したり、芦辺拓原作のパスティーシュのドラマ化で山下智久が金田一を演じたり……といった例の他にも、ドラマ内でのパロディというかたちで、横溝作品へのオマージュが捧げられてきた（横溝パロディ自体は、昭和期から『新春スターかくし芸大会』や『8時だョ！全員集合』などで繰り返されてきたものの）。

　稲垣吾郎の金田一耕助シリーズ（二〇〇四〜二〇〇九年）の脚本を担当したのは佐藤嗣麻子だが、彼女はそれに先駆けて「土曜ワイド劇場」で、横溝正史風のオープニング映像を演出したこともある（一九九七〜二〇〇四年のあいだ放映）。日本家屋を舞台に、『犬神家の一族』風の白塗りの三姉妹、怪しい童女、日本人形や柱時計などが目まぐるしいカット割りで映り、最後には羽毛が舞う中を金田一耕助が駆けてくる……という、ムード満点の美しい映像だった（実相寺昭雄監督の映画『D坂の殺人事件』のセットを借りて撮影したらしく、照明・撮影には実相寺組スタッフが協力している）。

　今世紀のドラマに横溝パロディの流れを定着させたのは、何といっても『TRICK』だろう。シーズン1（二〇〇〇年）の時点で既に「黒門島」などのキーワードが出てきたけれども、より顕著になったのはシーズン2（二〇〇二年）の最初のエピソード「六墓村」だ。舞台は山梨県六墓村の旅館で、手毬唄や落武者といったモチーフが頻出する。その後も『TRICK』では、二〇一四年のスペシャル版第三弾が尾《お》古溝《こみぞ》村の水神家を舞台にするなど（事件の真相自体は『犬神家の一族』というより横溝の他の作品を想起させるが）、横溝パロディが繰り返された。それらのエピソードの多くで脚本を担当した蒔田光治は、それ以降もしばしばドラマで横溝パロディを試みており、例えば『パズル』（二〇〇八年）では第一話が『犬神家の一族』、第二話が『八つ墓村』と『獄門島』と『本陣殺人事件』を踏まえている。

　堂本剛版『金田一少年の事件簿』で頭角を現し、『TRICK』で蒔田とタッグを組んだ演出家・堤幸彦も、横溝パロディとは相性がいい。「SPEC」シリーズには、青池里子、市柳賢蔵（元ネタは一柳賢蔵）など、横溝作品を想起させる名前の人物が登場した。櫻井武晴脚本の『神の舌を持つ男』（二〇一六年）の第四〜第五話は、閉鎖的な村落、見立て殺人、謎の老婆……といった要素が満載で、サスペンスマニアの登場人物によって「横溝系」と形容されていた（同年の劇場版も「横溝系」の設定だった）。

『相棒』にも時々、横溝作品を意識したようなエピソードがあるが、極めつきはシーズン13（二〇一四～二〇一五年）の第十四話「アザミ」（太田愛脚本）。双子がモチーフという点からして横溝的だし、クラシックの音色、腹黒い叔父、そして登場人物の新宮《しんぐう》という苗字は完全に『悪魔が来りて笛を吹く』を意識していると見ていい。この回のメインゲストである笹本玲奈は、かつて「横溝正史シリーズ」版『犬神家の一族』（一九七七年）で野々宮珠世を演じた四季乃花恵の娘である。

金にがめつい無敗の弁護士・古美門《こみかど》研介（堺雅人）の痛快な活躍を描く古沢良太脚本の連続ドラマ『リーガルハイ』（二〇一二年）にも横溝パロディ回があった。蟹頭村《かにこべ》の旧家の遺産相続争いを描いた第七話がそれで、堺雅人が金田一の扮装をしたり、顔にパックをした小池栄子が佐清の仮面に見えたり、温泉から足が逆さに突き出すなどのお約束のほか、BGMとして映画『犬神家の一族』（一九七六年）のテーマ曲「愛のバラード」（大野雄二作曲）が使われた。

他にも、福田雄一脚本の『33分探偵』（二〇〇八年）の第六話では、老人の連続死を、鞍馬六郎（堂本剛）が俳句見立ての連続殺人だと強引に推理してみせる。宇田学脚本『99・9—刑事専門弁護士—』（二〇一六年）の第九話では、富豪の家族関係やシンクロナイズドスイミングの写真が『犬神家の一族』を連想させたり、釣鐘が飾られていたり、鵺《ぬえ》が鳴いたり……といった具合に横溝系の小ネタが満載だった。このように、連続ドラマに織り込まれた横溝パロディの例は、挙げていけばきりがない。

バラエティ番組『くりぃむしちゅーのたりらリラ～ン』（二〇〇五～二〇〇六年）の「ベタドラマ」（ベタな展開だけで構成されたパロディドラマのコーナー）で、「木曜ベタペンス劇場・鬼武者伝説殺人事件」という横溝風ドラマが放送されたこともある。どこに行っても事件に巻き込まれる名探偵・ベタ田一耕助（船越英一郎）が、首切り村の連続殺人に挑むという内容だった。

それらのパロディが、横溝作品への敬愛の念から生まれたことは疑い得ないにせよ、幾つかの例を別にして、旧態依然たる横溝イメージの再生産につながったことも否定し難い。少々厳しい言い方をすれば、落武者や童唄や逆さの足を出しておけば横溝風……という演出はもはやマンネリではないか、ということだ。古谷一行が金田一を演じた日清カップヌードルのCM（二〇一五年）のように完全に突き抜けたパロディにしてしまえば、それはそれで見どころが生じるとしても。

ただし、二〇一六年、長谷川博己が金田一を演じた『獄門島』や、池松壮亮が金田一を演じた『シリーズ・横溝正史短編集 金田一耕助登場！』のような、従来の金田一イメージを打破する斬新なドラマが登場したことによって、横溝作品の一般的な映像イメージが今後大きく変化する可能性もあり、そのあたりは注意深く見守りたいところだ。

オールタイムベスト作品が国内初の映像化

アガサ・クリスティ そして誰もいなくなった

◎二〇一七年

不朽の名作『そして誰もいなくなった』が、日本では初めて映像化された。江戸川乱歩賞作家の長坂秀佳が脚本、『相棒』でおなじみの和泉聖治が監督を手がける。ナレーションは石坂浩二、主演は仲間由紀恵が務め、向井理、柳葉敏郎、大地真央、余貴美子、國村隼、藤真利子、橋爪功、津川雅彦、渡瀬恒彦といった豪華俳優陣が脇を固めた。

八丈島沖に浮かぶ無人島・兵隊島にある唯一の建物が、「自然の島ホテル」として生まれ変わった。その開業前に、年齢も職業もさまざまな八人の男女が、五日間の特別招待を受ける。島では使用人夫妻が彼らを出迎えたが、主の姿はない。夕食後、誰も主の顔を知らず、名前も「名無しの権兵衛」のアナグラムだと気付いた彼らは、不信感を抱き出した。その直後に、不気味な声が響き渡る。内容は、彼らがそれぞれ過去に犯した殺人を告発するものだった。各自の弁明が始まったが、すぐに一人が毒物によって死亡する。さらに翌朝、一人が遺体となって発見された。食堂に貼られた数え歌のとおりに殺人は続き、そのたびに十体の兵隊人形が一体ずつなくなっていく。文明の利器は持ち込まないという決まりにより、通信手段はない。生存者たちは犯人探しを始めるが、数日後、島には誰もいなくなってしまった。

殺戮の数日間は原作に負けず劣らず緊迫感に満ち、視聴者の目を釘付けにするだろう。被害者たちの年齢層が高めであるものの、セリフ回しや立ち居振舞いは大御所ならではの迫力がある。現代日本を時代設定にしているため、舞台に名称、登場人物の一部の職業や性別や行動、電子機器、犯行に使われた小道具、真相を知る方法など、原作と異なる部分は多い。だが、逆にそれらも説得力を生み出す効果となっている。

ラスト三分の一では、警視庁捜査一課警部・相国寺《しょうこくじ》竜也《りゅうや》（沢村一樹）率いる捜査の様子が詳細に描かれる。鑑識の写真を基に現場検証が行われ、次々に手がかりが明かされていく。視聴者も一緒に謎解きを行える演出は高く評価したいが、八丈島所轄刑事たちが浮いているように見えるのが難点だ。

殺人は芸術なのか、否か。このテーマに対し、ある人物の役者魂そのものをかけた演技が素晴らしい。背後に流れる音楽も見事に一致し、テレビドラマも芸術作品であることを証明している。

［羽住］

貴族探偵

新本格の精髄を「月9」でドラマ化

◉二〇一七年

新本格の作家の中でも特にマニア好みという印象がある麻耶雄嵩の小説が、フジテレビ系月曜夜九時の通称「月9」枠でドラマ化されるという報せが流れた時、思わず自分の目を疑った人は多いのではないか。一体どうなることか……という不安は、実際にドラマ『貴族探偵』が放送されると、いい方向へと裏切られることになった。

主人公の貴族探偵（相葉雅紀）は原作通り、事件の調査どころか推理さえも執事・メイド・運転手といった使用人に任せ（決め台詞は「推理などという雑事は、使用人に任せておけばいいんですよ」）、自身は女性とのアバンチュールに余念がない人物。そんな彼に闘志を燃やすのは、名探偵と謳われた師匠・喜多見切子（井川遥）の死後、あとを継いだ高徳愛香（武井咲）である。貴族探偵が使用人たちに披露させる正しい推理の前に、愛香の推理が常に敗北してしまう……という各回のお約束は原作『貴族探偵対女探偵』を踏襲しているが、愛香の更に前座として、オリジナルキャラクターの警察官・鼻形雷雨（生瀬勝久）が間違った推理を述べる場合もあり、三重の推理合戦が展開されることになる。

各エピソードは原作のトリックや論理を踏まえつつ、さまざまなアレンジが施されており、原作のマニアックさに負けていない（犯人が原作と異なる回もある）。「幣もとりあへず」が原作の第四話や「こうもり」が原作の第九話のように、映像化困難と思われた小説に敢えて挑戦した回もあり、原作のファンを驚嘆させた。また、愛香の部屋の壁を叩いてくる謎の隣人など、序盤から彼女をめぐるミステリアスな伏線がいろいろと張られていたが、中盤からは喜多見切子の死にまつわる謎に貴族探偵が関与しているのではないか……という疑惑が浮上し、原作の読者にも全く先が読めない展開となっていった。

原作のうち「色に出でにけり」を除く全エピソードを見事にひとつのストーリーへと纏め上げてみせた脚本の黒岩勉は、『謎解きはディナーのあとで』で既にミステリファンの信頼を集めていた脚本家。そのインタヴューと、原作とドラマを対比したネタバレコーナーを別ページに用意したので参照していただきたい。「月9」三十周年にして新本格三十周年という節目に相応しい傑作ドラマだった。

［千街］

人に罪はあっても動物に罪はない！

警視庁いきもの係

◉二〇一七年

飼い主の逮捕で行き場をなくしたペットは保健所で殺処分される。そこで警視庁は、容疑者のペットについて一定の世話を行う専門部署を新たに設立した。表向きには存在しない特殊部署・警視庁総務部総務課動植物管理係、通称いきもの係だ。ショッキングなナレーションとは反対に、本作は本物の動物がたくさん出てくる、ほのぼのミステリドラマである。

警視庁捜査一課の須藤友三警部補（渡部篤郎）は、同僚をかばって頭部を撃たれ療養していた。復帰後はリハビリという名目でいきもの係に異動させられる。部下は一般から採用された動物の専門家・薄《うすき》圭子（橋本環奈）のみ。室内はあらゆる種類の動物でごった返しているが、全て薄が拾ってきたという。初仕事は排水口にはさまれた猫の救出だったが、それがきっかけで、二人は次々に事件に巻き込まれていく。

須藤は頭部に残った銃弾により、過去に扱った事件と関係者の記憶をなくしているが、お構いなしに寒い親父ギャグを飛ばす。伝説の鬼刑事と呼ばれ、かつての相棒や所轄警察官から慕われていても、薄からはまったく相手にされない。『ケイゾク』ネタですらスルーされ、冷めた目で見られる。

一方の薄も相当の変わり者だ。動物が関係する単語に飛びつき持論を展開するため、会話がかみ合わない。だが、素直な性格なので、捜査一課にもいた事務員や正反対のタイプの受付嬢とも仲良しだ。制服をコスプレと間違えられるほどの愛らしい童顔は、須藤と敵対する警部ですら虜にする。

男女のコンビというと恋愛に発展しがちであるが、そんなことは微塵もなく、回を追うごとにレギュラー陣の信頼感が伝わってくる。第九話の温泉旅館宴会は楽屋風景のようであり、番組の最後に主題歌にあわせて踊る姿も一興だ。

明るくユーモラスな作品でありながら、動物との関係を映すことで人間の感情を揺さぶっていく。第一話では手乗り十姉妹との信頼関係がなくなる喪失感、第四話ではヤギがテストの答案を食べた真実の痛々しさ、最終話ではナオミが帰っていく寂しさが、視聴者の心にも湧き上がってくるだろう。

原作は大倉崇裕『警視庁いきもの係』シリーズで、部署は架空である（密売した動物を保護する部署はある）。本作によって政府がもっとペットの大切さに目を向け、現実のいきもの係を設立してほしいと切に願う。

［羽住］

「火事場の馬鹿推理」で真犯人を暴く

重要参考人探偵

◉二〇一七年

モデルの弥木圭《まねき》（玉森裕太）は、幼い頃から死体の第一発見者になる特異体質の持ち主。殺人の容疑者扱いされることも多いが、追いつめられると、火事場の馬鹿力ならぬ火事場の馬鹿推理で真相がひらめくのだった。

絹田村子の同題のミステリ漫画が原作の連続ドラマで（全八話）、脚本は『貴族探偵』の黒岩勉。圭の性格は原作ほど短気ではないほか、オリジナルキャラクターとして、彼の元恋人で警視庁刑事の早乙女果林（新木優子）が登場している。圭は容疑者として自由に動けない場合もあるので、事件に関する情報を集めるのはモデル仲間の、推理マニアの周防斎《すおういつき》（小山慶一郎）とナンパ好きのシモン藤馬（古川雄輝）の役目。イケメン三人の役割分担も見どころだ。

基本的に原作に忠実なエピソードが多いけれども、芝居上演中の殺人を扱った第四話では、原作のダイイング・メッセージを、フェアでなおかつ圭にも疑いがかかるものに置き替えるなど、そこかしこに脚色のセンスが光る。［千街］

秋山竜次が全主役を務める前代未聞の十人一役

黒い十人の秋山

◉二〇一七年

お笑いトリオ・ロバートの秋山竜次が、クローズドサークル内で起きた殺人事件の容疑者を、全て一人で演じた。オペラ歌手をはじめ、美人秘書、外国人画家、建設会社社長、美容整形外科医、サーファー、プロゴルファー、ファッションモデル、一般男性、ファッションアドバイザーと職種も性別もさまざまだ。あの天才子役・上杉みちくんも登場する。

捜査一課の念仏姫こと桐谷さなえ（仲里依紗）は、従姉が従業員を務める離島のホテルのディナーショーに招待され、部下と一緒にやってきた。だが、嵐により館内は停電し、復旧後に宿泊者（滝藤賢一）の死体が発見される。さっそく捜査を開始するが、宿泊者全員にアリバイがあった。

某作品のオマージュだが、登場人物たちの背景から手がかりとなる小道具まで、よく練り込んでいる。冒頭の不自然なワンシーンも、最後のサプライズの伏線になっているので要注目だ。秋山がメイクを落とした回数は四十八回。顔は同じでも同一人物に見えない彼の演技力に敬意を表する。［羽住］

『貴族探偵』

——原作とドラマの徹底比較

千街晶之

本稿では、ドラマ『貴族探偵』が、原作小説の本格ミステリとしてのポイントをどのように改変したかをネタバレありで検討するので、ドラマを未見の方、または小説を未読の方はご注意願いたい。

なお、ドラマ化の際の改変はかなり細部にまで及んでいるけれども、紙幅の都合により重要ポイントを中心として言及することとする。また、ドラマ全体を通しての秘密である、貴族探偵や喜多見切子やＧｉｒｉや政宗是正に関する部分は本稿では言及せず、あくまでもトリックやロジックに関する原作との対比に絞ることとした。

第一話

原作は『貴族探偵対女探偵』所収の「白きを見れば」。高徳愛香がクライアント（原作では平野紗知、ドラマでは玉村依子）の誘いでガスコン荘を訪れ、地下室で井戸の傍に倒れている笹部の死体を発見するのは原作通りだが、ドラマでは、死体の周りに原作よりも遥かに多い足跡が残されている。ドラマ化における最大のポイントはこの足跡である。

原作では、愛香は殺害直後に停電が起こり、慌てた犯人が乱れた足跡を残したと推理する。これに対しドラマでは、まず鼻形刑事が、足跡が沢山残っているのは複数犯の証拠で、依子を除く滞在者全員の共犯と推理（現場の井戸にボタンが落ちていたことで、後に依子の犯行だと推理を翻すが）。次に、愛香は依子のボタンを盗む機会があったのは貴族探偵だと告発。ただし、依子と一緒にいた貴族探偵が実際に手を下したわけではなく、その使用人である山本・田中・佐藤が実行犯で、三人がかりの犯行であることを隠すため夥《おびただ》しい足跡を目くらましにしたのだと推理する。これに対し、貴族探偵の意を受けて山本が推理した真相とは、犯人の畦野は犯行直後に停電によって乱れた足跡を残してしまったが、もう一度現場に戻った際にそれを誤魔化すため無数の足跡でカムフラージュしたというものだ（停電にポイントがある点は原作の愛香の推理に近い）。

他にも原作にない、犯人が現場に落とした眼鏡をどう拾ったかをめぐる謎解きも追加されているし、全くの部外者だと

思われていた貴族探偵がガスコン荘にいたと判明することで愛香が彼を疑うに至る経緯もよくできているが、やはり足跡に三通りの意味を持たせた箇所が一番冴えた脚色となっている。

第二話

原作は『貴族探偵』所収の「加速度円舞曲《ワルツ》」。ドラマ化における最大のポイントは、冒頭の落石の扱い。原作では、作家・厄神を彼の本宅で殺害した犯人の令子夫人と愛人の滝野は、死体を移動して別宅を現場だと偽装するが、その際に被害者が別宅の勝手口のドアを使っていたと思わせる必要が生じ、勝手口の前に車を駐車させるわけにはいかないため、車止めの先にある邪魔な石を落とした——というのが真相であり、編集者の日岡美咲の車の前に石が転げ落ちてきたのは偶然にすぎない（その偶然によって真相が発覚することになるが）。一方、ドラマでは、まず愛香は殺人と落石の双方にアリバイがある令子と滝野を容疑者から外し、落石のみアリバイがある日岡と、殺人のみアリバイがある松尾（ドラマオリジナルの人物）の共犯と推理する。日岡の運転する車の前に石が落ちてきたのは、助手席の愛香にアリバイを証言させるため——という、落石に大きな意味を持たせた推理になっている。

これに対し、貴族探偵の意を受けた田中の推理は、真犯人である令子と滝野は本宅で殺害した厄神の死体を別宅に移動させた後、アリバイ作りのためにドローンで石を落下させたというもの。これはこれで成立するけれども、落石の時刻を誰かに証言してもらえる保証はないので、石を落とした必然性に関してだけは愛香の間違った推理のほうに軍配が上がるとも言えるのではないか（ただし、令子と滝野にとっては殺人のアリバイさえ成立すれば良かった筈なので、落石のアリバイはおまけのようなものだったと考えればここは欠点とはならない）。

なお、死体移動の過程を原作と変えたことで北枕の伏線が不要になった……と思いきや、実は令子が厄神をまだ愛しており、迷信深い彼を北枕の状態で死なせたくなかった——という全く別の角度からの伏線回収が行われた。この改変は、女性に優しい貴族探偵の性格を強調するためと思われる。

第三話

原作は『貴族探偵』所収の「トリッチ・トラッチ・ポルカ」。美容院店主・小関仁美が被害者の生首と両腕をアリバイ作りに利用したという大胆不敵なメイン・トリックはドラマも原作と同様だが、ドラマでは愛香の誤った推理に工夫が凝らされている。

愛香が犯人に指名したのは、被害者の夫・宇和島政人。愛香は彼が首と両腕を切断した理由として、妻が家事をしていたと思わせるため、台所などに指紋を残す目的で腕が必要であり、また、犯行の日の朝に政人がベッドの妻にキスをする動画に映っていたのは、実は生きている被害者ではなく生首だった――と推理する。犯行の動機は妻から夫へのDVで、政人の脛に傷があったのはそのせいだと考えたわけだが、原作では商社勤務の政人をボクサーに変えたことで、愛香の推理にかなりの説得力を持たせることに成功している。その後、政人が自ら望んで妻の暴力を受けていた「ドM」だと告白することで愛香の仮説は脆くも崩壊してしまうのだが、これは麻耶雄嵩の『メルカトルかく語りき』集英社文庫版の帯の惹句「ドMなミステリファン、快感絶頂！」からの引用と推察される。

第四話

原作は『貴族探偵対女探偵』所収の「幣もとりあへず」。原作のポイントは、事前に計画されていたわけではない単純な殺人事件が、被害者の赤川和美（男）と、犯人に狙われていた田名部優（女。文庫版では優紀）が入れ替わっていたことでややこしくなった点であり、登場人物が両者の名前と性別を取り違えていたことを読者に気づかせない高度な叙述トリックが仕掛けられている。

ドラマでも単純な殺人だったのは原作通りだが、叙述トリックを捨てた代わりに、殺人犯（有戸）とは別にクローズド・サークルを作った人物（香苗）と自分の身元を誤魔化すため全員の財布を盗んだ人物（赤川和美と名乗っていた田名部優）がいたという設定で事件の様相を複雑にした。愛香の推理は、原作では女将が鍵を開け、現場に入った貴族探偵が田名部（男）を殺害した――というものだった。ドラマでは、他の全員にアリバイがある以上、犯行が可能だったのは鍵を持つ女将だけ――と愛香は推理するが、他ならぬ貴族探偵の証言で女将のアリバイも成立してしまうので、貴族探偵および女将の役割は原作と正反対になっている。そして、貴族探偵の意を受けた佐藤の推理は、赤川・田名部の取り違えにさえ気づけば有戸のアリバイは崩れる……という流れは原作通りながら、電話をかけた際のメモの筆蹟という新たな手掛かりが追加されたし、原作にない「死体が浴槽から引きずり出された理由」も考案された。更に、犯人が被害者のスマホを持ち去らなかった理由から赤川・田名部の入れ替わりに説得力が生じる流れもよくできている。

第五・第六話

原作は『貴族探偵』所収の「春の声」。桜川家の令嬢・弥生の求婚者は、原作では水口・高宮・尼子の三人だが、ドラマではもうひとり、金山という人物が追加された。

水口・高宮・尼子が桜川家の別棟で他

殺死体となって発見された事件のシチュエーションは、現場が雪密室ではないなど一部に差異はあるものの原作とほぼ同じ。愛香の推理は、弥生が三人の求婚者を殺し合わせ、最後に生き残った水口を弥生が刺殺し、それを知った愛知川友也（ドラマオリジナルの人物）が弥生をかばって別棟を密室に仕立てた——というもの。山本・田中・佐藤の推理はほぼ原作通りだが、密室を作ったのが友也だという（愛香のものと同じ）結論はドラマオリジナルである。

事件の背後に存在した桜川鷹亮の悪意は、原作では「いかに老練な桜川老といえども、あそこまで見事に人を操るのは難しいでしょう。ただ、環境を整えて追い込んでいけば自滅するだろうという読みはあったのかもしれませんね」とほのめかされる程度だが、ドラマでは第六話ラストの貴族探偵と鷹亮の会話でより明白になった。原作では、三人の求婚者が互いに殺し合うきっかけが弱いけれども、ドラマでは金山（実は鷹亮の腹心らしい）が自作自演で殺されかかったように見せかけることで、三人の疑心暗鬼と殺意を煽ったという脚色になっており、殺し合いが心理的な説得力で裏打ちされた。

第七話

原作は『貴族探偵』所収の「ウィーンの森の物語」。ドラマでは、一年前に愛香の師匠・喜多見切子が最後に解決した事件として描かれる。犯人が被害者の都倉社長を自殺に偽装するため、糸と針を使ったトリックで密室を作ろうとして、切れた糸が室内に残ってしまったことは原作と同じ。原作では犯人の都倉光恵が、室内の糸を回収するため、本来は殺す予定ではなかった旗手真佐子を殺害してスペアキーを手に入れ、次善の策として都倉忠仁を犯人に仕立て上げる計画へと変更する（光恵と真佐子のバッグの入れ替わりは、自分に嫌疑がかかることを避けるための光恵による工作）。

一方、ドラマでは、切子の推理では犯人は密室の内側に残った糸の切れ端から唾液が検出されるのを避けるため、アルカリ洗剤を欄間から水鉄砲で噴射し、暖房をつけてそれを乾かした——ということになるが、この時点ではその時間にアリバイがない光恵と真佐子（ドラマでは生存）のどちらが犯人かまでは絞れない。そこで、貴族探偵の意を受けた山本が真相を推理する——犯人は一旦自殺の偽装のため密室を作ったあと、諍いの際にバッグが入れ替わっていたことに気づき、慌ててスペアキーで室内に入ってバッグを取り替え、また密室を作り直し、その際に欲を出して光恵に不利な証拠を偽造するが、最初に密室を作った時に鍵をバッグではなく、わざわざ被害者のポケットに入れたことから、真犯人である真佐子の嘘の証言が発覚する——という流れだ。犯人が自殺に見せかける計画に失敗し、次善の策として数々の小細工を弄したのは原作もドラマも同じだが、糸の切れ端、バッグの入れ替わりといった要素を共通させつつ、全く異なる（それでいて強い説得力を持つ）ロジックを編み出し、真犯人まで変更したのには驚くしかない。

第八話

原作は『貴族探偵対女探偵』所収の「むべ山風を」。原作では被害者の大場と愛香のあいだに接点はないが、ドラマでは大場は学生時代の愛香につきまとった男という設定で、そのため愛香に嫌疑がかけられてしまう。

ドラマでの愛香を除く容疑者は五人で、原作より少ない。犯人の原木が死体を移動させた理由、ティーカップをシンクの容器に沈めたのが自身から嫌疑を遠ざけるための田京の仕業だったことは原作通り。原作では愛香は、シンクのティーカップの色、ゴミ箱のティーバッグの分別、被害者の上下関係にこだわる性格という三つの手掛かりをもとに貴族探偵が犯人だと告発する。これに対しドラマではティーバッグの手掛かりは省略され、鼻形が他の二つの手掛かりから貴族探偵を告発するのだが（小説で読むぶんにはともかく、ドラマでは煩雑に過ぎるのでこの省略は正解だろう）、来客用ティーカップがシンクにあったことから一見最も疑わしい愛香を、女性を侮る傾向があった大場が彼女に上座を譲るとは思えないという論理で容疑者から外すのはドラマのオリジナルであり、鼻形の意外に鋭い人間性の洞察が窺えて秀逸である。

第九話

原作は『貴族探偵』所収の「こうもり」。ドラマ化において最難関と思われた小説だが、この回の愛香の推理は、真知子の関与の有無を除くと原作の真相とほぼ同じ。犯人の大杉は、自分と瓜二つの貴生

川を替え玉に仕立てて喫茶店でアリバイを作らせ、そのあいだに義妹の佐和子を殺害した——というのがその推理の内容だ。原作では叙述トリックが仕掛けられていて、地の文で貴生川と記された人物が証人の前で大杉を装っていることが伏せられているのだが、ドラマではこの仕掛けが再現できなかったため（貴生川を貴族探偵だと思わせる趣向も省略）、この二人一役トリックを見抜く難度が低くなっている。従って、視聴者も煙草とサインの伏線に気づきさえすれば、愛香と同じ結論にまでは容易に到達可能な筈である（原作では喫茶店で貴生川と一緒に

いた大杉の妻・真知子も、実の夫と偽者の違いに気づかないわけがないという理由で共犯であるという結論が導き出されるけれども、ドラマでは喫茶店に真知子はいない上にアリバイがあるので、容疑者から彼女を外した愛香の推理は筋が通っている）。

　これで、うっかり残してしまった指紋が貴生川のものと一致すれば原作通り一件落着だった筈だが、そこから更に反転させて、その指紋によって愛香の推理が覆ってしまうあたりがドラマの一筋縄では行かないところだ。ここで貴族探偵の意を受けた佐藤は、喫茶店のケーキの味に関する大杉（実は貴生川）の証言に着目し、戻ってきたのは大杉ではなく彼を装った貴生川で、大杉の妻である真知子がそれに気づかないわけがない以上、彼女も犯行に関わっていると推理する。しかも、本物の大杉は真知子によって既に殺害されていたと発覚するのだが、原作では佐和子の頭部に被せられていた花冠が、犯人絞り込みの条件として使われたのに対し、ドラマでは大杉が花冠を佐和子に被せた行為が真知子の嫉妬と殺意を誘発し、第二の大杉殺しにつながった――という心理的伏線に利用されている。また、原作にない関係者一同の衣服の染みが、アリバイがなく一見疑わしい水橋および堂島の無実の証明と、大杉の返り血を浴びた真知子が着替えた理由の指摘に使われているのも優れた発想である。

第十・第十一話

原作は『貴族探偵対女探偵』所収の「なほあまりある」。原作では有岡葉子と具同家の使用人・平田が殺害されるのに対し、ドラマでは具同弘基と葉子が殺害され、二人の死体を発見して電話で鼻形に連絡しようとした愛香も殴られて気絶する。葉子の死体の状況から、現場には二人の人物がいたことが判明するという部分は原作にはなく、単独犯だった原作とはここでも異なる。

　原作とドラマで共通するのは、犯人が自分の部屋で葉子を殺害したのを誤魔化すため、違う部屋に貴族探偵を招き入れ、あたかも自室であるように思わせた……という部分。原作では、犯人は部屋ごとに違うバラを入れ替えて現場を誤魔化そうとしたが、バラを飾った平田がそのことに気づいて証言するのを防ぐため彼女をも殺害。しかし、邸内にいた三人の女性（愛香は除く）のうち、貴族探偵が一緒にいたことを名誉のために沈黙を守るような相手という条件で玉村依子が外れ、部屋の位置の条件で具同真希も外

れ、残るは国見奈和――というのが愛香が辿りついた真相である。

ドラマでは、その奈和が犯人で貴族探偵が事後従犯――というのが山本・田中・佐藤による間違った推理の内容（現場に行かせまいとしているかの如く、貴族探偵にしがみついている奈和の馴れ馴れしい態度が、原作の読者向けのミスリードとなっている）。外部から出入りした形跡、および灰皿や煙草といった手掛かりは原作でも用いられるが、原作ではそれを理由に愛香が貴族探偵を犯人ではないと明言し、ドラマでは逆にそれを理由に使用人たちが自身の主を告発することになるのだから、使い方は正反対である。

そして真相は、ドラマでは弘基と奈和が一年前の緒方を事故死に見せかけた件の犯人であることは前半でほぼ明かされるので、弘基殺害が復讐という強い動機を持つ葉子の仕業であることは視聴者にも大体想像できる筈だが、愛香は葉子が密かに録音した弘基と奈和の会話が不自然な切れ方をしていることから、葉子を唆して弘基を殺させた黒幕は真希で、葉子を殺したのも彼女、そして現場にいた男は貴族探偵ではなく真希の兄の佳久だと推理する。また、ドラマではバラではなく凶器である星座の彫刻が移動させられるが、この彫刻を各部屋に飾ったのは犯人である真希自身なので、平田を口封じする必要はなくなり、彼女は最後まで生存することとなった。原作ではバラの品種が具体的にどう違っていたのかはわからないが、ドラマではどの部屋にどの星座の彫刻があったかという情報は露骨なほど映像で明示されており、視聴者にも彫刻がすり替えられたという推理は充分可能である。

こうして『貴族探偵』の原作とドラマを対比すると、新本格きっての凝ったトリックとロジックを武器とする麻耶雄嵩の作品を、脚本の黒岩勉が、ドラマ向けの要素は残し、ドラマに向かない要素は削除しつつ、より本格ミステリとして高度に練り上げていった過程が見えてくる。第二話や第三話などのように独自の仮説を追加したり、第九話のように原作の真相から更に事件を発展させたり、第五・第六話のように犯行に至る心理的必然性を強化したり、第七話や第十・第十一話のように犯人や被害者まで変更しつつ説得力ある真相を新たに考案したり――と、各エピソードごとの工夫は目を瞠るほどであり、特に第一話の足跡や第七話のバッグの入れ替わりなど、原作にもある手掛かりに別の意味を持たせる改変は冴え渡っている。

ここからは、単に原作を忠実に再現して事足れりとするのではなく、かなり高度なマニアであることが予想される麻耶ファンの期待さえも超えようとする、黒岩の鬼気迫るほどのチャレンジ精神が窺える。本格ミステリ小説の映像化としては、ひとつの頂点と言っていいのではないだろうか。

国内テレビアニメ

Japanese ani

名探偵コナン

国民的長寿推理アニメ
その名は名探偵コナン！

◉一九九六年〜

「たったひとつの真実見抜く、見た目は子供、頭脳は大人、その名は」といえば、青山剛昌原作『名探偵コナン』だ。

二〇〇一年は219「集められた名探偵！工藤新一VS怪盗キッド」で幕を開けた。財宝探しの依頼を受け館に集められた探偵たち。怪盗キッドも忍び込んでいる中、招待客が殺されていく内容である。

黒の組織に毒薬を飲まされ、身体が縮んだ高校生探偵の工藤新一は、江戸川コナンと名乗り、父親が探偵の幼馴染・毛利蘭の家に居候している。詳細は「エピソードONE小さくなった名探偵」にて。直前の事件772〜773「工藤新一水族館事件」、中期の大傑作222〜224「そして人魚はいなくなった」が含まれている。

先々でコナンたちは事件に巻き込まれるが、メインエピソードはやはり黒の組織との対決だ。491〜504「赤と黒のクラッシュ」は、原作に脚本が付いた異例の長編である。キールこと水無怜奈が杯戸中央病院に入院していると知ったコナンとFBIの赤井秀一は、宣戦布告してきた黒の組織を捕まえようと病院に潜伏する。町内では集団食中毒・異臭騒ぎ・火事が同時に起き、さらに院内に爆発物が届く。

通常の事件では、墜落シーンが怖い385〜387「ストラディバリウスの不協和音」、予測不可能な殺害方法の490「服部平次VS工藤新一　ゲレンデの推理対決！」、動機が異質でアニメ化も困難な521「殺人犯、工藤新一」、保育園時代の新一と蘭の二つの視点で成り立つ853〜854「サクラ組の思い出」、バーボンの正体が明らかになる701〜704「漆黒の特急」の出来がいい。

ラブコメも外せない要素であり、高木刑事と佐藤刑事が主役の「本庁の刑事恋物語」はシリーズ化されている。西の高校生探偵・服部平次と遠山和葉、蘭の親友・鈴木園子と京極真、コナンの担任の先生と白鳥刑事などカップルが多く、ついに617〜612「ホームズの黙示録」では、新一が蘭に告白する。ビッグベンの前という演出が感動的だ。

オリジナル脚本が入ることも多く、辻真先や大倉崇裕も執筆に加わっている。前者は毒のトリックが光る716〜717「能面屋敷に鬼が踊る」、後者は倒叙もの829「不思議な少年」をお勧めする。

［羽住］

世界を代表する二大名探偵奇跡の競演

アガサ・クリスティーの名探偵ポワロとマープル

◎二〇〇四〜〇五年

クリスティーの原作では決して交わらなかった名探偵ポワロとミス・マープルの世界が融合するという世にも稀な試みを可能にしたのが、原作にはない日本オリジナルのキャラクター、メイベル・ウエストだ。マープルの甥レイモンドの娘で十六歳の女子高生。だが学校に馴染めずに飛び出してきたところを宝石の盗難事件に巻き込まれてポワロと出会い、探偵を志願してポワロの探偵事務所に出入りするようになる。

念の為、ポワロはベルギー警察を退職して英国に移り住んだ探偵で、難事件をいくつも解決してきた灰色の頭脳の持ち主。マープルはセント・メアリー・ミード村で暮らす老婦人で、大好きな噂話と鋭い観察力で事件を推理する。

全三十九話のなか、『ＡＢＣ殺人事件』『邪悪の家』『パディントン発4時50分』『スリーピング・マーダー』『雲をつかむ死』の五長編と、十三短編の原作をブレンド。一九三〇年代英国を舞台に、メイベルの成長と、名探偵二人のしっかりした推理を楽しめる。

[不来方]

高校生が巻き込まれたスリリングな攻防戦

スパイラル——推理の絆——

◎二〇〇二〜〇三年

月臣学園一年生の鳴海歩は、白長谷《しらながたに》小夜子という少女が校舎から転落した事件の容疑者にされてしまう。鋭い推理で真犯人を暴いた歩だが、今度はその犯人が何者かに襲撃され、また小夜子の家では密室殺人が起きる。次々と発生する怪事件に、歩は新聞部部長の結崎《ゆいざき》ひよの、義姉で警視庁警部補の鳴海まどかとともに立ち向かう——「論理の旋律は、必ず真実を奏でる」を決め台詞として。

城平京・原作、水野英多・画のコミックのアニメ化（全二十五話）。一話ごとに起きる事件は裏ですべて繋がっており、歩の失踪した兄・清隆が追っていた「ブレード・チルドレン」なる謎の存在をめぐる攻防戦に歩が巻き込まれるスリリングな過程がメインとなってゆく。

原作とはキャラクター配置がやや異なっており、複数の人物がひとりに纏められたりしている。放送当時は原作の構想の全貌が明らかになっていなかったため、終盤はオリジナル展開であり、未回収の伏線も残された。

[千街]

心優しき少年キュウと探偵学園Qクラスの仲間たち

探偵学園Q

◉二〇〇三〜〇四年

中学三年生の連城究《キュウ》（声・緒方恵美）は母に頼まれた買い物中、大金を持った男性とぶつかった。はずみで札束が散らばったが、通りすがりの瞬間記憶能力を持つ少女・美南恵《メグ》と一緒に最後の一枚を見つけられた。お礼にごちそうされ、解散。帰り道で、工事中の高い建物から人が転落するのを目撃してしまう。駆けつけると、先ほどの男性が死んでいた。

原作は『金田一少年の事件簿』の天樹征丸＆さとうふみやのコンビだ。構成と脚本の一部は刑事ドラマで有名な林誠人が手がける。子供向けのため死体描写は控えめで、「ヒントは〇つ、答は一つ」と問題が整理されているので解きやすい。

冒頭の事件を殺人とみなし意外なトリックを暴いた究は、恵から聞いて団探偵学園《DDS》の入学試験を受けた。その過程も含め、年齢の異なる仲間たちと一緒に事件に立ち向かう姿も描かれる。合格後はQクラスに所属。事件との距離感もあり、後味の悪さも残らない。結末は漫画と異なるので、解かれない謎もあるが最後まで明るく楽しく見られる作品だ。［羽住］

時空を超えた壮大な謎迷宮と衝撃の真実

ファンタジックチルドレン

◉二〇〇四〜〇五年

二〇一二年、東南アジアのある国で暮らす十一歳の少年トーマは、施設から脱走してきた寡黙な少女ヘルガと出会う。決して歳をとらない姿で数百年前から世界各地で目撃されてきた「ベフォールの子供たち」、その前に立ちはだかる謎の少年デュマ、子供たちをめぐる謎を追い続ける刑事……彼らの運命が交錯しはじめる。

二クール全二十六話の長尺を活かして、時空を超えた壮大な物語が繰り広げられるSFアニメの隠れた名作。折り返し地点に近い第十二話あたりまではひたすら謎は深まる一方で、視点人物や時系列をシャッフルさせながら視聴者を迷宮に導く。そのぶん、後半に入って物語の全貌が少しずつ見えてくる過程はカタルシスと感動に満ちており、怒濤の伏線回収が行われる終盤、特に第二十四話で明かされる悲痛な真実は衝撃的。『ミステリ読者のための連城三紀彦全作品ガイド』の著者の浅木原忍が絶賛する作品だけあって、物語全体の意味合いが変容する瞬間が鮮やかだ。［千街］

夏合宿の場がクローズド・サークルに変容

涼宮《すずみや》ハルヒの憂鬱

◎二〇〇六〜〇九年

宇宙人や未来人や超能力者を探し出して遊ぶことを目的として、エキセントリックな女子高生・涼宮ハルヒ（声・平野綾）が立ち上げた「SOS団」。ところが、彼女は知らなかったが、集まった団員はクラスメートのキョン（声・杉田智和）以外、本当に宇宙人と未来人と超能力者だった。どうやらハルヒが、全く自覚なしに超常現象を引き寄せているらしい。

谷川流のライトノベルを原作として、京都アニメーションが制作したヒット作。第一期の第六・八話（再構成された第二期では第十〜十一話）の「孤島症候群」は、SOS団が夏合宿のため向かった島が舞台。名探偵気取りのハルヒは島がクローズド・サークルになることを期待するが、実際に台風が襲来して島は孤立し、滞在先の館では事件が……。まだ何も起きていない初日の夕食の時点で伏線がはっきり提示され、フェアな謎解きが可能になっている。また、その前の海水浴のシーンでは、団員の長門有希が読んでいるミステリ小説に注目。わかる人にだけわかる遊び心だ。

［千街］

本格ガジェットを詰めこみまくった少年少女ロマンス

GOSICK —ゴシック—

◎二〇一一年

第一次大戦後まもなく、ヨーロッパ小国の貴族の子弟が通う学園にやってきた日本人留学生の久城《くじょう》一弥《かずや》は、巨大な図書館塔の最上階で金髪の美少女ヴィクトリカと出会った。ヴィクトリカはいとけない外見に似合わぬ恐るべき頭脳の持ち主で、退屈しのぎに一弥に謎を所望し、学園の内外で起こる事件を次々と解き明かす。初めはヴィクトリカの我儘に辟易していた一弥だったが、その才能と頭脳の陰に隠れた愛らしさや切ない想いにほだされ、やがて、ヴィクトリカの出生の秘密と大陸の戦火をも左右する陰謀に巻き込まれてゆく。

本格ガジェットがさまざまに形を変えて駆使されており、豪華客船や閉ざされた村での連続殺人、走る列車内での消失事件といった、いかにもな舞台で起きる不可能犯罪を、体が弱く自らは積極的に動けないヴィクトリカが主に一弥の話から安楽椅子探偵のごとく推理する。少年少女のビルドゥングスロマンとしても見所満載。現在、原作の桜庭一樹によって、アニメ化された部分の続編が書かれている。

［不来方］

ノートに名前を書かれたら四十秒後に必ず死ぬ

DEATH NOTE

◉二〇〇六〜〇七年

社会現象も巻き起こした大場つぐみ原作・小畑健漫画『DEATH NOTE―デスノート―』が、アニメーション演出家で絵コンテも手がける荒木哲郎監督によってアニメ化された。

高校生の夜《や》神《がみ》月《ライト》（声・宮野真守）は、「このノートに名前を書かれた人間は死ぬ」などのルールが書かれたノートを拾った。くだらないと一度は捨てたものの、試しにテレビで見た凶悪犯の名前を書いたら、その人物が本当に死亡してしまう。数日後、落とし主で、ノートに触れた者にだけ存在を認識できる死神・リューク（声・中村獅童）が姿を現した。「この世は腐ってる」と退屈していた彼らは意気投合、真面目で優しい人たちだけの理想の世界を創るため、月は次々に悪人の名前をノートに書き込んでいく。その行為は世間に知れ渡り、月はネットを中心に「キラ」と崇められるようになった。だが、警察はキラを連続殺人鬼とみなし、数々の事件を解決してきたＬ（声・山口勝平）の協力のもと、正体を探り始める。

デスノートはランダムに名前を書けばその人を殺せるわけではなく、記入者が相手の顔と本名を知っているという最低条件があるので、同姓同名の人が被害には遭いにくい。原作の連載が始まった二〇〇三年では、有名人を除き他人の本名を知ることは難しかった。なので、敵の本名を探る駆け引きも見どころになっていたが、もしもＳＮＳの広まった現在が舞台なら、事態はもっと収拾がつかなくなっていただろう。

本作は二部構成で、＃０２６「再生」までが第一部となる。月の高校時代から、流河《りゅうが》旱樹《ひでき》と偽名を使っているＬとの大学生活、ヒロイン・弥《あまね》海砂《みさ》の登場、二つ目のデスノートの存在など、物語は想像もつかない方向に展開していく。月とＬの類まれな推理力の心理戦が見もので、月の冷酷さが回を追うごとに増していくが、リンゴ好きで食べられないと騒ぎ立てるリュークが良い緩和剤となっている。人間の死に様を音楽と映像だけで表現する技術が美しく、場面が追加されたり重要な台詞がカットされたりしていても、まったく違和感はない。

五年後の第二部では、警察に協力する立場となった月が新たな敵と対決していく。省略したエピソードもあるが、むしろ＃０３７「新世界」に時間を多くとり、見事な閉じ方となった。月は家族や恋人も自分のために利用してきたが、リュークには心を許していたと感じさせられる終焉が皮肉である。［羽住］

魍魎《もうりょう》の匣《はこ》

過剰な耽美と迷宮的構成で京極ワールドを再現

◉二〇〇八年

昭和二十七年八月、ひとりの少女が駅のプラットホームから転落し、列車に轢かれて重傷を負った。偶然その列車に乗り合わせていた東京警視庁刑事・木場修太郎（声・関貴昭）は、その日から世にも奇怪な事件に巻き込まれてゆく。友人を自らの来世だと主張する少女、美しき元女優、新興宗教の教主、不死を研究する医学者、白い手袋の謎の男……多くの人間の想いが交錯し、謎は謎を呼ぶ。

京極夏彦のベストセラー「百鬼夜行」シリーズの第二作にして最高傑作のアニメ化（全十三話）。制作は、数多くのアニメ作品を手掛けてきたマッドハウス。シリーズ構成はアニメ『京極夏彦　巷説百物語』（二〇〇三年）でも脚本に参加した村井さだゆき、キャラクターデザインは『X』などで知られる漫画家集団のCLAMPが担当した。

転落事件、バラバラ殺人、少女消失といった犯罪以外にも、幻想作家が書いた小説の内容、戦時中の秘密実験、筥《はこ》を崇める教団の成り立ち、妖怪やオカルトに関する蘊蓄などが入り乱れ、中盤まで物語はカオス状態。そこに〝憑物落《つきもの》とし〟で秩序を齎《もたら》す京極堂こと中禅寺秋彦（声・平田広明）は第五話になってようやく登場する。話が大きく動く回があるかと思えば、男三人が座敷でずっと喋っているだけの回もあるが、視聴者に不親切というよりは、それだけ視聴者を信頼していたという証明だろう。登場人物それぞれに彼らなりの物語があるということを表現する上で、中盤までの迷宮的な構成は極めて効果的だった。

文庫本で千ページ以上の複雑にこみ入った原作を映像化するには相当な長尺が必要となるが、本作の場合、第一話を二人の少女の不思議な関係の描写に費やし、第四話ではAパートをまるまる明治期の千里眼事件の紹介にあてる（これは、同時期の日本テレビ系の番組『日本史サスペンス劇場』二時間スペシャル版の内容と連動していた筈だ）など、先を急がぬ悠揚たるテンポが心地良い。バラバラの手足などの猟奇的要素からなるべくグロテスクさを排し、過剰なまでに耽美性を強調した絵柄も、これはこれで原作のひとつの解釈と言えるだろう（最終話の打ち上げ花火だけは謎だが）。京極作品の映像化としては、本作が今までで一番成功したのではないだろうか。

［千街］

UN-GO

安吾の世界を基にした本格＋社会派推理

◉二〇一一年

テロへの報復戦が拡大し、日本国内で内戦も行われた戦争が終結し、復興が始まった近未来を舞台にした本作は、『明治開化安吾捕物帖』をベースに、「アンゴウ」「白痴」「選挙殺人事件」などの坂口安吾作品も取り込んだ翻案である。

捜査機関とも繋がるメディア王の海勝麟六《かいしょうりんろく》（原作では勝海舟。声・三木眞一郎）が解決したとされる怪事件の真相を、結城新十郎（声・勝地涼）が暴くのは原作通り。ただその事実は機密として伏せられており、新十郎に敗れても飄々としている麟六も、ただの道化役でないことが暗示されている。

異形のモノに変じる探偵助手の因果（声・豊崎愛生）を連れた新十郎は、不正を働いたとの噂がある社長が、仮装パーティーで刺殺される「舞踏会の殺人」、白タクの運転手が謎の女に頼まれて運んだトランクから、戦時中に国策アイドルを売り出した女社長の死体が見つかる「無情のうた」などの難事件に挑む。古典的なトリックが、現代より科学技術が発達し、戦後の混乱が残る時代といった世界観を踏まえてアレンジされており、ミステリ・ファンも唸るのではないか。

REAL AI（略称RAI。声・松本まりか）を開発した天才が、摘発の最中に爆死した。その七年後、覆面姿で暮らす後継者が焼死する「覆面屋敷」「素顔の家」は、映像化が不可能に近い原作の題材を見事に活かした會川昇の脚本が圧巻。映画『白痴たち』のスタッフになった新十郎が、監督の轢殺事件に巻き込まれる「ハクチユウム」以降は、人間を操る別天王との戦いと、因果は何者かも物語を牽引していくことになる。

『安吾捕物帖』は、開明派と守旧派がせめぎあう明治初期を、太平洋戦争直後の日本に重ねていた。近未来の戦後を描く本作も、国民が保守的になり、政府が統制を強める物語の舞台が現代と二重写しになっており、その意味でも原作のテイストを見事に表現したといえる。それだけに、ネットで広がる陰謀論が右傾化を加速させ、真実は簡単に隠蔽されるといったアクチュアルな問題を織り込んだ本作は、優れた社会派推理でもある。新十郎が呟く安吾「堕落論」の一節が、作品のテーマをより際立たせていたのも強く印象に残る。

新興宗教・別天王会の儀式の最中に、信者が白い獣に殺される劇場版『UN-GO episode:0 因果論』は、テレビシリーズの前日譚で、新十郎と因果の出会いを描いている。　［末國］

氷菓

アニメの特質を活かし〈古典部〉シリーズを完全映像化

◉二〇一二年

神山高校に進学した折木《おれき》奉太郎《ほうたろう》（声・中村悠一）は、物事に深くかかわらない「省エネ」主義を貫いていたが、姉の勧め（半ば命令）で廃部寸前の古典部に入る。職員室で鍵を借り、部室の地学準備室の扉を開けた奉太郎だが、そこには同級生の千反田《ちたんだ》える（声・佐藤聡美）がいた。扉は中からも外からも鍵でしかロックできないのに、なぜ鍵を持っていないえるは閉じこめられたのか？　えるに「私、気になります」といわれた奉太郎は、仕方なく謎解きに挑むことになる。

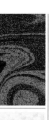

『氷菓』は、米澤穂信の〈古典部〉シリーズのうち、第一弾『氷菓』から第四弾『遠まわりする雛』（これに放映時は単行本未収録の短編「連峰は晴れているか」を追加）を原作にしている。物語は、幼い頃にOBの伯父から古典部の話を聞いたえるが泣き出した理由と、部の文集が「氷菓」と名付けられた秘密に迫る『氷菓』（第一話～第五話）、未完のミステリ映画の結末をめぐり推理合戦が行われる『愚者のエンドロール』（第八話～第一一話）、文化祭で犯行声明を残して各部の部室から物を盗む奇妙な事件が起こる『クドリャフカの順番』（第一二話～第一七話）と原作の順に進んでいく。

ただ、夏休みの合宿に行った温泉旅館で怪談めいた事件に遭遇する「正体見たり」（第七話）など、合間合間に『遠まわりする雛』のエピソードが挟み込まれている。この再編により、奉太郎が高一の時に起きた事件が時系列に並べられ、える、福部里志（声・阪口大助）、伊原摩耶花《いばらまやか》（声・茅野愛衣）ら古典部メンバーがそれぞれに抱えている悩みや、「省エネ」主義の奉太郎が、様々な事件を解決することで変わっていく青春ミステリの部分がより明確になっている。

BGMには米澤が作品イメージの参考として挙げたクラシックが使われ、奉太郎が読む本も、米澤が奉太郎の部屋の本棚にある本として考えた中から選ばれているなど、細部にまで目が行き届いている。えるの決め台詞に逆らえない奉太郎の心象風景が、製作の京都アニメーションらしい美しくも幻想的なビジョン（えるの髪が伸びて奉太郎を拘束するなど）で描かれたり、謎解きの再現シーンが実験アニメ風になっていたりと、アニメでしか表現できない演出も見事である。自主製作映画の映像が解決の手掛かりになる『愚者のエンドロール』は、アニメの特性が最も活かされていた。［末國］

アニメでしか出来ないウルトラCの離れ業!

Another

◉二〇一二年

一九九八年の春、夜見山北中学に転校し、五月のゴールデンウィーク明けに初登校した榊原恒一は、何かに怯えているような三年三組の奇妙な雰囲気に気付く。その教室内で、恒一は病院で見かけた眼帯姿の美少女・見崎鳴と再会し、接触を試みるも、生徒たちばかりか教師までもが、彼女を〝いないもの〟として扱っているようだった。やがて、クラスの委員長が凄惨な死を遂げたのを皮切りに、不条理な災厄が三年三組に降りかかる。果たして、このクラスで何が起きているのか。そして、見崎鳴は何者なのか。三年三組の秘密に迫るべく、恒一は調査を開始するが……。

新本格ムーブメントの旗手である綾辻行人が、デビュー二十二年目にして「新たな代表作」と自負した原作小説のアニメ化。TVアニメ以外にも、コミカライズ、実写映画化もされ、世代を超えて支持されることとなった。一見すると学園ホラー仕立ての筋書きながら、中核は紛れもなく特殊設定型本格ミステリである。

本作には映像化不可能とも言えるネタが仕込まれており、現に実写版では呆気なく削られてしまっていたのだが（賢明な判断だろう）、綾辻自身が「この問題を、（中略）メタレベルの手法まで駆使しながら解決しようとした心意気の、何と愉快なるかな、である」（『アニメ「Another」設定資料集』）と感想を述べているとおり、アニメ版ではアニメという媒体ならではの演出で仕掛けを成立させてみせた。たった一度だけ使うことを許された大技であろう。アンフェアすれすれではあるが、原作を読んでいても驚かされるに違いない。

監督を務めた水島努は『クレヨンしんちゃん』班出身で、オリジナルの大ヒット作品を手がける一方、原作の魅力を最大限に活かす手腕にも定評がある。『ガールズ&パンツァー』や『SHIROBAKO』といったアニメをやり切ったことからもわかるとおり、本作がその例に漏れることはなく、惨劇を予兆させる演出やピーエーワークスによる圧倒的な映像美、原作ではほとんど存在感のないクラスメイトたちの丁寧な描写（特に赤沢泉美は主要人物の一人にまで昇格している）など、小説以上ではないかと感じさせる部分も多い。第八話をまさかの〝水着回〟にしてしまうような、遊び心に満ちた緩急のつけ方も秀逸だ。

［秋好］

関節が外れた世界をロジックで再構築せよ

絶園のテンペスト

◉二〇一二〜一三年

創造の力を司る「はじまりの樹」を崇める魔法使い・鎖部《くさりべ》一族のあいだで抗争が起こり、破壊の力を司る「絶園の樹」を蘇らせようとする鎖部左門（声・小山力也）によって、一族の長である葉風《はかぜ》（声・沢城みゆき）は無人島に追放される。一方、高校生の不破真広（声・豊永利行）は、愛する義妹の愛花（声・花澤香菜）を殺害した真犯人を見つけ出し、復讐しようとしていた。その友人にして、愛花の秘密の恋人でもあった滝川吉野（声・内山昂輝）は、真広の復讐劇、そして鎖部一族の魔法闘争に巻き込まれてゆく。

城平京・原作、左有秀・構成、彩崎廉・画によるコミックのアニメ化。シリーズ構成は『あの日見た花の名前を僕達はまだ知らない。』の岡田麿里が担当した。

城平京は、『スパイラル〜推理の絆〜』『ヴァンパイア十字界』の原作で特殊設定に推理の要素を融合させ、小説においてもロジカルな作風の中に架空の毒物・妖怪・神様といった存在を登場させている。本作でも、魔法使い同士がバトルを繰り広げ、全身が金属化する奇病「黒鉄病《くろがねびょう》」が蔓延するというファンタジー的設定ながら、誰が不破愛花を殺したのかというフーダニットの興味をひとつの軸として据え（更に「はじまりの樹」と「絶園の樹」のいずれが世界を滅ぼすのかという謎も物語を牽引する）、敵味方の論理的な頭脳戦を見せ場としている。

愛花の死によって「関節が外れてしまった世界」で、真広は葉風と契約し、魔法の力で真犯人を見つけ出そうとする。吉野は愛花の死に意味を見出すべく、真広と行動をともにする。そんな彼らが縦横無尽にロジックを弄して左門と対峙する展開が数話に亘って続くのが前半のクライマックスだ。第十三話以降の後半は作品の雰囲気自体がラブコメ化し、まるで別のアニメのような印象だが（といっても前半にもコミカルな要素はあった）、そのためロジカルな議論自体に「真剣であればあるほど可笑しい」という妙味が加わった。

脚色は原作にかなり忠実ながら、ところどころ効果的なオリジナル展開も見られる。原作コミックの連載終了とほぼ同時にアニメも最終回を迎えるというスケジュールは、スタッフにとって大変だった筈だが、それでも綺麗に着地を決めてみせたのは見事である。

［千街］

あの有名な名探偵の孫が難易度を上げて復活

金田一少年の事件簿

◉二〇〇七・一四・一五〜一六年

「ジッチャンの名にかけて!!」でおなじみのアニメ『金田一少年の事件簿』が、七年ぶりにスペシャル版で復活した。

第一弾は「オペラ座館・最後の殺人」（ファイル28を改題、以下番号のみ）。孤島に建つ劇場付きの洋館・オペラ座館が、オーナーの死により取り壊されることになった。過去に二度の連続殺人に遭遇した金田一一《はじめ》（声・松野太紀）たちは最終公演に招待されたが、到着した夜に、最初の事件「オペラ座館の殺人」（1）をなぞらえたような三度目の悲劇が起きてしまう。第二弾は、亀梨和也主演で実写化もされた「吸血鬼《ヴァンパイア》伝説殺人事件」（27）。両話とも急ぎ足なので物足りなさが生じるかもしれないが、色彩が鮮やかになったため、トリックの様式美は深まっている。ほかに単発ものでは「黒魔術殺人事件」（31）が、二十周年限定単行本の第三巻（二〇一三年）と第四巻（一四年）の付録として前後編の二枚組でＯＶＡ化された。

連続アニメ『金田一少年の事件簿R《リターンズ》』一期は、一四年四月から「香港九龍財宝殺人事件」（36）で幕を開ける。孤島の館もので怪盗紳士が紛れている「錬金術殺人事件」（33）は、技術力の高すぎる密室トリックが強烈なインパクトを残す。後日談の中編「高度一万メートルの殺人」は、その帰りの飛行機内で殺人事件が発生する。短編「キャンプ場の〝怪〟事件」と「飛込プールの悪霊」は、はじめと美雪（声・中川亜紀子）の中学時代の思い出話。前者は警察が介入する事件ではないが、どんでん返しが見事で、真犯人と盗難物の隠し方も素晴らしい。後者は原作と異なり、被害者は死亡せず救いを残している。現実の事件を彷彿させる「剣持警部の殺人」（32）は、残忍な少年犯罪のその後を描く社会派ミステリの傑作だ。

二期は前期と同じ二クール枠で、一五年十月「金田一少年の決死行」（26）から放送が始まった。絵的にも特異な消失トリックの「雪鬼伝説殺人事件」（38）、青春のせつなさを残す「狐火流し殺人事件」（40）などの長編は、スマートフォンの時代になっても難易度の高い本格作品は作れることを証明した。中短編では、不良少年の更生を描いたスペシャル「明智警部の事件簿」で、千葉雄大が初の声優を務めたのが印象深い。前シリーズ終盤は、はじめと美雪のロマンスが目立っていたが、『R』では高遠遙一（声・小野健一）など、他の主要登場人物たちのエピソードにも深みが増している。［羽住］

大人気ゲームの圧倒的絶望を映像化

ダンガンロンパ　希望の学園と絶望の高校生 The Animation

◉二〇一三年

特殊な能力を持つ高校生を集めた希望ヶ峰学園。だが、モノクマという存在によって高校生たちは学園に閉じ込められてしまう。そして、お互いの命をかけた犯人当ての学級裁判が開廷するのだった。

大人気ゲーム「ダンガンロンパ 希望の学園と絶望の高校生」を原作とする一三話のＴＶアニメ。それぞれ特殊な能力を持つ高校生たちのデスゲームと表裏一体の推理合戦がスリルたっぷりに描かれる。手がかりや矛盾を指摘するコトダマや残酷なおしおきシーンなどゲームの演出を大胆に盛り込みつつ、個性的なキャラの魅力と不穏に満ちた学園生活を再現。なによりも学級裁判に秘められた絶望的陰謀とそれを滔々と語る真犯人の姿は圧倒的だった。

そして二〇一六年、完結編となるオリジナルＴＶアニメ「ダンガンロンパ3　The End of 希望ヶ峰学園」の未来編を月曜、絶望編を木曜に放送。その前代未聞の放送形式によるトリッキーな内容は多くの話題を呼んだ。

［蔓葉］

ホームズ関連の小ネタが満載の傑作人形劇

シャーロックホームズ

◉二〇一四～一五年

イギリスの全寮制名門校、ビートン校にオーストラリアからやってきたジョン・H・ワトソン（声・高木渉）は、ベイカー寮221B号室で暮らす天才児シャーロック・ホームズ（声・山寺宏一）と友情を結ぶ。ホームズのもとには、学園関係者からさまざまな依頼が持ち込まれる。

三谷幸喜がシャーロック・ホームズの世界を学園ものに置き替えて脚色した人形劇で、ＮＨＫ教育で十八回に亘って放映された。モリアーティは教頭先生、アイリーン・アドラーは保健の先生、マイクロフト・ホームズは生徒会長……と、お馴染みのキャラクターはみな学園関係者の設定だ。正典で描かれる事件はすべて殺人以外の謎に変更されたものの、アイリーン・アドラー登場回は学園ものといえどちゃんとアダルトな味わいだったし、「まだらの紐」と「這う男」を掛け合わせた第十一回や、最終回の超展開は爆笑必至。ホームズ関連の小ネタはいちいち拾っているときりがないほどで、三谷のパロディ巧者ぶりを存分に堪能できる。

［千街］

Japanese animation

デジタル世界で描いた乱歩の世界観

乱歩奇譚 Game of Laplace

◉二〇一五年

他人に無関心な中学二年生のコバヤシ（声・高橋李依）は、ある日、猟奇殺人事件の容疑者になってしまった。無実の彼を救ったのは、宮内庁公認の特定未成年である高校生のアケチ（声・櫻井孝宏）。窮地の状況におかれて初めて人生の楽しさを知ったコバヤシは、アケチの助手に志願するが、「自分で真犯人を見つけ、事件を解決する」という条件を出された。

本作は江戸川乱歩の世界観をガジェットとして取り入れているが、小説をアニメで再現したわけではない。乱歩の名言「うつし世はゆめ よるの夢こそまこと」を主題として、死の出てくる夜の世界が現実で、日中の行動はゲームあるいは夢のように物語は進む。主役の少年たちが、興味のない人物をシルエットや木の人形、骸骨と捉えている姿は、文字とアイコンで他者を区別する、SNSコミュニケーションを映し出す。終盤に登場する「怪人二十面相」はいったい何か。真実が明らかになったとき、デジタル世界における犯罪者の様相が変わったことを、視聴者は思い知らされるだろう。［羽住］

奇想天外な脱獄トリックに瞠目せよ

監獄学園《プリズンスクール》

◉二〇一五年

千人を超える生徒のうち、男子は五人だけという名門校・八光学園。キヨシ（声・神谷浩史）をはじめとする男子五人は、女子の入浴を覗いた罪により「裏生徒会」に捕えられ懲罰棟に収監される。キヨシたちは繰り返し脱獄を図るが失敗。その背後には、彼らを退学へと追い込もうとする裏生徒会の陰謀があった。

第三十七回講談社漫画賞を受賞した平本アキラの人気コミックのうち、第一部「男囚人編」のアニメ化。ギャグと過激なエロスに彩られたコミカルな物語であり、一見本格ミステリとは無縁だが、この作品を敢えて本書で紹介するのは、男子対裏生徒会の謀略戦、特にラスト二話で展開される奇想天外な脱獄の手段が、よく出来た密室トリックに通じるものがあるからだ。

同年には中川大志主演の実写版連続ドラマもＴＢＳ系で放映されたけれども、脱獄トリックは実写だと流石に少々無理があるように感じられた。

［千街］

奇策と知略で描かれる本格ファンタジーミステリ

六花の勇者

◎二〇一五年

魔神が封印より蘇るころ、その魔神を再び封ずるため、神より六人の勇者が選ばれるという。その勇者に選ばれた自称「地上最強の男」アドレットは、同じく勇者の王女ナッシュタニアとともに、魔神が眠る魔哭領へと向かっていた。旅路のなかでアドレットたちは、魔哭領の入口に全魔神の配下である凶魔の追撃を防ぐための結界の神殿があることを知る。襲いかかる凶魔の包囲網を切り抜けてアドレットは神殿に到着するが、どうも様子がおかしい。他の勇者も神殿に集まるなか、何者かが結界を発動させたことが判明。さらに驚くべきことに六人であるはずの勇者が、なんと七人集まっているのだ。結界に閉じ込められたかたちとなり、最初に神殿の中に入ったアドレットを偽物と疑う他の勇者たち。アドレットは自らの潔白を証明するため、密室だった神殿の謎を解かねばならないのだった。

山形石雄原作の同名小説第一巻を、まるまる全十二話でアニメ化するという、あまり類を見ない構成の作品。シリーズ作品なら、その数巻を一クールでアニメ化するのが普通だが、原作が持つ疑心暗鬼のサスペンスと、そのなかで真相を掴み取る過程を再現するには必要な尺だっただろう。物語の大枠は原作通りに進み、手がかりや伏線も丁寧に配置されている。また固有の神の力を操る聖者や天才的な暗殺者に、爆弾や煙玉などを用いた奇策で対抗するアドレットの戦いっぷりは手に汗握る緊張感で、六花殺しの少女・フレミーの信頼を勝ち得ようとするアドレットのやりとりも胸を打つものであった。重厚派ファンタジーかつ本格ミステリという二重の基準をクリアした、その意味でも稀有な作品と言えよう。

惜しむらくは神殿の密室にまつわる後半の演出で、衝撃的なあの大トリックをほぼ会話だけで描いてしまったことだ。七人目を喝破する場面も同様で、映像によるスリリングなシーンとは至らなかった点が、やはり惜しいといわざるをえない。アニメならではの表現を求めた人は少なくないだろう。

とはいえ、頭を振り絞った知略と命がけの大博打で乗り切るアドレットは、知能一辺倒の名探偵像と違った新鮮さを感じさせるものだった。原作シリーズのストックはまだある。叶うなら、その後のアドレットたちの活躍をまたアニメで見たいものである。

［蔓葉］

最新OSを用意せよ。
更新される〝森ワールド〟

すべてがFになる
THE PERFECT INSIDER

◉二〇一五年

ゲームに漫画、ドラマと、様々なメディアミックス展開が行なわれている森博嗣のデビュー作の、初アニメ化作品。

国立那古野大学准教授の犀川創平は、恩師の娘である学部生のお嬢様・西之園萌絵の提案で、ゼミ合宿の行き先を天才プログラマー・真賀田四季博士の研究所がある妃真加島に決める。「人類のうちで最も神に近い」と称された四季は、かつて両親を殺害した疑いで逮捕、後に心神喪失状態で釈放されて以来、その島で完全に隔離された生活を送っていた。四季に一目会いたいと、ゼミ生たちとの酒宴を抜け出して研究所を訪れた犀川と萌絵は、そこで不可解な事件に遭遇する。誰も出入り出来ないはずの四季の部屋から、ウエディングドレスを纏い、両手両足を切断された死体が現れたのだ。凄惨な密室殺人事件に、偶然巻き込まれた犀川と萌絵が挑む。

二十年前に出版された小説を、現代のアニメとしていかに再構築するか。その難題に、本作は限りなく成功していると言えるだろう。監督の神戸守はじめ、シリーズ構成を担当した大野敏哉、ジブリ作品に欠かせない編集の瀬山武司など、座組みをベテラン陣で固めつつ、キャラクター原案は漫画家の浅野いにおがデザインし、OPとEDに関和亮や橋本麦といった気鋭のクリエイターを起用することで、手堅くも清新さを感じさせる映像となっている。また、森を「世界でいちばん好きな小説家」だという、二〇一六年に急逝したAVライター・雨宮まみが脚本に参加していることも、本作が原作の雰囲気を忠実に再現できた要因の一つであるに違いない。

ミステリとしては、「S&Mシリーズ」「Vシリーズ」に続いて刊行された『四季』シリーズ」の内容も織り交ぜて構成されているのが巧妙だ。真賀田四季の過去から未来までを描いた『四季』が取り入れられることで、彼女のバックボーンが自然な形で描かれ、原作以上にトリック等の説得力が増していた。また、終盤のとある〝逆叙述トリック〟めいた仕掛けも、アニメならではの効果的な見せ方がなされている。

我孫子武丸はかつて、原作のカバーに「ずっと8ビットだったミステリの世界もこれでようやく32ビットになった」という推薦文を寄せた。その表現を借りるとすれば、本作は『すべてがFになる』という作品自体を、64ビットの世界にアップグレードしてみせたのである。

［秋好］

随所に用意されたトリッキーなエピソード

ルパン三世（第四シリーズ）

◉二〇一五〜一六年

怪盗アルセーヌ・ルパンの孫にあたるルパン三世とその仲間たちが、鮮やかな手口で難度の高い盗みをこなしてゆくモンキー・パンチの漫画『ルパン三世』は、TVアニメ、アニメ映画、実写映画などさまざまなかたちで映像化されている。今世紀に入ってからは、TVアニメはほぼ年一作ペースのスペシャル版が多く、シリーズとしては若い頃の峰不二子を主人公としたスピンオフ『LUPIN the Third―峰不二子という女―』（二〇一二年）を別にすると、二〇一五年スタートの第四シリーズが久々の新作ということになる。

今回のメインの舞台はサンマリノ共和国とイタリア。スリルを追い求める富豪令嬢レベッカ、MI6のエージェントのニクス、そしてMI6から脱走した謎の男らがルパンたちに絡むストーリーを軸として、多彩な独立したエピソードが配されているが、ここでは謎解き度の高い回に注目したい。

第六話「満月が過ぎるまで」で描かれるのはメディア王の遺産をめぐる策略。ルパンに狙われたメディア王夫人を守ろうとする銭形警部の作戦とは？　最後の最後まで油断できないどんでん返しの連続から目が離せないし、ルパンの好敵手としての銭形が最も恰好良く描かれた回でもある。

第八話「ホーンテッドホテルへようこそ」は幽霊ホテルが舞台。謎の幼女の正体を示す視覚的な伏線に注目だ。

第十話「恋煩いのブタ」は最も本格ミステリとして完成度の高いエピソード。厳重に警備された貴重なワインを標的とする不二子対レベッカの盗み競争は意外な展開に……。連城三紀彦ばりの大胆なアイディアと、フェアに張りめぐらされた伏線に感嘆させられる。

第十三話「ルパン三世の最期」は、ルパンと銭形の正面対決編。銭形がルパンを幽閉したのは絶対脱獄不可能な牢獄。銭形自身が絶えず見張っている状態で、さしものルパンも打つ手なしに見えたが……。実写では不可能な、アニメだからこその脱獄トリックが印象的であり、舞台である芸術の国イタリアに敬意を表しているのも心憎い。

スペシャル版が大仰な話になりがちなのに対し、この第四シリーズは三十分で完結する多彩で小粋なエピソードを毎週観られるほうが楽しいということを示してみせた。過去のシリーズを未見の人にもお薦めしたい。

［千街］

Column

韓国映画におけるどんでん返しの系譜

千街晶之

韓国産のミステリ映画・サスペンス映画というと、アクション重視の犯罪映画が多いイメージがある。ただし、私は探偵小説研究会・編著『本格ミステリ・ベスト10』という企画で毎年、内外の本格ミステリの映像にどのような作品があるかを観測し、それを（目についた範囲で）記録しているけれども、今世紀に入ってからの特記すべき傾向のひとつとして、韓国映画にどんでん返しを重視した作品が増えたことも挙げておきたい。

もちろん、前世紀の時点で優れたミステリ映画は既に存在していた。代表は、サイコ本格の『カル』（チャン・ユニョン監督、一九九九年）や、韓国と北朝鮮の国境にある共同警備区域で兵士が射殺された事件をスイス人の女性軍人が捜査する『ＪＳＡ』（パク・チャヌク監督、二〇〇〇年）などだろう。

そのパク・チャヌクは、今世紀に入って『オールド・ボーイ』（二〇〇三年）で、日本の漫画を原作として切れ味の鋭いアクションと凄まじい情念のドラマを演出しつつ、原作にないどんでん返しを追加してみせた。怪談映画ではあるが、『箪笥』（キム・ジウン監督、二〇〇三年）もサプライズ重視のミステリ的作品だ。

ただ、ミステリ的なプロットとどんでん返しを本格的に重視した作品の嚆矢というと、『セブンデイズ』（ウォン・シニョン監督、二〇〇七年）だろうか。このあたりから、脚本重視のトリッキーなミステリ映画が増えたという印象がある。

『殺人の告白』（チョン・ビョンギル監督、二〇一二年）は、過去の迷宮入り連続殺人事件の犯人と名乗る男が現れたことから、事態が二転三転する物語。別項で触れたように、入江悠監督の日本映画『22年目の告白　私が殺人犯です』はこの作品のリメイクだ。

他にどんでん返し重視のミステリ映画としては、リンカーンとケネディのように異なる時代を生きる人間がそっくりな運命を辿る現象をモチーフにした『パラレルライフ』（クォン・ホヨン監督、二〇一〇年）、犯罪組織の幹部の殺害に自分の妻が関与しているのではないかという疑惑に囚われた刑事が主人公の『シークレット』（ユン・ジェグ監督、二〇一〇年）などもある（なお、ユン・ジェグは『セブンデイズ』の脚本を担当している）。話題作『母なる証明』（ポン・ジュノ監督、二〇〇九年）も、観客の思い込みを逆手に取ったどんでん返し映画と言えそうだ。『依頼人』（ソン・ヨンソン監督、二〇一一年）は韓国初の本格的法廷ものという触れ込みで、死体なき殺人事件をめぐる検察側と弁護側の先が読めない攻防がスリリングに描かれたが、死体処理のトリックは些か安直。『荊棘《ばら》の秘密』（イ・

ギョンミ監督、二〇一六年）は、パク・チャヌクが脚本を担当しているだけあって内容はかなりえぐい。

『黒く濁る村』（カン・ウソク監督、二〇一〇年）は韓国のウェブ漫画が原作だが、村落の因習、過去の大量死、地下通路などのモチーフは驚くほど『八つ墓村』っぽい。『極楽島殺人事件』（キム・ハンミン監督、二〇〇八年）は、アガサ・クリスティー『そして誰もいなくなった』と竜騎士07『ひぐらしのなく頃に』を合体させたような異色作。ホラーとミステリのハイブリッド系の作例としては、ある漫画家が描いた絵の通りに惨死事件が続発する『殺人漫画』（キム・ヨンギュン監督、二〇一三年）がお薦めだ。

それらの映画と比較しても、本格ミステリであるということを最も意識した作品は、別項でも触れたように『探偵なふたり』（キム・ジョンフン監督、二〇一五年）だろう。シリーズ第二作が二〇一八年に韓国で公開されるということなので、第一作の本格テイストをどのくらいキープしているかを見届けたい。

韓国映画には、他国の小説や漫画を原作とするものも多い。最高傑作は、別項で紹介したパク・チャヌクの『お嬢さん』（原作はサラ・ウォーターズ『荊の城』）だろう。それ以外で本格ミステリに該当するものを挙げると、東野圭吾『容疑者Xの献身』を映画化した『容疑者X　天才数学者のアリバイ』（パン・ウンジン監督、二〇一二年）が思い浮かぶ。原作と異なって、主人公は数学者と旧知の刑事。天才と天才の対決ではなく容疑者と刑事の友情に軸が移動したこともあって、原作や日本版の映画と比較すると情感重視の作風である一方、伏線の見せ方はやや露骨な印象だ（因みに原作の母娘は、韓国版では伯母と姪になっている）。

東野以外の日本のミステリ作家では、宮部みゆきの作品がよく映画化されているが、珍しいところでは、なんと天藤真の『大誘拐』を原作とする『大誘拐〜クォン・スンブン女史拉致事件〜』（キム・サンジン監督、二〇〇七年）という異色作がある。原作通りのテイストを期待されると困るけれども（とにかく誘拐される女史のイメージが違いすぎる）、別種のクライム・コメディ映画としては愉しめるだろう。

日本のミステリ映画のリメイクとしては、内田けんじ監督『鍵泥棒のメソッド』を原案とする『LUCK-KEY　ラッキー』（イ・ゲビョク監督、二〇一六年）が韓国で大ヒットした。銭湯で殺し屋と俳優の立場が入れ替わる冒頭は日本版と同じだが、その後の展開は些か異なっている。一度見たら忘れられない韓国の名脇役ユ・ヘジンが、主人公の殺し屋をコミカルに演じた。

他国の小説の映画化が多いのにひきかえ、韓国産のミステリ小説が映画化された例は今まで少なかったけれども（あっても日本に紹介されなかったのかも知れないが）、二〇一八年に入って、キム・ヨンハのサスペンス小説を原作とする『殺人者の記憶法』（ウォン・シニョン監督、二〇一七年）のような映画が日本にも原作小説ともども紹介されているので、今後はそのような例も増えてゆくと予想される。

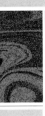

ジョーカー・ゲーム

細部の表現にもこだわりながら原作を完全再現

◉二〇一六年

柳広司の〈ジョーカー・ゲーム〉シリーズは、実写映画とテレビアニメになった。映画は、連作短編の原作からエピソードを抜き出して再編したオリジナル・ストーリーだったが、アニメは毎回変わる主人公を下野紘、森川智之、梶裕貴、福山潤、櫻井孝宏ら人気声優が演じ、原作の一話を一回（もしくは二回）で描き、複雑なトリックも完全再現している。

先の大戦前夜。結城中佐（声・堀内賢雄）は、陸軍内の反対を押し切りスパイ養成所〈D機関〉を設立する。スパイものと聞くと派手なアクションを想像するかもしれないが、結城に心身を鍛えられ〝怪物〟へと成長した男たちが、世界各地で暗躍する本作のメインは、凄まじい頭脳戦と心理戦である。

連絡役兼監視役として〈D機関〉に派遣された佐久間中尉（声・関智一）は、参謀本部から、〈D機関〉のメンバーとゴードン（声・利根健太朗）宅を捜索し、暗号表を見つけ出せと命じられる。一同は憲兵に扮して現場へ向かうが、ゴードンは二度目の捜索に激怒。〈D機関〉の三好は、そんなゴードンに、捜索が失敗すれば佐久間が切腹するという。自分が参謀本部と〈D機関〉の派閥抗争に巻き込まれたと知った佐久間に、捜索で何も発見できなかったとの報告が届く。

原作の重要な伏線が省略されたのは残念だが（センシティブな問題なので仕方ないが）、佐久間が〈D機関〉ばりの論理的思考で窮地を脱しようとする第一話、第二話の「ジョーカー・ゲーム」と、二重スパイを監視していた飛崎（声・細谷佳正）が、対象を殺される最終一二話の「XXダブル・クロス」は、原作の第一弾『ジョーカー・ゲーム』の収録作。だがその間は、瀬戸が、閉鎖空間の特急「あじあ」号の中から、接触するはずのスパイを殺した犯人を捜す第六話「アジア・エクスプレス」（『ラスト・ワルツ』所収）、〈D機関〉と陸軍が新たに作った諜報機関が暗闘を繰り広げる第八話、第九話の「ダブル・ジョーカー」（『ダブル・ジョーカー』所収）など、既刊四冊の原作から名作がセレクトされており、アニメはシリーズの傑作選となっているのだ。

舗装された道路が少ない戦前の東京、街路が複雑に入り組む上海、満鉄の特急「あじあ」号やアメリカ行きの豪華客船など、丹念な時代考証で描かれた物語の舞台も見どころで、原作の世界観をより深く理解するにも役立つ。

［末國］

ゲームをそのままアニメで再現した仰天の逆転劇

逆転裁判

その「真実」、異議あり！

◉二〇一六年

新人弁護士の成《なる》歩《ほ》堂《どう》龍《りゅう》一《いち》（声・梶裕貴）の初めての依頼人は、殺人容疑で逮捕された小学校の友達・矢張《やはり》だ。死因は撲殺で、凶器は「考える人」の形の時計。関係者の矛盾を見つけ、上司の助言を基に成歩堂は勝利への道を探す。事件は無事に解決できたが、今度は上司が殺された。被害者の妹の綾《あや》里《さと》真《ま》宵《よい》（声・悠木碧）が犯人だと疑われているが。

原作は大人気ゲーム『逆転裁判』で、世界観をほぼそのままアニメで表現している。証言や証拠の矛盾を見つけてひっくり返す過程を楽しむ作品なので、犯人は分かりやすい。最初は単調な映し方、特異な設定、ゲームのコマそのもののキャラクター性に違和感を覚えるかもしれないが、三番目のエピソード「逆転のトノサマン」あたりから急激に面白くなる。

子供向けに作られているせいか、人間の内面のドロドロした部分は抑え気味で、死体の表現もあっさりしている。だが、ミステリの入り口としては申し分ない。実写映画では短縮されていたネタは、本作で補足できる。

［羽住］

部活もの＋ラブコメ＋謎解きの化学変化

ハルチカ

ハルタとチカは青春する

◉二〇一六年

チカこと穂村千夏は、高校に入学して、幼馴染みのハルタこと上条春太と再会する。吹奏楽部に入部し、「吹奏楽の甲子園」と呼ばれる普門館を目指す二人の周囲には、奇人変人揃いの生徒たちと、さまざまな謎が……。

初野晴の人気学園ミステリが原作だが、第一話「メロディアスな暗号」と最終話「共鳴トライアングル」はオリジナルエピソード。進行は必ずしも小説通りではなく、原作の第一巻『退出ゲーム』所収のエピソードが第二話・第三話となったのに続けて、第三巻『空想オルガン』所収の「ヴァナキュラー・モダニズム」が第四話の原作として選ばれたりしているものの、展開に違和感はない。部活もので変則的三角関係のラブコメで本格ミステリで……と盛り沢山、なおかつ社会的テーマも盛り込まれた原作の中から傑作エピソードを選り抜いており、第三話の退出ゲームの見せ方などはアニメならではの工夫。小説では表現が難しい演奏シーンも見応えがあり、最終話は独自の盛り上がりを見せた。

［千街］

傑作SFミステリのリアルな緊迫感

僕だけがいない街

◉二〇一六年

売れない漫画家の藤沼悟には、奇妙な能力があった。重大な事件・事故の直前、時間を遡り、それを防ぐ可能性を与えられる。彼はそれを再上演《リバイバル》と呼んでいた。何者かに母親を殺害されたことがきっかけとなって、小学校のころに再上演した悟。彼は母の死とつながっているに違いない連続誘拐殺人事件の真相を突き止めようと奔走するのだった。

三部けいによる同名漫画を原作とするTVアニメ作品。序盤から中盤までは漫画とほぼ同じストーリーだが、終盤はオリジナル展開となる。とはいえ、大きく改変した藤原竜也主演の劇場映画版（二〇一六年）ほどではない。本格ミステリ的には事件の伏線や犯人との対決を丁寧かつスリリングに描いた漫画版が一番ではあるが、同一コンセプトの別展開としてアニメ版、劇場版を楽しむべきだろう。実際、アニメ化によって作品の緊迫感をよりリアルに受け止めることができ、別の角度から登場人物を深く描ききったことは特筆に値する。劇場版も実写ならではの魅力が光る作品だった。［蔓葉］

奇跡か、人間の仕業か？　主よ、導きたまえ

バチカン奇跡調査官

◉二〇一七年

カトリックの総本山バチカンに世界中から寄せられる「奇跡の申告」。それらの現象を科学的に調査し、本物の奇跡かどうかを判定するのが、奇跡調査官の平賀・ヨゼフ・庚《こう》とロベルト・ニコラスのコンビである。南米、アフリカ、ヨーロッパ……二人は任務のため世界中に駆けつける。

藤木稟の人気ホラー・ミステリ連作が原作で、脚本には創元推理短編賞佳作入選者の伊神貴世も参加している。空中浮遊、処女懐胎、聖痕現象、予言、腐らない遺体、光るキリスト像等々の超常現象の合理的解明と、同時並行して起こる殺人事件の謎解きがメインで、それらの背後には巨大な陰謀が潜んでいる。特に第九話から第十一話にかけてのイタリア編の謎解きはよくできており、神父が凍死体で発見された謎の島田荘司風とも言える豪快な真相には驚かされる筈だ。ただし最初の南米編は、登場人物が多すぎて憶えられないうちに連続殺人が進行するなど、四話を費やしたわりに慌ただしい印象は否めない。［千街］

海外映画

Overseas movie

スリープレス

「ジャーロ」の帝王、堂々の復活作

◉二〇〇一年　イタリア

一九六〇年代から制作されるようになったイタリア産ミステリ映画「ジャーロ」の中でも、映像美学、そしてミステリとしての意外性において図抜けた監督がダリオ・アルジェントだ。デビュー作『歓びの毒牙《きば》』をはじめ『4匹の蠅』『サスペリアPART2』『シャドー』などの傑作を放ってきた彼が、今世紀に入って初めて制作したのが本作である。

古都トリノで起きた娼婦殺害事件は、十七年前の連続殺人と同一犯の仕業なのか。過去の事件を担当していた元警部と、当時の被害者の息子が調査を始めるが……。

アルジェントの初期ジャーロへの回帰を感じさせる作風で、子守唄見立て連続殺人、誰も気づきそうもない〝音〟の手掛かり、エラリー・クイーンの某作品風のアイディアなどが見どころ。最初の娼婦殺しでいつの間にか犯人が列車に乗り込んでいたり、さっきまでいた筈の乗客が誰もいなくなっていたり……といった不合理な描写はアルジェント作品の特色なのであまり気にしないようにしたい。

［千街］

ヴィドック

実在の名探偵と怪人鏡仮面の絢爛たる対決

◉二〇〇一年　フランス

一八三〇年、名探偵ヴィドックが殺されたという報せがパリを駆けめぐった。彼は、二人の男が立て続けに落雷で死んだ事件を調査している最中だった。それらは事故ではなく、鏡の仮面をつけた怪人による連続殺人だったのだ。

歴史上実在の探偵フランソワ・ヴィドックが登場するものの、内容は完全にフィクション。ジャン＝ピエール・ジュネの『デリカテッセン』『エイリアン4』で特撮監督を務めたピトフの監督デビュー作で、フルデジタル撮影による映像はきらびやかの極致である。脚本には『クリムゾン・リバー』の小説家ジャン＝クリストフ・グランジェが参加。

海野十三の小説にでもありそうな奇想天外な感電殺人トリック、銃弾すら跳ね返す鏡の仮面、瑰麗《かいれい》にしてグロテスクな錬金術師のアジト……等々、禍々しいゴシック美学で統一された作品世界で、目まぐるしいアクションとオカルティズムに彩られた事件が展開されるが、現在と過去を往還して真相を隠す構成にも注目したい。

［千街］

ゴスフォード・パーク

大勢の登場人物が入り乱れるお屋敷ミステリ

◎二〇〇一年　イギリス

一九三一年、ある貴族の邸宅に、親族や映画関係者などの客、そして各自の使用人たちがやってきた。ディナーの後にナイフが一本紛失し、翌日、殺人事件が発生する。

一度観ただけでは把握不可能なくらい大勢の登場人物、入り組んだ血縁関係。ロバート・アルトマン監督らしい群像劇ながら、今から振り返れば、本作でアカデミー脚本賞を受賞したジュリアン・フェロウズの個性が強く出た物語であることがわかる。本作では上流階級と使用人階級の実態が精密に掘り下げられるが、フェロウズ脚本のドラマ『ダウントン・アビー』(二〇一〇〜二〇一五年)では、それが更に長いスパンで描かれることになる(両方に出演したマギー・スミスなど、役柄までそっくりである)。

両大戦間の時期という英米本格の黄金時代を背景としており、明らかに当時のミステリを意識した作風だが、貴族階級の頽廃と没落というモチーフには、現代的視点からの皮肉な視線が感じられる。

［千街］

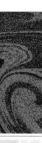

ブラッド・ワーク

原作と異なる真相と、独自の伏線

◎二〇〇二年　アメリカ

心臓移植手術を終えた元FBI捜査官テリー・マッケイレブのもとに、グラシエラという女性が訪ねてきた。マッケイレブに移植された心臓は、何者かに射殺されたグラシエラの妹のものだったのだ。グラシエラの依頼で彼は事件の再調査に乗り出すが、事態は連続殺人へと発展する。

マイクル・コナリーの代表作『わが心臓の痛み』を、クリント・イーストウッド監督・主演で映画化したのが本作だ。イーストウッド作品の中では肩の力を抜いて撮られた感じで、よくも悪くもB級っぽさが漂う。

マッケイレブは原作の設定よりもかなり高齢だが、七十代のイーストウッドが孫くらいの年齢の女性とのベッドシーンまでこなし、ある意味ハラハラさせられる。原作よりもアクション重視ながら、引退しても衰えぬマッケイレブの鋭い頭脳の働きは再現されている。小説と全く異なる真相は評価が割れるところだろうが、独自の伏線も用意されていて脚本家の工夫の痕跡が見られるのも確かだ。

［千街］

殺人が予知される世界で仕組まれる完全犯罪

マイノリティ・リポート

◉二〇〇二年　アメリカ

ワシントンDCの犯罪予防局で勤務するジョン・アンダートン（トム・クルーズ）は、不貞の現場で凶行に走ろうとした夫を、犯行前に逮捕できた。プリコグと呼ばれる三人が持つ特殊な力によって、殺人の予知が可能なのだ。その情報をもとに犯罪予防局は殺人事件を未然に防いでいた。

ある日、プリコグはジョンが見も知らぬ男を殺すと告知する。ジョンは犯罪予防局と対立する司法省の罠だと考え、その場から逃げ出す。予知システムの開発者のひとりにプリコグの予知に例外がないのか問いただすためだった。だが、司法省の手の者は、ジョンのすぐそばまで追いついていたのだ。

フィリップ・K・ディックの同名短編のコンセプトを引き継ぎつつも、その内容や結末は別物といっていいほどアレンジされた、スピルバーグ監督による劇場映画。予知システムの映し出す未来の映像で殺人事件を防ぐことのできる世界にもかかわらず、その管理者が引き起こす殺人事件。SF本格ミステリのはじまりとして、これほどふさわしいものはなかなかお目にかからない。完全に見えた予知システムの陥穽を利用し、真犯人はジョンに意図せぬ殺人を行わせようとする。真犯人の巧緻極まる犯罪計画をジョンはどうやってかいくぐり、潔白を証明するか。ただ、この作品は犯罪計画を巡る頭脳戦というわけではなく、偶然のできごとや直感によって事態は進行していく。予知自体も不完全であるからこそ、その内容をのちの行動で変えられる。予知が真実を突き止めるわけではないのだ。そのためか、一種の名探偵批判的な響きをこの作品は秘めることになる（トリックに誰がはじめに気がつくか注意されたし）。劇中で描かれる高度化した広告や欲望を叶える仮想現実が、管理社会の不完全さを映し出していたが、この作品がそうした「完全性という虚妄」を描こうとした結果、おそらく意図した以上に高度なミステリ的な構造を持つこととなったのだ。とはいえ、さまざまな近未来ガジェットに手に汗握る逃亡劇と緊迫のアクションシーン、そして感動的な結末と万人に薦められるエンターテインメント作品だ。この作品の正式な続編として、二〇一五年に全一〇話のTVドラマが製作された。ジョンの事件が解決してから一一年後、プリコグのひとりだった青年が予知能力を隠しつつ、殺人事件を解決しようと奔走するストーリーだ。［蔓葉］

乙女ミステリの最高峰をご覧あそばせ♥

8人の女たち

◉二〇〇二年　フランス

一九五〇年代のフランス。雪深いクリスマス休暇に悲劇は起きた。大学に通うために郊外の家を離れていたシュゾン（ヴィルジニー・ルドワイヤン）が久しぶりに帰宅すると、父親のマルセルが背中を刺されて殺されていたのだ。しかも電話線と車の配線が切られ、大雪で外出もままならず、通報もできない。番犬が吠えず、門扉の状況からも、内部犯の可能性が高かった。脚の悪い祖母のマミー（ダニエル・ダリュー）、女主人として一家を取り仕切る母ギャビー（カトリーヌ・ドヌーブ）、ギャビーの妹で独身の毒舌家オーギュスティーヌ（イザベル・ユペール）、明るく聡明な女子大生シュゾン、ミステリを愛読する生意気な十七歳のカトリーヌ（リュディヴィーヌ・サニエ）、古参家政婦のシャネル（フィルミーヌ・リシャール）、新人メイドのルイーズ（エマニュエル・ベアール）と、屋敷には女ばかりが残されていた。そこへ突然の訪問者が。ある事情で屋敷を出禁になっていたマルセルの妹ピエレット（ファニー・アルダン）だった。ピエレットは匿名の女性からの電話で駆けつけたというが……。誰もが疑心暗鬼に囚われるなか、互いの秘密が暴かれはじめる。

ロベール・トマの戯曲を鬼才フランソワ・オゾン監督がフランスを代表する新旧の名女優たちを集めてミュージカル映画化。奇跡の競演と言われ、女優八人全員が銀熊賞に輝いた。それぞれにソロ曲があり、歌詞は各キャラクターの人生を暗示して、綺麗で明るくさえある曲調のなかに皮肉ともの哀しさが同居する。それは作品全体の雰囲気にも通じていて、雪に閉ざされた館の殺人事件というい かにもミステリらしい設定を一見軽妙なコメディタッチで描いているが、女たちがそれぞれに抱える闇は深い。ふと垣間見えるそのダークサイドが作品に奥行を与えているのだ。

本作における、トマらしい騙し合いに満ちた意外な結末や、オゾンらしいシニカルな闇に魅せられた方も様々いらっしゃるだろう。だが私がもっとも主張したいのは、この作品が乙女ミステリ（山崎まどかが提唱したコージーや女流サスペンスを中心とする心が乙女の読者に向けたミステリ）の最高峰といっても過言ではないことだ。美しい館と調度、麗しいドレス、奥様お嬢様にメイド、女性特有のおしゃべりと歌声……なんてキュートでお洒落なミステリだろう。　［不来方］

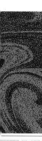

社会派テーマを利用した大どんでん返し映画

ライフ・オブ・デビッド・ゲイル

◉二〇〇三年　アメリカ

雑誌記者のビッツィー（ケイト・ウィンスレット）は、元大学教授の死刑囚ゲイル（ケヴィン・スペイシー）のインタヴューを行うことになった。六年前、元同僚のコンスタンス（ローラ・リニー）をレイプし惨殺した罪で逮捕されたゲイルは、弁護側の不手際もあって死刑が確定し、執行を目前に控えている。ビッツィーは彼が収監されているテキサス州の刑務所へと向かった。金曜日に刑が執行されるゲイルにビッツィーが面会できるのは、火曜・水曜・木曜の三日間だけ。その限られた時間に、ゲイルは何を語るのか。

『ミシシッピー・バーニング』など、社会派映画監督のイメージが強いアラン・パーカーの、現時点での最後の監督作品。本作も死刑問題を取り上げ、社会派テイストが強い物語となっている。だが、彼がハードボイルドとオカルトを融合させたミステリ映画『エンゼル・ハート』の監督でもあったことを忘れてはならない。本作は社会派であると同時に、そのテーマ自体をミスディレクションとして利用した大どんでん返し映画でもあるのだ。

『エンゼル・ハート』の仕掛けの成立にロバート・デ・ニーロの存在感が不可欠だったように、本作もケヴィン・スペイシーの配役が鍵である。当時のスペイシーといえば、『ユージュアル・サスペクツ』『セブン』（ともに一九九五年）のイメージがまだ記憶に鮮烈な頃だ。その彼が無実を主張しても、観客は言い分を果たして鵜呑みにすべきなのか、ビッツィーとともに戸惑わされるに違いない。内面を覗かせない彼の佇まいなくして本作の成功はなかった。

ずば抜けた知性に恵まれたインテリであるゲイルは、死刑廃止運動の同志だった筈のコンスタンスを何故残酷なやり方で殺害したのか。冤罪だという彼の主張を信じるなら、真犯人は誰で、動機は何なのか。次第に冤罪説に傾いてゆくビッツィーの周囲に出没する男は何者なのか。絡み合う幾つもの謎は、やがて余りにも衝撃的な真相を露《あらわ》にする。テーマも、キャラクター配置も、舞台がテキサスであることさえも、すべてはパズルのピースとしての役割を担っている。超弩級のどんでん返しを炸裂させ、同時にひとりの人間が人生をかけて成しとげようとしたことの正否を観客に問いかける本作は、ミステリ映画史に残る正真正銘の大傑作である。［千街］

閉ざされた森

誰の証言も信用できない迷宮の密林

◉二〇〇三年　アメリカ

ハリケーンに襲われたパナマの密林で、ウエスト軍曹（サミュエル・L・ジャクソン）率いる米軍レンジャー部隊七人が消息を絶った。現場に向かったヘリコプターに発見された三人は何故か味方同士で撃ち合っており、ひとりが死亡。二人は救助されたものの、ウエストら四人の姿は見つからない。米軍基地の警務主任ジュリー・オズボーン大尉（コニー・ニールセン）は真相の調査に取りかかったものの、生存者のひとりは、この基地以外のレンジャー隊員にしか真実を話す気はないと言う。オズボーンの上官は、元レンジャー隊員の麻薬取締局捜査官ハーディ（ジョン・トラヴォルタ）を基地に呼び、オズボーンとともに尋問を担当させる。

本作の監督は、アクション映画史に残る名作『ダイ・ハード』（一九八八年）をはじめ、幾つものアクション映画を撮ってきたジョン・マクティアナン。彼らしくアクション・シーンが盛り込まれているものの、本作の主眼となるのは謎解きである。それも、『探偵〈スルース〉』（ジョセフ・L・マンキーウィッツ監督、一九七二年）や『デストラップ・死の罠』（シドニー・ルメット監督、一九八二年）といった往年の超絶どんでん返し映画を、新たな器に盛って現代に蘇らせようとした試み、それが本作なのだ。

生き残った二人のレンジャー隊員の証言は互いに矛盾しており、誰がどのように死んだかという経緯さえ一致しないありさまだ。二人の捜査官は、そんな彼らの証言の細かい綻びを指摘することで、少しずつ真実へと近づいてゆく。しかし、汚職の嫌疑をかけられた経歴を持つハーディがわざわざ基地に呼ばれたことといい、そもそもの時点で幾つもの疑問が湧いてくる。

後半、ある証人の口から、それまでの前提をひっくり返すようなとんでもない爆弾発言が飛び出してからが本作の真骨頂。生存者の証言の再現映像は真実とは限らない……というこの映画の前提を理解していても、そこで仰天させられることは間違いない。

観客を翻弄してやまないこの凝った脚本の書き手であるジェームズ・ヴァンダービルトは、ホラー映画『黒の怨』でデビュー。続く本作で知名度を上げ、デヴィッド・フィンチャー監督『ゾディアック』の脚本に起用された。［千街］

"嵐の山荘"から一転、トンデモ趣向が炸裂する

アイデンティティー

◉二〇〇三年　アメリカ

猟奇殺人鬼マルコムに解離性同一性障害の疑いがあることから、死刑執行前夜になって、彼の罪を問い直す再審理が行われようとしていた。一方、激しい豪雨により、十一人の男女が陸の孤島となったモーテルに閉じ込められてしまう。極限状況の中、やがて惨劇の火蓋が切って落とされた。

クローズド・サークルでの連続殺人、必ず現場に残される数字の記された鍵（しかも十、九、八と次第に小さくなっていく）とくれば、誰もが『そして誰もいなくなった』を連想することだろう。実際に、作中でも言及されることになるのだが、それは同時に巧妙なミスリードでもある。王道の展開を描きながら、本作の狙いはまったく別のところにあるのだ。クライマックス間近で明かされる真相は、言ってしまえば手垢のついたネタなのだが、その衝撃的な使い方には唖然とするほかない。伏線こそ冒頭から細かく張られているものの、終盤で炸裂するとある趣向を予想できた者はそういないだろう。最後まで決して油断のならない珍品である。　［秋好］

姉妹と継母の確執が展開される惨劇の館

箪笥《たんす》

◉二〇〇三年　韓国

ある屋敷に、スミとスヨンという十代の姉妹がやってきた。実母に先立たれた彼女たちは、父親と、その後添えであるウンジュと一緒に暮らすことになったのだ。姉妹は新しい母を警戒し、ウンジュも彼女たちの態度に苛立ちを深めてゆく。そして、屋敷では奇怪な現象が……。

韓国の古典怪談『薔花紅蓮伝』を原典としているものの、背景を現代に変更し、大まかな人間関係以外は異なる物語となっている。舞台は美しい湖畔に建つ一軒の古風な屋敷に絞られており、超自然的な怪談なのか、サイコ・サスペンスなのか、そもそも何が起きているのかもよくわからないまま話は進んでゆく。厳密な本格ミステリとして作られているわけではないので、フェアかアンフェアかはあまり気にしないほうがいいが、幾度も繰り返されるどんでん返しといい全体の雰囲気といい、構図かずおのある種の作品に通じるものが感じられる。なお、二〇〇九年には『ゲスト』としてアメリカでリメイクされた。　［千街］

驚愕の真相が用意されたサイコ・サスペンス

迷宮の女

◎二〇〇三年　フランス

二十七人もの男女が殺害された事件をめぐるこの物語は、容疑者クロードの逮捕に至るまでの六日間と、その後の精神鑑定のプロセスとを並行して描く。前者では、異常心理犯罪の専門家で〝ノストラダムス〟の異名を取る天才捜査官のマチアスが犯人に迫る。後者では、心理カウンセラーのブレナックが、クロードに宿る幾つもの人格と対話し、真実を分析しようとするが……。

古くはセバスチアン・ジャプリゾやフレッド・カサック、最近ではミシェル・ビュッシら、トリッキーな構成を特色とするミステリの伝統がフランスでは受け継がれている印象があるが、その映像版と言えるのが本作だ（ＤＶＤのパッケージには「新本格派フレンチ・ミステリ！」とある）。オチは読めるかも知れないが、ギリシャ神話を取り入れた趣向などプロットは凝っているし、クロードの老若男女の人格を演じ分けた女優シルヴィー・テスチュの演技力には瞠目させられる。映像の迷宮で心理の迷宮を表現した意欲作。　［千街］

三角関係の果て、最後に笑うのは誰か

dot the i　ドット・ジ・アイ

◎二〇〇三年　イギリス・アルゼンチン

ストーカーと化した恋人から逃れてロンドンにやってきたカルメン（ナタリア・ベルベケ）は、裕福な青年バーナビー（ジェームズ・ダーシー）と出会い、求婚を受け入れた。独身最後の女子会で、カルメンはブラジルから来た青年キット（ガエル・ガルシア・ベルナル）と熱いキスを交わす羽目に……。バーナビーとのあいだに微妙な距離を感じたカルメンはキットに惹かれてゆく。

三人の主人公に、キットの仲間二人組を含めて主要登場人物は僅か五人。中盤まで、映画はカルメン、キット、バーナビーの三角関係の物語として進行する。だが、ところどころに何の説明もなく、何者かが三人を物陰から撮影しているかのような粒子の粗い画面がインサートされ、観客を不安な気分にさせる。果たして後半、物語は虚実が入り乱れる想定外の展開へと突入してゆくのだ。詳しくは書けないけれども、本作は恋愛映画版『探偵〈スルース〉』であり『デストラップ・死の罠』であると言っていいだろう。　［千街］

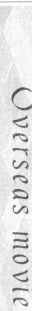

ソウ

スリラー史を変えた低予算映画の傑作

◉二〇〇四年〜　アメリカ

ある廃屋のバスルームに、部屋の対角線上に足を鎖で繋がれた二人の男が監禁されていた。彼らのあいだには男の死体が横たわっている……それは謎の殺人鬼「ジグソウ」が始めたゲームだった。二人はジグソウから与えられた幾つかのヒントを手掛かりに、その部屋からの脱出を図る。正しい答えを出さなければ二人とも死ぬ。一方、元刑事のタップは、ジグソウがそれまでに繰り返してきた犯行の手口から、その正体に迫ろうとしていた……。

二〇〇四年に公開された映画『ソウ』は、全くの新人による低予算映画だった。しかし、この作品が世界興収一億ドルを超えるヒット作となり、シリーズ化され、その後のシチュエーション・スリラーの大ブームを呼ぶことになろうとは、最初は誰にも予想できなかったことだろう。

この映画の生みの親は、オーストラリア人のジェームズ・ワン（監督）とリー・ワネル（脚本・出演）。当時二十六歳の二人は、劇中でアマンダに仕掛けられたヘッドギア型トラップを使った短編映画を制作し、世界中の映画会社に送りつけた。彼らの才能を見抜いたライオンズゲートにより長編化されたのが本作である。

成功の要因は、凝りに凝った殺人トラップの面白さ、シチュエーションのシンプルさ、残酷趣味に溢れつつもスタイリッシュな映像、独自の哲学を持つ殺人鬼ジグソウのキャラクター造型……等々幾つも挙げられるけれども、やはり一番印象的なのは、ラストに用意された超弩級のサプライズだ。仕掛けは単純で、たった一言で言える。しかし目の前にあるのに見えない真相は、世界中の観客を驚かせた。

好評を受けて二〇〇五年、続編の『ソウ２』が急遽制作された。監督はワンから新人のダーレン・リン・バウズマンに交代（四作目まで彼が監督）。トリックの意外性は前作には及ばないものの、続編としてはかなり健闘した部類だ。

その後も年一回、ハロウィンに合わせてシリーズが公開されるようになった。最後のワネル脚本作品『ソウ３』（二〇〇六年）ではジグソウの死が描かれたけれども、作中にはまだ謎が残されており、内容は翌年の『ソウ４』と繋がっている。このあたりから、シリーズ旧作を観ていなければ理解できない〝一見《いちげん》さんお断り〟の領域に突入してゆく。シリーズ全体が、増築改築を繰り返した異形の大伽藍の様相を呈していったのだ。そして、ジグソウのゲームが選択さえ間違えなければ生き残る道も残されているのに対し、その後継者たちが犠牲者に仕掛けるゲームには、どちらにしても死んでしまうのも含まれているため、些か後味が悪い話が増えたことは否定し難い。設定がどんどん複雑化する一方、過去のエピソードでの不自然な点（例えば一作目の犯人の行為は本当に可能なのかという疑問は、多くの観客の脳裏に残った筈である）がその後の作品でフォローされ、矛盾が解消されてゆくというのもこのシリーズの特色だ。

　前作で美術デザイン担当だったデヴィッド・ハックルが監督を務めた『ソウ5』（二〇〇八年）あたりからは、ジグソウの後継者と、ジグソウの妻ジルの対決が軸となる。それまで編集を担当していたケヴィン・グルタートが監督に昇格した『ソウ6』（二〇〇九年）は、両者の頭脳戦が進行してゆくという点ではシリーズ旧作を観ていないとわかりづらい作りではあるものの、肝心のゲームそのものは一作きりで完結する意外性充分な仕掛けであり、三作目以降では最も出来のいい作品になっていると思う。引き続きグルタートが監督を務めた『ソウ　ザ・ファイナル』（二〇一〇年）は、タイトル通りシリーズ最終作として制作された。過去のシリーズのゲームで生き残った人々が登場したり、一作目で残された謎に決着がつくなど、シリーズの締めくくりに相応しい趣向は用意されているものの、ミステリ的な冴えは乏しく、完結編としてはやや残念な仕上がりだ。

　これで終わりかと思いきや、二〇一七年には七年ぶりに新作『ジグソウ：ソウ・レガシー』（別項参照）が公開された。監督は『プリデスティネーション』のスピリエッグ兄弟。ジグソウの死から十年後の話となっており、ひとりを除いて旧作のキャラクターは登場しない。残酷描写はやや控え目で、サスペンスと謎解きを重視した作りとなっている。早い段階でメイン・トリックの少なくとも一部は見抜けるかも知れないが、旧作を想起させるさまざまな趣向が原点回帰を意識させるし、ジグソウの後継者たちが仕掛けたゲームのようにどちらに転んでも死ぬような〝無理ゲー〟的なところはなく、きちんと考えれば生き残れるフェアな(?)ゲームになっている点も好感が持てる。新生「ソウ」シリーズの幕開けとしては上々の出来ではないだろうか。

［千街］

ヴィレッジ

『シックス・センス』の監督が描く村ミステリ

◉二〇〇四年　アメリカ

盲目の女性・アイヴィー（ブライス・ダラス・ハワード）は、森に囲まれた自給自足の村で平穏に暮らしていたが、一人の少年が病死してから不吉な空気が漂う。家畜が相次いで惨殺され、さらに知的障害の青年が嫉妬のあまり彼女の婚約者を刺したのだ。アイヴィーは恋人のため薬をもらいに町に出ようとするが、「怪物」が潜む森を通らなければならない。

牧歌的な景色や十九世期後半の衣装が美しい、ゴシックホラー風味の作品である。『シックス・センス』のM・ナイト・シャマランが監督と脚本を手がけ、中盤から大きな謎にもなり得る「騙し」が次々に明かされる。しかし、どんでん返しのめまぐるしさはなく、村の空気のように淡々と展開していく。それが驚きよりも、集団心理の薄気味悪さと、決して犯罪から逃れられない残酷な運命を強調している。アイヴィーの手に触れない姉の夫や、森の入口で彼女を置き去りにした村の青年たちのように、共存しないと生きられない村でも弱者差別が起きている事実が物悲しい。

［羽住］

フリーズ・フレーム

二十四時間の完全アリバイは成立するか

◉二〇〇四年　イギリス・アイルランド

十年前、母子殺害事件の容疑者にされたショーン（リー・エヴァンス）は、二度と冤罪を被らないように、家のあらゆる場所にカメラを設置し、二十四時間ずっと自分自身を撮影したテープを保管し続けている。事件が起きた際にアリバイを証明するためだ。ところが、ある事件が起きた時間帯のテープが何者かに盗まれ、彼は再び容疑者となる。

主人公は冤罪に起因するトラウマをこじらせてパラノイアと化しており（自宅に九十台ものカメラを設置している）、見た目からして完全に怪しく、〝信用できない語り手〟パターンの話ではないかと観客の疑念を誘う。だが、ショーンを陥れた警部や精神鑑定人、彼に接近してきた女性記者など、他の登場人物もみな怪しく見えるため、真犯人が誰なのかは最後まで予断を許さない。寒色で統一され、明暗のコントラストを強調したクールな映像も印象的。十年前の事件の真相は意外性を狙いすぎた感もあるが、発想と設定の勝利と言える優れたミステリ映画だ。

［千街］

全編伏線！　奇術に憑かれた男たちの騙し合い

プレステージ

◉二〇〇六年　アメリカ

綾辻行人は本作について、「クリストファー・ノーラン監督の、私見では最高傑作」（山口雅也編著『奇想天外　21世紀版　アンソロジー』）と賛辞を送り、「これを正当に評価できないようならば、現代ミステリを語る資格はないのではないか」（綾辻行人、牧野修『ナゴム、ホラーライフ　怖い映画のススメ』）とまで断じている。綾辻にこれほど称揚される映画とは、一体どのような内容だろうか。

舞台は十九世紀末のロンドン。修業中の奇術師であるロバート・アンジャーとアルフレッド・ボーデンは、良きライバル関係として、ハリー・カッターのもとでともに助手をつとめていた。だが、ボーデンのミスで生じた事故により、アンジャーの愛妻ジュリアが舞台上で命を落としてから、二人は決定的に対立するようになる。復讐のため、アンジャーはボーデンの奇術を失敗させるが、負けじとボーデンもアンジャーの舞台を妨害し、二人の確執はいよいよ深刻化していく。そんな最中、アンジャーはボーデンが人間瞬間移動という新しいマジックを始めたことを知り、敵情視察に赴いたが……。

原作は、クリストファー・プリーストの世界幻想文学大賞受賞作『奇術師』。二〇〇二年の『メメント』以来となる、クリストファー・ノーランと弟のジョナサン・ノーランのコンビが脚本を担当している。タイトルの『プレステージ』は「偉業」という意味を持つが、奇術においてはプレッジ（確認）、ターン（展開）に続く最後のパートを指すという。この作品自体もまた、これら三つの段階を踏む奇術なのだ。

まずはプレッジ。何でもないことを見せ、観客に確認させる手順である。この映画の恐るべきは、この段階で全編にわたって無数の伏線が張り巡らされている点だ。冒頭でほとんどすべてが提示されていると言っても過言ではなく、それでも伏線を伏線と思わせない手口は見事というほかない。そして、ターンからのプレステージ。劇中では、ボーデンとアンジャーによる二つの人間瞬間移動が繰り広げられるが、真の衝撃はそのトリックが明かされた瞬間にもたらされる。確かに、真相だけを取り出せば、ミステリの領域を逸脱してしまっているかもしれない。しかし、膨大な伏線と周到な構成によって、それが極めて説得力を持って描かれている。本格ミステリとSFが奇跡のバランスで融合した傑作だ。

［秋好］

儚くも美しいイリュージョンに欺かるるなかれ

幻影師アイゼンハイム

◉二〇〇六年　アメリカ

十九世紀末のウィーンにおいて、天才的なイリュージョンで人気を博していた奇術師アイゼンハイム。ある日、彼は舞台の上で幼馴染のソフィと再会し、動揺する。テッシェン公爵令嬢にして、皇太子レオポルドの婚約者――彼女とアイゼンハイムはかつて、互いに惹かれ合いながらも、身分の違いによって仲を引き裂かれていたのだ。十五年ぶりの再会で、二人はふたたびよりを戻すことになった。そんな中、宮中の夜会に招かれたアイゼンハイムは、奇術のタネを暴こうとする皇太子の裏をかき、逆に皇太子を貶めるような芸を披露してみせる。皇太子は激昂し、腹心のウール警部にアイゼンハイムをつぶすよう命じた……。

　原作はスティーヴン・ミルハウザー『バーナム博物館』（一九九〇年）収録の短編「幻影師、アイゼンハイム」。といっても、ミルハウザーの小説は邦訳版でもわずか三十二ページしかないため、物語は監督・脚本のニール・バーガーによって大胆に脚色され、原作とはほとんど別物の、トリッキーな恋愛ミステリに仕上がっている。

　物語の主眼は、映画の中盤で発生するとある殺人事件、ではない。「すべてを欺いても手に入れたいもの、それは君」という日本公開時のキャッチコピーからも明らかなとおり、神秘のベールに包まれたアイゼンハイムという男の真意こそ、劇中最大の謎であり、本作の見どころであろう。語り手のウール警部（＝観客）の目に見えているものは、果たしてすべて真実だろうか。周到に鏤められた伏線を丹念に拾っていくことで、アイゼンハイム一世一代の大仕掛けが、儚く美しい映像のなかで鮮やかに像を結ぶ。スティーヴン・キングや辻村深月の絶賛も納得だ。

　とはいえ、ネタ自体は古典的なものであるため、途中で真相を見抜くことは容易いだろう。オレンジの種を一瞬で成長させる奇術など、アイゼンハイムの舞台演出に露骨なCG処理を用いた点についても批判はあるはずだ。しかし、前述の仕掛けがエラリー・クイーン的テーマとでも呼ぶべき趣向によって成立していることを考えると、ニール・バーガーの狙いはそこにこそあったのではないか。アイゼンハイムの奇術は本物かトリックか。ラストシーンは本当に現実か否か。決定不可能な宙吊り状態の地点に、幻影は立ち現れる。［秋好］

銀行に立てこもった犯人の真の狙いとは

カオス

◉二〇〇六年　カナダ・イギリス・アメリカ

シアトル市内の銀行に強盗団が立てこもった。リーダーが交渉役として指名したのは、停職中の刑事コナーズ（ジェイソン・ステイサム）。その相棒となった新人のデッカー刑事（ライアン・フィリップ）は、上層部からコナーズの監視役を命じられる。ＳＷＡＴがコナーズの指示を無視したため突入作戦は失敗し、強盗団は銀行から消え失せた。

　口は悪いが実力は確かなヴェテラン刑事と、インテリながら見かけによらず度胸がある新人刑事のコンビが、神出鬼没の強盗団と対決するアクション映画。相手は共犯さえも用が済めば消すほど冷酷であるのみならず、警察の動きを先読みして罠を仕掛けてくる。本格ミステリとして撮られた映画ではないものの、事件の見せかけの構図が二転三転し、伏線が回収されて意外な結末に着地する構成は本格ファンも愉しめるのではないだろうか。タイトルの由来になっているカオス理論云々のくだりは一種のハッタリなので、あまり真面目に受け取る必要はないにせよ。［千街］

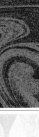

容疑者は全員、童話の登場人物？

リトル・レッド　レシピ泥棒は誰だ!?

◉二〇〇六年　アメリカ

赤ずきんのレッドは、おばあさんに化けていたオオカミの正体を見破った。その瞬間、縛られていたおばあさんがクローゼットから飛び出してくる。そこに斧を持った木こりが乱入して大騒ぎに。森で連発していたお菓子のレシピ盗難事件との関係は？　カエルの探偵ニッキーが犯人を暴く。

　童話『赤ずきん』をモチーフにしたＣＧアニメ映画。レッド、オオカミ、木こり、おばあさんという四人それぞれの証言から、パズルを完成させるように真実が次第に浮かび上がってくる構成だ。「オオカミがいるような森の奥に何故おばあさんが独りで住んでいるのか」といった原典の突っ込みどころを拾い上げながら、童話を謎解き物語に再構築してゆくパロディの技巧が非常に愉しい。二〇一一年には、続編『リトル・レッド２〜ヘンゼルとグレーテル誘拐事件!?〜』が公開された。今度は魔女が起こした誘拐事件の意外な真相を、『羊たちの沈黙』『スター・ウォーズ』などのパロディを交えつつ描いている。［千街］

パロディ塗れのバカミス的バディポリスムービー

ホット・ファズ 俺たちスーパーポリスメン！

◉二〇〇七年　イギリス

ロンドンの凄腕熱血刑事エンジェルは、優秀すぎるあまり同僚たちに疎まれ、田舎町サンドフォードに左遷されてしまった。犯罪率ゼロの平和な村で、日々の退屈な仕事に従事するエンジェル。しかし、とある変死事件をきっかけに、彼の鋭い嗅覚は村にひそむ巨悪の存在に気付きはじめる。

エンジェル刑事の相棒となるのが、『リーサル・ウェポン』や『ダイ・ハード』など、アメリカのポリスアクションものに憧れるオタク警官のダニー。そんな二人がバディを組んで挑む変死事件は、連続殺人鬼もののスリラーさながらで、『オーメン』オマージュのスプラッターシーン等も差し込まれつつ、最終的には憧れの痛快ポリスアクションものを地で行ってしまうことに。無論、謎解きも外せない。〝平和な村〟ということ自体を伏線としたその真相は、とあるジャンルの系譜に連なるものながら、動機のトンデモ具合といい、あまりの馬鹿ばかしさに笑いがこみ上げてくること必至。一つの映画のなかにあらゆる要素が詰め込まれた怪作だ。　［秋好］

美しい湖畔で起きた事件のやるせない真相

湖のほとりで

◉二〇〇七年　イタリア

北イタリアの小さな村の住人である少女アンナの他殺死体が、美しい湖畔で発見された。全裸死体という猟奇的な見せかけに反し、これは性犯罪を偽装した愛の殺人だとサンツィオ警部は推理する。被害者の家族や恋人、第一発見者とその父親……犯人は果たして誰なのか。

原作はノルウェーの作家カリン・フォッスムの小説で、舞台をイタリアに置き替え、物語を上手く纏めている（日本では原作の邦訳が出るより先に映画が公開された）。原作の主人公であるセーヘル警部は妻に先立たれて間もない設定なのに対し、映画のサンツィオ警部の妻は認知症で家族のことも思い出せない状態となっており、複数の家族が抱えた問題が絡んでくる事件の構図とよりリンクが強調されている。根っからの悪人がひとりも登場しない話だけに真相はやるせない。イタリアのミステリ映画というと、派手で残酷な殺害方法を強調したジャーロ映画が思い浮かぶけれども、こういう渋い作品もあるのかと意表を衝かれた。　［千街］

古風に再現されたクリスティーの世界

ゼロ時間の謎

◉二〇〇七年　フランス

世界的ベストセラー作家だけに、アガサ・クリスティーの映像化は英語圏にとどまらず、日本・ロシア・インドなど各国で行われている。イギリスと海峡ひとつ隔てたフランスも例外ではない。『ポアロのクリスマス』を原作とする連続ドラマ『ル・テスク家の殺人』（二〇〇六年）、パスカル・ボニゼール監督が『ホロー荘の殺人』を映画化した『華麗なるアリバイ』（二〇〇八年）など、今世紀に入ってから特に映像化の例が増えているという印象があるけれども、中でもクリスティー・ファンとしての活動が際立つ映画監督がパスカル・トマである。

トマ監督の初クリスティー映画化は、トミーとタペンスが活躍する『親指のうずき』を原作とする『アガサ・クリスティーの奥さまは名探偵』（二〇〇五年）。現代のフランスを舞台とする物語に翻案されており、トミーとタペンスにあたる老夫婦はフランス風にベリゼールとプリュダンスという名前になっている（二人を演じたのはアンドレ・デュソリエとカトリーヌ・フロ）。この作品が好評だったため、同じ配役による続編『アガサ・クリスティー　奥さまは名探偵～パディントン発4時50分～』が二〇〇八年に公開された（日本では一作目のみ劇場公開され、二作目はＤＶＤで紹介）。

しかし、本格ミステリ映画としては二〇〇七年の『ゼロ時間の謎』が最も評価に値する作品である。原作は、海辺の資産家の邸で美男と先妻と後妻の確執が繰り広げられ、ついに惨劇に至る『ゼロ時間へ』。やはり現代のフランスが舞台となっており、探偵役のバトル警視はバタイユ警視という名前で登場。戦前から銀幕で活躍する大女優ダニエル・ダリュー（出演当時九十歳）が邸の主トレシリアン夫人を演じ、作品に重みを添えている。

コメディ好きな監督だからか、原作にそぐわない下ネタ的なギャグが盛り込まれたりしているものの、殺人の瞬間〝ゼロ時間〟に向けて物語が収斂してゆく構成は原作通り（殺人計画書が綴られる犯人視点のパートはカットされているけれども）。注目すべきは、少々生真面目にすぎるとさえ感じられるほど、原作通り大量の伏線を拾っている点。現代を舞台にしつつ、敢えて古風さを強調した点も作戦として成功している。

［千街］

男二人の殺意が交錯する極限の密室劇

スルース

◉二〇〇七年　アメリカ

ロンドン郊外の豪邸で一人執筆を進める初老の推理作家アンドリュー・ワイク（マイケル・ケイン）のもとを、若い色男が訪ねてきた。色男の名はマイロ・ティンドル（ジュード・ロウ）。売れない俳優で、ワイクの妻マギーの愛人だ。ティンドルはワイクにマギーとの離婚を迫る。だが、もとよりティンドルとの仲を承知していたワイクは、贅沢に馴れた妻が自分と別れることなどできないと突っぱねる。二人の争いはヒートアップし、やがて抜き差しならない事態へと──。

ミステリ史に残る名作と謳われる一九七二年製作の映画「探偵〈スルース〉」の三十五年を経たリメイク。しかも七二年版ではティンドルを演じたケインが今度はワイク役として登場し話題を呼んだ（ちなみに七二年版のワイクはローレンス・オリビエ）。たった二人きりの言葉の掛け合いが何故これほど面白いのか。息詰まるサスペンスの前半、そして後半は恐るべき推理と逆転劇に翻弄されて、研ぎ澄まされたミステリの究極の形を観ている心地になる。

［不来方］

巨匠は絵筆で陰謀の真相を暴く

レンブラントの夜警

◉二〇〇七年　カナダ・ポーランド・オランダ・イギリス・フランス・ドイツ

アムステルダム国立美術館が所蔵する、画家レンブラントの傑作「夜警」。当時の集団肖像画としては型破りな構図のこの絵には、あるメッセージが隠されていた……。異才ピーター・グリーナウェイ監督による歴史映画。主人公のレンブラント役は、後に『SHERLOCK　シャーロック』でジョン・ワトソンを演じたマーティン・フリーマンである。

レンブラントは、アムステルダムの名士の集まりである市警団の集団肖像画を引き受けた。その作業を進めている最中、隊長のハッセルブルグが暗殺される。レンブラントは絵によって陰謀の真相を告発しようとするが……。

レンブラントの後半生の零落を「夜警」が原因として描いているが、市警団の襲撃による失明など史実を無視した部分も目につく。十七世紀オランダ絵画を再現した衒学的な映像や「夜警」の謎めいたディテールの絵解きといった知的な趣向と、下品なほどに露悪的な描写が両立しているあたりがいかにもグリーナウェイらしい。

［千街］

特殊清掃業者がはまった狡猾な罠

ザ・クリーナー　消された殺人

◉二〇〇七年　アメリカ

変死現場の痕跡などを消去する特殊清掃業者のトム（サミュエル・L・ジャクソン）は、刑事の依頼で豪邸の客間に飛び散った血液を清掃する。ところが翌日再訪すると、邸の住人は資料にあるのとは別の名前で、邸内で事件が起きたことなど知らない様子。しかも清掃を依頼した刑事は実在しなかった。トムは自らが罠にはめられたことを知る。

犯罪が起きたことを証明する物的証拠を、主人公が自分で消してしまった……という皮肉な設定の物語。登場人物が少ないので容易に犯人の見当はつくと思うが、動機のミスリードなどには工夫が見られ、トムと娘の家族愛や元相棒との友情も絡めて、まずは水準に達した作品となっている。

同じレニー・ハーリン監督のミステリ映画では、『そして誰もいなくなった』を下敷きにした孤島もの『マインドハンター』にも注目。普通なら容疑者要員として終盤まで生き残りそうなメジャー俳優が、（たぶんギャラの都合だと思うが）序盤で退場する展開には衝撃を禁じ得ない。

［千街］

本格ミステリライターズ 6

福田雄一（一九六八〜）

成城大学の学生劇団を母体として劇団「ブラボーカンパニー」を旗揚げする。日本テレワークに入社後、独立しフリーの放送作家に転身。バラエティ番組の構成を多数手がけ、ドラマや映画の脚本・演出にも活動の場を広げる。ギャグとマニアックなパロディが満載の『33分探偵』と、続編の『帰ってこさせられた33分探偵』でミステリファンの注目を集めた。連続ドラマの脚本は他に『コドモ警視』『都市伝説の女』『私の嫌いな探偵』など。監督・脚本を担当した映画では、デビュー作『大洗にも星はふるなり』がミステリ度が高い。

特に『33分探偵』に言えることだが、蒔田光治が前世紀末から九〇年代にかけて定着させた「ギャグ＋トリック」路線を極度に先鋭化させた作風と言える。

ミステリ以外の脚本では『アオイホノオ』や「勇者ヨシヒコ」シリーズ、映画「HK　変態仮面」シリーズなどが知られている。［千街］

セブンデイズ

七日間のタイムリミットで無罪を勝ち取れ

◉二〇〇七年　韓国

シングルマザーのジヨン（キム・ユンジン）は、勝率百パーセントを誇る敏腕弁護士。その彼女の八歳になる娘が誘拐された。犯人の要求は、美大生惨殺事件の犯人として逮捕され、一審で死刑判決を受けたチョルチン（チェ・ミョンス）を二審で無罪にすること。タイムリミットは僅か七日間。娘を救うため、ジヨンの奮闘が始まる。

現場にはチョルチンの指紋や足跡があり、状況は限りなく彼に不利。しかし、ジヨンが元同級生の不良刑事ソンヨル（パク・ヒスン）の助けを借りて事件を再調査すると、現場にはチョルチン以外に別の誰かがいた形跡があるし、解剖医はまるで犯人が二人いたかのように殺し方が矛盾していると主張する。消えた凶器。次々と浮上する怪しい関係者たち……状況は混迷の度を深めてゆくが、肝心のチョルチンはジヨンに非協力的だし、検察側もジヨンに対抗するため敏腕検事を投入してきた。

このような状態の中、アレルギー体質の娘を人質に取られたジヨンは、手段を選ばず真相に迫る。違法な手段で調査せざるを得ないことよりも彼女の心を悩ませるのは、その過程で被害者の母親ハン（キム・ミスク）を苦しめてしまうことだ。同じ娘を奪われた母親として相手に同情しつつ、チョルチンの死刑を望むハンと対立を余儀なくされるジヨンの立場が切ない。

事件は二転三転し、七日目の二審の場で劇的な結末を迎える。娘は戻ってくるのか、チョルチンを無罪にする作戦は成功するのか、そして真犯人は誰か。クライマックスの展開には疑問も感じるものの（韓国の裁判所はあんなイレギュラーな事態を認めるのだろうか?）、練りに練られた意外性重視の脚本は、本作以降の韓国産ミステリ映画の傾向にも大きな影響を与えた。

なお本作はもともと、マザーグースに因んだ「木曜日の子供」というタイトルで、キム・ソナ主演で途中まで撮影されていたが、彼女の降板によってトラブルが発生し、監督と主役を交代して撮り直された……という事情がある。登場人物の台詞に「木曜日の子どもは遠くに離れていく……」というマザーグースの歌詞の引用があるのは、その原型の名残りだろう。

［千街］

学問の街を恐怖に陥れる数学殺人の謎

オックスフォード連続殺人

◉二〇〇八年　スペイン・イギリス・フランス

アメリカからイギリスのオックスフォードに留学してきた数学専攻のマーティン（イライジャ・ウッド）は、尊敬する天才数学者のアーサー・セルダム教授（ジョン・ハート）とともに、家主の老婦人の遺体を発見する。現場には「論理数列の第一項」という文字と謎の記号が……それは殺人者からの犯行声明なのか。この件を皮切りに、オックスフォードでは怪死事件が続発する。

『ペルディータ』『気狂いピエロの決闘』などで知られるスペインの異才アレックス・デ・ラ・イグレシア監督が、アルゼンチンのミステリ作家ギジェルモ・マルティネスの小説を映画化した作品（日本では劇場公開されずDVD発売のみ）。いつもの狂騒的なテイストを控え目にして、クラシカルでペダンティックな本格ミステリの世界を格調高く演出している。容疑者のひとりである留学生役をまだそれほどメジャーではない頃のバーン・ゴーマンが演じ、いかにも怪しげな雰囲気を振りまいているほか、映画監督として知られるアレックス・コックスが衝撃的な役柄で登場している（本作の原作に影響を与えたと思われるホルヘ・ルイス・ボルヘスの傑作短編「死とコンパス」を、『デス&コンパス』として映画化したのが他ならぬコックスだった）。

展開は比較的原作に忠実だが、数学の蘊蓄がある程度削られたほか、小説では存在感が稀薄なマーティンの恋人ローナ（レオノール・ワトリング）が重要な役柄になっているのが大きな特色。世界のすべては数学的真理に支配されており、数学の理論さえ解き明かせば現実世界も理解できる――と考えるマーティンは、官能的な恋人と、抽象的な数学理論や謎解きの世界とのあいだで揺れ動くことになる。マーティンが第一の殺人現場で目撃した手掛かりは、視覚性を重視して原作とは異なるものに変えられた。

天才数学者の名探偵と若いワトソン役というと、いかにもありがちなキャラクター配置だが、そのあたりにも油断できない狙いが潜んでいる。第一の殺人が発覚するまでの長回しで、主要登場人物たちのニアミスの中に重要な伏線を幾つも忍び込ませるなど、観客にフェアな謎解きで挑戦しようとする姿勢も顕著に見られる。日本の新本格に馴染んでいると、わりと親近感を覚える内容ではないだろうか。

［千街］

知られてはいけない秘密の部屋で殺人事件が

ロフト.

◉二〇〇八年　ベルギー

友人同士であるヴィンセント、ルク、クリス、マルニクス、フィリップは、建築家であるヴィンセントが設計した建物の最上階のロフトを極秘で共有していた。彼らは妻がいる身でありながら、ロフトを浮気のための場として利用していたのだ。ところが、室内で血まみれの女の死体が発見された。ロフトの鍵は五人がひとつずつ持っており、コピーは不可能な作りになっている。犯人は誰か、そして被害者は何者なのか。五人は互いに疑惑をぶつけ合う。

ヨーロッパ諸国の中でも、どのような映画が制作されているのか日本ではいまひとつ判然としないのがベルギーだが、この国にも途轍もない本格ミステリマニアがいることを教えてくれるのが本作である。物語は、死体が発見されてからの五人の男たちのやりとり、一年前から事件発生までの過去、そして警察による男たちの取り調べという三つの時制を往還しながら進行する。現場に血文字で書かれたラテン語や、仲間のひとりが鍵を身につけていなかったことなど、新事実が判明するたびに五人は順にたらい回し的に疑われてゆく。そして、事件に至るまでの過去が明かされてゆくと、彼らに限らず登場人物全員が怪しく見えてくるのだ。情欲に嫉妬に復讐に脅迫と、関係者の動機も一通り取り揃えられているので、正解を絞り込むのは容易ではない。

後半には予想もしない方向からのどんでん返しが炸裂するが、そこに至るまでの映像や台詞に無数の伏線が隠されていたことが判明して観客を驚嘆させるし、犯行動機に関するミスリードにも思わず唸らされる。細部まで神経が行き届いた構成は、脚本のバルト・デ・パウが本格ミステリの真髄に十二分に通じていることを示している。

脚本が極めて上出来だったこともあって、本作は二〇一〇年にアントワネッテ・ブーマー監督によりオランダでリメイクされた（邦題『ＬＯＦＴ　完全なる嘘』）。展開はオリジナル版とほぼ同じ。また、二〇一四年にはハリウッドで、オリジナルのエリク・ヴァン・ローイ監督により二度目のリメイクが行われた（邦題『パーフェクト・ルーム』）。フィリップ役をオリジナルと同じマティアス・スーナールツが演じている他、カール・アーバンやウェントワース・ミラーら日本でもお馴染みの俳優陣が出演している。

［千街］

お約束を使い倒したマニエリスム的スリラー

スクリーム4 ネクスト・ジェネレーション

◉二〇一一年　アメリカ

『13日の金曜日』『ローズマリー』『バーニング』等々、一九八〇年代に流行したスラッシャー・ホラー映画をパロディ化した快作が、ウェス・クレイヴン監督の『スクリーム』（一九九六年）だった。カリフォルニア州のウッズボローという町で、死神のマスクを被った犯人による連続殺人が起きる。作中では過去のホラー映画の名作に繰り返し言及され、スラッシャー映画のお約束（「セックスは御法度で、処女は生き残る」等々）が列挙される。最後に判明する犯人の正体も、そのようなお約束を逆手に取ったものだった。

ヒットを受けて翌年には『スクリーム2』が作られ、二〇〇〇年には脚本が前二作のケヴィン・ウィリアムソンから『隣人は静かに笑う』のアーレン・クルーガーにバトンタッチした『スクリーム3』が公開された。いずれも一作目同様、メタ的なパロディ精神と、強引なまでの意外性を狙ったフーダニットが見どころとなっていた。

そして二〇一一年、久しぶりに制作された新作が『スクリーム4：ネクスト・ジェネレーション』である。脚本にはケヴィン・ウィリアムソンが復帰した。

過去の三度の惨劇を生きのびたシドニー（ネーヴ・キャンベル）は、その体験をもとにした小説を執筆し、人気作家となっていた。宣伝のため、彼女は久々に故郷ウッズボローを訪れる。ところが、それを待っていたかのように、死神マスクの殺人鬼による凶行が始まった。

本作を堪能するには、シリーズの二作目と三作目は未見でも差し支えないが、一作目だけは観ておいたほうがいい。というのも、本作のテーマは〝リメイク殺人〟。一作目をなぞったり、一ひねりしたシチュエーションや殺し方が次々と登場する。この時期のリメイク映画ブームを皮肉るように、〝リメイクは本家を超えられるか〟が問われているのだ。更に、新時代のスラッシャー映画のお約束なども踏まえて、マニエリスム的なまでのメタ趣向が溢れ返っている。一作目から出ている三人の生存者のほか、タイトル通り若い世代の新キャラクターが大勢出てくるけれども、その中の誰が生き残るか読めないところもこのシリーズらしい。

クレイヴン監督はこれを新・三部作の一作目にする予定だったようだが、二〇一五年にこの世を去った。［千街］

巨大なスケールの「反則」で観客を挑発

完全なる報復

◉二〇〇九年　アメリカ

二人の強盗に妻と娘を惨殺されたクライド（ジェラルド・バトラー）による復讐劇が始まった。まず犯人たちを立て続けに惨殺し、すぐに警察に逮捕されるが、その後も凶行は続く。それは犯人への復讐にとどまらず、彼らに甘い判決を下した司法制度そのものへの挑戦だった。

脱出不可能な獄中にいながら外界で殺人を繰り返す犯罪者が登場する映画といえば、ラズロ・ベネディク監督、マックス・フォン・シドー主演の『ナイトビジター』（一九七〇年）が思い浮かぶ。本作がそれを意識していたかどうかは不明だが、より手の込んだ物語になっている。独房に収監されたクライドがどうやって復讐を続けられるのか……という究極の不可能犯罪の謎が観客の興味を惹きつけるものの、真相ははっきり言って本格ミステリ的には反則。ただし、反則もここまで巨大なスケールで堂々と行われたら、もはや清々しささえ感じてしまう。大がかりな反則はかえって観客の思考の死角に入るという珍しい例。

［千街］

記者と天才ハッカーが挑む大富豪一族の闇

ドラゴン・タトゥーの女

◉二〇一一年　アメリカ

記者のミカエル（ダニエル・クレイグ）は、大富豪ヴァンゲルから、四十年前に姪が行方不明になった件に関する調査を依頼された。天才ハッカーのリスベット（ルーニー・マーラ）と知り合い、ともに調査を進めるミカエルは、やがてヴァンゲル一族のおぞましき暗部に直面する。

北欧ミステリ・ブームを生んだスティーグ・ラーソンのベストセラー『ミレニアム１　ドラゴン・タトゥーの女』の、本国スウェーデン版に続く二度目の映画化。デヴィッド・フィンチャー監督らしいスタイリッシュなオープニング映像は必見の出来だが、肝心の中身はスウェーデン版と一長一短。リスベットがおかれた環境の説明も、調査の過程も少々駆け足気味。日本の観客にとって未知の俳優が多いスウェーデン版と違ってメジャー俳優が出ているため、真相の見当がつきやすいという面も否めない。ただし、四十年前の失踪事件に関する、原作ともスウェーデン版とも異なる真相のアレンジは、意外性があって秀逸な工夫だった。

［千街］

精緻なパズル的構成と感動的ドラマの両立

ミッション：8ミニッツ

◎二〇一一年　アメリカ

陸軍大尉のスティーヴンス（ジェイク・ギレンホール）は、シカゴ行きの列車内で向かいの席の女性からショーンという名で呼びかけられる。鏡に映っているのは見知らぬ他人の顔。次の瞬間、列車は爆発する。実は、スティーヴンスは列車に乗り込んだテロリストの正体を突きとめるため、八分間だけ過去を疑似体験する軍の実験に参加していたのだ。

デヴィッド・ボウイの息子ダンカン・ジョーンズが、『月に囚われた男』に続いて撮った映画第二作。列車爆発で死亡した乗客ショーンの脳に残っていた爆発前八分間の記憶と、スティーヴンスの意識をシンクロさせ、何度でもその八分間の並行世界に行って犯人の手掛かりを探す……という実験を軸に、中東の戦場にいた筈のスティーヴンスが何故その実験に従事しているのかといった謎も絡ませている。精緻なパズル的構成と人間ドラマとしての感動を両立させた掛け値なしの傑作であり、ラスト近くのストップモーションは映画史に残る多幸感溢れる名場面となっている。

［千街］

強盗現場で推理を始める空気を読まない名探偵

フライペーパー！
史上最低の銀行強盗

◎二〇一一年　アメリカ

ある銀行で二組の強盗が鉢合わせした瞬間、銃声が響き、ロビーにいた男が射殺される。それをきっかけに銃撃戦が始まったところ、トリップと名乗る男（パトリック・デンプシー）が割って入り、強盗のうち片方は金庫、片方はATMが狙いなのだから対立することはないと説く。こうして、二組同時進行の奇妙な銀行強盗が始まったのだが……。

ヒット作『ハングオーバー！　消えた花ムコと史上最悪の二日酔い』の脚本家、ジョン・ルーカスとスコット・ムーアが再びタッグを組んだコメディ・サスペンス。二組の強盗のうち一方は曲がりなりにもプロだが、もう一方は底無しの馬鹿っぷりで爆笑を誘う。事態を更に引っかき回すのが謎の男トリップで、人質なのに自由気ままに行動し、ロビーに転がった死体を観察して、誰が彼を殺害したかを名探偵さながらに推理しはじめるのだから、空気を読まないにも程がある。さて、殺人者は強盗か、銀行員か、それとも客か？　笑いとアクションと謎解きが合体した逸品。

［千街］

最強の超能力者の復活に秘められた謎

レッド・ライト

◉二〇一二年 アメリカ・スペイン

物理学者マーガレット（シガニー・ウィーヴァー）と助手のトム（キリアン・マーフィー）は、さまざまな超常現象を合理的に解明し、自称超能力者たちのペテンを暴いてきた。そんな彼らの前に、かつて超能力者として一世を風靡し、三十年以上も消息を絶っていたシルヴァー（ロバート・デ・ニーロ）が復活する。彼こそはマーガレットが唯一ペテンを見破れなかった強敵だった。

本格ミステリの枠で紹介すること自体が軽いネタばらしになってしまうけれども、それでも言及せざるを得ない作品というのがあるが、本作もそのひとつ。次々と超常現象を起こして人々を惑わすシルヴァーと、守勢に立たされながらも彼に挑むマーガレットとトム……という対決の構図を軸にストーリーは進展してゆくが、あちこちに配置された伏線に気づけるかどうかが、この物語の真の構図を見抜くための鍵だ。真相自体もさることながら、二人の学者が超能力を検証する理由もホワイダニットとして印象に残る。

［千街］

神隠しの犯人を必死で追う母親が見たものは

トールマン

◉二〇一二年 アメリカ・カナダ・フランス

看護師のジュリア（ジェシカ・ビール）は、夫の死後、家政婦とともに子供を育てながら診療所で住人の面倒を見ている。彼女が住むアメリカの田舎町コールド・ロックは、炭鉱が閉鎖されてから急速に寂れ、貧困が蔓延する〝限界集落〟だ。この町では幼い子供ばかりが消失する神隠しが十数件発生しており、住人は犯人を「トールマン」と名づけていた。ある夜、ジュリアの家からも子供が奪い去られる。

凄まじい残虐描写と驚愕の展開で話題を呼んだ『マーターズ』でデビューしたフランスの鬼才、パスカル・ロジェ監督の第二作。ホラーからサスペンスに路線を切り替えたものの、話の先が全く読めない点は共通している。

内容については、右に紹介したあらすじ以上のことは何も書けない。どうしても中盤の大ネタに目を奪われがちだが、ホワイダニットの要素も観客に重い問いを突きつけてくる。今世紀有数の傑作どんでん返し映画なので必見――とのみ記しておく。

［千街］

ロスト・ボディ

殺した妻が蘇った？　死体消失の恐怖

◉二〇一二年　スペイン

スペインでミステリ映画を多く撮っている監督といえば、『テシス　次に私が殺される』『アザーズ』のアレハンドロ・アメナーバルの名前がまず挙がる。その後に登場した監督には『フリア　よみがえり少女』のアントニオ・チャバリアスや『マーシュランド』のアルベルト・ロドリゲスらがいるけれども、中でも注目なのが、脚本家からキャリアをスタートさせたオリオル・パウロ。『ロスト・ボディ』は彼の初監督作品だ（脚本も執筆）。

遺体安置所から大富豪の女性マイカ（ベレン・ルエダ）の遺体が消失した。警察から報せを受けたマイカの夫アレックス（ウーゴ・シルバ）は茫然とする。実は、アレックスは妻を心臓発作に見せかけて毒殺していたのだ。誰が、何のために遺体を盗み去ったのか？　遺体安置所に呼び出された彼の不審な言動に、ペニャ警部（ホセ・コロナド）ら警察官たちが疑惑の目を向ける。

本作の作風に最もよく似た作家を挙げるなら、『悪魔のような女』『呪い』などで知られるフランスの合作ミステリ作家、ボアロー＆ナルスジャックではないだろうか。彼らの作品同様、本作も心理的サスペンスと、怪談的とも言える雰囲気に満ちている。マイカの携帯電話の消失、処分した筈の毒薬の出現……と、激しい嵐の中、次々と起こるあり得ない出来事。誰かがマイカの遺体を盗み出したのか、それとも彼女は死んでいなかったのか。警部の厳しい追及をかわしつつ、隙を見て愛人と連絡を取りながら怪現象の真相を知ろうとするアレックスだが、もがけばもがくほど罠にはまってゆく展開となるのだ。

一体何が起こっているのか観客も混乱の頂点に達した頃、怒濤の伏線回収が始まる。後出しの情報があるので完全にフェアとは言い難いし、相当危うい綱渡りと感じるのも事実だが、これほど錯綜した話をひとつに纏め上げた手腕は見事と言うしかない。スペイン映画界では最も本格ミステリのセンスを感じさせる才能である。

パウロは『インビジブル・ゲスト　悪魔の証明』（別項参照）でも監督と脚本を兼ね、謎解きの説得力により磨きをかけた。脚本のみ担当した『ボーイ・ミッシング』（マル・タルガローナ監督）も一筋縄ではいかない映画だ。

［千街］

Column

ミステリ色のあるマイナーホラー映画13選

三津田信三

「ボディスナッチ」（二〇〇三／フランス）。人気ストリッパーのローラは、客の男性に惚れられて仕事をやめる。だが不幸にも車の事故で酷い怪我を負う。にも拘らず男の愛情が少しも冷めないため、田舎の豪邸で一緒に暮らしはじめるのだが……。ミステリ好きな人は途中で真相を察するかもしれない。でも恐らく外れている。斜め上を行く結末を楽しむためには、ゆめゆめジャケットのコピーなど読まないように。

「エコール」（二〇〇四／ベルギー・フランス）。密かに運び込まれた棺から少女が外へ出ると、そこは煉瓦塀に囲まれた森の中に建つ宿舎の一つで、中心にはお屋敷があった。宿舎には六歳から十二歳の少女たちが暮らし、年齢ごとにリボンの色で分けられている。彼女たちが学ぶのは自然科学とバレエで、最年長者だけは夜の九時になると、なぜかお屋敷へ……。決してホラーではないが、この不可思議な世界観は何気に怖い。様々な真相が想像できる一方で、一切の解釈を拒否してもいる。同じ原作を持つ**「ミネハハ　秘密の森の少女たち」**（二〇〇五／イタリア・イギリス）と見比べるのも面白い。

「隠された記憶」（二〇〇五／フランス・オーストリア・ドイツ・イタリア）。人気キャスターのジョルジュは、ビデオテープと無気味な絵の入った封書を自宅で受け取る。テープには家族の日常が撮られていたが、誰が何の目的で？　差出人不明の謎の郵便は、その後も続き……。不条理物の名監督ハネケらしい作品だが、ラストには珍しく手掛かり映像が用意されている。もっとも謎解きは観客がしなければならない。

「コールド・プレイ」（二〇〇六／ノルウェー）。五人の男女が雪山でスノーボードをするが、一人が転んで骨折してしまう。止む無く下山する途中で閉鎖されたロッジを見つけ、そこで彼らは暖を取るのだが……。五人が殺人鬼に一人ずつ殺されていくスラッシャー物で、特に目を見張る演出もないのに面白い。何処にも犯人捜しの要素などないと思われるのだが、そこは観てのお楽しみ。続編が二作ある。

「11：46」（二〇〇六／カナダ）。勤務を終えた看護師のカレンは、いつも通り地下鉄に乗るが停電のため電車が停まり不安に駆られる。地下鉄内で化物に襲われる幻覚を、なぜか事前に見ていたからだ。すると突然、普通の人々が乗客を殺しはじめて……。冒頭の精神病患者が描いた絵と電車の中の風景が一致するシーンが、気色悪くて大好きである。幻想的な化物ホラーにしか思えない内容だが、合理的な解釈も可能そうなところがミソだろう。

「煽情」（二〇〇九／ベルギー・フランス）。死んだばかりの祖父、魔女のような使用人、娘を折檻している母親、母を愛する父親たちを巡る、少女が見る悪夢のような世界が最初に描かれる。やがて彼女は思春期に、そして大人になり今は廃墟と化した家に戻って来るのだが、そこに黒手袋の謎の人物が現れて……。冒頭の二十分が素晴らしい。退屈に感じる人もいるだろうが、雰囲気だけで九十分を観せるのは凄い。

「トライアングル」（二〇〇九／イギリス・オーストラリア）。その日の朝、自閉症の幼い息子と暮らすジェスは、友人とヨットセーリングに出掛ける。だが突然の嵐に遭って難破し、たまたま通り掛かった定期船に助けられるが、なぜか船内には誰もいない……。前半の不穏な気配が堪らなく良い。困るのは邦題のサブタイトルもジャケ写もコピーも、ネタを割っている点か。途中で明かされるとはいえ何も知らずに観た方が楽しいに決まっている。某有名作と全く同じシーンがあるが、衝撃度は本作の方が大きい。

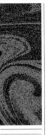

「裁断分裂キラー　スライス」（二〇〇九／タイ）。性器を切り取られる、肛門に異物を詰め込まれる、そんな男性の遺体を赤いスーツケースに入れて遺棄する事件が連続で起こる。服役中の元刑事が、刑期の帳消しを条件に捜査をはじめるのだが……。現代の事件の合間に刑事と幼馴染みの少年時代が描かれ、そちらの方が面白いという難点はあるものの、犯人の正体には開いた口が塞がらなかった。

「ドリーム・ホーム」（二〇一〇／香港）。金融機関に勤めるチェンは、何処にでもいる普通のＯＬで、夢は超高級高層マンションに住むこと。だが彼女は憧れの舞台で、恐るべき猟奇連続殺人を繰り広げる……。濃厚なエロとグロが炸裂する中に、ちゃんと仕掛けがあるのが嬉しい。

「イントルーダーズ」（二〇一一／アメリカ・イギリス・スペイン）。スペインで母と暮らす幼いファンは、「顔なし怪人の話」を書くうちに、それが現実化してしまう。一方イギリスで両親と暮らす十二歳のミアの所にも、怪人が姿を現すのだが……。二つの都市で、母と息子、父と娘が、それぞれ顔なし怪人の恐怖に曝される。鑑賞後に某シーンを見直して、フェアな描写であることが分かり、思わずにんまりした。

「ドリームハウス」（二〇一一／アメリカ）。編集者のウィルは小説の執筆と家族との時間を大切にするために、出版社を辞めて中古住宅を購入する。ところが家を窺う謎の男が現れ、地下室からも妙な物音が聞こえて……。もう斬新な幽霊屋敷物は望めないと思っていたので、本作の健闘は何とも楽しい。雰囲気不足は否めないが、プロットに捻りがあるので許せる。

「キル・リスト」（二〇一一／イギリス）。仕事をしない夫ジェイに、妻は怒る。そんな日常が描かれたあと、ようやくジェイと友達はある仕事をはじめるのだが……。ホラー好きな人は隠された真相の察しがつくだろう。だからといって「安心してはいけない」とだけ言っておきましょう。

「ビジター」（二〇一二／アメリカ）。作家のジョナサンは幼い息子を事故で亡くし、妻と二人で郊外に住んでいる。ある夜、ガスマスクをつけた男たちに追われた女性が、彼らの家に逃げ込んで来るのだが……。某テーマの新機軸とも言えるプロットが素晴らしい。基本のアイデアに先例はあるものの、その料理の仕方と演出が非常に上手い。

混沌の都市でひたむきに真実を追う女

女神は二度微笑む

◉二〇一二年　インド

インド映画といえば歌と踊り……というイメージを覆した作品に、嵐の豪邸でたった三人の登場人物が緊迫したドラマを繰り広げるミステリ映画『ストーミー・ナイト』（ラム・ゴパル・ヴァルマ監督、一九九九年）があった。同様に歌も踊りもない大どんでん返し映画が『女神は二度微笑む』。アルフレッド・ヒッチコック監督の『バルカン超特急』やオットー・プレミンジャー監督の『バニー・レークは行方不明』などを想起させる人間消失ミステリだ。

インドの都市コルカタに、ロンドンからヴィディヤ・バグチ（ヴィディヤー・バーラン）という妊婦がやってきた。警察署を訪れた彼女は、国立データ・センターに勤めている夫が突然消息を絶ったので探してほしいと訴える。お人好しの警察官ラナ（パラムブラト・チャテルジー）は彼女に協力するが、職場の名簿に夫の名前は存在せず、泊まった筈のホテルの従業員も彼を知らないと主張し、出入国の記録さえ見つからなかった。やがて事態は殺人事件に発展し、中央情報局のカーン警視（ナワーズッディーン・シッディーキー）が動き出す。

本作の成功のひとつの要因は、ヒロインを演じたヴィディヤー・バーランの魅力だろう。夫の消息を求めてひたむきに奮闘する彼女の活躍は健気であり、しかも妊婦ということもあって観ていてハラハラさせられる。

そしてミステリ映画としては、かなり大技のどんでん返しを決めてくれるのだが、それに関しては早い段階で見抜く観客もいるかも知れない。しかし、そのシーンのドラマティックな演出は出色だし、観ている最中に引っかかりを感じた部分ばかりか、何の違和感もなく観ていた部分までもが伏線として回収される華麗な技巧こそが本作の最大の見どころだ。伏線を目立たせるような愚を犯さず、物語の流れや登場人物の自然な感情表現と完全に融合させているからこそ、謎が解かれたあとに浮上してくる、ある登場人物が背負った哀しいドラマに感動させられるのである。

監督のスジョイ・ゴーシュは、次に東野圭吾原作『容疑者Xの献身』を撮るという話もあったが、今のところ実現していない。これほどの傑作を撮れる監督なら、東野ワールドをさぞや魅力的に演出してみせたと思うのだが。

［千街］

巨匠デ・パルマがサスペンスの世界に復帰

パッション

◎二〇一二年　ドイツ・フランス

広告会社勤務のイザベル（ノオミ・ラパス）は、上司のクリスティーン（レイチェル・マクアダムズ）を尊敬していた。しかし、アイディアを横取りされたことから、クリスティーンに対するイザベルの感情は次第に変化してゆく。

巨匠ブライアン・デ・パルマの最新作。アラン・コルノー監督『ラブ・クライム　偽りの愛に溺れて』（二〇一〇年）のリメイクだが、長廻しやスプリット・スクリーン（画面分割）といった華麗な技巧、官能的でフェティッシュな演出、そして悪夢と現実の混淆は完全にデ・パルマならでは。まさに全盛期の作風への回帰と言える映画だ（逆に言えば、ファン以外には薦めていいのかどうかわからない危険物件でもある）。主要登場人物に善人は誰もおらず、裏切りが幾重にも絡み合いながら話は進行し、お待ちかねの惨劇が中盤でようやく起きてから謎解き劇へと変貌する。思わず笑ってしまうくらい一見無意味な映像技巧が、ある人物のアリバイを観客に誤認させる仕掛けにもなっている点に注目。

［千街］

イタリアらしい騙し絵のような大仕掛け

鑑定士と顔のない依頼人

◎二〇一三年　イタリア

美術鑑定士のヴァージル（ジェフリー・ラッシュ）のもとにかかってきた電話の内容は、両親が遺した別荘にある家具や美術品を鑑定してほしいというものだった。ところが依頼人の女性は、いろいろ理由をつけてヴァージルの前に姿を見せようとしない。果たして彼女の真意は。そして、別荘でヴァージルが見つけた謎の歯車は何の部品なのか。

監督・脚本のジュゼッペ・トルナトーレは、言わずと知れたイタリア映画界の巨匠だが、普通、本格ミステリの文脈で挙がってくる名前ではない。彼が監督だという時点で、観客への騙しが既に始まっているとも考えられる。

ロケやセットのイタリアらしい美麗さに陶然としながら、ミステリアスな物語にのめり込んでいると、最後には騙し絵のようにエレガントで底意地の悪い大仕掛けが暴かれて呆気に取られる羽目になる。結末で何もかも説明するタイプの映画ではないものの、もう一度観てみると、至るところに伏線が鏤《ちりば》められていたことに気づく筈だ。

［千街］

連続殺人の一部始終を動画から分析

エビデンス 全滅

◉二〇一三年 アメリカ

ネバダ州の人里離れた廃工場で起きた大量虐殺事件。被害者は黒焦げで男女の判別もつかず、数少ない生存者は重体または記憶喪失状態で事情聴取は不可能。映画監督志願の女性が撮影した動画によると、一同はバスでラスヴェガスへ向かっていたが、途中で事故を起こし、近くの工場に立ち寄ったところを襲撃されたらしい。動画には、溶接マスクを被り、巨大バーナーを手にした殺人鬼の姿が映っていた。

『テラートレイン』『サマーキャンプ・インフェルノ』等々、往年のスラッシャー・ホラー映画にはフーダニットに工夫を凝らしたものも散見されたが、本作はそこにPOV映画の流行を取り入れた今世紀型の作例。被害者が残したカメラやスマートフォンの動画（火災で破損している）を修復・分析することで警察が真相に迫る過程をメインとしつつ、終盤は皮肉などんでん返しが待ち受ける。種明かしされたあとで冷静に考えると犯行計画にはかなり無理があるものの、趣向としては面白い。

［千街］

他人の記憶に潜入する超能力者が見た秘密

記憶探偵と鍵のかかった少女

◉二〇一三年 アメリカ・スペイン

記憶探偵のジョン・ワシントン（マーク・ストロング）は、大富豪グリーン家の娘であるアナ（タイッサ・ファーミガ）の拒食症を治すため、その記憶に潜入する。彼女は家庭に問題を抱えているらしい。やがて、アナの看護師が邸内の階段から転落する。

作中の世界では、超能力研究の発展によって、他者の心に潜入して過去を見ることができる人間が記憶探偵となり（ジョンは業界最大手のマインドスケープ社所属の探偵という設定だ）、その証言の信用度はDNA鑑定には劣るがポリグラフよりは上とされている。ジョンはその中でも腕利きだが、潜入対象のアナはある種の天才で手強い存在。彼女の主張は真実か偽りか、可能性は目まぐるしく反転してゆく。記憶探偵という設定自体を利用したサプライズが最後に炸裂するが、その伏線は映画の冒頭から仕込まれている。もう一度見返して、小道具などの細かい謎の意味をひとつひとつ読み解いてゆくのもこの映画の味わい方だ。

［千街］

十五年の時を隔てた誘拐事件の真相は

悪魔は誰だ

◉二〇一三年　韓国

十五年前の幼女誘拐殺害事件の犯人が、公訴時効成立直前になって犯行現場に姿を見せた。オ刑事（キム・サンギョン）は犯人を追跡するも取り逃がしてしまい、とうとう時効が成立した。彼は責任を感じて辞職を決意したが、そこに新たな誘拐事件が発生する。その手口は、十五年前の事件と全く同じだった。

無能揃いの警察の中でただひとり真相に迫るオ刑事、執念で犯人を追いつめようとする被害者の母親、そして神出鬼没の誘拐犯……三者の攻防がスリリングに展開される。韓国映画の警察ものにしてはアクションは少なめで、捜査と推理のシーンが物語の大半を占めており、日本版公式サイトには綾辻行人が「巧緻に作り込まれた誘拐ミステリーの白眉」と推薦コメントを寄せている。日本のあるミステリ小説と骨格が似ているので真相は気づきやすいかも知れないが、脅迫電話の声紋のトリックなどの仕掛けや、サスペンスの盛り上げ方などはなかなかの水準だ。

［千街］

立てこもり現場で進行する私設裁判

ポリス・ストーリー／レジェンド

◉二〇一三年　中国

ジョン・ウェン刑事（ジャッキー・チェン）は、あるナイトクラブで娘のミャオ（ジン・ティエン）と待ち合わせをするが、そこに男たちが乱入し、ジョンは別室に監禁され、ミャオは他の十数人の客とともに人質にされてしまう。ジョンは娘を救い、人質を解放することができるのか。そして犯行グループの目的は？

タイトルこそ共通しているものの、過去の「ポリス・ストーリー」シリーズとは無関係の内容。全体の雰囲気はかなりシリアス路線で、ジャッキー・チェンはもちろん得意のアクションも披露するが、むしろ刑事あるいは父親としての想いを滲ませる、年輪を重ねた渋い演技が見どころだ。

立てこもりサスペンスが主眼かと思いきや、ヘンリイ・セシル『法廷外裁判』や西村京太郎『七人の証人』さながらの私設裁判が始まる後半で、この作品はミステリ映画へと変貌する。関係者の証言から真相に近づいてゆくジャッキー・チェンの意外な名探偵ぶりにも注目だ。

［千街］

マジシャン集団が仕掛けた世紀の犯罪ショー！

グランド・イリュージョン

◉二〇一三年　アメリカ・フランス

謎の招待状に導かれ、集められたダニエル（ジェシー・アイゼンバーグ）をはじめとする四名のマジシャンたち。まもなく彼らは、イリュージョニスト集団フォー・フォースメンとして大規模なショーを行う。それは、ラスベガスの会場に居ながらにして、パリの銀行から大金を強奪するというものだった。突如現れた紙幣の乱舞に観客は熱狂する。実際に銀行から三二〇万ユーロが消えていたが、彼らが盗んだという証拠は残ってない。ＦＢＩのディラン（マーク・ラファロ）は、トリック破りを生業とするサディアス（モーガン・フリーマン）の協力を得て、フォー・フォースメンを追う。老練なサディアスが待ち構える中、フォー・フォースメンは次のショーに向けて準備を進めていた。彼らは何を仕掛けるのか。そして彼らを集めた五人目のマジシャンとは？

マジックとミステリの相性の良さは、クレイトン・ロースンや泡坂妻夫を引くまでもないが、本作の素晴らしさは、マジックによる犯罪行為（ハウダニット）を軸に、五人目（フーダニット）と彼らの目的（ホワイダニット）が重ねられて、小気味よいテンポのクライム・アクションに本格の謎解きが複雑に絡められているところ。トリック自体にはフランス人的大らかさがあるものの、何よりイリュージョンそのものが本場のショーに立ち会っているかのようなゴージャスさで圧倒される。

続編『グランド・イリュージョン　見破られたトリック』（二〇一六年）では、フォー・フォースメンのショーを邪魔し、あまつさえ彼らを騙して脅迫する男が現れる。世界中の情報を操るチップを開発しながらも共同経営者にその座を追われたという天才エンジニア・ウォルター（ダニエル・ラドクリフ。ゲス顔がたまらない）だ。すわ対電脳戦か！　と思いきや（公開時のキャッチも「イリュージョンVS科学」だった）、初心に返るがごとくテーブル・マジックのテクニックを駆使した肉弾戦なのだった。五人目のフォー・フォースメンの過去と彼らの絆を掘り下げる物語。全マジシャン憧れの地下組織アイの謎にも迫っていく。一作目では外側から観ていたイリュージョンを、二作目ではマジシャン視点の内側から観るような話作りが面白い。一作目の設定を踏襲しているので、順番通りのご視聴をお薦めする。

［不来方］

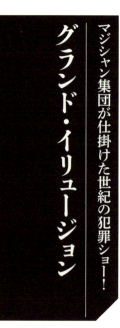

推理か妄想か？　ルビンの壺のような物語

ある殺人に関するテーゼ

◎二〇一三年　アルゼンチン・スペイン

元弁護士のロベルト（リカルド・ダリン）は、今は法科大学院《ロースクール》で教鞭を執っている。ある夜、彼の授業中に教室の近くで女性の他殺死体が見つかった。現場には「彼女に似た女は殺す」という犯人からのメッセージが……。

本作を本格ミステリ映画と呼べるかについては異論が出そうだ。ロベルトが名指しした人物が真犯人なのか、それともすべては彼の思い込みだったのか、はっきりしないまま終わるからだ。しかし、これは名探偵と狡猾極まりない犯罪者の頭脳戦の物語なのか、それとも名探偵の推理というものが都合のいいデータを繋ぎ合わせた脆い空中楼閣に陥る危険性を孕んでいることを示すアンチ・ミステリなのか、ルビンの壺さながらに見え方が変わる異色作として一見の価値はある。本作と似た印象の物語といえば、同じアルゼンチンのギジェルモ・マルティネスの小説『ルシアナ・Bの緩慢なる死』が思い浮かぶが、ボルヘスの小説といい、アルゼンチンに見られるアンチ・ミステリ志向の系譜は興味深い。

［千街］

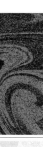

金庫破り計画の裏に潜む奇術のようなトリック

チェイス！

◎二〇一三年　インド

インドから来たサーカスの団長サーヒルは、二十数年前に父を破産させ自殺に追いやったシカゴ・ウェスタン銀行の会長への復讐として、同銀行の支店で次々と金庫破りを行い、大金を奪取した。神出鬼没の怪盗を逮捕すべく、シカゴ市警はムンバイ市警のジャイ刑事とアリ刑事を呼び寄せる。

インドの国民的スター、アーミル・カーンがサーヒル役で主演しているが、実はこの映画、知恵者のジャイとお調子者のアリのコンビが活躍するシリーズの第三作だ。シカゴ市内ロケを敢行した大迫力のチェイス・シーン、インド映画ならではの歌と踊りに奇術とサーカスまで上乗せしたゴージャス極まる舞台シーンとともに、怪盗サーヒルと名刑事ジャイの知恵比べも見どころ。そして本作の構成には、ある大トリックが仕掛けられている（二〇〇〇年代半ばの某アメリカ映画からヒントを得たものか）。そのトリック自体は映画の中盤で種明かしされるけれども、そこから先の展開も全く油断できない。奇術そのもののような映画である。

［千街］

合理主義と神秘主義の対立を解く恋の魔法

マジック・イン・ムーンライト

◉二〇一四年　イギリス・アメリカ

一九二八年、ベルリン。マジシャンのスタンリー（コリン・ファース）は、霊媒師のソフィ（エマ・ストーン）のイカサマを暴くよう依頼される。ソフィは、南仏に滞在中の富豪一家に取り入っているという。自分に見破れないトリックはない……と自信満々でソフィと会ったスタンリーだが、ベルリンから来たことを見破られ、誰も知る筈がない事実まで言い当てられる。彼女の霊能力は本物なのか？

スタンリーは徹底した合理主義者で、自信過剰の毒舌家。だが心はペシミズムに囚われており、本気の恋の経験がない。そんな彼が、憎きイカサマ師の正体を見破ろうとするうちに、いつしか相手に惹かれてゆく。合理主義と神秘主義の対立が、恋の魔法によって思わぬ展開を見せるという、ウディ・アレン監督・脚本らしい小粋なラブコメの佳作である。ミステリ映画として制作されたわけではないにせよ、本格ファンが喜びそうな、シンプルながら鮮やかな仕掛けも用意されている。［千街］

意外性抜群!?な〝マインドファック・スリラー〟

ピエロがお前を嘲笑う

◉二〇一四年　ドイツ

社会奉仕活動中、内気で冴えないベンヤミンと野心家のマックスが出会ったことがすべての始まりだった。ハッカー集団ＣＬＡＹ《クレイ》を結成し、国内の管理システムに手当たり次第ハッキングを仕掛けるベンヤミンたち。しかし、ドイツ連邦情報局への侵入がきっかけで殺人事件が発生、彼らはのっぴきならない事態に追い込まれてしまう。

この映画の宣伝には、〝マインドファック〟という聞き慣れない言葉が用いられた。あっと驚くどんでん返しが用意された映画を、そのように称しているらしい。「１００％見破れない！」との惹句もあり、本作が結末の意外性を重視しているのは確かだ。とはいえ、仕掛けそのものはシンプルなため、ミステリファンであれば、ある程度真相の予想はできてしまうかもしれない。本作の見所はむしろ、ギーク青年の成長譚としての物語や、ハッカーたちの思想や世界観を捉えたクールでダークな画面、さらには、そこに先行作のイメージを投影してレッドへリングとしたその技巧性だろう。［秋好］

途轍もない奇想を支える配役トリック

プリデスティネーション

◉二〇一四年　オーストラリア

一九七〇年、ニューヨークのあるバーにやってきた青年ジョンは、バーテンダー相手に自らの数奇を極めた人生を語りはじめる。自分を裏切った男への復讐を望むジョンに、バーテンダーはある申し出をする。

後に『ジグソウ：ソウ・レガシー』を撮る双生児のマイケル＆ピーター・スピリエッグ兄弟による、ロバート・A・ハインラインのSF短編「輪廻の蛇」の映画化。話の骨格は原作通りだが、そこにオリジナルの爆弾魔のエピソードを巧く絡め、たった一言で表現できるくらい発想はシンプルなのに過程は複雑にこみ入ったタイムパラドックス・ミステリに仕立てている（大したエロもグロもないのにR指定なのは、その発想のインモラルさが原因か）。

DVDのパッケージなどではもっと踏み込んだ内容も書かれているが、右のあらすじ程度の先入観にとどめておいたほうが愉しめるだろう。サラ・スヌークという俳優の独特の存在感が、この映画の途轍もない奇想を支えている。　［千街］

精神病院で進行する奇想天外な謀略

アサイラム　監禁病棟と顔のない患者たち

◉二〇一四年　アメリカ

十九世紀末、オックスフォード大学からストーンハースト精神病院にやってきた医学生エドワード（ジム・スタージェス）は、そこで行われていた斬新な治療方法に瞠目する。彼は、夫の目を抉ったため入院させられたイライザ（ケイト・ベッキンセール）という美しい患者に惹かれるが、イライザは彼にここから逃げるよう忠告する。

些かB級っぽい邦題に反して、豪華キャストを揃えた重厚なサスペンス映画。エドガー・アラン・ポーの短編「タール博士とフェザー教授の療法」の映画化だが、原作のオチは前半で早々に明かされ、そこから更に意外な展開が用意されている。当時の精神医療の非人道性と、人間性を剝奪された患者たちの境遇が次第に明かされることで、果たしてどちらが正気でどちらが狂気なのかという構図が幾度も反転し、それが最後のどんでん返しに見事に着地する。脇を固めるベン・キングスレー対マイケル・ケインのヴェテラン同士の対決も見もの。　［千街］

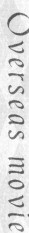

心霊ドクターと消された記憶

精神分析医を悩ますのは妄想か霊現象か

◉二〇一五年　オーストラリア

精神分析医のピーター・バウアー（エイドリアン・ブロディ）は娘のイーヴィを交通事故で亡くした悲しみから立ち直れずにいる。ある日、彼のもとをエリザベス・ヴァレンタインと名乗る少女が訪ねてきたが、すぐに忽然と姿を消した。この時から、ピーターの周囲では奇怪な現象が連続する。それは妄想か、それとも霊現象か。すべての始まりは、二十三年前に起きた出来事だった。

知らずに観たらオーストラリア映画だとは絶対思えないくらい暗鬱な作品である。まるでピーターの内面を反映するかのように雨のシーンが多いし、登場人物はみな過去に囚われている（エイドリアン・ブロディの演技が更に不安感を掻き立てる）。虚実定かならぬ出来事が連打される序盤は実に薄気味悪いけれども、それらの謎は前半で大体説明され、ピーターのトラウマが決着したかに見えてからがこの映画の本番。封印された記憶を探る心理サスペンスに、フーダニットとホラーの要素を掛け合わせた異色作である。

［千街］

奴が嘲笑う

死体なき殺人事件の裁判は大荒れの展開

◉二〇一五年　韓国

大手製薬会社会長の運転手が、女子大生殺害の容疑で逮捕された。彼の弁護を担当するのは、勝訴率百パーセントを誇る敏腕弁護士のビョン（イ・ソンギュン）。現場に大量の血痕が残されていたが遺体は見つからない……というこの怪事件の裁判をビョンは弁護側の有利に進めてゆくが、法廷での被告の思わぬ発言が事態を一変させる。

韓国産ミステリ映画は法廷ものに秀作が多い印象があるが、本作もそのひとつ。裁判での勝利のみを重視してきた弁護士が、敗訴によりプライドを傷つけられ、更に窮地に陥ったため真相解明に転じ、被告の不自然な言動の理由を追求してゆく。種明かしされてからも物語は更に進み、ラストの一発逆転大作戦まで観客は翻弄されることになる。事件自体は陰惨だが語り口は軽快であり、最初は嫌味な印象だった主人公が巨悪の陰謀への怒りで行動するようになる過程はベタとはいえ燃える。主人公とは対立する立場ながらも真実の究明のために動く検事のキャラクターも印象的だ。

［千街］

推理のスクラップ・アンド・ビルドが圧巻

探偵なふたり

◎二〇一五年　韓国

漫画喫茶店長のデマン（クォン・サンウ）は、未解決事件サイトを運営するほどの推理オタクで、親友のジュンス（パク・ヘジュン）が刑事なのをいいことに、警察署にまで入り込んで取り調べに口を挟んでいる。そんな彼が、泥酔して先輩の家に泊まった翌朝、その先輩の妻が惨殺されているのを発見する。この事件の容疑者として、前日に被害者と会っていたジュンスが逮捕されてしまう。ジュンスの相棒で「人食いザメ」と畏怖されているノ刑事（ソン・ドンイル）は彼の無実を信じるが、ノを目の敵にしている上司と喧嘩してしまい、二週間以内に真犯人を挙げなければ辞職するよう迫られる。推理オタクのデマンを疎ましく思っていたノ刑事だが、彼と協力して捜査にあたることに……。

かたや子煩悩で妻に頭が上がらないオタク、かたや頑固者で一匹狼タイプの刑事。そんな馬が合わない二人が、親友の、そして相棒の無実を証明するため行動をともにするバディものの映画である。デマンがイクメンという設定のため、赤ん坊のオムツを替えながらの不審車追跡などの爆笑シーンが連続する。いくらノから怒鳴られてもめげずに、飄々と捜査に首を突っ込むデマンのキャラクターが可笑しい。

デマンが推理マニア（シャーロック・ホームズの言葉を引用したりする）という設定もあって、謎解きにも工夫が凝らされている。原理だけで言えばミステリにはよくあるネタなのだが、それを一ひねりしているため、観客には事件の全体像がなかなか見えてこないようになっているのだ。デマンの推理も一直線に真相に到達するわけではなく、正しいと思われた仮説が新事実によってひっくり返されたりするため、推理のスクラップ・アンド・ビルドが終盤まで幾度も繰り返される。近年の韓国映画にはどんでん返しを重視したものが増えているけれども、エンタテインメント性だけでなく、本格ミステリであるということをこれほどまでに重視した傑作は他にないのではないか。

ラストはいかにも続編が作られそうな終わり方だったが、デマンとノのコンビが活躍する新作は二〇一七年にクランクアップされ、二〇一八年に韓国で公開されるという（監督は一作目のキム・ジョンフンからイ・オンヒに交代）。日本での公開も期待したいところだ。

［千街］

ラブコメと本格ミステリの両立

私の少女時代　OUR TIMES

◉二〇一五年　台湾

一九九〇年代、台湾。クラスで目立たない存在だった女子高生・真心《チェンシン》（ヴィヴィアン・ソン）は、優等生でスポーツ万能でイケメンの欧陽《オウヤン》（ディノ・リー）に憧れていた。そんな彼女のもとに届いた不幸の手紙。真心は次に手紙を送る相手のひとりとして、欧陽に因縁をつけていた不良少年の大宇《タイユイ》（ダレン・ワン）を選ぶ。しかし、大宇は真心が犯人だとすぐに突きとめてしまう……。

明らかにミステリ映画として作られたわけでも、そのように宣伝されたわけでもないけれども、観てみると完全にミステリ映画の手法で作られた作品というのがあるものだ。その代表例が本作。笑いあり感動ありのラブコメ映画だが、不幸の手紙をめぐる謎解きや、ヒロイン視点の裏で進行していた出来事が語られて伏線が回収される終盤などから感じられるのは、明らかに本格ミステリのカタルシスだ。なお、ミステリ的なサプライズとは異なるものの、ラストで登場する人物には驚かされること間違いなし。

［千街］

老境のホームズは蜂と山椒と人妻の夢をみる

Mr.ホームズ　名探偵最後の事件

◉二〇一五年　イギリス・アメリカ

九十三歳の元諮問探偵シャーロック・ホームズ（イアン・マッケラン）は、田舎で養蜂をしながら静かに余生を過ごしていた。ワトスンによって正確に書かれなかった最後に手掛けた事件を執筆しているが、記憶力の衰えでなかなか思い出せない。少し前まで日本に渡航し、記憶力を回復させる植物を求めたが効力は怪しく、家政婦の幼い息子ロジャー（マイロ・パーカー）と語り合うほうがよほど刺激になっていた。ロジャーにせがまれて必死に記憶を手繰る最後の事件は、ある男が自分の留守中に毎日どこかへ出かける妻の不審な行動を調査してほしいと依頼してきたことから始まった……。

人妻に纏わる事件と日本で世話になったウメザキ（真田広之）の事件、そして、やがてロジャーを巻き込む現在進行形の事件が、ホームズの揺れる記憶と共に行きつ戻りつしながら解き明かされていく。神のごとき頭脳の衰えと孤独との対峙を、ミッチ・カリンの原作小説よりもハートウォーミング寄りに描くので、原作と映画、双方楽しめる。

［不来方］

前代未聞、怪談ならではの映像トリック

屍憶《しおく》

◎二〇一五年　日本・台湾

怪奇現象の原因を探る構成を取ることが多いため、怪談映画にはしばしば謎解きの要素が含まれている。とはいえ、はっきり本格ミステリだと断言できる怪談映画となるとかなり珍しい。日本・台湾の合作映画『屍憶』は、そのような貴重な作例のひとつである。

TVプロデューサーのハオは、公園で赤い封筒を拾ってから悪夢に悩まされるようになった。番組の取材で知り合った霊能者に相談したところ、ハオが生まれた時から女の霊に憑依されていること、その霊は彼の前世と因縁があることを告げられた。調べてみると、ハオが生まれる五十年前、彼によく似た男が事故死していた。一方、女子高生のインインは、十六歳の誕生日を迎えてから霊の姿が見えるようになった。彼女は自分の前に現れる霊が何を訴えようとしているのかを知ろうとする。

『リング』『呪怨』の一瀬隆重がプロデューサーとして参加しているだけあって、怪異の演出はJホラー風味。ただし、日本の怪談映画なら白無垢の幽霊が出てくるところ、舞台が台湾なので極彩色の花嫁衣装で登場するのがエキゾティックで目新しい。ハウが拾う赤い封筒は、台湾に伝わる冥婚の風習に関連している。

ハオとインイン、怪奇現象に悩まされる二人の主人公の物語は終盤まで交わることなく並行して進むが、ようやく交差した時、そこに思いがけない真実が浮かび上がる。だが、この映画が本格ミステリだというのは、単に結末が意外だからではない。そこに至るまでにさまざまな伏線が張りめぐらされ、真実が明かされると同時に今まで観ていたシーンの意味や印象が悉く反転する、極めて高度なミステリのテクニックが駆使されているからなのだ。

ハオを演じるのは台湾の美男俳優ウー・カンレンで、シャワーシーンなどで繰り返し肉体美を披露するが、そんなサーヴィスシーンにしか見えない箇所さえも伏線なので要注意。あるシーンに至っては真相そのものをはっきり画面に映しているけれども、観客がそれに気づかないのは本作が怪談映画だからだ。怪談であること自体がミスリードになっている映像トリックなど前代未聞ではないだろうか。監督・脚本のリンゴ・シエには今後も注目したい。［千街］

心霊探偵夫婦が怪奇現象の原因を推理

死霊館　エンフィールド事件

◉二〇一六年　アメリカ

心霊研究家のエド（パトリック・ウィルソン）と霊媒師のロレイン（ヴェラ・ファーミガ）のウォーレン夫妻は、ロンドン北部エンフィールド在住のホジソン一家を悩ますポルターガイスト現象を解決するため現地に向かった。二人が対峙することになる恐怖の元凶とは？

『ソウ』のジェームズ・ワンが監督したホラー映画『死霊館』（二〇一三年）の続編で、前作に引き続き実在の人物であるウォーレン夫妻が主人公として活躍する（他の作中人物もほぼ実在）。一九七〇年代に実際にあった心霊騒動がモデルだが、作中の超常現象は映画向けにかなり盛ってあるようで、スリルあり恐怖あり感動ありのジェットコースター的展開は最後まで観客を引きつけて離さない。ホラーとしての面白さも抜群だが、現象の真の原因を突きとめようとするウォーレン夫妻の理詰めの心霊探偵ぶりも見どころで、元凶の二転三転する正体、ある人物（というか霊）のイメージの反転など、謎解き映画としても充分鑑賞に堪える。

［千街］

窓際警察官が見たヴィクトリア朝の闇

切り裂き魔ゴーレム

◉二〇一六年　イギリス

一八八〇年、ロンドンでゴーレムと名乗る人物による猟奇的な連続殺人事件が発生し、キルデア警部補（ビル・ナイ）が捜査を担当することになった。浮かび上がった四人の容疑者のうち劇作家は謎の死を遂げており、妻のリジー（オリヴィア・クック）が犯人として逮捕されていた。そして、リジーを女優として育てた女装の喜劇俳優ダン・リーノ（ダグラス・ブース）もまた容疑者のひとりだった。

ピーター・アクロイドの原作は、三人称視点の他に法廷記録や手記などが入り乱れる構成の小説だが、映画はキルデア警部補の視点で進行する平易な物語となっている。ただし、原作とは別物と割り切って観れば傑作だ。有能だが同性愛者という噂により出世の道を断たれ、損な役割を押しつけられたキルデアの前に展開されるのは、ロンドン社会の猥雑で性差別的なパノラマだ。パズルのすべてのピースがあるべき場所にはまった瞬間に浮上する事件の構図は極めて戦慄的であり、またこの時代ならではのものと言える。

［千街］

原作への敬意があるからこその大胆な翻案

お嬢さん

◉二〇一六年　韓国

時は一九三九年、舞台は大日本帝国統治下の朝鮮。掏摸《スリ》として育てられてきた少女スッキ（キム・テリ）は、詐欺師の自称・藤原伯爵（ハ・ジョンウ）が計画した財産乗っ取りの片棒を担ぐことになった。日本から来た華族の令嬢・秀子（キム・ミニ）を藤原が誘惑して駆け落ちし、結婚したあと財産を奪うというのがその筋書きで、スッキは秀子とその叔父の館に侍女として住み込み、秀子の信頼を獲得することで藤原を手助けする役割だ。しかし、この謀略には思わぬ誤算が待ち構えていた。

イギリスの作家サラ・ウォーターズの『荊の城』は、ヴィクトリア朝イギリスを背景とした波瀾万丈のミステリであり、イギリスBBCによるドラマ版も存在している。その原作に大胆極まる翻案を施したのは、『オールド・ボーイ』などで知られる韓国の代表的映画監督、パク・チャヌクだ。

原作のストーリーが富裕層と貧困層を往還するのに対し、映画は民族やジェンダーを超越するレズビアン・ロマンスとしての色彩を強めている。凝りに凝った美麗かつ禍々しいセットや小道具が象徴する、欧米人に憧れる日本人に更に憧れる朝鮮人という幾重にも倒錯した民族的力学と、男性性による女性性の蹂躙の構図。全編を覆う極彩色のエロスとグロテスクの強烈な狂い咲き。騙す者と騙される者であった二人のヒロインが、邪悪な男たちの支配網を食い破ってゆく展開は原作より更に痛快である。

原作は連城三紀彦の小説さながらに、どんでん返しが幾つも仕掛けられたトリッキーな作品である。だが映画では、後半の展開を大きく改変し、ほぼオリジナルな物語となっている。にもかかわらずミステリ度が減殺されていないのは、その後半に、原作を既読の観客ほど騙されるような大トリックを用意しているからだ。一人称で語られる原作では不可能な、映像ならではの仕掛けであり、原作の台詞をもミスリードに活用している点は、原作に対するパク・チャヌクの並々ならぬ敬意と理解を窺わせる。

なお本作には、二十四分長いスペシャル・エクステンデッド版も存在する。全体の印象自体は大差ないものの、導入部の時系列を操作したことで、ミステリとしてのツイストがひとつ増えている。

［千街］

スペインの新鋭が完全密室殺人で観客に挑戦

インビジブル・ゲスト

悪魔の証明

◉二〇一六年　スペイン

ある夜、青年実業家ドリア（マリオ・カサス）のマンションを初老の女性が訪れた。彼女は弁護人のグッドマン（アナ・ワヘネル）と名乗り、ドリアが起訴されている殺人の件で新展開があったと告げる。ドリアは妻子ある身でローラ（バルバラ・レニー）という人妻と不倫関係にあったが、そんな二人が何者かに脅迫された。相手の指図通り、あるホテルの部屋に赴いたところ襲われて気絶し、そのあいだにローラが殺害されたとドリアは主張する。しかし部屋はドアも窓も内側から施錠された完全な密室で、犯人の姿はどこにもなかった。当然、ドリアが疑われるが、その件で新たな検察側の証人が現れ、三時間後に審理が始まるとグッドマンは言う。真実を話すよう促されたドリアは、三カ月前に彼とローラが隠蔽したある死亡事故について語り出す。

『ロスト・ボディ』（別項参照）でミステリファンを感嘆させたスペインの新鋭オリオル・パウロ監督が、前作を上回る完成度で観客に勝負を挑んできたのが本作である。陪審員や判事を納得させるに足る無矛盾の仮説を構築するため、あと三時間のあいだにすべての情報を明かすようドリアに迫る凄腕弁護人のグッドマン。自分に都合の悪い事実をなるべく隠そうとしながら、事件の背景を小出しに語るドリア――両者の駆け引きは熾烈なディスカッションとなって火花を散らす。もちろん二人の会話シーンだけでは映画にならないので、過去の再現映像が挟み込まれるのだが、ドリアたちが事故を起こしてからの細かいサスペンスの盛り上げ方が絶妙。その一方、早い段階から張りめぐらされたフェアな映像的伏線も見逃せない。目の前にあった真実に気づけなかったことに、観客は唖然とする筈である。

本作のユニークさは、近年では珍しく真っ向から密室殺人を扱った点にもある。脚本も担当しているオリオル・パウロは、よほどのミステリマニアなのに違いない。密室の謎、ディスカッションによる仮説のスクラップ・アンド・ビルド、三時間以内というタイムリミット・サスペンスの要素などを詰め込み、しかも破綻なくきっちり纏まった脚本には感嘆する他はない。本格ミステリ映画ファンは、この監督の名前を是非記憶してほしい。付言しておくと、ダブルミーニングを効かせた邦題も秀逸である。

［千街］

事故車の因縁が暴く人間の醜い欲望

目撃者　闇の中の瞳

◎二〇一七年　台湾

二〇〇七年、新聞社の実習生シャオチー（カイザー・チュアン）は、山道で車同士の当て逃げ事故を目撃する。それから九年後――敏腕記者として活躍するシャオチーは、一カ月前に手に入れた中古車が、かつて自分が目撃したあの事故の被害者の車だったことを知る。事故について調べはじめた彼を、何者かが監視していた……。

　ホラー的なムードで開幕するが、実際はミステリ映画である（因みに英語題はWHO KILLED COCK ROBINで、言うまでもなくマザーグースに因んでいる）。事故の生存者である女性は頑なに取材を拒否し、他の関係者の証言も悉く食い違う。そして終盤の、怒濤のようなどんでん返しの畳みかけによって登場人物たちの実像が暴かれてゆく展開は、人間不信になりそうなくらい強烈だ。ミステリやホラーといったジャンル映画が少ない台湾だが、本作や『屍憶』（別項参照）のような作品を観ると、将来ミステリ映画大国に成長する可能性も充分ありそうに思える。　［千街］

映像化史上、最も強いポアロの登場

オリエント急行殺人事件

◎二〇一七年　アメリカ

私立探偵エルキュール・ポアロが乗ったオリエント急行が、雪崩に行く手を阻まれて橋の上に停車した。翌朝、アメリカ人の富豪の他殺死体が客室で見つかる。

ケネス・ブラナー監督・主演のポアロ・シリーズ第一作（第二作として『ナイルに死す』が予定されている）。一九七四年のシドニー・ルメット監督版と差異をつけるためか、アクションを追加するなど原作にないエピソードが増えた。

　ブラナーのポアロはやたら老けた見た目と、アクションの際に発揮される敏捷さとのギャップが著しい。善悪の判定よりも、悲惨な事件で心に傷を負った人々の癒しを重視したのが、本作の従来にない特色と言えるだろう。キャストは華やかだし、列車の内外を移動する流麗なカメラワークには目を奪われるけれども、本格ミステリとしては重要な説明が省略されたところもあって、なかなか評価が難しい映画である。個人的には、銃を手にしたまま謎解きをするポアロは観たくなかった。　［千街］

Column

「決め台詞」のある名探偵たち

千街晶之

近年の国産ミステリドラマを観ていて気づくのは、主人公が謎解きの際に毎回決め台詞を言う作品が極めて多いということだ。海外ドラマにはそれほど見当たらないし、国産ミステリ小説でも、京極夏彦作品に登場する中禅寺秋彦の「この世には不思議なことなど何もないのだよ」のような数少ない例外はあるにせよ、ドラマほど頻繁に決め台詞が出てくるわけではない。

短期的な影響で言えば、漫画『金田一少年の事件簿』の主人公・金田一一《はじめ》の「じっちゃんの名にかけて！」という台詞がドラマ版やアニメ版でも使われ、それが他のドラマにも一種の様式美として広まったように思える。『ＴＲＩＣＫ』の山田奈緒子の決め台詞は「お前（たち）のやったことは、全部お見通しだ！」が基本形だったが、そのうち「お前のやったことは、全部すべてまるっとお見通しだ！」などの変化形がいろいろと生まれた。『ケイゾク』の柴田純の「あのー、犯人わかっちゃったんですけど」、『神の舌を持つ男』の朝永蘭丸の「事件の真相は、この舌が味わった！」など、堤幸彦ドラマの探偵は決め台詞を持つことが多い。『33分探偵』の鞍馬六郎は「この簡単な事件、俺が33分もたせてやる！」と宣言し、簡単な事件をわざわざ複雑化する。原作つきの名探偵では、『臨床犯罪学者　火村英生の推理』の火村英生の決め台詞は「この犯罪は美しくない」だし、『ガリレオ』の湯川学は「実に面白い」。『貴族探偵』の貴族探偵の場合は「推理などという雑事は、使用人に任せておけばいいんですよ」という、フランスの作家ヴィリエ・ド・リラダンの「生きることなど召使に任せておけ」を彷彿させるものだ。『時効警察』の霧山修一朗の「誰にも言いませんよカード」も、ある意味、決め台詞の発展形と言えるのではないか。決め台詞の演出部分が異様に膨らんだのが『重要参考人探偵』の弥木圭《まねき》で、「今から真相を教えてやる、重要参考人のこの俺が」と言い放ってからの時間稼ぎのパフォーマンスが長い上に毎回異なっている。

きりがないのでこのあたりにしておくが、先ほどは『金田一少年の事件簿』からの短期的な影響を指摘しておいたけれども、遠く遡れば、お約束の決め台詞がある名探偵といえば多羅尾伴内のような前例があった。そして、時代劇の方面では『旗本退屈男』の「天下御免の向う傷」、『破れ傘刀舟悪人狩り』の「てめえら人間じゃねえ、叩っ斬ってやる！」、『長七郎江戸日記』の「俺の名前は引導代わりだ。迷わず地獄に堕ちるがよい！」、『暴れん坊将軍』の「余の顔を見忘れたか」等々、決め台詞がつきものだ。こうした映像的伝統が現代のミステリドラマにも間接的に影響を与え、継承されているのかも知れない。

海外ドラマ

Overseas TV drama

名探偵ポワロ

「灰色の脳細胞」の名探偵の全活躍を映像化

◉一九八九～一三年　イギリス

ひとりの名探偵が活躍する小説を、同じ俳優の主演により全部映像化する――そのような例はなかなかあるものではない。特に、原作の数が多い場合は。イギリスＬＷＴ（ロンドン・ウィークエンド・テレビ）で約四半世紀に亘って放映された『名探偵ポワロ』は、それを高い水準で実現してみせた稀有な例だ。

主演のデヴィッド・スーシェは、細かい癖に至るまで身につけ、自信家で几帳面な「灰色の脳細胞」のベルギー人名探偵エルキュール・ポワロに完璧になりきった。それまでアルバート・フィニーやピーター・ユスティノフらが演じてきたポワロだが、スーシェによって決定版が登場したと言える。相棒のヘイスティングズはヒュー・フレイザーが演じ、原作よりも出番が大幅に増えた。時代背景はほぼ一九三〇年代の風俗で固定されていたが（衣装や小道具の再現ぶりも見どころとなっている）、台詞や設定などから考えると、作中では少なくとも二十数年は経っている筈である。

シーズン１はすべて短編の映像化だったが、シーズン２から長編も取り上げられるようになり、シーズン６以降はほぼ長編の映像化で占められている（シーズン13の「ヘラクレスの難業」を除く）。やはりドラマとしては長編原作のほうが見応えがあるが、「どうしてこうなった」と言いたくなる「アクロイド殺人事件」（シーズン７）などの失敗作や、改変の度が過ぎるエピソードもあり、率直に言って玉石混淆の感は否めない。ここでは、個人的に評価したいエピソードを幾つか紹介しておく。

「ポワロのクリスマス」（シーズン６）

作中で言われるほど「似ている」ように見えないミスキャストぶりが足を引っぱったエピソードながら、密室トリックの派手な種明かしはやはり映像だと見映えがする。

「もの言えぬ証人」（シーズン６）

ポワロが調査に乗り出した時には被害者は二ヶ月も前に死んでいるという比較的地味な原作だが、ドラマ版はポワロが一族の屋敷に到着してから事件が起きるという流れに改変している。死の直前、被害者がエクトプラズムのような妖しい光を吐きながら庭に迷い出る……という、事件解決に繋がる重要な場面の見せ方が幻想的で素晴らしい。フォックス・テリアのボブの名演も必見。

「白昼の悪魔」（シーズン8）

映画版の『地中海殺人事件』より遥かに原作に忠実な脚色。夥《おびただ》しい伏線を拾い上げる本格の醍醐味を堪能できる。

「五匹の子豚」（シーズン9）

部分的改変はありつつも、〝回想の殺人〟の傑作である原作の味わいをほぼ再現。蜂蜜色で包まれた回想シーンの演出をはじめ、物哀しさが全編に漂う。

「葬儀を終えて」（シーズン10）

クリスティー屈指の傑作ながら「実写化したらバレるだろう」としか思えないトリックを、俳優の演技力にすべてを託して見事に成立させた。犯人特定の手掛かりも原作に一手間加えて説得力を増している。これぞ理想的なドラマ化。

「オリエント急行の殺人」（シーズン12）

冒頭の導入部からして不穏だが、本筋も終始異様な緊迫感に包まれており、特に事件解決後の犯人の開き直りぶりと、それに対するポワロの激しい非難が強烈。シドニー・ルメット監督の映画版という古典が既に存在する以上、それに対抗するには、罪と罰の問題に対する現代的な解釈を打ち出すしかなかったのかも知れない。賛否両論だろうが、こういう冒険的な試みは是としたい。トビー・ジョーンズやジェシカ・チャステインらゲストも豪華。

「カーテン～ポワロ最後の事件～」（シーズン13）

第七十話、シリーズの最後を飾るエピソード。先述の「オリエント急行の殺人」があのような解釈になったのは、この最終話への伏線という意味合いもあった筈だ。実際、シーズン13に入ると、しばらく出番がなかったヘイスティングズやジャップ警部や秘書のミス・レモンの再登場、「カーテン」直前の「ヘラクレスの難業」でのロサコフ伯爵夫人との再会と別れなど、幕引きへのカウントダウンが進みつつある印象が強まっていた。そして「カーテン」で、ポワロは生涯で出会った中で最も悪辣な犯人と対決する。原作に極めて忠実に描かれた名探偵の厳粛な退場を、是非見届けていただきたい。

最後に、日本語版の全エピソードでポワロの吹替えを務めた熊倉一雄の業績にも触れておきたい。彼の語り口の魅力も日本でのこのドラマの人気に寄与していたと言える。「カーテン」は日本では二〇一四年に放映されたが、その翌年に彼はこの世を去った。

［千街］

徹底したリアリズムで描くニューヨークの名探偵

LAW&ORDER クリミナルインテント

◉二〇〇一〜一〇年　アメリカ

一九九〇年にスタートした「LAW&ORDER」は、幾多のスピンオフを生みだし、現在も「LAW&ORDER 性犯罪特捜班」は放送中、そして新たなスピンオフも企画中という、まさに怪物的なシリーズである。

その三つ目のスピンオフとして製作されたのが、「クリミナルインテント」だ。直訳すれば「犯罪（者）意図」となるわけだが、いったいどういう内容なのか。

本作で描かれるのは、いわゆる計画犯罪だ。殺人、強盗から大規模なテロに至るまで、入念に計画された犯罪が実行に移される。それを受けて立つのが「重大事件捜査課」の刑事たち。大規模犯罪や要人の絡む事件など「重大」と思われる事件のみを担当する部署である。

数いる刑事たちの中でも、ロバート・ゴーレン、アレクサンドラ・エイムズのコンビはもっとも印象的だ。特にゴーレン刑事は博識で、現場に残されたささいな手がかりも見逃さない。そして鋭い推理を展開して狡猾な犯人を追い詰めていく。そう、ゴーレン刑事は現代の名探偵なのだ。制作者たちが意識したかどうかは判らないが、徹底したリアリズムが売りの「LAW&ORDER」が、結果として名探偵のドラマを作っていたわけだ。

また、リアリズムと名探偵の融合の結果、本作は過去のミステリドラマにはない大きな特徴を持つこととなった。それは、名探偵による解決が起訴できる所まで詰められている点だ。通常、名探偵が事件を解決した時点でドラマは終わる。その後、逮捕された容疑者が起訴され有罪判決を受け、刑に服するかまでは描かれない。「クリミナルインテント」はそこまでやる。ゴーレンたちは常に検事の意見を聞き、時には謎解きの現場に検事が同席したりもする。確実な証拠、確実な自白を取るまで、刑事たちの捜査は続くのだ。

視聴率と闘い、数々の路線変更、メンバーチェンジを経た「クリミナルインテント」。作品は既に大団円を迎えているが、ミステリマニアによる再評価が行われるべき傑作だ。その動きは、ミステリ大国でもある日本から起きてもおかしくはない。［大倉］

奇術探偵ジョナサン・クリーク

新本格趣味が横溢する怪奇本格ミステリ

◉一九九七〜二〇一〇年　イギリス

本作はイギリスBBCにて、一九九七年から二〇〇四年にかけて計四シーズン（各シーズン六話で合計二四話）製作されたミステリドラマだ。日本での放送は二〇〇九年とかなり遅かったのだが、本国では非常に人気が高く、シーズン終了後も、クリスマス・スペシャルが二本、ニューイヤー・スペシャル一本、イースター・スペシャルが一本製作されている。

ジョナサン・クリークは、奇術を考え、仕掛けを製作するのが仕事だ。そんな彼の元には、女性ジャーナリストや犯罪番組の司会者、謎解きサイトの運営者などによって不可思議な事件の捜査依頼が持ちこまれる。奇術に造詣が深いジョナサン・クリークは、その知識を応用し、様々な事件を解決していく……のであるが、彼の元に持ちこまれる事件というのが、尋常ではない。例えば第三話では、幾重もの扉で仕切られ、しっかりと施錠された核シェルター内で見つかった死体の謎だ。拳銃自殺に見えるが、死体の主は関節炎を患っており、銃の引き金を引くことはできなかった。犯人はいかにして、シェルターという密室から消え失せたのか。シーズン1からシーズン2にかけては、こうした「消失」テーマの謎が多く語られる。これは「奇術」をモチーフにしているから当然といえば当然かもしれない。目撃者の前で瞬時にして消えた犯人、凶器の消失、逆に不可能状況での死体の出現などの謎が、きわめて論理的に解決されていく。

シーズン2終盤以降になると、「謎」にも捻りが加えられ始める。中でもシーズン2の六話「ホテル赤い老婆」の謎は秀逸だ。築二〇〇年のホテルで、七人の客が心臓発作で死亡。彼らは同じ部屋に泊まり、窓の外を見た途端、死んでいるのだ。そう、これは奇術的不可能興味に「館もの」の要素をプラスした、まさに新本格マインドあふれる逸品なのだ。「館もの」の要素は、その後のスペシャル編でも大いに華開き、二〇〇一年のクリスマススペシャル「特別な存在」では、閉じこめられた者は数分でわずかな灰を残して消失してしまう「悪魔の煙突」が、二〇〇九年のニューイヤー・スペシャル「悪夢の部屋」では、泊まった者は皆、行方不明となる不思議な部屋にまつわる事件が語られている。真相もなかなかに後味の悪いもので、ずっしりと記憶に残る傑作が揃っている。

［大倉］

ホームズの生みの親が恩師に導かれ謎を解く
コナン・ドイルの事件簿
シャーロック・ホームズ誕生秘史
◉二〇〇〇〜〇一年　イギリス

エディンバラ大学の医学生アーサー・コナン・ドイルは、ジョセフ・ベル教授から観察と推理の重要さを教わり、ベルの犯罪捜査を手伝うようになる。やがて医師となったドイルは、再びベルと組んで数々の犯罪に立ち向かってゆく。

史実でもドイルの恩師であり、シャーロック・ホームズのモデルとされるジョセフ・ベルを名探偵として描き、若き日のドイルがワトソン役を務める……という着想の、イギリスBBC制作の全五話のドラマ（第一話のみ前後編構成）。エディンバラ出身で、かつてホームズ役も演じた名優イアン・リチャードソンが、威厳とユーモアを兼ね備えたベルを魅力的に演じている。

基本的に暗鬱な終わり方をする話が多いが、「ボール箱」や「美しき自転車乗り」などの正典を想起させる描写や、ドイルが心霊主義にはまるきっかけなども盛り込まれており、中でも、ベルと彼を敵視する警部補が正反対の推理で激しく衝突する第五話「暴かれた策略」は傑出している。［千街］

手がかりは検死結果のみのタイムリープ美女探偵
TRU CALLING
トゥルー・コーリング
◉二〇〇三〜〇五年　アメリカ

大学を卒業したトゥルー（エリザ・ドゥシュク）は研修医になるはずだったが、資金の打ち切りにより死体安置所の深夜勤に配属された。彼女は昔から死体の声を聞ける能力があり、初日早々、変死体から「助けて」と訴えられる。すると、一日だけ時間が巻き戻った。手がかりは死後の検証結果のみ。彼女は該当人物を見つけ、助けることができるのだろうか。

母は十年前に死亡、姉はヤク中、弟はギャンブラー、父は子供たちに無関心で、家族全員別居している。家庭環境は複雑でも、トゥルー自身は明るくて人付き合いも良く、美人でイケてる女の子だ。特に弟とは頻繁に外食するほど仲がいい。

フーダニットやホワイダニットなど、バリエーションの幅広い一話完結作品。謎が分かるまでタイムリープを繰り返すエピソードもある。次第に協力者も増え、逆に似たような能力を持つライバルとも対決していく。日本に海外ドラマブームをもたらした作品でもあるが、家族の秘密が判明してきた第2シーズン半ばで打ち切りになったのが残念だ。［羽住］

フーダニットへのこだわりが光る大ヒットドラマ

CSI：科学捜査班

◉二〇〇〇〜一五年　アメリカ

ラスベガスを舞台とした「CSI：科学捜査班」は、最新の科学捜査をテーマに、CGを駆使した斬新な映像と、ミステリドラマの常識を覆すスピーディーな展開で、瞬く間に大人気ドラマとなった。その後、「マイアミ」「ニューヨーク」「サイバー」と四作のスピンオフが製作されたことからも、その支持の高さがうかがえる。

長寿番組であり、それぞれカラーの異なるスピンオフが製作されたことも手伝って、「CSI」シリーズのイメージはやや混沌としているが、膨大な量の作品群（CSIが三三五話、マイアミが二三二話、ニューヨークが一九七話、サイバーが三一話）のほぼすべてが、フーダニットにこだわって作られていることは、記憶しておくべきである。事件が起こり、CSIのメンバーが証拠を集め、それを元に捜査を行う。関係者の中から数人の容疑者が焙りだされ、誰が真犯人であるかは判らない。捜査は錯綜するが、最後の最後で「動かぬ証拠」が見つかり、真犯人が判明する。そんなパターンを実に十五年以上も続けてきたのだ。CGなどを使ってやたらと派手なイメージの「CSI」だが、やっていたことは、実は地味で堅実なミステリ作りだった。

本格ミステリということでは、もう一作、「CSI：ニューヨーク」にも注目したい。二本目のスピンオフとして製作された本作だが、大都市を舞台とするだけあって、事件そのものが本格の魅力に溢れている。いや、本格ではない、新本格だ。例えばシーズン1第一六話では、女性の遺体がバスタブ内で発見されるが、バスタブには弾丸の破片が。にもかかわらず被害者に撃たれた痕はない。被害者はなぜ死んだのか。またシーズン4第一二話では、イベント会場で見つかった心臓が凍った死体、さらに、スクールバスとタクシーの間に突然死体が出現するという謎。同シーズン第四話では、自分は未来からやって来たと称し、翌日の九時四十五分に人が死ぬと言い残し息絶える男のエピソード。その男の自宅にはタイムマシンがあったというのだから、もうたまらない。そんなバカなと思われるかもしれないが、これらは証拠の収集と推理によって論理的に解決するのである。

十五年以上に及ぶ「CSI」の歴史はいったん終了した。今こそ、本格という側面から再評価を試みる時期だろう。［大倉］

笑いと驚きに満ちたコメディミステリの金字塔

名探偵モンク

◉二〇〇二〜〇九年　アメリカ

市長候補の公開演説中、何者かが候補者を狙撃する事件が発生。元刑事で犯罪コンサルタントのモンクは、アシスタントのシャローナの助けを借り、狙撃事件の調査を開始する。妻を殺されたために極度の神経症を患って休職していたモンクだが、刑事復帰のチャンスを求め、まずはコンサルタントの活動からはじめていたのだ。推理の結果、今回の狙撃事件と自身が調査していた殺人事件に関連性があるとモンクは指摘するも、元上司のストットルマイヤー警部は推理を否定。ところが新たな被害者の手元にあった手がかりから、事件の構図はモンクの考えたとおりであることは明らかだった。そして、モンクは警察立ち会いのもと、公開演説の現場にいた関係者を集め、見事犯人を指摘する。

神経症の症状は残るものの、事件の解決にモンクは必要とストットルマイヤー警部から認められたモンクは、その後も警部やその部下ディッシャーの依頼で、数々の難事件・珍事件を解決していくことになるのだった。

本国アメリカで二〇〇二年の放送開始より多くの視聴者の好評を獲得し、最終的に二〇〇九年放送のシーズン8まで製作された。話数は一二四話。本格ミステリとコメディドラマのほとんど奇跡的な融合といっていい作品である。

重度の神経症をわずらっているモンクは、捜査の途中でさまざまなトラブルを巻き起こすが、それが事件の重要な気付きとつながっていることもある。名探偵役は、優れた能力と釣り合うよう、奇人変人的なパーソナリティを与えられることが多い。しかし、本シリーズの場合、それはモンクと友人たちとの笑いと感動の日々を描くために欠かせぬものとなっているのだ。このバランス感覚が本シリーズの肝といっていい。長期シリーズの常から、すべての回が本格ミステリとして優れているわけではないが、多くの回がミステリ的興味を沸き立たせるものであり、かつコメディミステリとしては抜群の面白さを維持し、最終的には涙と感動の人間ドラマとして結実する。シリーズ中盤からシャローナのかわりにナタリーという女性がアシスタント役を交代することになるのだが、ワトスン役の変更が物語へもたらす影響も興味深い。

とはいえ、まずは謎解き中心の回をいくつか紹介しよう。シーズン1第三話「復讐殺人はベッドルームで」は「鯨のデール」こと、大富豪デール・バイダーベックの初登場回。太りすぎで自室から一歩もでられないはずのバイダーベックが、判事を撲殺する現場を目撃したという証言があったのだ。この特殊な不可能犯罪のトリックをモンクが見破ることになる。シーズン2第一六話「塀の中の殺人」は、死刑執行間際の死刑囚が何者かによって毒殺される。同じ刑務所に収監されていたデールはその死刑囚と因縁があり、容疑者として疑われていた。そこでデールは、モンクに事件の調査を依頼する。刑務所という環境であわてながらも調査をすすめるところが面白く、また事件への手がかりも用意周到に張られている。シーズン3第二話「容疑者はチンパンジー」はその通りチンパンジーが飼い主である作曲家を密室のなかで撲殺していたという事件が描かれる。ミステリとコメディとしてのシチュエーションが恐ろしいほどの完成度で融合しているシリーズ屈指の回である。シーズン4第一四話「宇宙トリック」は、絞殺事件の容疑者が犯行当時、宇宙に飛び立っていたためアリバイがあるという不可能犯罪の謎をモンクが解き明かす。トンデモトリックの映像美が楽しめるのもモンクの世界ならではの楽しみだ。シーズン5第八話「警部の息子が家出!?」は、ストットルマイヤー警部に引き連れられ、ロックフェス会場に来ているという警部の息子を探す羽目になったモンクが、その会場で死んでいた男性スタッフについて調べはじめる。短い時間のなかで行われる犯人とモンク・警部との手に汗握る攻防が見どころだ。シーズン7第九話「信じる者は救われる!?」は、モンクの元へ仲間を殺されたので調べてほしいとホームレス三人組がやってくる話。このホームレスの依頼と、病を治すと話題をさらっている「奇跡の噴水」に意外なつながりがあることが判明する。奇跡に秘められた犯人のトリッキーな計画が印象深い。

他にもシーズン1第一二話「完全犯罪へのカウントダウン」の空港と飛行機という限定状況のなかの推理や、シーズン3第十四話「モンク、ベガスへ行く」の鮮やかなトリック、シーズン8第六話「ブチ切れナタリー」の巧みに忍ばせた伏線など、本格ミステリとして選びたくなる話は数多い。

そしてシリーズ後半、妻の殺人事件を追うモンク自身にも危険が及ぶ。モンクという名探偵が、人間としてどれだけ愛すべき存在なのか。長編シリーズを終えるにふさわしい感動的な大団円をぜひ、その目で確認してほしい。［蔓葉］

戦時下に展開する本格ミステリドラマの傑作

刑事フォイル

◉二〇〇二〜一五年　イギリス

特殊状況下における殺人は、本格ミステリを語る上で避けて通れない。嵐の山荘、雪の山荘に始まり、最近では、「屍人荘の殺人」という新時代の特殊状況下の傑作も生まれている。「刑事フォイル」は、全編を通じて、ある特殊状況下の事件を描いている。その状況とは「戦時下」だ。

イギリスの田舎町ヘイスティングス署の警視正クリストファー・フォイルは、物静かな中に熱い魂を持った優秀な刑事である。時は一九四〇年代、第二次世界大戦の真っ只中。イギリスにとって戦況は芳しいとは言えず、国内は戦争への恐怖と閉塞感に満ちている。そんな中でも起きる様々な事件。刑事フォイルは、運転手のサマンサ・スチュアート、戦場で足を負傷した元警察官のポール・ミルナーとともに、捜査を進めていく。戦争中であるから、警察の捜査といえども最優先とはなり得なく、上層部や軍に阻まれることもしばしばだ。しかしフォイルは捜査の鬼となり、不屈の精神で犯人を追い詰めていく。

前述したように、戦時下という特殊状況がとにかく効いている。例えば第一シリーズ第四話「レーダー基地」では、ドイツ軍の爆撃で全壊した家屋から、ナイフが刺さった主人の死体が発見される。住人は爆撃の前に既に死んでいたのだ！　殺したのは誰なのか？　が最大の謎となる。その後もスパイ、負傷兵、敵の捕虜など、戦時下でなければ起こり得ない事件が次々と語られる。随所にちりばめられた伏線と意外性のある犯人像は、まさに本格ミステリドラマと呼ぶにふさわしい。

だが、「刑事フォイル」の魅力はそこだけにとどまらない。事件を取り巻く市井の人々の存在を忘れてはならない。彼らの生き生きとした描写は、ミステリへの絶妙なスパイスとなっている。特にシリーズ前半、英国が苦しい戦いを強いられている中で、ナチス支持者たちの動向や迫害されるイタリア人たちの現実、あるいは、戦火から逃げ豊かな暮らしを送る富裕層たちの姿までが、赤裸々に描き出されていく。フィクションという形を取ってはいるが、「歴史」の一コマを垣間見ることができる。

物語は戦況の変化に伴い、主人公たちをも巻きこんで、大きくうねりながら進んでいく。本格ミステリと歴史ミステリ、両方の魅力を兼ね備えた傑作ドラマだ。

［大倉］

原作に囚われない独自の解釈による映像化
アガサ・クリスティー　ミス・マープル
◉二〇〇四〜一三年　イギリス

前半十二作はジェラルディン・マクイーワン、後半十一作はジュリア・マッケンジーがマープルを演じたグラナダ版『ミス・マープル』の特色は、よくも悪くも原作に囚われない姿勢にある。マープルが登場しない小説が幾つも映像化されているし、犯人や動機が原作と異なることも多い。それが物議を醸したせいか、シリーズ後半は原作に添ったエピソードが増えた。

原作に忠実なエピソードの中では、第二十話「鏡は横にひび割れて」の心理的な伏線の数々とドラマティックな展開が出色。第二十三話「終わりなき夜に生まれつく」は、原作に登場しないマープルの絡め方が些か強引ながら、雰囲気をかなり再現している。逆に大きな改変があるエピソードでは、第十二話「復讐の女神」（演出はなんとニコラス・ウィンディング・レフン）が、クリスティーらしい〝観光もの〟の醍醐味を満喫させてくれるのみならず、ドラマ独自のどんでん返しを愉しめる秀作としてお薦めしたい。［千街］

絶対捕まってはいけない本格ミステリ
デクスター　警察官は殺人鬼
◉二〇〇六〜一三年　アメリカ

マイアミ警察の鑑識課に所属し、血痕の専門家でもあるデクスター・モーガンは、実は、強い殺人衝動を持つシリアルキラーである。だが彼は養父によって「掟」を学び、自らの感情、欲求をコントロールできるようになる。そして彼は、殺人欲求を満たすため、法の目をくぐり、裁かれることのなかった悪人を見つけては、殺していく。殺人鬼の視点で描かれた警察ドラマという何とも風変わりな作品。本格とは縁がなさそうにも見えるけれど、自身が犯した殺しを隠蔽し、捜査機関の手から何とか逃げのびようと奔走する主人公の姿は、ある意味、名探偵に重ならなくもない。犯人を捕まえるための一手ではなく、捕まらないための一手を打ち、逃げのびる。各シーズンごとに展開するシリアルキラー頂上決戦の模様と共に、そんな小技の応酬が大いに楽しめる。［大倉］

実際の数学理論が事件を解き明かすヒントに

ナンバーズ 天才数学者の事件ファイル

◉二〇〇五～一〇年　アメリカ

ＦＢＩ特別捜査官のドン（ロブ・モロー）は、殺害まで行うようになった連続レイプ犯を追っているものの、捜査は行き詰まっていた。たまたま実家に戻ったドンは、彼が持ち帰った犯行現場の地図を勝手に見る弟のチャーリー（デイビッド・クロムホルツ）を叱りつける。しかしチャーリーは、犯行現場をもとに犯人の居場所を計算できるという。チャーリーは、その頭脳をいかして詐欺事件の捜査に協力するほどの天才的な数学者なのだ。彼の計算した方程式は、紆余曲折あれど見事犯人の場所を特定することができた。以降、ドンはチャーリーに捜査の協力を求めるようになるのだった。

タイトルから数学者のチャーリーが事件をずばり解決するように受け取られるかもしれないが、実際はドン率いるＦＢＩのチームに後衛で協力するというスタンスだ。事件への数学的アプローチも同様で、数式は一挙に事件を解決するためのものではなく、連続する強盗事件の予測や自動車のスピードの不自然さからトリックを見破るなど、捜査のきっかけや転換点として用いられる。ドンたちへの説明でも、具体的な数学理論や物理学の法則が遠慮なしに引用され、シーズン２第五話「暗殺の確率」は、暗殺の可能性を疑われている青年を守るため、行われてもいない暗殺の方法を日頃の青年の行動パターンから逆算してみたり、シーズン３第七話「仕組まれた停電の謎」は、連続する変電所の襲撃事件の真の狙いを停電するエリアの法則から導き出すといった、これまでなかった切り口が描かれる。このような深いシナリオになったのは、ドラマを監修する数学コンサルタントが、自身もまた犯罪捜査に協力したエピソードを作中に盛り込めるほど深く関わっているからだろう。シリーズ中盤からは父アラン（ジャド・ハーシュ）とドン、チャーリーたちの家族の交流や、恋愛模様が話を牽引するようになるものの、チャーリーと同じ大学の物理学者ラリー（ピーター・マクニコル）や助手のアミタ（ナヴィ・ラワット）、そして都市計画の仕事をしていた父までも捜査に協力するなど、数学的な犯罪分析の楽しみは失われず、むしろ多様化していく。

製作総指揮は、リドリー・スコットとその弟トニーが務め、迫力の銃撃戦など緊張感あるシーンも数多く、好評のままシーズン６まで製作された。

［蔓葉］

手の内は明かさない　掟破りの名探偵像

メンタリスト

◉二〇〇八〜一五年　アメリカ

傑作ミステリドラマ「名探偵モンク」は主人公を強迫性障害とすることで、現代に名探偵を鮮やかに蘇らせた。そんなモンクと入れ替わるようにして登場したパトリック・ジェーンは霊能力者を騙った元詐欺師である。観察力、記憶力にすぐれ、人の内心を鮮やかに読み取って事件を解決してしまう。詐欺師の手法をそのまま捜査に応用する形だ。

「メンタリスト」という作品には二つの側面がある。一つはカリフォルニア州捜査局のコンサルタントであるジェーンが、毎回起こる凶悪事件を巧みな推理で解決していくというもの。もう一つは、ジェーンの妻子を殺害した稀代の連続殺人犯「レッド・ジョン」への復讐劇だ。レッド・ジョンの存在なしに、「メンタリスト」はここまでの人気ドラマとはなり得なかっただろう。残忍で狡猾なレッド・ジョンは、ジェーンのテクニックをもってしても、なかなか正体を掴むことができない。その闘いはシーズンを経るごとに激しさを増し、周囲の人々を巻きこんでいく。実際、レッド・ジョンの正体判明は、シーズン終盤まで待たねばならないのだが、そこに至る過程は圧巻の一言だ。もしこれから「メンタリスト」を見ようと思うのであれば、そして、ミステリドラマの至福を味わいたいのであれば、ネットなど一切の情報を遮断して見ることをお勧めする。

さて、「メンタリスト」といえばレッド・ジョンなわけだが、一話完結で描かれる、趣向をこらした事件の数々も見逃すことはできない。特に注目すべきは、パトリック・ジェーンの名探偵像だ。元詐欺師と言うだけあって、ジェーンの捜査手法は独特だ。例えば、「話をしているとき、瞬きが多くなったから、君は嘘をついているね。君が犯人だ」とか「凶器をそこに隠したのは君だね。君の視線を追っていて判ったよ。犯人は君だね」とか、一事が万事こんな調子なのだ。通常のミステリドラマが、階段を一段ずつ上っていくものだとすれば、「メンタリスト」はジェーンと共に階段を三段飛ばしで駆け上がって行くような感じだ。それをアンフェアと断じる人もいるだろうが、そこに至る伏線や意外な犯人など、本格ミステリとして大いに楽しめる要素も入っている。新しい名探偵の一形態として、パトリック・ジェーンの推理法を楽しんでいただきたい。

［大倉］

Column

21世紀の二時間ドラマ事情

羽住典子

いま、二時間ドラマがピンチである。

二十世紀はじめは五本の番組があったが、火曜サスペンス劇場（火サス）が終了した二〇〇五年あたりから番組数が激変し、ついに土曜ワイド劇場（土ワイ）も一七年に幕を下ろした。視聴率低下が原因であるとネット記事ではいわれていたが、制作費の都合も関係しているだろう。

殺人事件と犯人当て好きの視聴者にとって、二時間ドラマは宝庫だ。有栖川有栖が本格ミステリ作家クラブ十五周年記念トークショーで語った「寄席に行けばいつでも落語が聞ける」のと同種の楽しみを味わえる。だが、昨今は従来の二時間ドラマよりも若干時間が長く、激しいアクションに主軸を置いたり、超有名作品が原作だったりする特別ドラマに人気が傾いている。

そもそも二時間ドラマには予定調和の面白さがある。分かりやすさがたまらないのだ。金曜エンタテイメントで放送された久本雅美主演『女マネージャー金子かおる哀しみの事件簿①』（〇二年）など奇をてらった作品もあるが、まれなケースにすぎない。

やはり人気作品は、シリーズものが強い。まずは土ワイ名物『西村京太郎のトラベルミステリー』（七九年〜）から。二十一世紀以降は、十津川警部を高橋英樹、部下の亀井刑事を愛川欽也、高田純次が演じ、現在はスペシャル番組として不定期に継続。38「オリエント急行殺人事件」（〇三年）、59「終着駅（ターミナル）殺人事件」（一三年）は押さえたいところだ。他局では、TBS月曜枠『西村京太郎サスペンス 十津川警部シリーズ』（九二〜一五年）では渡瀬恒彦が五十四作を演じ、最多記録は破られていない。渡瀬の死後の新シリーズ（一七年〜）は内藤剛志が後任した。テレビ東京水曜枠で萩原健一や神田正輝、フジテレビ金曜枠で高嶋政伸も十津川警部を演じている。

十津川と人気を二分するのが、警視総監を兄に持つルポライターの浅見光彦シリーズだ。TBSの『内田康夫サスペンス 浅見光彦シリーズ』（九四年〜）では、沢村一樹、速水もこみち、平岡祐太が主役を務め、沢村の浅見は『浅見光彦〜最終章〜』（〇九年）で連続ドラマ化もされた。フジテレビ系列は、角川映画『天河伝説殺人事件』（九一年）の榎木孝明が〇二年まで初代を担当し、〇三年から中村俊輔に受け継がれた。大作『貴賓室の怪人』は、〇二年に火サスでも高嶋政伸主演で放送されている。

土ワイの名取裕子主演『法医学教室の事件ファイル』（九二年〜）も凝ったトリックが登場する人気ロングシリーズだが、原作のある作品のほうが記憶に残りやすい。高木彬光原作・村上弘明主演『天才・神津恭介の殺人推理』は〇二年に第二回が放送、以降はフジテレビ枠の片岡愛之助の初主演

『名探偵 神津恭介』にシフトし、「～影なき女～」（一四年）、「～呪縛の家～」（一五年）で難解なトリックを映像で再現した。

シリアス系では、かなりアレンジされているが、火サスの鮎川哲也原作『刑事・鬼貫八郎』（九三～〇五年）、笹沢左保原作『取調室』（九四～〇三年）は原作とはかけ離れているが、人間ドラマとしても味わい深い良作シリーズだ。愛川晶原作『化身』（〇五年）も同枠の単発シリーズ「六月の花嫁」で初映像化された。TBSの横山秀夫原作『陰の季節』シリーズも人気作だが、単発もの佐藤浩市主演『逆転の夏』（〇一年）の出来栄えはかなり高い。松下由樹主演『おとり捜査官・北見志穂』（九八年～）は開始当初は山田正紀の原作が濃かったが、現在は原案になり、袴田刑事役の蟹江敬三が死去してから、水野美紀が後任を務め、女性コンビ作と変貌した。単発ドラマ貫井徳郎原作『灰色の虹』（一二年）は既読であっても犯人解明の瞬間に鳥肌が立つ。

コミカル寄りでは、自身も二時間ドラマ好きな鯨統一郎原作『ミステリー作家六波羅一輝の推理』（一〇年～）が印象深い。上川隆也演じる崖っぷち作家と編集者の横山めぐみのやり取りが一興だ。芦辺拓原作『弁護士・森江春策の事件』（〇九年～）でも主役の中村梅雀が助手の岩崎ひろみ演じる新島ともかにやり込められている。水曜ミステリーで放送された折原一原作『黒星警部の密室捜査』（一五年）は陣内孝則があのはっちゃけた黒星警部を熱演。周囲の人たちが変わっている北森鴻原作『蓮丈那智フィールドファイル1・凶笑面』（〇五年）は木村多江が主演、金曜エンタテイメントで一作だけドラマ化された。少女探偵ものなら本田望結主演・特別ドラマ東川篤哉原作『探偵少女アリサの事件簿』（一七年）もお勧めだ。

漫画原作では日本テレビの青山剛昌『名探偵コナン』の実写版が代表的だ。工藤新一が活躍するオリジナル作品で、小栗旬（〇六・〇七年）、溝端淳平（一一・一二年）がそれぞれ主役を務めた。溝端版は一一年に連続ドラマ化もしている。事件は簡単に解けるが、アクションとミステリ部分のバランスが取れていて、少し大人のコナンを楽しめる。

後に連ドラ化する前触れのスペシャルドラマには、同じく日本テレビで山田涼介主演『左目探偵EYE』（〇九年）、山口幸三郎原作・松坂桃李主演『視覚探偵　日暮旅人』（一五年）がある。前者はもともと左目の見えない主人公が兄から角膜移植を受けた後、衝撃を受けたら今まで見えなかったものが見えるようになったという設定だ。堤幸彦演出の後者は、視覚以外の全ての感覚を失った探偵が主人公である。探し物専門であったが、次第に事件に巻き込まれていくポップな色彩の作品だ。

二〇一八年現在の二時間ドラマ番組は、テレビ朝日の日曜ワイドとTBSの月曜名作劇場のみとなった。前者は午前中、後者は二十時からと、時間帯も従来とは異なっている。高島礼子主演『電卓刑事』（一七年）や岸谷五朗主演『警視庁さがし物係』（一八年）など、新シリーズ化しそうな作品もあるが、たまには放送すれすれの昭和の香りがする作品も制作してほしい。

ミステリドラマの歴史を変えた画期的傑作

SHERLOCK
シャーロック

◉二〇一〇〜一七年　イギリス

今までに最も多く映画化された架空の主人公は、アーサー・コナン・ドイルが生んだシャーロック・ホームズだとされる。記録に残っている最古の例である一九〇五年の映画以降、数えきれないくらい映像化が試みられてきたが、二〇一〇年、イギリスBBCで放送が始まった『SHERLOCK　シャーロック』は、舞台を二十一世紀に置き替えた斬新な試みであり、本国にとどまらず世界中で話題作となった。

　アフガニスタン紛争で負傷して帰国したジョン・ワトソン（マーティン・フリーマン）は、PTSDを患い、カウンセラーからブログに日常の出来事を記すように勧められる。そんな彼の前に、ルームシェアの相手として現れたのがシャーロック・ホームズ（ベネディクト・カンバーバッチ）。世界初のコンサルタント探偵と称するシャーロックは、ロンドンを騒がせていた連続毒死事件の調査に乗り出す。これがきっかけで、二人はコンビを組んで数々の難事件の謎に立ち向かうことになる。そして、ジョンはシャーロックの活躍を自身のブログで発表する。

　シリーズの製作総指揮・脚本は、スティーヴン・モファットとマーク・ゲイティス（作中でシャーロックの兄マイクロフト役も演じている）が担当している。スピーディーで膨大な情報量が盛り込まれ、なおかつスリルとユーモアが溢れる脚本は、本作の大きな魅力を形成している。作中で描かれる事件は基本的には一話完結だが、全体を貫くストーリーが存在しており、最後の引きによって否応なしに次回も観ざるを得ない仕組みとなっている。

　シャーロックが駆使するスマートフォンやGPS、ジョンが書いているブログなどのほか、アイリーン・アドラーが上流階級相手のSMの女王様だったりするなど、現代的な置き替えは才気煥発を極めている。シャーロックのキャラクター造型は、偏った知識や女性に冷淡な傾向など、原典のホームズを踏襲している部分も多い。そのエキセントリックな部分を更に強調したのが、本作のシャーロックと言えるだろう。カンバーバッチにとって、シャーロック役はまさに集大成と言える演技であり、この前後には天才役を何度もオファーされている。外連味《けれん》溢れる演出は、堅実な作風が多いイギリスのTVドラマの伝統においては異端に見えるが、推理の内容を大量のテロップで表示するなどのスタイルは、日本も含め世界中のミステリ映画やドラマに影響を与えた。

シャーロックとジョン、そして彼らの周囲のマイクロフトやハドソン夫人やジョンの妻となるメアリー（シーズン3から登場。演じるアマンダ・アビントンは実生活でもジョン役のマーティン・フリーマンのパートナーだった）らの面々が、どこか秘密めいた翳りを帯びているのも視聴者の興味を惹きつけるが、一方で、シーズン1～2のモリアーティ、シーズン3のマグヌセン（原典のミルヴァートンにあたる）ら、シャーロックの前に立ちはだかる強敵の存在感も強烈だ。特にモリアーティは早い時点から意外なかたちで登場しており、シーズン2第三話「ライヘンバッハ・ヒーロー」ではシャーロックの信用を貶め、周囲の人々を人質に取るなどして彼を窮地に追いつめる。またシーズン4では、予想を超える意外なラスボスが待ち受けている。

人気エピソードは、アイリーン・アドラー登場のシーズン2第一話「ベルグレービアの醜聞」、シーズン2第三話「ライヘンバッハ・ヒーロー」からシーズン3第一話「空《から》の霊柩車」にかけて描かれるシャーロックの退場と復活あたりだろうが、個人的には『四つの署名』を翻案したシーズン3第二話「三の兆候」がお薦め。ジョンの結婚式でシャーロックが友人代表としてスピーチするが、その中で語られる事件と、現在進行中の事件が同時解決される極めてアクロバティックな内容であり、本格としての充実度ではこれが群を抜いているのではないか。

シーズン3と4のあいだに放映された特別編「忌まわしき花嫁」は、原典通りヴィクトリア朝ロンドンを舞台にした異色のエピソード。原典の語られざる事件のひとつがモチーフであり、シャーロックはじめ、お馴染みの面々が原典に近いオーソドックスな姿で登場する（特殊メイクで巨漢になりおおせたマーク・ゲイティスのマイクロフトには驚かされる）。現代が舞台のシリーズ本編とも意外なかたちでつながっており、ただの番外編ではない。

シーズン4第三話の終わり方を観ると、シリーズはこれで完結のようにも思える。カンバーバッチやフリーマンら出演者の人気が高まり、多忙になったことで撮影が難しくなったという事情もある。しかし、ここで終わろうと続こうと、『SHERLOCK シャーロック』が一時代を画した傑作ドラマとして語り継がれることに変わりはないだろう。

［千街］

犯罪予知が生む、新たなミステリ的趣向

パーソン・オブ・インタレスト

犯罪予知ユニット

◉二〇一一〜一六年　イギリス

電車でからんできた不良たちを打ちのめし、警察に連行された元CIA捜査官のリース（ジム・カヴィーゼル）を救い出したのは、マシンと呼ばれる犯罪予知システムの開発者フィンチ（マイケル・エマーソン）だった。救いたい人を救えず、自暴自棄に陥っていたリースに、マシンが予測する重大犯罪の阻止を依頼する。極秘に開発されたマシンはテロを阻止するため開発されたものであり、テロではない犯罪は「無用」として、データから消去される。フィンチはその「無用な犯罪」のデータを、裏から入手していた。ただ、わかるのは犯罪にかかわる対象の社会保障番号のみ。その対象者が加害者か被害者か、その犯罪はいつ起こるのかもわからない。人を救う意義を知るリースはフィンチの依頼を受けることに。リースは、ある対象者のメールや通話内容などをもとに犯罪の構図を見定め、阻止することができた。そして、フィンチとともにその後も犯罪を防ぐ調査を続けるのだった。

全米のあらゆるデータを傍受し、犯罪を予知するシステムとそのデータを使って未然に犯罪を阻止する人間。一歩間違えれば荒唐無稽な作り話になりそうなところを、見事なシナリオでカバーしている。フィンチは身を守るため、リースにすら最低限のことしか教えていない。しかし、二人のやりとりが続くうちに、フィンチとマシンの事情が少しずつ明らかになっていく。また、リースを追うカーター刑事（タラジ・P・ヘンソン）や、リースに無理やり仕事を手伝わされていたライオネル刑事（ケヴィン・チャップマン）も、事件で接触するごとにリースたちの活動の意義を理解するようになる。それぞれの事情をかかえつつも深まっていく人間関係はこうしたシリーズの醍醐味だ。

また社会保障番号しかわからないが、確実に起こるはずの未来の犯罪を阻止するという構成は、これまでの捜査ドラマとは一線を画したミステリ的趣向を生み出した。事件発生時ではないがゆえに、被害者だと思った対象が真犯人だったり、死者とされる少女を救うことになったりするなど、さまざまな切り口で視聴者の予測を裏切っていく。シリーズ中盤までは謎の犯罪組織を追うことになるが、後半は作品設定を刷新するハイテク組織との攻防となる。第五シーズンまで続くそのダイナミックな世界観をぜひ堪能いただきたい。　［蔓葉］

文豪の未完のミステリを大胆に解釈

エドウィン・ドルードの謎

◎二〇一二年　イギリス

文豪チャールズ・ディケンズの未完の遺作『エドウィン・ドルードの謎』に結末をつけようとした小説には、警察官がタイムスリップしてエドウィン失踪の謎を解くブルース・グレイム『エドウィン・ドルードのエピローグ』をはじめ、二階堂黎人『魔術王事件』などの作例があるし、舞台版では観客の投票により犯人を決めるといった試みも行われた。イギリスBBCが放映したディケンズ原作ドラマのひとつである本作も、そんな試みに連なる一本だ。

クリスマス・イヴの夜、大聖堂の聖歌隊長ジャスパーの家を、甥のエドウィンと、彼と反目するネヴィルが訪問する。しかし翌日、エドウィンは忽然と姿を消した。果たして彼は殺害されたのか？

アヘンに溺れるジャスパーがエドウィンを殺す幻覚を見るなど、異様な雰囲気の中で物語は進行。最後に明かされる真相は、一応は定説を踏まえつつ、大胆などんでん返しを用意している。

［千街］

本格ミステリライターズ 7

櫻井武晴（一九七〇〜）

東宝映画でプロデューサー在職中、第一回読売テレビシナリオ大賞受賞。退社後、脚本家となる（飯田武名義を使用する場合もある）。

『相棒』では、シーズン1の「殺しのカクテル」、シーズン2の「殺人晩餐会」、シーズン3の「ありふれた殺人」、シーズン4の「冤罪」、シーズン5の「裏切者」、シーズン6の「編集された殺人」、シーズン9の「ボーダーライン」、シーズン11の「ビリー」など、社会性とミステリとしての極度の意外性を兼備した名エピソードを執筆した。他に『ATARU』『科捜研の女』『赤い指』『神の舌を持つ男』などに関わった。

実写映画の脚本は『麒麟の翼〜劇場版・新参者〜』『相棒シリーズ鑑識・米沢守の事件簿』『逆転裁判』など。アニメ映画では『名探偵コナン』劇場版のうち、二〇一八年公開予定の新作も含む四本の脚本を担当。

［千街］

若き日のモースの颯爽たる活躍

新米刑事モース
オックスフォード事件簿

◉二〇一二年〜　イギリス

イギリスのITVが一九八六〜一九九二年に制作した『主任警部モース』は、コリン・デクスターの小説や、彼のアイディアをもとにしたエピソードなど全三十三話から成っており、本国で圧倒的人気を獲得したドラマである。その最終回でモースは原作通りに退場し、彼を演じていたジョン・ソウも二〇〇二年に鬼籍に入ったけれども、ならば時代を遡らせれば新作を作れる……という発想で制作されたのが『新米刑事モース〜オックスフォード事件簿〜』だ。若き日のモースをショーン・エヴァンスが演じている。

一九六五年、オックスフォードで少女が失踪し、カーシャル警察署のモース巡査が捜査の応援に駆り出された。この事件を解決したことで彼は上司のサーズデイ警部補（ロジャー・アラム）に実力を認められ、その下で働くことになる。

青年期のモースは、博識でクロスワードパズル好き、クラシック音楽好きという点は後年と同様ながら、痩身で生真面目、そして死体に弱いという初々しい面もある。後にモースの上司になるストレンジは制服警官として登場。ジョン・ソウの娘アビゲイル・ソウも、新聞記者役でレギュラー出演している。

ドラマ『修道士カドフェル』にも関わったラッセル・ルイスによるオリジナル脚本は、本格ミステリとして優れたエピソードが多く、特に、意外な犯人や動機から視聴者の目を逸らさせるレッド・ヘリングのばらまき方が秀でている。個人的なお薦めエピソードを挙げておくと、第三話「殺しのフーガ」（DVDタイトル「殺人予想図」）で描かれるのはオペラに見立てた連続殺人という、まさにモースのためにあるような事件。言葉の手掛かりも彼向きだし、ラスト近くまでどんでん返しが繰り返される展開はジェフリー・ディーヴァー顔負けである。また第六話「消えた手帳」（DVDタイトル「死のパレード」）は、若い女性の失踪、謎の男の墜落死、大学所有の宝物の盗難という一見無関係な事件を突飛な推理で連結させるモースの精神状態にサーズデイ警部補すら不安を覚えるが、最後には想像を絶する真相が視聴者を戦慄させる。モースとサーズデイの名コンビぶりを味わうには、彼らが巨悪と闘う第九話「腐った林檎」（DVDタイトル「汚れたネバーランド」）がお薦めだ。

［千街］

暗号解読の元専門家が結束して犯罪を暴く

ブレッチリー・サークル

◉二〇一二〜一四年　イギリス

第二次世界大戦中、ナチスの暗号を解読するための機関がイギリスのブレッチリー・パークに置かれていたこと、そのメンバーに女性もいたことは、映画『イミテーション・ゲーム』などで知られている。本作では、ブレッチリー・パークで働いていた四人の女性が、終戦の数年後、かつて敵軍の動きを読んだように犯罪者と渡り合う。

物事のパターンを見抜く才能に恵まれたスーザン、情報の入手が専門のジーン、地図の解析や語学が得意なミリー、記憶力に秀でたルーシーが、各自のスキルを活かして、警察が雑な捜査で済ませた事件を調査してゆく。第一話では連続殺人犯に立ち向かい、第二話では殺人の容疑者の無実を証明しようとするが、いずれも戦争の影が色濃い物語であり、女性が被害者となった事件の真相を女性が暴くという共通点もある。第三話では、裏帳簿の解読のためエニグマ暗号機が使われる場面もある。脚本は作家のガイ・バート。日本ではソフト化されていないがNetflixで観られる。［千街］

関係者の心を救済する聖職者探偵

ブラウン神父

◉二〇一三年〜　イギリス

G・K・チェスタトンのブラウン神父シリーズを、イギリスBBCが連続ドラマ化した『ブラウン神父』は、物語の舞台を一九五〇年代の田園に置き替えている。舞台となる村は、風景は絵のように美しいが、そこで繰り広げられる人間関係はドロドロ。コンパクトな短編ばかりの原作を四十五分のドラマにしたため、オリジナルキャラクターが多く登場し、話も複雑化している。「神の鉄槌」が原作の第一話など、トリックの再現の映像的インパクトも見どころだ。

マーク・ウィリアムズが演じるブラウン神父は原作と異なり大柄で、哲学的な警句も控え目だが、神父という職業柄、告解という手段で真実を知ることができるし、それを外部に洩らさない特権も持つ。真相の解明だけでなく、犯人を含む関係者の心の救済を重視する姿勢が特徴的と言えるだろう。シーズン1のレギュラーのヴァレンタイン警部補は原作のヴァランタンにあたるが、退場の仕方は全く異なる。二〇一七年時点でシーズン5まで放送されている。［千街］

神様がくれた14日間

娘の命を救おうとする母を待ち受ける皮肉な結末

◉二〇一四年　韓国

生放送で殺人事件の情報を求める番組の放送作家であるスヒョン（イ・ボヨン）。だが、そのスタジオにかかってきた電話は、スヒョンの娘を誘拐したという犯人からの卑劣な連絡だった。その後、娘は水死体で見つかり、生きる希望を失ったスヒョンは娘の死体が見つかった場所で入水自殺を図る。しかし、気がつくと娘が殺される二週間前へとタイムスリップしていたのだ。同じく時を遡った元刑事ドンチャン（チョ・スンウ）とともに犯人の手がかりを探し始めるのだが……。

ラブロマンスや時代物の多い韓国ドラマだが、実はミステリ作品も数多く製作されている。なかでも近年、話題を集めたのが西澤保彦風のSFミステリドラマである本作だ。疑わしい人間を追うも空振りに終わったり、隠されていた事実が別の事件のことだと判明するなど幾重にも困難な調査を、一度体験した記憶を手がかりに二人は粘り強く続ける。韓国でも賛否両論だったという皮肉めいた結末はどこか新本格らしく日本のほうが受け入れられたかもしれない。　［蔓葉］

本格ミステリライターズ 8

古沢良太（一九七三〜）

二〇〇二年、『アシ！』で第二回テレビ朝日21世紀新人シナリオ大賞を受賞しデビュー。翌年の舞台劇台本『キサラギ』は、後に同題の映画の脚本の原型となった。『相棒』ではスペシャル版屈指の傑作「バベルの塔」（シーズン5）をはじめ、鈴木杏樹演じる月本幸子の初登場回「ついてない女」（シーズン4）やその続編「ついている女」「狙われた女」（シーズン6）、また「右京、風邪をひく」（シーズン8）や「BIRTHDAY」（シーズン11）などの名エピソードを執筆した。

連続ドラマの代表作は『ゴンゾウ　伝説の刑事』『外事警察』『リーガル・ハイ』など。映画では「探偵はBARにいる」シリーズや『スキャナー　記憶のカケラをよむ男』といった作品がある。緻密なストーリーと、生彩ある登場人物の描写には定評がある。ミステリ以外では、映画『ALWAYS 三丁目の夕日』や連続ドラマ『デート〜恋とはどんなものかしら』が代表作だ。［千街］

聖典を離れた縦横無尽のホームズ&ワトソン
エレメンタリー ホームズ&ワトソンin NY

◉二〇一二年〜　アメリカ

現代のニューヨークを舞台に、シャーロック・ホームズの物語を作る――そんな突拍子もないことを現実にしてしまうのが、アメリカのパワーなのだろう。

しかも放送開始は二〇一二年。BBC製作の「シャーロック」と比較されることは当然、予想されたに違いない。圧倒的高評価を受けているドラマに、あえて同じ素材で挑んだのである。もちろん、勝算あってのことだろう。なぜなら、「エレメンタリー」が目指しているホームズの世界観は、「シャーロック」のそれとは正反対のものなのだから。

「エレメンタリー」最大の特徴は、劇中で起こる数々の事件に、コナン・ドイルの記したホームズの物語、いわゆる「聖典」がほとんど反映されていないところだ。ホームズが捜査するのは、あくまで現代のニューヨークで起きた難事件、強盗殺人事件であったり、子供の連続誘拐事件であったり、病院を舞台とした不可解な連続死、あるいは一見事故としか思えない自家用ジェットの墜落事件であったりする。もちろん、シーズンを重ねるごとに、"The Hound of the Cancer Cells"や"The Man with the Twisted Lip"あるいは"The Five Orange Pipz"というタイトルも登場はする。だが、あくまでもベースはオリジナルの要素でまとめられている。

では、どこがシャーロック・ホームズなのか。それはキャラクターだ。劇中のホームズは、長らく英国で捜査に協力をしていたが、ある理由で渡米、そこで薬物依存となり、リハビリ施設へ。出所後はニューヨーク市警のコンサルタントとして働き始める。そこに現れたのが施設を出た薬物依存者を監視、サポートする付添人ジョーン・ワトソンであった。眉を顰める向きもあるだろうが、そこはまず、作品を見て欲しい。コンビは出色であり、扱う事件も軽妙でツイストが効いている。もちろん、モリアーティも登場する。アイリーン・アドラーもここぞというところで名前が出てくる。マイクロフトだって当然。そう、ホームズの父モーランド・ホームズだって……え!?　ホームズの父親？　そう、今度のホームズは、シーズンを経るに従って、親子関係が重要な鍵になってくるのだ。抵抗を感じていた人も、数話を見終わるころには、新たなホームズ像に俄然興味が湧いてくるに違いない。

［大倉］

狂気に侵蝕されてゆく荒涼の孤島

そして誰もいなくなった

◉二〇一五年　イギリス

一九三九年、U・N・オーエンなる人物の招待状を受け取った八人の男女がデヴォン沖の兵隊島に渡った。出迎えたのは使用人夫婦で、招待主の姿はない。夕食を終えた時、突如スピーカーから声が響く。それは、島にいる十人の過去の罪業を告発するものだった。そして、マザーグースの歌詞通りに彼らはひとりずつ殺されてゆく。

アガサ・クリスティーの名作『そして誰もいなくなった』は過去に何度も映像化されてきたが、今のところ、イギリスBBCが制作した全三話のこのドラマ版が最高の出来なのではないか。少なくとも原作への忠実度は群を抜いている。出演者は、ヴェラ・クレイソーン役にメイヴ・ダーモディ、ロンバード役にエイダン・ターナー、ウォーグレイヴ判事役にチャールズ・ダンス、ブロア元刑事役にバーン・ゴーマン、エミリー・ブレント役にミランダ・リチャードソン、マッカーサー将軍役にサム・ニール等々、若手からヴェテランまで実力派を揃えた文句なしの布陣だ。

サラ・フェルプスによる脚本は、現在パートの展開はかなり原作に忠実な一方で、十人の過去の描写では原作を離れて自由な解釈を披露している（例えば、エミリー・ブレントが妊娠した女中に厳しく接して自殺に追いやったのは、原作では度を越した信仰が理由だが、ドラマでは同性愛的な感情が背後にあったからとも取れる演出である）。そして、陰鬱な曇天に覆われた荒涼たる孤島のそこかしこに、彼らが死に追いやった人々の血染めの幻影が出現し、幻想と狂気によって現実と理性が侵蝕されてゆくさまはもはやホラーの域。真犯人が手を下す前に、彼らの魂は既に地獄に堕ちているのだ。これほど怖い『そして誰もいなくなった』はかつて存在しなかったのではないか。

『そして誰もいなくなった』には小説の他に舞台版があり、結末が異なっているのはよく知られている。従来の映画化は舞台版の結末を選択していた。しかしこのドラマでは、全三話のうち二話目のラストに至っても、どちらの結末に着地するのか全く読めない。いずれの結末が待っているかは実際にご覧になって確かめていただきたいが、最後の種明かしはちょっと駆け足気味で説明不足。そこだけがこのドラマの惜しい点だ。

［千街］

過去と未来をつなぐ無線機が生む奥深さ

シグナル

◉二〇一六年　韓国

交番勤務のヘヨン（イ・ジェフン）は少年時代、殺害された少女の最後を目撃するも、当時の警察に証言を無視され、今も犯人は見つかっていない。ところがヘヨンが偶然拾った謎の無線機の相手から、少女殺害の重要な手がかりを伝えられ、結果として事件は解決。その無線機が十五年前の過去につながっていると知ったヘヨンは、その過去にいる刑事ジェハン（チョ・ジヌン）、女性刑事スヒョン（キム・ヘス）と協力し、未解決事件の調査を再開するのだった。

『神様がくれた14日間』と同じくSFミステリものであるが、現代の情報で過去の事件を再調査するという展開がさらなる奥深さを生んでいる。過去を変えることが必ずしも事件解決につながるとは限らないからだ。にもかかわらず、ヘヨンたちは陰惨な事件を防ごうと必死にあがく。特にジェハンの鬼気迫る姿は胸が熱くなる。近年の韓国SFミステリドラマとしては、トンネルで過去と現在を行き来する『愛の迷宮―トンネル―』（二〇一七年）も要チェック作品だ。　［蔓葉］

一冊の小説のごとき緻密なシナリオに注目

アメリカン・ゴシック
偽りの一族

◉二〇一六年　アメリカ

トンネルの天井板崩落事故で見つかったベルト。それは一四年前、現場に銀のベルを置いていく連続殺人犯の事件、通称「シルバーベル事件」の重要な証拠品だった。長女のアリソン（ジュリエット・ライランス）が市長選の準備に大わらわのホーソーン家は、事故のあったトンネル工事に深く関与していた。選挙への影響を恐れていたアリソンたちだが、さらに実家の納屋からは大量の銀のベルが見つかる。そして事件と同じ一四年前から失踪していた長男・ギャレット（アントニー・スター）が突然、実家に現れた。彼には何か思惑があるらしいのだが、疑わしいのは彼ばかりではなかった。

製作総指揮のコリン・ブリンカーホフはこのドラマを一冊の小説のようにしたいと考えていたという。その通り、全十二話は謎と秘密で編まれたひとつの物語として成立している。映像化して映える殺人描写には乏しいが、各話にさまざまな驚きの展開が用意され、特に後半の畳み掛けはすさまじい。シリーズ化が中止になったことは実に残念だ。　［蔓葉］

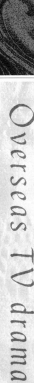

フーディーニ&ドイル

不可能興味満載
実在の人物二人が挑む本格ミステリ
謎解きの作法

◉二〇一六年　アメリカ・イギリス・カナダ

ハリー・フーディーニとコナン・ドイル。説明するまでもないかもしれないが、ハリー・フーディーニはアメリカの奇術師であり、脱出術を得意としたところから、脱出王の異名を取った。一方のコナン・ドイルは、シャーロック・ホームズの生みの親である。

二〇世紀初頭のロンドン、この二人がある事件を通じて、運命的な出会いをするところから、物語は始まる。

知っての通り、コナン・ドイルは早くから心霊主義に傾倒していた。一方のハリー・フーディーニは超常現象や霊に対し懐疑的な態度を取り、サイキックハンターとしても知られている。この一見、水と油の二人が犯罪捜査に挑んだら……もう考えただけでワクワクする。

しかも、それだけではない。二人が遭遇する事件というのが、どれも一筋縄ではいかない、奇々怪々なものばかりだ。第一話は幽霊による密室殺人事件。そしてこれはほんの小手調べに過ぎず、その後も、生まれ変わりによる復讐、悪魔憑き、どんな病気でも治してしまう「神の手」を持つ牧師にまつわる事件、高層階から人を突き落とす連続殺人鬼「バネ足ジャック」、さらには郊外に光る物体が墜落、宇宙人に村の住人が誘拐されるという事件が続く。そしてついには、あのブラム・ストーカーの登場。ドラキュラの作者として有名になったストーカー宅のメイドが、心臓に杭を打ちこまれるという猟奇的方法で殺害される。そしてストーカー自身にも「吸血鬼」の疑いが……。本格というより、新本格の味わい。このような事件を、二人が時に争いながら、時に協力しながら解決していくのである。どうです、ワクワクするでしょう?

ちなみに時代設定は、ドイルがホームズを死なせファンから始終文句を言われていたり、大ボーア戦争の執筆を終えた後とみられることから、一九〇〇年後半から一九一〇年頃と思われる。そして最終話となった第十話のラストでは、『バスカヴィル家の犬』の執筆を開始している。

このあまりに魅力的な本格ミステリドラマは、残念ながら多くの支持を得られず、短命なものとなってしまった。しかし、謎に満ちた十本の物語は、これからも語り継いでいく価値が充分にある。

［大倉］

テレビバラエティ

Variety shows

映像でしか成立しえない大胆不敵な大仕掛け

くりぃむナントカ

◉二〇〇四〜〇八年

画期的な企画の数々でお笑いファンから厚い支持を受けていた本番組において、笑いの裏側の構造に触れるようなその自己言及性を、テレビという枠組み自体に向けたコーナーが「芸能界ビンカン選手権」だ。各ステージに隠されたおかしなところを見つけ出して得点を競う、いわば間違い探しであるが、間違い＝ビンカンポイントの中には、参加者のみならず視聴者さえもあっと驚かせるような、テレビならではのネタが施されているものも多く、ミステリ的な楽しみも存分に味わえた。

　画面の向こうの空間は、発言からセットに至るまで、すべて虚構である可能性を常に内包しているが、ビンカン選手権はあえてその虚構性を露呈させることによって、視聴者に驚きと脱力するような笑いをもたらす。とりわけ、二〇〇七年四月放送回の大仕掛けは、作り手によって情報量がコントロールされているというテレビの特性に基づいた驚きの着想で、テレビ史上に残る大胆不敵なトリックだ。

［秋好］

ディベート型〝病名当て《フーダニット》〟医療バラエティ

総合診療医ドクターG

◉二〇一〇年〜

「病名推理エンターテインメント」を謳った番組で、現役の医師が出題者（＝ドクターG）となり、実際に関わった症例について、研修医（若手医師）やタレントたちがその再現ドラマをもとに討論を重ね、病名を特定する、という内容。端的に表現すれば、ディベート型〝病名当て《フーダニット》〟ミステリといったところだろう。今世紀の作品としては、浅ノ宮遼『片翼の折鶴』やドラマ『メディカルチーム　レディ・ダヴィンチの診断』に先駆けている。ドラマ部分で提示された些細な手掛かりから、研修医たちが探偵役となってそれぞれの仮説を展開し、真相へと迫っていく様は、あたかも本格ミステリにおける多重解決もののようだ。

　過去に放送された第8シリーズまでのうち、飛行機という限定状況下を舞台にしたSP回「航空機内の患者を救え！」や、表向きの症例に隠された〝21世紀本格〟的な真相が炸裂する第6シリーズ「食欲がない」あたりはとりわけ傑作なので、未見の方は再放送の際にぜひ注目されたい。

［秋好］

「日本一下世話なクイズ番組」が殺人劇の舞台に

クイズ☆タレント名鑑

◉二〇一〇～一二年

二〇一一年十一月十三日放送回で、事件は起こった。芸名らしき十六個の名前の中から実在するモノマネ芸人を選ぶ「モノマネ芸人いる？いない？クイズ」というコーナーの最中、準レギュラー的存在（！）であるGO！ピロミの名前が指名されたそのとき、舞台セットの奥から鈍い音が響いた。カーテンが上がった先に映し出されたのは、俯せに倒れた男の姿。不穏な空気の漂うスタジオ。やがて画面が切り替わり、タイトルテロップが表示される。「GO！ピロミ殺人事件」

TBSテレビの藤井健太郎Pが手がけた悪意の塊のような番組の中でも、とりわけ冒険的な企画の一つだ。クイズ番組が殺人劇に変貌する時点で衝撃的だが、伏線も張られ、すべてが「モノマネ」というキーワードに収斂するなど、意外としっかり作り込まれた脚本は見事というほかない。単に視聴者を驚かせるだけに終わらない、上質なミステリドラマであった。なお、脚本協力に名前を連ねる楠野一郎は、東野圭吾原作『天空の蜂』（堤幸彦監督）の脚本も務めている。［秋好］

フェイクを見破れ！〝騙し〟に凝ったアイドル番組

Kiss My Fake

◉二〇一三～一四年

ジャニーズグループ・Kis-My-Ft2の冠クイズ番組。毎回メンバーチームとゲストチームに分かれ、ホンモノの中に混ぜられた精巧なフェイクを見破る対決を行なっていた。『クイズ☆タレント名鑑』のスタッフが一部再集結しているだけあって、内容はアイドル番組らしからぬもので、例えばレギュラー放送初回に出題されたクイズは、「マック赤坂の政見放送のフェイクを見破れ！」だった。

出題された問題のうち、特筆すべきは二〇一三年十一月二十三日放送回の「芸能人の兄弟のフェイクを見破れ！」だろう。タレントの兄弟として登場した人物がホンモノかどうかを判別する問題で、〝ザブングル・松尾の双子の弟〟という男が現れた。双子にしても似すぎているため、スタジオも混乱に陥ったが、正解はフェイク。そこにいたのは、メガネや髪型を変えた松尾本人であった。ミステリにおける一人二役や双子入れ替わりトリックにも通じる秀逸なネタで、出題形式によって単純な真相が複雑化している点も面白い。［秋好］

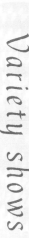

バラエティ番組の収録がサイコホラーに転化する

とんぱちオードリー

◉二〇一四・一五・一六年

オードリーの民放初冠番組。過去に四回放送されており、毎回視聴者の鼻っ面を引きずり回すような企画が行なわれている。二〇一四年十月の初回放送では、好きな子を笑わせたいという中学生を応援する「世界一甘酸っぱいお笑い」なるコーナーが、実は脚本ありのドラマであったことを最後に明かし、視聴者の度肝を抜いたが、ミステリとしては二〇一五年四月に放送された「あがき場」という企画が秀逸であった。

芸能界で売れようとあがいている人たちをスタジオに集めたフリートーク企画の体で、ストーカー被害にあったというアイドルのエピソードが、探偵やアイドル評論家の話とリンクし、やがて意外な形でサイコホラーへと展開していく。随所に細かい伏線が忍ばされた『放送禁止』（フジテレビ）スタイルであるとともに、実在のタレントを使ったバラエティ形式のフェイクドキュメンタリーという意味で、二〇〇五年にTBSで放送された白石晃士監督作『日本のこわい夜　特別篇　本当にあった史上最恐ベスト10』も想起された。［秋好］

一瞬たりとも見逃せない先鋭的な笑いと驚き

水曜日のダウンタウン

◉二〇一四年〜

TBSの藤井健太郎Pが現在携わる、芸人たちが様々な説をプレゼンし、その説について検証していく番組。近来はスペシャル放送の際に必ず叙述トリック的なネタを仕掛けてくるので油断ができない。

ある回では、スタジオゲストの鈴木ふみ奈が空気を読まない言動を連発し、「あなた、今日売れようとしてんの？」というツッコミを受けたが、それらはすべて別室にいた博多大吉の指示によるものだった（「グラビアアイドルでも芸人の言う通りにコメントすれば面白い説」）。番組の終盤で、スタジオゲストの声がすべてアテレコだったことが明らかになる回もあった（「テレビに出てる人の声、実はモノマネ芸人がアテレコしていても誰も気づかない説」）。その際、オープニング映像から張り巡らされている伏線も注目ポイントだ。他にも、VTRの隅々まで凝られた「リアル・スラムドッグ$ミリオネア」や、戦慄の結末の待ち受けていた「フューチャークロちゃん」など、ミステリ好きも必見の企画が満載である。

［秋好］

リアリティショーならではの意外性に満ちた展開

テラスハウス BOYS & GIRLS IN THE CITY

◉二〇一五〜一六年

シェアハウスにおける六人の男女の共同生活をモニタリングするリアリティ番組。世間的には『あいのり』（フジテレビ）と同種の、テラスハウス内での恋愛模様を追った番組だと思われているかもしれないが、さにあらず。もちろんそうした要素もありながら、スタジオや副音声ではお笑い的にキレキレのツッコミフレーズが次々と繰り出されるし、Netflix配信の本シリーズにおいては、リアリティショーならではの意外性に満ちた衝撃的展開まで待ち受けている。

事件が起きたのは第四十三話。バーンズと美咲がカップルとなり、恋人とでなければ手も握れないと語っていたりこぴんは速人と浴衣で花火を観に行き、速人に振られたマーサはアーマンと少しだけ距離を縮めていた。そのような状況下、バーンズのさらっと口にしたひと言が、世界を一瞬で反転させる。厳密には本格ミステリの驚きとは異なるかもしれないが、視聴者に与える衝撃やミスリードを誘う構成の巧さは、まさに上質な叙述トリックそのものと言えるだろう。［秋好］

丁寧に作りこまれたドラマ形式のミステリクイズ

今夜はナゾトレ

◉二〇一六年〜

各界のクリエイターから出題される謎解きにタレントたちが挑むクイズ番組。レギュラー回答者として作家の道尾秀介が出演していることでも話題だが、その道尾が出題者となって出される推理クイズが「一瞬ミステリー劇場　瞬間探偵！平目木駿」である。

『5分で解けるトリックストーリー』（TBS）や『超再現！ミステリー』（日本テレビ）など、これまでにもドラマ仕立ての推理番組は存在したが、いずれも元となる原作があり、特に前者に関しては藤原宰太郎の推理クイズ本めいた趣きさえあった。だがこのコーナーは、プロのミステリ作家が手がけているという点で、『マジカル頭脳パワー!!』（日本テレビ）の「マジカルミステリー劇場」に近い。オリジナリティがあり、単純ながら大人から子供まで楽しめるちょうどいい難易度の問題設定は、道尾の面目躍如たるところだろう。

なお、当該コーナーは神海英雄によって漫画化され、『最強ジャンプ』二〇一八年一月号から連載されている。［秋好］

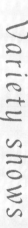

Column

お笑い芸人のネタにも、本格ミステリは潜んでいる!?

秋好亮平

『ダイノジ芸人生活10周年記念ベストコントライブ　KING OF LIVE』について、桜庭一樹はダイノジ・大谷ノブ彦との対談で、「短編コントの一本一本が、独立しているように見えて、実はぜんぶ繋がっている。最後のコントで、全編に張られた伏線が一気に回収されるという。ミステリファンには、たまらない構成でした」と感想を述べていたが、ダイノジに限らず、お笑い芸人のライブDVDなどを見ていると、ときどきそのような趣向と出くわすことがある。全体の構成に仕掛けを施した東京創元社の連作短編集のようで、ミステリファンとしてはついつい反応せざるをえない。

『アルコ&ピースのオールナイトニッポン』(二〇一四〜一五年)のとある回で、「ラーメンズ的な流れで行きたい。(伏線)全部回収しようぜ」と叫ばれたことがあったが、確かにそうした手法を用いる芸人としては、ラーメンズの名前が筆頭に挙がるだろう。周到な伏線と言葉遊びに満ちた小林賢太郎の脚本は、見る者にセンス・オブ・ワンダーを呼び起こす魔法である。とりわけ第十六回公演『TEXT』に関しては、その完成度の高さに驚嘆すること間違いない。公演のラストを飾る「銀河鉄道の夜のような夜」の見事な伏線回収と、超絶技巧が切ない感傷をもたらす、鮮やかな物語捌《さば》きを見よ。他にも、公共放送の料金取り立てをコンゲーム風に描き、展開を二転三転させてみせる「本人不在」や、状況証拠によって常軌を逸した真実が立ち現れる「採集」など、どの公演にもミステリ好きの琴線に触れるようなネタが紛れている。

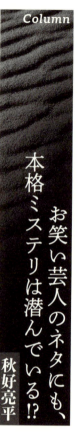

ミステリとの親和性が高い芸人として、アンジャッシュの存在も忘れてはなるまい。ライブDVD『アンジャッシュ〜クラダシ〜』など、全編にわたって仕掛けの施された作品もあるが、彼らの技巧はむしろ個々のコントでこそ発揮される。その代名詞とも言えるネタが、すれ違いコント。アンジャッシュといえばすれ違いコント、すれ違いコントといえばアンジャッシュとさえ評せるだろう。二人の男が互いの話を勘違いしたままやり取りを続け、やがてそのすれ違いがエスカレートしていき、笑いを生む。すれ違いのシチュエーションを設定し、二人の発する言葉の数々にこれでもかとダブルミーニングを仕掛ける様は、三谷幸喜の脚本や横溝正史の『獄門島』にも通じる、本格ミステリの一様式だ。

ちなみに、アンジャッシュの渡部建には『エスケープ!』という著作もある。〈僕〉ことシュウが、たまたま目にした雑誌記事をきっかけに、空き巣の計画を練り始めるというクライム・コメディだが、忍び込んだ家で見知らぬ男と鉢合わせてからの展開は、彼らのすれ違いコントそのものだ。少ない登場人物たちのあいだに誤解やすれ違いを生じさせ、その勘違いから物語を進めていく書き筋はさすがの一言。

『キングオブコント』の第六回優勝者であるかもめんたるは、世間一般からどのように認知されているだろうか。ひょっとしたら、単に不気味で気色の悪いコントをするコンビだと見なされているかもしれない。が、テレビで演じられているネタは、かもめんたるの世界観のほんの一端を示しているに過ぎぬ。彼らのコントライブは、厳密にはミステリの驚きとは異なるものの、見る者の度肝を抜くような凄みに満ちているのだ。中でも圧巻なのは、第十四回単独ライブ『メマトイとユスリカ』。銀行強盗に失敗し、自首を決意した二人の男女の性愛を描いた表題作をはじめ、『キングオブコント』決勝戦でも披露された「言葉売り」など、岩崎と槙尾によって演じられる独創的なシチュエーションの数々が、公演の締めくくりとなる「敬虔な経験」で一気に収斂される。あとには、しみじみと濃密な余韻が残るだろう。

『キングオブコント』といえば、第十回大会で優勝したかまいたちのネタには、導入で叙述トリックが用いられていた。放課後、濱家《はまいえ》は学校一冴えない男・山内の姿を見かける。彼は学校一のマドンナの吉田さんに告白されていた、と思いきや……。一人芝居で空間に話しかけていたとしても、話し相手はそこに存在するものとする、というコントの暗黙の了解をくつがえす秀逸な仕掛けであった。

かつて二階堂黎人は『容疑者Xの献身』は本格か否か」(『ミステリマガジン』2006年3月号)の中で、「叙述トリックでは、書かれていないことはすべて実現可能となってしまう危険性がある」と指摘した。これは本格ミステリ作品について論じた文章だが、その内容はコントや漫才にも当てはまるのではないだろうか。それらは基本的に、演者の言葉と身体のみによって表現され、余白の部分は観客の想像力に委ねられる。そこでは、説明されていないことは何でも自由に起こりうるため、叙述トリックの介在する余地が残されているのだ。

二〇一〇年の『M—1グランプリ』でパンクブーブーの披露した漫才は、まさにその好例だろう。コンビニで犯罪に巻き込まれたというエピソードが語られるのだが、そこには必ずスカシや〈裏切り〉が含まれており、話者の誤認や場所の誤認、関係性の誤認など、叙述トリックの手法が笑いの手法として用いられていた。また、二〇一六年の同大会でスーパーマラドーナが披露したネタにも、強烈などんでん返しが用意されていた。エレベーターに閉じ込められたことがあるというボケ役の田中が、そのときの様子を一人二役で再現してみせるのだが……。終盤の怒濤の伏線回収といい、こちらもどうしようもなく本格ミステリであった。

ミステリは本質的に〈裏切り〉を求められる文芸だ。予想した展開や真相が裏切られることで、読者は驚きとともにカタルシスを味わう。笑いもまた、〈裏切り〉によって生じる。ゆえに、笑いとミステリは兄弟なのである。ミステリを楽しむのに、何もしかつめ顔をしている必要はない。ときにはお笑い芸人のネタに目を向け、大いに笑ってみてはいかがだろうか。

ユアン、シュー・ウェイニン ❖フルモテルモ＝コピアポア・フィルム▶P.187

木曜組曲 ①篠原哲雄 ②大森寿美男 ③鈴木京香、原田美枝子、富田靖子 ❖シネカノン、DVD▶P.012

【や】

奴が嘲笑う（THE ADVOCATE: A MISSING BODY、韓国） ①ホ・ジョンホ ②ホ・ジョンホ他 ③イ・ソンギュン、キム・ゴウン ❖TCエンタテインメント、DVD▶P.180

夕陽ケ丘の探偵団 ①林海象 ②岡田茂 ③伊藤大翔、清水尚弥 ❖NHK教育、▶P.066

46億年の恋 ①三池崇史 ②NAKA雅MURA ③松田龍平、安藤政信、窪塚俊介 ❖エスピーオー、DVD▶P.018

【ら】

LIAR GAME ①松山博昭他 ②黒岩勉他 ③戸田恵梨香、松田翔太 ❖フジテレビ、DVD▶P.067

ライフ・オブ・デビッド・ゲイル（THE LIFE OF DAVID GALE、アメリカ） ①アラン・パーカー ②チャールズ・ランドルフ ③ケヴィン・スペイシー、ケイト・ウィンスレット ❖ＵＩＰ、DVD▶P.148

乱歩奇譚 Game of Laplace ①岸誠二 ②上江洲誠 ③櫻井孝宏、高橋李依 ❖フジテレビ、DVD▶P.134

リトル・レッド レシピ泥棒は誰だ!▶（HOODWINKED、アメリカ） ①コリー・エドワーズ ②コリー・エドワーズ他 ③アン・ハサウェイ、グレン・クローズ ❖クロックワークス、DVD▶P.157

臨床犯罪学者 火村英生の推理 ①佐久間紀佳他 ②マギー他 ③斎藤工、窪田正孝 ❖日本テレビ／よみうりテレビ、DVD▶P.098

臨場 ①橋本一他 ②佐伯俊道他 ③内野聖陽、松下由樹 ❖テレビ朝日／朝日放送、DVD▶P.075

ルパン三世（第四シリーズ） ①友永和秀 ②高橋悠也他 ③栗田貫一、小林清志 ❖日本テレビ／読売テレビ、DVD▶P.137

霊能力者 小田霧響子の嘘 ①常廣丈太他 ②渡辺雄介他 ③石原さとみ、谷原章介、大島優子 ❖テレビ朝日、DVD▶P.077

レッド・ライト（RED LIGHTS、アメリカ・スペイン） ①ロドリゴ・コルテス ②ロドリゴ・コルテス ③ロバート・デ・ニーロ、キリアン・マーフィ ❖プレシディオ、DVD▶P.168

レンブラントの夜警（NIGHTWATCHING、カナダ・ポーランド・オランダ・イギリス・フランス・ドイツ） ①ピーター・グリーナウェイ ②ピーター・グリーナウェイ ③マーティン・フリーマン、エミリー・ホームズ ❖東京テアトル＝ムービーアイ、DVD▶P.160

LAW & ORDER クリミナルインテント（LAW & ORDER、アメリカ） ①ジョン・パターソン他 ②ディック・ウルフ他 ③ジェリー・オーバック、ジェシー・L・マーティン ❖NBCユニバーサル・エンターテイメントジャパン、DVD▶P.192

64 ロクヨン ①井上剛他 ②大森寿美男 ③ピエール瀧、木村佳乃 ❖ＮＨＫ、DVD▶P.088

ロスト・ボディ（EL CUERPO、スペイン） ①オリオル・パウロ ②オリオル・パウロ他 ③ホセ・コロナド 、ウーゴ・シルバ ❖松竹、DVD▶P.169

六花の勇者 ①高橋丈夫 ②浦畑達彦 ③斉藤壮馬、日笠陽子 ❖TOKYO MX、DVD▶P.135

ロフト.（LOFT、ベルギー） ①エリク・ヴァン・ローイ ②バルト・デ・パウ ③ケーン・デ・ボーウ、フィリップ・ペータース ❖フリーマン・オフィス、DVD▶P.164

【わ】

私の嫌いな探偵 ①塚本連平他 ②福田雄一 ③剛力彩芽、玉木宏 ❖テレビ朝日／朝日放送、DVD▶P.094

私の少女時代（OUR TIMES、台湾） ①フランキー・チェン ②ツェン・ヨンティン ③ヴィヴィアン・ソン、ダレン・ワン ❖ココロヲ・動かす・映画社 ○、▶P.182

ポリス・ストーリー／レジェンド(POLICE STORY 2013、中国) ①ディン・シェン ②ディン・シェン ③ジャッキー・チェン、リウ・イエ ❖ブロードメディア・スタジオ、DVD▶P.175

【ま】

マイノリティ・リポート(MINORITY REPORT、アメリカ) ①スティーブン・スピルバーグ ②スコット・フランク ③トム・クルーズ、コリン・ファレル ❖20世紀フォックス映画、DVD▶P.146

真備庄介霊現象探求所シリーズ 背の眼 ①小松隆志 ②清水友佳子 ③渡部篤郎、成海璃子 ❖BS日テレ、▶P.082

マジック・イン・ムーンライト(MAGIC IN THE MOONLIGHT、イギリス・アメリカ) ①ウディ・アレン ②ウディ・アレン ③コリン・ファース、エマ・ストーン ❖ロングライド、DVD▶P.178

マダム・マーマレードの異常な謎 ①中村義洋他 ②堀田延他 ③川口春奈、高畑淳子、山崎一 ❖テレビ東京、DVD▶P.030

湖のほとりで(LA RAGAZZA DEL LAGO、イタリア) ①アンドレア・モライヨーリ ②サンドロ・ペトラリア ③トニ・セルヴィッロ、ヴァレリア・ゴリノ ❖アルシネテラン、DVD▶P.158

Mr.ホームズ 名探偵最後の事件(MR. HOLMES、イギリス・アメリカ) ①ビル・コンドン ②ジェフリー・ハッチャー ③イアン・マッケラン、ローラ・リニー ❖ギャガ、DVD▶P.182

MR.BRAIN ①福澤克雄他 ②蒔田光治他 ③木村拓哉、綾瀬はるか ❖TBS／毎日放送、DVD▶P.073

ミステリなふたり ①野崎久也 ②深沢正樹他 ③松島花、鈴木勝大 ❖名古屋テレビ、▶P.096

ミステリー民俗学者 八雲樹 ①麻生学 ②戸田山雅司他 ③及川光博、平山あや ❖テレビ朝日／朝日放送、DVD▶P.056

ミッション：8ミニッツ(SOURCE CODE、アメリカ) ①ダンカン・ジョーンズ ②ベン・リプリー ③ジェイク・ギレンホール、ミシェル・モナハン ❖ディズニー、DVD▶P.167

迷宮の女(DEDALES、フランス) ①ルネ・マンゾール ②ルネ・マンゾール ③シルヴィー・テスチュ、フレデリック・ディファンタール ❖ハピネット・ピクチャーズ、DVD▶P.151

名探偵赤富士鷹 ①吉川邦夫 ②藤本有紀 ③伊東四朗、塚本高史 ❖NHK、▶P.057

名探偵コナン(劇場版) ①こだま兼嗣 ②古内一成他 ③高山みなみ、小山力也、山崎和佳奈 ❖東宝、DVD▶P.010

名探偵コナン ①こだま兼嗣 ②古内一成他 ③高山みなみ、山崎和佳奈、神谷明 ❖読売テレビ／日本テレビ、DVD▶P.122

名探偵の掟 ①宮下健作他 ②大石哲也他 ③松田翔太、香椎由宇 ❖テレビ朝日、DVD▶P.074

名探偵ポワロ(POIROT、イギリス) ①ロス・デヴィニッシュ他 ②クライヴ・エクストン他 ③デヴィッド・スーシェ、ヒュー・フレイザー ❖ハピネット・ピクチャーズ、DVD▶P.190

名探偵モンク(Monk、アメリカ) ①ディーン・パリソット他 ②アンディ・ブレックマン他 ③トニー・シャルーブ、ビッティ・シュラム ❖NBCユニバーサル・エンターテイメントジャパン、DVD▶P.196

女神は二度微笑む(KAHAANI、インド) ①スジョイ・ゴーシュ ②スジョイ・ゴーシュ ③ヴィディヤー・バーラン、パランブラタ・チャテルジー ❖ブロードウェイ、DVD▶P.172

メディカルチーム レディ・ダ・ヴィンチの診断 ①星野和成他 ②田中眞一他 ③吉田羊、相武紗季 ❖関西テレビ／フジテレビ、DVD▶P.107

メンタリスト(THE MENTALIST、アメリカ) ①デヴィッド・ナッター他 ②ブルーノ・ヘラー他 ③サイモン・ベイカー、ロビン・タニー ❖ワーナー・ホーム・ビデオ、DVD▶P.201

魍魎の匣 ①中村亮介 ②村井さだゆき他 ③平田広明、森川智之、木内秀信 ❖日本テレビ、DVD▶P.127

目撃者 闇の中の瞳(WHO KILLED COCK ROBIN、台湾) ①チェン・ウェイハオ ②チェン・ウェイハオ他 ③カイザー・チ

ハードナッツ！～数学girlの恋する事件簿～ ①河合勇人他 ②蒔田光治他 ③橋本愛、高良健吾 ❖ＮＨＫ、DVD▶P.085

ハルチカ～ハルタとチカは青春する ①橋本昌和 ②吉田玲子他 ③ブリドカットセーラ 恵美、斉藤壮馬 ❖TOKYO MX、DVD▶P.141

犯罪資料館 緋色冴子シリーズ 赤い博物館 ①河原瑶他 ②大久保ともみ他 ③松下由樹、山崎裕太 ❖ TBS、▶P.099

ピエロがお前を嘲笑う(WHO AM I — KEIN SYSTEM IST SICHER、ドイツ) ①バラン・ボー・オダー ②バラン・ボー・オダー他 ③トム・シリング、エリアス・ムバレク ❖ファントム・フィルム、DVD▶P.178

ビブリア古書堂の事件手帖 ①松山博昭他 ②相沢友子他 ③剛力彩芽、AKIRA ❖フジテレビ／関西テレビ、DVD▶P.085

氷菓（実写映画版） ①安里麻里 ②安里麻里 ③山﨑賢人、広瀬アリス、小島藤子 ❖KADOKAWA、DVD▶P.036

氷菓（アニメ） ①武本康弘 ②賀東招二他 ③中村悠一、佐藤聡美 ❖TOKYO MX、DVD▶P.129

ファンタジックチルドレン ①なかむらたかし ②三井秀樹他 ③河原木志穂、皆川純子 ❖テレビ東京、DVD▶P.124

福家警部補の挨拶 ①佐藤祐市他 ②正岡謙一郎他 ③檀れい、稲垣吾郎 ❖フジテレビ／関西テレビ、▶P.093

富豪刑事 ①長江俊和他 ②蒔田光治他 ③深田恭子、西岡徳馬、山下真司 ❖テレビ朝日／朝日放送、DVD▶P.060

フーディーニ＆ドイルの怪事件ファイル 謎解きの作法（HOUDINI AND DOYLE、イギリス・カナダ・アメリカ） ①スティーヴン・ホプキンス他 ②デヴィッド・ホセルトン他 ③マイケル・ウェストン、スティーヴン・マンガン ❖ソニー・ピクチャーズエンタテインメント、DVD▶P.214

フライペーパー！ 史上最低の銀行強盗（FLYPAPER、アメリカ・ドイツ） ①ロブ・ミンコフ ②ジョン・ルーカス他 ③パトリック・デンプシー 、アシュレイ・ジャッド ❖アルバトロス＝インターフィルム、DVD▶P.167

ブラウン神父（FATHER BROWN、イギリス） ①イアン・バーバー他 ②タージン・ギュネール他 ③マーク・ウィリアムズ、ヒューゴ・スピアー ❖ハピネット・ピクチャーズ、DVD▶P.209

ブラッドワーク（BLOOD WORK、アメリカ） ①クリント・イーストウッド ②ブライアン・ヘルゲランド ③ジェフ・ダニエルズ、ワンダ・デ・ヘスース ❖ワーナー、DVD▶P.145

フリーズ・フレーム（FREEZE FRAME、イギリス・アイルランド） ①ジョン・シンプソン ②ジョン・シンプソン ③リー・エヴァンス、ショーン・マッギンレイ ❖キングレコード（DVD）、DVD▶P.154

監獄学園（プリズンスクール） ①水島努 ②横手美智子 ③神谷浩史、小西克幸 ❖TOKYO MX、DVD▶P.134

プリデスティネーション(PREDESTINATION、オーストラリア) ①スピエリッグ兄弟 ②スピエリッグ兄弟 ③イーサン・ホーク 、サラ・スヌーク ❖プレシディオ、DVD▶P.179

古畑任三郎 ①河野圭太 ②三谷幸喜 ③田村正和、西村雅彦 ❖フジテレビ／関西テレビ、DVD▶P.061

プレステージ（THE PRESTIGE、アメリカ） ①クリストファー・ノーラン ②クリストファー・ノーラン他 ③ヒュー・ジャックマン、クリスチャン・ベイル、スカーレット・ヨハンソン ❖ギャガ・コミュニケーションズ、DVD▶P.155

ブレッチリー・サークル(THE BLETCHLEY CIRCLE、イギリス) ①アンディ・デ・エモニー他 ②ガイ・バート ③アンナ・マックスウェル・マーティン、レイチェル・スターリング ❖PBS、▶P.209

放送禁止 ①長江俊和 ②長江俊和 ③瑠川あつこ、研丘光男 ❖フジテレビ、DVD▶P.054

僕だけがいない街 ①伊藤智彦 ②岸本卓他 ③土屋太鳳、満島真之介 ❖フジテレビ、DVD▶P.142

ホット・ファズ 俺たちスーパーポリスメン！（HOT FUZZ、イギリス・フランス） ①エドガー・ライト ②エドガー・ライト他 ③サイモン・ペッグ、ニック・フロスト ❖ギャガ・コミュニケーションズ、DVD▶P.158

天才刑事・野呂盆六 ①藤嘉行 ②長坂秀佳 ③橋爪功、 ❖朝日放送／松竹、▶P.068

点と線 ①石橋冠 ②竹山洋 ③ビートたけし、高橋克典 ❖テレビ朝日／朝日放送、DVD▶P.066

TRU CALLING トゥルー・コーリング（TRU CALLING、アメリカ） ①フィリップ・ノイス他 ②ジョン・ハーモン・フェルドマン他③エリザ・ドゥシュク、ショーン・リーヴス ❖20世紀フォックス・ホーム・エンターテイメント・ジャパン、DVD▶P.194

閉ざされた森（BASIC、アメリカ） ①ジョン・マクティアナン ②ジェームズ・ヴァンダービルト ③ジョン・トラヴォルタ、サミュエル・L・ジャクソン ❖ＳＰＥ、DVD▶P.149

dot the i ドット・ジ・アイ（DOT THE I、イギリス・スペイン） ①マシュー・パークヒル ②マシュー・パークヒル ③ガエル・ガルシア・ベルナル、ナタリア・ベルベケ ❖エスピーオー、DVD▶P.151

扉は閉ざされたまま ①村本天志 ②深沢正樹 ③黒木メイサ、中村俊介 ❖WOWOW、DVD▶P.071

ドラえもん のび太のひみつ道具博物館 ①寺本幸代 ②清水東 ③水田わさび、大原めぐみ、かかずゆみ ❖東宝、DVD▶P.027

ドラゴン・タトゥーの女（THE GIRL WITH THE DRAGON TATTOO、アメリカ） ①デヴィッド・フィンチャー ②スティーヴン・ザイリアン ③ダニエル・クレイグ、ルーニー・マーラ ❖ソニー・ピクチャーズ エンタテインメント、DVD▶P.166

ＴＲＩＣ ①堤幸彦他 ②蒔田光治他 ③仲間由紀恵、阿部寛 ❖テレビ朝日・東宝、DVD▶P.048

トールマン（THE TALL MAN、アメリカ・カナダ・フランス） ①パスカル・ロジェ ②パスカル・ロジェ ③ジェシカ・ビール、ジョデル・フェルランド ❖キングレコード、DVD▶P.168

とんぱちオードリー ①水口健司他 ③オードリー、 ❖フジテレビ、▶P.218

【な】

謎解きＬＩＶＥ ①麻耶雄嵩他 ③金澤美穂、白石隼也 ❖ＮＨＫ、▶P.090

謎解きはディナーのあとで ①土方政人他 ②黒岩勉 ③櫻井翔、北川景子 ❖フジテレビ／関西テレビ、DVD▶P.081

ナンバーズ 天才数学者の事件ファイル（NUMB3RS、アメリカ） ①ニコラス・ファラッチ他 ②シェリル・ヒュートン他 ③ロブ・モロー、デヴィッド・クラムホルツ ❖パラマウント ホーム エンタテインメント ジャパン、DVD▶P.200

22年目の告白 私が殺人犯です ①入江悠 ②平田研也他 ③藤原竜也、伊藤英明、夏帆 ❖ワーナー、DVD▶P.035

人形佐七捕物帳 ①村谷嘉則他 ②稲葉一広他 ③要潤、矢田亜希子 ❖BSジャパン、▶P.107

【は】

バイロケーション ①安里麻里 ②安里麻里 ③水川あさみ、千賀健永、高田翔 ❖KADOKAWA、DVD▶P.032

パズル ①都築淳一他 ②蒔田光治他 ③石原さとみ、山本裕典 ❖テレビ朝日／朝日放送、DVD▶P.071

パーソン・オブ・インタレスト 犯罪予知ユニット（PERSON OF INTEREST、アメリカ） ①デヴィッド・セメル他 ②ジョナサン・ノーラン他 ③ジム・カヴィーゼル、マイケル・エマーソン ❖ワーナー・ブラザース・ホームエンターテイメント、DVD▶P.206

バチカン奇跡調査官 ①米たにヨシトモ ②水上清資他 ③岡本信彦、諏訪部順一 ❖WOWOW、DVD▶P.142

８人の女たち（8 FEMMES、フランス） ①フランソワ・オゾン ②フランソワ・オゾン他 ③ダニエル・ダリュー、カトリーヌ・ドヌーヴ ❖ギャガ・コミュニケーションズ、DVD▶P.147

パッション（PASSION、ドイツ・フランス） ①ブライアン・デ・パルマ ②ブライアン・デ・パルマ ③レイチェル・マクアダムス、ノオミ・ラパス ❖ブロードメディア・スタジオ、DVD▶P.173

スリープレス（Non Ho Sonnon、イタリア） ①ダリオ・アルジェント ②ダリオ・アルジェント他 ③マックス・フォン・シドー、ステファノ・ディオニジ ❖日本コロムビア、DVD▶P.144

スリル！ 赤の章・黒の章 ①河合勇人他 ②蒔田光治他 ③小松菜奈、山本耕史 ❖NHK、▶P.106

スルース（SLEUTH、アメリカ） ①ケネス・ブラナー ②ハロルド・ピンター ③マイケル・ケイン、ジュード・ロウ ❖ハピネット、DVD▶P.160

絶園のテンペスト ①安藤真裕 ②岡田麿里他 ③内山昂輝、豊永利行 ❖「絶園のテンペスト」製作委員会、DVD▶P.131

セブンデイズ（SEVEN DAYS、韓国） ①ウォン・シニョン ②ユン・ジェグ ③キム・ユンジン、キム・ミスク ❖エスピーオー、DVD▶P.162

ゼロの焦点 ①犬童一心 ②犬童一心他 ③広末涼子、中谷美紀、木村多江 ❖東宝、DVD▶P.022

ゼロ時間の謎（L'HEURE ZERO、フランス） ①パスカル・トマ ②フランソワ・カヴィリオーリ ③メルヴィル・プポー、キアラ・マストロヤンニ ❖ファインフィルムズ、DVD▶P.159

ソウ（SAW、アメリカ） ①ジェームズ・ワン他 ②リー・ワネル他 ③ケイリー・エルウィズ、トビン・ベル ❖アスミック・エース、DVD▶P.152

総合診療医ドクターG ①永井祐子 ③浅草キッド、 ❖NHK、▶P.216

そして誰もいなくなった（AND THEN THERE WERE NONE、イギリス） ①クレイグ・ヴィヴェイロス ②サラ・フェルプス ③メイヴ・ダーモディ、エイダン・ターナー ❖NHKエンタープライズ、DVD▶P.212

【た】

Wの悲劇 ①佐々木章光 ②寺田敏雄 ③武井咲、桐谷健太 ❖テレビ朝日／朝日放送、DVD▶P.080

ダンガンロンパ 希望の学園と絶望の高校生 ①岸誠二 ②上江洲誠 ③緒方恵美、大本眞基子 ❖MBS、DVD▶P.133

箪笥（A TALE OF TWO SISTERS、韓国） ①キム・ジウン ②キム・ジウン ③イム・スジョン、ムン・グニョン ❖コムストック、DVD▶P.150

探偵ミタライの事件簿 星籠の海 ①和泉聖治 ②中西健二他 ③玉木宏、広瀬アリス、石田ひかり ❖東映、DVD▶P.034

探偵Xからの挑戦状！ ③竹中直人、谷村美月、長澤まさみ ❖NHK、DVD▶P.076

探偵学園Q（ドラマ） ①中島悟 ②大石哲也他 ③神木隆之介、志田未来 ❖日本テレビ／よみうりテレビ、DVD▶P.065

探偵学園Q（アニメ） ①阿部記之 ②林誠人他 ③緒方恵美、桑島法子 ❖TBS、DVD▶P.124

探偵なふたり（THE ACCIDENTAL DETECTIVE、韓国） ①キム・ジョンフン ②キム・ジョンフン ③クォン・サンウ、ソン・ドンイル ❖CJ Entertainment Japan、DVD▶P.181

チーム・バチスタ ①植田尚他 ②後藤法子 ③伊藤淳史、仲村トオル ❖関西テレビ／フジテレビ、DVD▶P.072

チェイス！（DHOOM: 3、インド） ①ヴィジャイ・クリシュナ・アーチャールヤ ②ヴィジャイ・クリシュナ・アーチャールヤ ③アーミル・カーン、カトリーナ・カイフ ❖日活＝東宝東和、DVD▶P.177

ティーンコート ①菅原伸太郎他 ②渡辺雄介他 ③剛力彩芽、瀬戸康史 ❖日本テレビ／よみうりテレビ、DVD▶P.083

デクスター 警察官は殺人鬼（DEXTER、アメリカ） ①マイケル・クエスタ他 ②ジェームズ・マノス・Jr他 ③マイケル・C・ホール、ジュリー・ベンツ ❖パラマウント ホーム エンタテインメント ジャパン、DVD▶P.199

DEATH NOTE（劇場版） ①金子修介 ②大石哲也 ③藤原竜也、松山ケンイチ、瀬戸朝香 ❖ワーナー、DVD▶P.017

DEATH NOTE（アニメ） ①荒木哲郎 ②井上敏樹他③宮野真守、山口勝平 ❖日本テレビ、DVD▶P.126

テラスハウス BOYS & GIRLS IN THE CITY ①前田真人 ③YOU、トリンドル玲奈 ❖フジテレビ、▶P.219

実験刑事トトリ ①田中健二他 ②西田征史 ③三上博史、高橋光臣 ❖ＮＨＫ、DVD（シーズン１）▶P.086

シベリア超特急２ ①MIKE MIZNO ②北里宇一郎 ③淡島千景、草笛光子、水野晴郎 ❖アルゴ・ピクチャーズ、DVD▶P.012

シャーロックホームズ（人形劇） ①スタジオ・ノーヴァ ②三谷幸喜 ③山寺宏一、高木渉、堀内敬子 ❖ＮＨＫ、DVD▶P.133

SHERLOCK シャーロック（Sherlock、イギリス） ①ポール・マクギガン他 ②スティーヴン・モファット他 ③ベネディクト・カンバーバッチ、マーティン・フリーマン ❖KADOKAWA、DVD▶P.201

十三通目の手紙 ①亀田幸則 ②亀田幸則 ③高原知秀、森次晃嗣、篠田三郎 ❖十三通目の手紙製作委員会、DVD▶P.014

重要参考人探偵 ①塚本連平他 ②黒岩勉 ③玉森裕太、小山慶一郎 ❖テレビ朝日／朝日放送、DVD▶P.113

少女 ①三島有紀子 ②松井香奈他 ③本田翼、山本美月、真剣佑 ❖東映、DVD▶P.031

少女たちの羅針盤 ①長崎俊一 ②矢沢由美他 ③成海璃子、忽那汐里、森田彩華 ❖クロックワークス＝ゴー・シネマ、DVD▶P.023

ジョーカー・ゲーム ①野村和也 ②岸本卓 ③堀内賢雄、下野紘 ❖TOKYO MX、DVD▶P.140

贖罪の奏鳴曲 ①青山真治 ②西岡琢也 ③三上博史、染谷将太 ❖WOWOW、DVD▶P.096

白戸修の事件簿 ①鈴木浩介他 ②渡辺啓他 ③千葉雄大、本郷奏多 ❖TBS／毎日放送、DVD▶P.082

シリーズ・江戸川乱歩短編集 1925年の明智小五郎 ①宇野丈良他 ②明仁絵里子 ③満島ひかり、松永天馬 ❖ＮＨＫ、▶P.100

シリーズ横溝正史短編集 金田一耕助登場！ ①宇野丈良他 ②宇野丈良 ③池松壮亮、山田真歩 ❖ＮＨＫ、▶P.105

死霊館 エンフィールド事件（THE CONJURING 2、アメリカ） ①ジェームズ・ワン ②チャド・ヘイズ他 ③ヴェラ・ファーミガ、パトリック・ウィルソン ❖ワーナー、DVD▶P.184

新米刑事モース オックスフォード事件簿（ENDEAVOUR、イギリス） ①コーム・マッカシー他 ②ラッセル・ルイス ③ショーン・エヴァンス、ロジャー・アラム ❖ITV、DVD▶P.208

心霊ドクターと消された記憶（BACK TRACK、オーストラリア） ①マイケル・ペトローニ ②マイケル・ペトローニ ③エイドリアン・ブロディ、サム・ニール ❖プレシディオ、DVD▶P.180

水曜日のダウンタウン ①藤井健太郎 ③ダウンタウン、 ❖TBS、DVD▶P.218

スクリーム４ ネクスト・ジェネレーション（SCREAM 4、アメリカ） ①ウェス・クレイヴン ②ケヴィン・ウィリアムソン ③ネーヴ・キャンベル、コートニー・コックス ❖アスミック・エース、DVD▶P.165

涼宮ハルヒの憂鬱 ①石原立也 ②石原立也他 ③杉田智和、平野綾、茅原実里 ❖MXテレビ、DVD▶P.125

スパイラル 推理の絆 ①金子伸吾 ②高橋ナツコ他 ③鈴村健一、浅野真澄 ❖テレビ東京、DVD▶P.123

スペシャリスト ①七高剛他 ②戸田山雅司他 ③草彅剛、南果歩 ❖テレビ朝日／朝日放送、DVD▶P.091

ＳＰＥＣ～警視庁公安部公安第五課 未詳事件特別対策係事件簿 ①堤幸彦他 ②西荻弓絵 ③戸田恵梨香、加瀬亮 ❖TBS／毎日放送、DVD▶P.077

すべてがFになる ①城宝秀則他 ②黒岩勉他 ③武井咲、綾野剛 ❖フジテレビ／関西テレビ、▶P.092

すべてがＦになる THE PERFECT INSIDER ①神戸守 ②大野敏哉他 ③加瀬康之、種﨑敦美 ❖フジテレビ、DVD▶P.136

SMOKING GUN ～決定的証拠～ ①村上正典他 ②酒井雅秋他 ③香取慎吾、西内まりや ❖フジテレビ／関西テレビ、DVD▶P.094

くりぃむナントカ　①板橋順二他　③くりぃむしちゅー、　❖テレビ朝日、DVD▶P.216

ザ・クリーナー 消された殺人（CLEANER、アメリカ）　①レニー・ハーリン　②マシュー・オルドリッチ　③サミュエル・L・ジャクソン、エド・ハリス　❖リベロ＝AMGエンタテインメント、DVD▶P.161

黒い十人の秋山　①筧昌也　③秋山竜次、仲里依紗　❖テレビ東京、▶P.113

警視庁ナシゴレン課　①古厩智之他　②徳尾浩司他　③島崎遥香、古田新太　❖テレビ朝日、DVD▶P.103

警視庁いきもの係　①木下高男他　②田中眞一他　③渡部篤郎、橋本環奈　❖フジテレビ／関西テレビ、▶P.112

警視庁三係・吉敷竹史　①国本雅広他　②高田順他　③鹿賀丈史、真中瞳　❖ＴＢＳ、▶P.056

刑事のまなざし　①鈴木浩介他　②岩下悠子他　③椎名桔平、要潤　❖TBS／毎日放送、DVD▶P.088

刑事フォイル（FOYLE'S WAR、イギリス）　①ジェレミー・シルバーストン他　②アンソニー・ホロヴィッツ　③マイケル・キッチン、アンソニー・ハウエル　❖ハピネット・ピクチャーズ、DVD▶P.198

警部補 矢部謙三　①木村ひさし他　②福田卓郎他　③生瀬勝久、池田鉄洋　❖テレビ朝日／朝日放送、DVD▶P.078

ｇ@ｍｅ.　①井坂聡　②尾崎将也他　③藤木直人、仲間由紀恵、石橋凌　❖東宝、DVD▶P.014

化粧師 KEWAISHI　①田中光敏　②横田与志　③椎名桔平、菅野美穂、池脇千鶴　❖東映、DVD▶P.013

幻影師アイゼンハイム（THE ILLUSIONIST、アメリカ・チェコ）　①ニール・バーガー　②ニール・バーガー　③エドワード・ノートン、ジェシカ・ビール　❖デジタルサイト＝デスペラード、DVD▶P.156

高校入試　①星護他　②湊かなえ　③長澤まさみ、南沢奈央　❖フジテレビ、DVD▶P.084

獄門島　①吉田照幸　②喜安浩平　③長谷川博己、仲里依紗　❖ＮＨＫ、▶P.104

GOSICK―ゴシック―　①難波日登志　②岡田麿里他　③悠木碧、江口拓也　❖テレビ東京、DVD▶P.125

ゴスフォード・パーク（Gosford Park、アメリカ）　①ロバート・アルトマン　②ジュリアン・フェロウズ　③マギー・スミス、エミリー・ワトソン　❖UIP映画、DVD▶P.145

コナン・ドイルの事件簿 シャーロック・ホームズ誕生秘史（Murder Rooms: Mysteries of the Real Sherlock Holmes、イギリス）　①ポール・シード　②デヴィッド・ピリー　③イアン・リチャードソン、ロビン・レイン　❖ハピネット・ピクチャーズ、DVD▶P.194

今夜はナゾトレ　①木月洋介　③くりぃむしちゅー、タカアンドトシ　❖フジテレビ、▶P.219

【さ】

さよならドビュッシー　①利重剛　②牧野圭祐他　③橋本愛、清塚信也、柳憂怜　❖東京テアトル、DVD▶P.024

33分探偵　①福田雄一他　②福田雄一　③堂本剛、水川あさみ　❖フジテレビ／関西テレビ、DVD▶P.070

ＣＳＩ：科学捜査班（CSI: CRIME SCENE INVESTIGATION、アメリカ）　①マイケル・ナンキン他　②アンソニー・ズイカー他　③ローレンス・フィッシュバーン、マージ・ヘルゲンバーガー　❖ソニー・ピクチャーズエンタテインメント、DVD▶P.195

屍憶 SHIOKU（THE BRIDE、日本・台湾）　①リンゴ・シエ　②リンゴ・シエ　③ウー・カンレン 、ニッキー・シェ　❖アメイジングD.C.、DVD▶P.183

シグナル（SIGNAL、韓国）　①キム・ウォンソク　②キム・ウニ　③イ・ジェフン、キム・ヘス　❖エスピーオー、DVD▶P.213

時効警察　①三木聡他　②三木聡他　③オダギリジョー、麻生久美子　❖テレビ朝日／朝日放送、DVD▶P.064

科捜研の女 ①森本浩史他 ②櫻井武晴他 ③沢口靖子、若村麻由美、齋藤暁 ❖テレビ朝日／朝日放送、▶P.047

神様ヘルプ! ①佐々木詳太 ②穴吹一朗 ③加藤和樹、佐津川愛美、賀来賢人 ❖ゴー・シネマ、DVD▶P.024

神様がくれた14日間(GOD'S GIFT: 14DAYS、韓国) ①イ・ドンフン ②チェ・ラン ③イ・ボヨン、チョ・スンウ ❖SBS、▶P.210

神の舌を持つ男 ①堤幸彦他 ②櫻井武晴 ③向井理、木村文乃 ❖TBS／毎日放送、DVD▶P.102

カラスの親指 ①伊藤匡史 ②伊藤匡史 ③阿部寛、村上ジョージ、石原さとみ ❖FOX＝ファントム・フィルム、DVD▶P.026

ガリレオ ①西谷弘他 ②福田靖他 ③福山雅治、柴咲コウ、北村一輝 ❖フジテレビ／関西テレビ、DVD▶P.069

監禁探偵 ①及川拓郎 ②小林弘利他 ③三浦寛大、夏菜、津田匠子 ❖ファントム・フィルム、DVD▶P.031

完全なる報復(LAW ABIDING CITIZEN、アメリカ) ①F・ゲイリー・グレイ ②カート・ウィマー ③ジェイミー・フォックス、ジェラルド・バトラー ❖ブロードメディア・スタジオ＝ポニーキャニオン、DVD▶P.166

鑑定士と顔のない依頼人(LA MIGLIORE OFFERTA、イタリア) ①ジュゼッペ・トルナトーレ ②ジュゼッペ・トルナトーレ ③ジェフリー・ラッシュ、シルヴィア・フークス ❖ギャガ、DVD▶P.173

記憶探偵と鍵のかかった少女(MINDSCAPE、アメリカ・スペイン) ①ホルヘ・ドラド ②ガイ・ホームズ ③マーク・ストロング、タイッサ・ファーミガ ❖アスミック・エース、DVD▶P.174

キサラギ ①佐藤祐市 ②古沢良太 ③小栗旬、ユースケ・サンタマリア、小出恵介 ❖ショウゲート、DVD▶P.020

奇術探偵ジョナサン・クリーク(JONATHAN CREEK、イギリス) ①ヴェリティ・ランバート ②デヴィッド・レンウィック ③アラン・デイヴィス、キャロライン・クエンティン ❖ミステリチャンネル、▶P.193

Kiss My Fake ①藤井健太郎 ③kis-my-ft2、おぎやはぎ ❖TBS、▶P.217

貴族探偵 ①和泉聖治 ②黒岩勉 ③相葉雅紀、武井咲 ❖フジテレビ／関西テレビ、DVD▶P.111

逆転裁判 ①三池崇史 ②飯田武他 ③成宮寛貴、斎藤工、桐谷美玲 ❖東宝、DVD▶P.025

逆転裁判～その「真実」、異議あり! ①渡辺歩 ②冨岡淳広他 ③梶裕貴、悠木碧 ❖日本テレビ、DVD▶P.141

99.9 刑事専門弁護士 ①木村ひさし他 ②宇田学 ③松本潤、香川照之 ❖TBS／毎日放送、DVD▶P.101

狂覗 ①藤井秀剛 ②藤井秀剛 ③杉山樹志、田中大貴、宮下純 ❖POP、DVD▶P.036

極限推理コロシアム ①岡本浩一 ②大石哲也 ③柏原崇、綾瀬はるか ❖読売テレビ、DVD▶P.055

切り裂き魔ゴーレム(THE LIMEHOUSE GOLEM、イギリス) ①フアン・カルロス・メディナ ②ジェーン・ゴールドマン ③ビル・ナイ、オリヴィア・クック ❖アメイジングD.C.、DVD▶P.184

金田一耕助VS明智小五郎 ①澤田鎌作 ②池上純哉 ③山下智久、伊藤英明 ❖フジテレビ／関西テレビ、DVD▶P.089

金田一少年の事件簿(ドラマ) ①下山天他 ②小原伸治他 ③松本潤、鈴木杏、内藤剛志 ❖日本テレビ、DVD▶P.050

金田一少年の事件簿(アニメ) ①池田洋子 ②冨岡淳広他 ③松野太紀、中川亜紀子 ❖読売テレビ・東映アニメーション、DVD▶P.132

クイズ☆タレント名鑑 ①藤井健太郎 ③ロンドンブーツ1号2号、 ❖TBS、DVD▶P.217

グランド・イリュージョン(NOW YOU SEE ME フランス・アメリカ) ①ルイ・ルテリエ ②エド・ソロモン他 ③ジェシー・アイゼンバーグ、マーク・ラファロ ❖KADOKAWA、DVD▶P.176

稲垣吾郎の金田一耕助シリーズ ①星護 ②佐藤嗣麻子 ③稲垣吾郎、小日向文世 ❖フジテレビ▶P.058

イニシエーション・ラブ ①堤幸彦 ②井上テテ ③松田翔太、前田敦子、木村文乃 ❖東宝、DVD▶P.033

犬神家の一族 ①市川崑 ②市川崑他 ③石坂浩二、松嶋菜々子、尾上菊之助 ❖東宝、DVD▶P.016

インビジブル・ゲスト 悪魔の証明（CONTRATIEMPO スペイン） ①オリオル・パウロ ②オリオル・パウロ ③マリオ・カサス、アナ・ワヘネル ❖アルバトロス、DVD▶P.186

ヴァンパイアホスト ①大根仁他 ②福田卓郎他 ③小向美奈子、松田悟志 ❖テレビ東京、DVD▶P.055

ヴィドック（Vidocq、フランス） ①ピトフ ②ジャン＝クリストフ・グランジェ他 ③ジェラール・ドパルデュー、ギヨーム・カネ ❖アスミック・エース、DVD▶P.144

ヴィレッジ（THE VILLAGE、アメリカ） ①M・ナイト・シャマラン ②M・ナイト・シャマラン ③ブライス・ダラス・ハワード、ホアキン・フェニックス ❖ブエナビスタ、DVD▶P.154

うつつ UTUTU ①当摩寿史 ②当摩寿史 ③佐藤浩市、大塚寧々、宮沢りえ ❖日活、DVD▶P.013

姑獲鳥の夏 ①実相寺昭雄 ②猪爪慎一 ③堤真一、永瀬正敏、阿部寛 ❖日本ヘラルド映画、DVD▶P.015

エドウィン・ドルードの謎（THE MYSTERY OF EDWIN DROOD、イギリス） ①ディアムイド・ローレンス ②グウィネス・ヒューズ ③マシュー・リス、フレディ・フォックス ❖BBC、DVD▶P.207

エビデンス―全滅―（EVIDENCE、アメリカ） ①オラトゥンデ・オスンサンミ ②ジョン・スウェットナム ③スティーヴン・モイヤー、ラダ・ミッチェル ❖Happinet(SB)(D)、DVD▶P.174

エレメンタリー ホームズ&ワトソンinNY（ELEMENTARY、アメリカ） ①マイケル・クエスタ他 ②ロバート・ドハティ他 ③ジョニー・リー・ミラー、ルーシー・リュー ❖パラマウント ホーム エンタテインメント ジャパン、DVD▶P.211

おいしい殺し方 ①ケラリーノ・サンドロヴィッチ他 ②ケラリーノ・サンドロヴィッチ ③奥菜恵、犬山イヌコ、池谷のぶえ ❖ギャガ・コミュニケーションズ、DVD▶P.018

大洗にも星はふるなり ①福田雄一 ②福田雄一 ③山田孝之、山本裕典、ムロツヨシ ❖日活、DVD▶P.023

掟上今日子の備忘録 ①佐藤東弥他 ②野木亜紀子 ③新垣結衣、岡田将生 ❖日本テレビ／よみうりテレビ、DVD▶P.095

お嬢さん（THE HANDMAIDEN、韓国） ①パク・チャヌク ②パク・チャヌク他 ③キム・ミニ、キム・テリ ❖ファントム・フィルム、DVD▶P.185

オックスフォード連続殺人（THE OXFORD MURDERS、スペイン／イギリス／フランス） ①アレックス・デ・ラ・イグレシア ②アレックス・デ・ラ・イグレシア他 ③イライジャ・ウッド、ジョン・ハート ❖ファインフィルムズ、DVD▶P.163

侠飯～おとこめし～ ①榊英雄 ②根本ノンジ他 ③生瀬勝久、柄本時生 ❖テレビ東京、DVD▶P.103

オリエント急行殺人事件 ①河野圭太 ②三谷幸喜 ③野村萬斎、松嶋菜々子 ❖フジテレビ／関西テレビ、DVD▶P.097

オリエント急行殺人事件（MURDER ON THE ORIENT EXPRESS、アメリカ） ①ケネス・ブラナー ②マイケル・グリーン ③ケネス・ブラナー、ペネロペ・クルス ❖FOX、DVD▶P.187

【か】

カイジ 人生逆転ゲーム ①佐藤東弥 ②大森美香 ③藤原竜也、天海祐希、香川照之 ❖東宝、DVD▶P.022

カオス（CHAOS、カナダ・イギリス・アメリカ） ①トニー・ジグリオ ②トニー・ジグリオ ③ジェイソン・ステイサム、ウェズリー・スナイプス ❖アートポート、DVD▶P.157

鍵のかかった部屋 ①松山博昭他 ②相沢友子他 ③大野智、戸田恵梨香 ❖フジテレビ／関西テレビ、DVD▶P.087

作品情報付索引

本書掲載作品の基本的な作品情報を付している。allcinemaやJFDBなど、サイト上のデータベースも参照した。

【凡例】 ①監督・演出など ②脚本 ③主な出演者 ❖制作・放映・配給など、メディア
▶本書掲載ページ （データは2018年2月現在）

【あ】

IQ246 華麗なる事件簿 ①木村ひさし他 ②泉澤陽子他 ③織田裕二、土屋太鳳 ❖TBS／毎日放送、DVD▶P.105

アイデンティティー（IDENTITY、アメリカ） ①ジェームズ・マンゴールド ②マイケル・クーニー ③ジョン・キューザック、レイ・リオッタ ❖ＳＰＥ、DVD▶P.150

相棒 ①和泉聖治他 ②輿水泰弘他 ③水谷豊、及川光博 ❖テレビ朝日、DVD▶P.052

赤い指 ①土井裕泰 ②櫻井武晴他 ③阿部寛、黒木メイサ ❖TBS／毎日放送、DVD▶P.079

アガサ・クリスティ そして誰もいなくなった ①和泉聖治 ②長坂秀佳 ③仲間由紀恵、沢村一樹 ❖テレビ朝日／朝日放送、▶P.110

アガサ・クリスティー ミス・マープル（AGATHA CHRISTIE MARPLE、イギリス） ①ポール・アンウィン他 ②スティーヴン・チャーチェット他 ③ジェラルディン・マクイーワン、ジュリア・マッケンジー ❖ハピネット・ピクチャーズ、DVD▶P.199

アガサ・クリスティーの名探偵ポワロとマープル ①高橋ナオヒト ②下川博他 ③里見浩太朗、八千草薫 ❖ＮＨＫ、DVD▶P.123

悪魔は誰だ（MONTAGE,、韓国） ①チョン・グンソプ ②チョン・グンソプ ③オム・ジョンファ、キム・サンギョン ❖アルバトロス・フィルム＝ミッドシップ、DVD▶P.175

アサイラム 監禁病棟と顔のない患者たち（STONEHEARST ASYLUM ELIZA GRAVES、アメリカ） ①ブラッド・アンダーソン ②ジョー・ガンジェミ ③ケイト・ベッキンセール、ジム・スタージェス ❖アルバトロス、DVD▶P.179

Another ①水島努 ②檜垣亮 ③阿部敦、高森奈津美 ❖テレビ埼玉、DVD▶P.130

アヒルと鴨のコインロッカー ①中村義洋 ②中村義洋他 ③濱田岳、瑛太、関めぐみ ❖ザナドゥー、DVD▶P.019

アフタースクール ①内田けんじ ②内田けんじ ③大泉洋、佐々木蔵之介、堺雅人 ❖クロックワークス、DVD▶P.021

アメリカン・ゴシック 偽りの一族（AMERICAN GOTHIC、アメリカ） ①マット・シャックマン他 ②コリン・ブリンカーホフ他 ③ジュリエット・ライランス、アントニー・スター ❖パラマウント、DVD▶P.213

ある殺人に関するテーゼ（TESIS SOBRE UN HOMICIDIO、アルゼンチン・スペイン） ①エルナン・ゴルドフリード ②ディエゴ・パスコウスキ（原作） ③リカルド・ダリン、アルベルト・アンマン ❖アメイジングD.C.、DVD▶P.177

UN-GO ①水島精二 ②會川昇 ③勝地涼、豊崎愛生 ❖フジテレビ、DVD▶P.128

アンフェア ①小林義則他 ②佐藤嗣麻子 ③篠原涼子、寺島進 ❖関西テレビ／フジテレビ、DVD▶P.062

安楽椅子探偵 ①内片輝他 ②戸田山雅司 ❖朝日放送、DVD▶P.046

遺産相続弁護士 柿崎真一 ①白川士他 ②林誠人他 ③三上博史、森川葵 ❖よみうりテレビ／日本テレビ、DVD▶P.106

一の悲劇 ①永山耕三 ②関えり香 ③長谷川博己、伊原剛志 ❖フジテレビ▶P.102

【編著者】　千街晶之（せんがい・あきゆき）

1970 年北海道生まれ。立教大学文学部卒。95 年に「終わらない伝言ゲーム　ゴシック・ミステリの系譜」で第 2 回創元推理評論賞を受賞。97 年に『ニューウェイヴ・ミステリ読本』（共著）、04 年の『水面の星座　水底の宝石』で第 57 回日本推理作家協会賞および第 4 回本格ミステリ大賞受賞。他著書に『怪奇幻想ミステリ 150 選』『原作と映像の交叉光線 ミステリ映像の現在形』など。

【著者】

秋好亮平（あきよし・りょうへい）　1991 年生まれ。早稲田大学文学部卒。探偵小説研究会会員。

大倉崇裕（おおくら・たかひろ）　1968 年生まれ。著書に『七度狐』『福家警部補の挨拶』など。

大矢博子（おおや・ひろこ）　1964 年生まれ。著書に『歴史・時代小説縦横無尽の読みくらべガイド』など。

不来方優亜（こずかた・ゆあ）　1975 年生まれ。共著に『名探偵ベスト 101』など。

末國善己（すえくに・よしみ）　1968 年生まれ。著書に『時代小説で読む日本史』『夜の日本史』など。

蔓葉信博（つるば・のぶひろ）　1975 年生まれ。共著に『ニアミステリのすすめ』『21 世紀探偵小説』など。

羽住典子（はすみ・のりこ）　1973 年生まれ。著書に『君が見つけた星座』（千澤のり子名義）など。

三津田信三（みつだ・しんぞう）　著書に『幽女の如き怨むもの』『のぞきめ』『黒面の狐』『魔邸』など。

---

21 世紀《せいき》本格《ほんかく》ミステリ映像大全《えいぞうたいぜん》

2018 年 3 月 20 日　第 1 刷

編著者　……………千街晶之《せんがいあきゆき》

著者　……秋好亮平《あきよしりょうへい》／大倉崇裕《おおくらたかひろ》／大矢博子《おおやひろこ》／不来方優亜《こずかたゆあ》
末國善己《すえくによしみ》／蔓葉信博《つるばのぶひろ》／羽住典子《はすみのりこ》／三津田信三《みつだしんぞう》

装幀・本文 AD　……藤田美咲

印刷・製本　…………シナノ印刷株式会社

発行者　……………成瀬雅人
発行所　……………株式会社原書房
〒 160-0022　東京都新宿区新宿 1-25-13
電話・代表 03-3354-0685
http://www.harashobo.co.jp
振替・00150-6-151594

ISBN978-4-562-05489-3, Printed in Japan